Connie Palmen

# LUCIFER

Roman

2007 Prometheus Amsterdam

Eerste druk maart 2007
Tweede druk maart 2007
Derde druk maart 2007
Vierde druk maart 2007


Omslagontwerp Marten Jongema
Foto auteur Annaleen Louwes
www.uitgeverijprometheus.nl
ISBN 978 90 446 0999 8

LUCIFER

‘But what’s confusing you
is just the nature of my game’

*Sympathy for the Devil* (1968)
THE ROLLING STONES

# Inhoud

# EERSTE BEDRIJF

Vierentwintig jaar geleden las ik een zin in de krant. Dit verhaal gaat over die zin, of liever over de zoektocht naar de betekenis ervan. Was hij omringd geweest door andere zinnen, in een recensie van een toneelstuk of desnoods in een beschouwend stuk over de een of andere ster, dan had hij me niet vierentwintig jaar achtervolgd. Ongetwijfeld was hij dan bij de eerste lezing van zijn raadselachtigheid beroofd door een gezelschap van zinnen dat zijn betekenis inperkte en een duiding gaf die andere duidingen uitsloot. Dat was niet het geval. Het was een eenzame zin. Toch was het de omgeving die hem het mysterie verleende waardoor hij me nooit losliet.

Hij was omkaderd door een zwarte rand.

Hij stond in de kop van een rouwadvertentie.

Het zijn de levenden die de levenden kond doen van een dood. Om de dood publiek te maken, sluiten de levenden zich kortstondig op in de vierkante cel van een rouwrand, samen met een dode. De naam van de man die in de zomer van 1981 het zware lot toeviel te moeten berichten van de dood van zijn vrouw, was destijds bij iedereen in de kunstwereld bekend. De omrande zin, geketend aan een al door verhalen gekleurde naam, werd in de zomer van 2005 uit de langdurige sluimering van de herinnering gewekt.

Eind juli liep ik op de Elandsgracht en werd vanaf een terras toegeroepen. Aan de overkant ontwaarde ik een aantal mensen rondom een lage cafétafel. Een van hen zwaaide uitnodigend en moeiteloos herkende ik Albertus Prins, musicoloog, pianist, toneelschrijver en dichter, die vooral in de jaren zestig en zeventig van de vorige eeuw bekendheid verwierf met controversieel theater. Zelfs op deze warme zomerdag had de Prins de contouren van Zorro, zoals hij soms door kinderen op straat nageroepen werd. Ongeacht het weer drapeerde hij een zwierige cape rond zijn schouders en hij droeg te allen tijde een ruimvallende, fluwelen baret. Op zijn fraai gevormde haakneus rustte een kleine bril met donkere glazen, hij gaf zijn ogen zelden aan de openbaarheid prijs. Niemand noemde hem bij zijn voornaam, hij werd aangesproken met Prins en als anderen het over hem hadden, spraken ze over de Prins.

Hoewel ik niet van excentrieke kleding houd, omdat het in negen van de tien gevallen de opzichtige vermomming van de talentlozen is, vergaf ik de vriendelijke Prins zijn uitdossing met gemak. Al waren de jaren van zijn grote roem voorbij, hij had zijn uitzonderlijkheid in zijn werk gelegd en bewezen. Net als zijn anachronistische verleidingskunst, beschouwde ik de keuze voor de kledij als een karakterzwakte. Het leek me een poging een voorbije tijd te laten voortduren, een tijd waarin de kunstenaar met zijn uiterlijke verschijning en afwijkende gedrag liet weten dat voor hem andere wetten gelden dan voor de rest van de wereld.

Met karakterzwakte bedoel ik niet het verlangen een verleden te conserveren, dat begrijp ik wel. Wat ik niet begrijp is het idee dat je door werk, geloof of afkomst anders bent dan anderen. Iedereen is anders dan anderen.

Sommige mensen kunnen in een oogopslag hun omgeving in zich opnemen, maar dat kan ik niet. Eerst moet ik de verlegenheid en lichte weerzin tegen onverwachte ontmoetingen overwinnen om gehoor te geven aan de roep van de wereld en erop af te koersen. Worstelend met die tegenstrijdigheid kon ik alleen de straat oversteken door mijn ogen strak gericht te houden op de man die zijn hand de lucht instak en me daarmee lonkte en leidde.

Zo liep ik op die 26ste juli 2005 naar het kleine gezelschap toe. Ik wist niet dat ik op dat moment op mijn verhaal afstevende en dat daar, op een terras in Amsterdam, de speurtocht begon die me een jaar lang volledig in beslag zou nemen. Het zou een tocht zijn langs de afgronden van een turbulent huwelijk en een evenzo turbulente tijd, een queeste naar de betekenis van een eenzame zin in een dodenadvertentie en naar de waanzin van een kunst die zelfs atheïsten in het bestaan van God doet geloven: de muziek.

Afstevenen op een verhaal is een misleidende uitdrukking, alsof een verhaal kant-en-klaar op straat ligt en opgeraapt kan worden. Zo is het niet. Verhalen worden gemaakt en daarom zijn ze interessant. Alles wat gemaakt wordt onthult de maker.

Na me losgeweekt te hebben uit de altijd wat overdreven erotische omhelzing van de Prins, durfde ik mijn blik de ruimte te geven. Nog rood van de gêne voor de te langdurige zoenen en de in mijn oor gefluisterde vleierijen, begroette ik de rest van het gezelschap door ieder de hand te schudden. Rondom de tafel zat een wat oudere actrice, die ik wel eens in stukken van de Prins had zien spelen, Mica van Hoorn. De andere vrouw van ongeveer dezelfde leeftijd was Jacoba Malink, een operazangeres. Tussen hen in zat de beeldend kunstenaar Thomas Burggraaf, ex van Jacoba en huidige echtgenoot van Mica. Galant schoof de Prins een vrijstaande rieten stoel voor mij aan en wachtte tot ik zat voordat hij zelf plaatsnam.

'Je valt met je neus in de boter,' zei hij toen, 'we hebben het over moord en doodslag.'

'Dat zeg jij,' reageerde Thomas.

'Je valt met je neus in de boter,' herhaalde de Prins lijzig terwijl hij met een benige hand denkbeeldig de kring in tweeën kliefde, 'volgens de helft van dit illustere gezelschap hebben we het over moord. De ene helft van de andere helft echter meent met een tragisch ongeluk van doen te hebben en een van ons verkeert in de stellige overtuiging dat het hier om zelfmoord gaat.'

Het was vreemd, maar ik wist onmiddellijk op welk drama hij doelde. Misschien was het ook niet zo vreemd, want al was het meer dan twintig jaar geleden, het verhaal had in bepaalde kringen nooit aan kracht ingeboet. Bovendien kon ik iedereen die aan tafel zat in verband brengen met de componist Lucas Loos. De Prins had het libretto geschreven voor zijn bekendste opera, beide vrouwen hadden er een rol in gespeeld en Thomas Burggraaf was zijn vaste decorontwerper.

'*Onze engel is gevallen*,' citeerde ik.

'Verdomd, dat je dat weet!' riep de Prins uit.

'Het is vandaag precies vierentwintig jaar geleden,' legde Mica mij in een zacht gesproken terzijde uit, 'zo kwamen we erop. Al heb ik die datum niet nodig, want ik denk er elke dag aan.'

'Het is toch een ijzingwekkende zin: *Onze engel is gevallen*. Omdat het zo in de krant stond, ben ik niet de enige die denkt dat het om zelfmoord gaat,' verhief Jacoba Malink haar stem. De triomfantelijke toon die ze aansloeg, verraadde dat ze alleen stond in haar hypothese en die in het voorafgaande gesprek had moeten verdedigen.

'Ze was er ongelukkig genoeg voor,' zei Thomas Burggraaf sussend, 'maar ze hield te veel van haar zoon om zelfmoord te plegen. Ze hadden een bijzondere band, ze zou hem nooit in de steek laten.'

'Met drank op vergeet je dat er mensen zijn van wie je zielsveel houdt,' verzuchtte de Prins als iemand die daar ruimschoots ervaring mee had, 'en daar is dronkenschap ook voor bedoeld. Voor dronkaards is de liefde een last, want ze hebben te veel lief.'

'Stel je niet zo aan, Prins,' snerpte Mica van Hoorn met een wat ouderwets aandoende dictie. 'Toen we het hoorden heeft iedereen die de twee kende, op z'n minst een fractie van een seconde aan moord gedacht. En ik heb hen vaak meegemaakt en ik denk dat nog steeds. Ze hadden altijd en eeuwig ruzie, en niet zomaar ruzie, godallemachtig nee. Rondvliegende serviezen, in brand gestoken brieven en dagboeken, verscheurde kleren, vergiftigde huisdieren, noem het en ze deden het elkaar aan. Een normaal gesprek tussen die twee was een zeldzaamheid, het was snauwen, sneren, vernederen en jennen waar iedereen bij zat. In vergelijking met hen verbleekt *Virginia Woolf* tot een vredige pastorale. Ze fileerden elkaar met woorden, soms virtuoos, soms ronduit vulgair, dat wisselde. En als ze het niet met de mond deden, dan met de pen. De trappen van het huis lagen altijd bezaaid met briefjes die ze elkaar schreven en waarin ze gewoon doorgingen met hun ruzie. Die avond heeft ze hem weer eens voor vuile flikker of zoiets uitgemaakt, hij is driftig geworden, heeft haar een por gegeven en hups.'

'Dan is het geen moord, maar een ongeluk,' concludeerde Thomas kalm.

'Moord en ongeluk zijn wel eens hetzelfde, schat,' antwoordde Mica.

'Voor de rechter niet.'

'Thomas, luister, jij was er als eerste bij, je maakt mij niet wijs dat jij dit scenario van meet af aan uitsloot, dat jij, als enige rechtschapen Amsterdammer, geen seconde aan moord hebt gedacht,' ging Mica verder.

'Een seconde, niet langer. Toen hij me belde in Athene ben ik eventjes bang geweest dat ze ruziemaakten en zij daardoor was gevallen. Maar aan de telefoon vertelde hij wat er die nacht gebeurde en ik heb nooit getwijfeld aan de waarheid van zijn verhaal. We hebben er daarna geen woord meer aan vuil gemaakt. Ik heb altijd zijn versie geloofd en niet die boosaardige tientallen andere die in omloop waren.'

'Maar lieve schat, er bestaat zelfs geen versie van Lucas, want zo Lucas iets losliet over die avond, vertelde hij tegen de een dit en tegen de ander dat. Alleen al over die Amerikaan die erbij zou zijn geweest. De ene keer had hij het over één jongen, de andere keer waren het opeens twee studenten. En ook over wat er precies gebeurd is, was hij nooit eenduidig. Tegen de een zei hij dat ze van een rots viel en tegen de ander dat ze op een muur zat en daarvan afgevallen is. Lucas Loos loog alsof het gedrukt stond,' ging Mica onverzettelijk door.

'Dat zeg jij. Er is verschil tussen een leugenaar en een fantast. Lucas was een fantast.'

'Wat is dan in hemelsnaam het verschil?'

'Genialiteit,' zei Thomas. Hij nam een slok van de koud geworden koffie, trok er een vies gezicht bij, keek Mica daarop onverstoorbaar aan en herhaalde het woord dat volgens hem het geschil voor eens en altijd kon beslechten: 'Genialiteit.'

'Genialiteit, mijn hoed!' sneerde Mica met een hoge uithaal. 'Daarom is die man met alles weggekomen, omdat jullie hem zo geniaal vonden.'

'Daar heb ik nou zo'n hekel aan,' onderbrak Thomas haar, 'om van het ene op het andere moment in meervoud te veranderen. Opeens ben ik “jullie”. Wat “jullie”? Wie “jullie”? Val ik onder een categorie?’

‘Ach, lieverd, je weet heus wat ik bedoel: jij, jullie: zijn vrienden, de musici, zijn collega’s, zijn bewonderaars, dat bedoel ik met “jullie”. En niet alleen de mannen en de jongens, hoor, er waren ook genoeg vrouwen die veel van zijn onuitstaanbare gedrag kritiekloos pikten omdat hij briljant zou zijn. Zelfs zijn eigen vrouw is ten onder gegaan aan dit waanbeeld, het is haar dood geworden. Als zij niet gemeend had de vrouw te zijn van een genie zoals maar één keer in de eeuw voorkomt, had ze zich nooit al die jaren door hem laten maltraiteren, dan was ze allang gillend van hem weggelopen.’

‘Maar als het even kon maakte ze zijn werk juist belachelijk,’ wierp Jacoba tegen. ‘Dan had ze het over die takkeherrie van Lucas. Als ze al eens opmerkte dit of dat stukje wel mooi te vinden, bleek het om een stijlcitaat van Beethoven of Chopin te gaan.’

‘Mica, ik kus de grond waarop je loopt, maar van muziek heb je de ballen verstand,’ sloot Thomas zich bij Jacoba aan.

‘Van huwelijken met zogeheten geniale mannen des te meer,’ viel Jacoba de actrice bij, al was de bijval dubieus.

‘Jij hebt toch ook geen al te hoge pet op van onze vaderlandse Schönberg, of wel?’ richtte Mica zich tot Jacoba, een fraaie list om de vijand mild te stemmen en tot een bondgenootschap te verlokken. Jacoba trapte er niet in. Quasinadenkend sloot ze zich aan bij haar ex door te zeggen dat alle stukken van Lucas Loos in elk geval een persoonlijke klankkleur hebben en ze sommige erg mooi vond.

‘*De brug* bijvoorbeeld,’ zei ze, ‘al heb ik dat na haar begrafenis nooit meer kunnen zingen.’

‘Nu ja, hoe het ook zij, jullie kunnen het talent en de muzikale intelligentie van Lucas Loos beter beoordelen dan ik,’ bond

Mica in. 'Mozart, Beethoven, Bach, dat kan ik nog verhapstukken, maar Sjostakovitsj gaat me al boven de pet. Lucas heeft toch een volstrekt nieuwe muziektaal ontwikkeld, Thomas?'

De Prins toonde zich een sensitieve vriend door Thomas bijtijds uit het balspel van de vrouwen weg te rukken. Jacoba bijvallen zou Thomas straks bij thuiskomst op verwijten van Mica komen te staan en de Prins wist hoe langdurig Mica iemand kon beproeven op zijn loyaliteit, omdat hij zelf jarenlang een verhouding met haar had.

'Dames, dames, we dwalen af. Thomas stelt een veel interessantere kwestie aan de orde, een kwestie die ons allemaal ter harte gaat in een vak waarin alles om verleiding draait. De vraag is: bestaat er verschil tussen een leugenaar en een fantast en zo ja, wat is het verschil?'

'Genialiteit,' bromde Thomas.

'Heeft Lucas Loos op de bewuste zomeravond zijn vrouw vermoord? Heeft de vrouw van Lucas Loos op de bewuste zomeravond zelfmoord gepleegd? Was er op de bewuste zomeravond sprake van een tragisch ongeluk? Hoe het ook zij, heeft Lucas Loos over de gebeurtenissen van de bewuste zomeravond gelogen of gefantaseerd?'

'Of de waarheid gesproken,' voegde de koppige kunstenaar eraan toe.

'Waarom komt de minst interessante optie toch altijd van jouw kant?' mokte Mica.

Hoewel de Prins zich moest beheersen om niet in de lach te schieten, sprong hij voor de tweede keer in de bres voor zijn vriend.

'Mica, Mica, hoe gepassioneerd je ook houdt van leugens en bedrog, van drama en theater, je houdt niet van mensen die liegen en bedriegen, van spelers en theatrale dwazen. En omdat Thomas net zo veel theatraliteit bezit als een amoebe ben je met hem getrouwd.'

'Maar ik ben dol op het theater, op mijn vak. Het is het mooiste vak dat bestaat!'

'Vast wel, maar zoals alle goede acteurs haat je het toneelspelen ook een beetje en je zult het altijd zien, goede acteurs worden niet verliefd op andere goede acteurs, want die wantrouwen ze als de pest. Ze zoeken iemand als Thomas, iemand die niet kan liegen of goed de indruk kan wekken niet tot liegen in staat te zijn.'

Uit angst dat het verhaal een andere wending zou krijgen, mengde ik me in het gesprek en richtte me tot de Prins.

'Als Jacoba meent dat het zelfmoord was en Thomas dat het een ongeluk was, dan geloof jij dus met Mica dat het moord was.'

'Heb je hem gekend?' vroeg de Prins.

'Nee,' zei ik, 'nee, ik heb hem niet gekend.'

'Dan behoeft mijn antwoord uitleg. Ja, ik denk dat Lucas Loos zijn vrouw heeft vermoord. Al ben ik er diep van overtuigd dat hij haar niet van de rots duwde of zelfs met een vinger aanraakte, dan nog geloof ik dat hij haar vermoordde, temeer daar Lucas dat zelf ook geloofde. Daar heb ik mijn redenen voor, maar daar zal ik nu niet op ingaan. Lucas heeft op zijn volstrekt eigen en dus theatrale wijze om vergiffenis gevraagd en wie berouw toont draagt schuld. In tegenstelling tot de indruk die hier aan tafel misschien wordt gewekt, was Lucas een buitengewoon aimabel mens, warm en plezierig in de omgang. En hij was een knappe man, een bijzondere verschijning.'

'Dat is zo,' zei Jacoba, 'hij was aantrekkelijk met dat postuur en die blonde, brede leeuwenkop van hem.'

'Nou, valt wel mee,' zei Mica.

'Lucas zag eruit als een woeste engel, een hoofd vol goudgele krullen, een markante kop, een stralende blik, een uiterlijk dat bijna te goed past bij iemand met natuurlijk leiderschap. Waar hij binnenkwam, werd hij vanzelf het middelpunt. Hij trok de aandacht en hoefde daar niet veel voor te doen. Hij was jarenlang een van mijn beste vrienden en het was beslist niet gemakkelijk bevriend met hem te blijven. Lucas was flamboyant, exorbitant, hartelijk, gastvrij, hij was principieel goedgehumeurd, hij was bevlogen en beminnelijk, maar hij was ook cholerisch, hovaardig en nijdig. Iets in zijn karakter hunkerde naar conflict en die hunkering zag je in zijn ogen, een bijna dierlijke gretigheid, een ontembare honger naar de aanval.'

De Prins had de volle belangstelling van iedereen aan tafel. De vrouwen knikten heftig met hun hoofd, alsof ze ook het publiek op de laatste rij moesten overtuigen van de juistheid van wat er zojuist was beweerd en zelfs Thomas bevestigde de observatie van de Prins met een lichte hoofdbeweging. Aan de moeite die hem dat kostte, zag ik dat hij veel van Lucas Loos gehouden moest hebben.

'Dat verlangen naar conflict maakte de omgang met Lucas behalve moeilijk ook spannend. Ik ben vaak zijn huis binnengegaan met het gevoel dat ik de kuil van een tweekoppige draak in gleed en niet wist of ik er heelhuids uit zou komen. Hij kon je verschroeien met het vuur van zijn oordeel. En als hij het niet met woorden deed, dan met zijn verzengende blik. Je hebt hem nooit ontmoet, maar hij had een wonderlijk stel ogen in zijn hoofd. Ze lagen diep verborgen in vlezige kasten en hij had albinowitte wimpers, vreemd, bijzonder, zoiets had ik nooit eerder gezien en heb ik daarna ook nooit meer bij iemand gezien. Met die glanzende, witomkranste ogen keek hij je aan alsof hij alles uit je wilde zuigen en tegelijkertijd was die blik gesloten, behoedzaam voor wat die ogen zelf konden prijsgeven, alert, argwanend, aftastend. Er zat een constante spanning op zijn netvlies. Ik ben regelmatig bang geweest voor de flikkering in zijn blik.'

'Ik ook,' zei Mica.

'Ik niet,' zei Thomas.

'Nu was er nog iets eigenaardigs aan Lucas en daarmee kom ik tot de kern van mijn veronderstelling. Zoals nagenoeg alles in zijn leven getekend werd door een hartverscheurende tweeslachtigheid, had hij ook een ambivalente houding tegenover zaken die wij nu wat sneller afdoen als occulte onzin, maar die in de jaren zestig een ware hausse kenden. Seances, astrologie, numerologie, voorspellingen, kaartleggen, handlezen, waarzeggerij, doorboorde schedels, je kunt het zo gek niet noemen of het was *en vogue*, abracadabra voor het hogere, verheven bewustzijn.'

'O ja, we weten allemaal wat we zijn: Leeuw – ascendant Schorpioen,' viel Jacoba hem bij.

'Dubbele Maagd,' zei Mica, 'maar niet heus.'

Thomas zweeg.

'En Thomas is een typische Steenbok,' vulde Mica in, 'daarom zegt hij niks.'

'Lucas was extreem gevoelig voor elke vorm van bijgeloof. Hij wilde het niet zijn, maar was het wel. Hij streed ertegen, maar ging steeds weer voor de bijl. Hij snakte ernaar een rabiate heiden te zijn, ongelovig en rationalistisch tot op het bot, maar kon de gelovige in hemzelf niet verwoesten. Hij kwam uit een streng belijdend protestants milieu, orthodox-gereformeerd, ik weet nooit precies hoe het zit bij die protestanten met hun splinterpartijen. Na een jeugd waarin hem hetzij apocalyptische verdoemenis, hetzij glorievolle uitverkorenheid als toekomstig lot werd aangezegd, heeft Lucas zijn verdere leven geworsteld met het geloof of, liever gezegd, met het verlangen in het hogere te geloven. En wellicht is het zelfs dat niet en is het domweg het simpele verlangen jezelf ergens bij onder te brengen, bij een groep, bij een gemeenschap. Dat verlangen roei je niet gemakkelijk uit. Al die mannen en vrouwen die zich in de jaren vijftig, zestig zo nodig uit de beklemmende omarming van die ene God moesten bevrijden, zochten er zeven goden voor in de plaats. Van Mao Zedong tot Che Guevara, van Schönberg tot Stravinski, van The Beatles tot The Rolling Stones, er werd devoter aanbeden dan ooit. En die dolende, verloren zielen zochten wanhopig hun heil bij charlatans. Lucas, religieuzer dan wie ook, al helemaal. Geloof me, ik kan het weten, ik heb voor het schrijven van een van zijn opera's menige seance met hem meegemaakt. Na zo'n bijeenkomst zag hij lijkbleek van wat hem overkomen was, er diep van overtuigd dat er een veelzeggende betekenis schuilging achter de vaak onbegrijpelijke boodschappen die van gene zijde tot hem kwamen. Een paar dagen later deed hij het af met een grap, maar ik had gezien wat er met hem gebeurde en dat was niet gering. Deze ontvankelijkheid voor het bijgeloof heeft hem naar mijn idee op de bewuste zomeravond parten gespeeld. Op een kinderlijke manier geloofde Lucas dat hij bepaalde machten bezat en hij had niet helemaal ongelijk, hij had visionaire momenten, ook daarvan heb ik sterke staaltjes beleefd. Maar hij meende in het bezit te zijn van de macht van de gedachte en van het boze oog. Die obsessieve geest van hem, waarmee hij zo veel schitterends tot stand bracht, heeft hij die avond ingezet voor het kwade. Hij heeft naar haar gekeken en alleen maar gedacht: val dood. En toen viel ze dood.'

Na de uiteenzetting van de Prins bleef het op een plechtige manier stil. Thomas had zijn gezicht afgewend en tuurde nors naar het voorbijgaande verkeer op de Elandsgracht of deed tenminste alsof. De vrouwen hadden een hand voor hun mond geslagen en hun blik kleefde peinzend aan de ondoordringbare brillenglazen van de Prins.

Zonder dat ze het wisten, waren in het afgelopen halfuur de vragen en vermoedens geuit die mij het komende jaar door de tijd zouden leiden. Ik herinner me dat ik op het puntje van mijn stoel zat en geen woord wilde missen van wat er gezegd werd. Ook herinner ik me al die tijd geluisterd te hebben op een manier die ik van mezelf ken, alsof in mijn hoofd een recorder meeloopt die elk woord registreert. En er gebeurt iets anders, iets wat waarschijnlijk des schrijvers is. Het gesprek waarvan ik die middag onverwacht getuige mocht zijn was de stof, waar het om ging was van een andere orde.

'Nog een kop koffie of iets sterkers?' doorbrak ik de stilte.

Loskomend uit een gewijde bevriezing, sloeg de een zijn benen over elkaar, haalde de ander de hand voor haar mond weg en richtte Thomas zijn ogen weer op de tafel. Iedereen bewoog, behalve de Prins.

'Dolgraag. Jij toch ook, Thomas? Het is nog vakantie, we hebben de tijd aan ons,' zei Mica. Ze keek omslachtig op haar horloge. 'Nou, de vijf zit in de klok, dus doe mij maar een witte wijn.'

'Prima idee, voor mij hetzelfde,' sloot Jacoba zich aan.

'Biertje dan maar,' mompelde Thomas.

'Heerlijk, doe maar een witte wijn,' reageerde de Prins nu ook en hij nam een rechtere houding aan in zijn stoel. Hij klonk anders dan daarnet, toen hij vol overtuiging zijn verhaal had verteld. In zijn stem was een verdriet geslopen, of misschien was het schaamte of schuld.

Ik ging het bruine café binnen en gaf de bestelling door. Boven de bar hing een grote, ronde klok. Het was vijf voor drie.

'De Prins, terras,' zei de barman professioneel. 'Ik kom het zo brengen.'

De overgang van het donkere café naar het helle buitenlicht deed pijn aan mijn ogen. Boven de daken van de panden aan de

Elandsgracht kwam de zon de hoek om en de eerste stralen bereikten het terras. In de veronderstelling binnen een kwartier terug te keren in mijn geblindeerde huis, liet ik het opzetten van een zonnebril achterwege. Daar had ik nu spijt van. Ik verlangde ernaar zo lang mogelijk in het gezelschap van het verhaal te blijven.

De genese van een roman is een merkwaardige. Het begint met een idee, maar wat is een idee? Iets ongrijpbaars, eerder een vermoeden van kennis dan het hebben ervan. Kennis komt voort uit het leggen van verbanden tussen schijnbaar losstaande feiten, maar hoe kom je aan de afzonderlijke elementen? Voor elk verhaal over moord of zelfmoord mocht je me wakker maken, maar het verslag van een moord is nooit voldoende voor een roman. Sowieso redt geen enkele roman het met één gegeven, of met één idee. Zoals ik daar zat, op het terras, schoten de ideeën als losse lemmata door me heen en was hun onderlinge verband iets wat in een roman ontdekt moest worden. De eigen logica van een roman vertelt de schrijver of hij gelijk heeft of ongelijk. Op elke pagina. De roman dwingt zijn eigen waarheid af. Al is elk woord verzonnen, een roman verdraagt de leugen niet.

‘Op Clara,’ zei Mica en hief haar glas wijn in de lucht.

‘Op Clara,’ vielen de anderen in.

‘Dank je, darling, daar was ik wel aan toe,’ zei Mica na een flinke slok. ‘Ik word elke keer weer ziedend als ik aan dat lieve mens denk en aan alles wat er gebeurd kan zijn die nacht. Er klopt geen jota van en ik heb er de bewijzen voor ook, dat weet de Prins wel. Dat verhaal van Lucas klopt niet, wat er daarna allemaal gebeurde klopt niet en van die begrafenis deugde ook niks. Godallemachtig, wat een vertoning.’

‘Hou je je een beetje in?’ zei Thomas.

'Je was er niet bij, schat, dus je mag er niet over meepraten. Ik krijg weer hartkloppingen zodra ik het erover heb. Het is vierentwintig jaar geleden en het emotioneert me vandaag de dag net zo erg als toen. Weet je nog dat ik er elke nacht gillend van wakker werd, Prins, nadat we het telefoontje hadden gekregen uit Griekenland?'

'Nou en of.'

'We woonden in de Jordaan, ik zal het nooit vergeten. Jij stond in de badkamer, met een ingezeept gezicht, je wilde je gaan scheren. Ik ben in de zitkamer, de ramen staan wijd open. Gaat de telefoon, is dat Bella, helemaal uit Griekenland. Nee, ik moet erover ophouden, straks slaap ik er weer niet van. Want nu gebeurt het soms nog, hè Thomas? Zo veel jaar na dato, in de nacht, zie ik het allemaal voor me. Dan maak ik in een droom de val, eentje die ik voel in mijn buik, tot in mijn keel, een val waar geen einde aan komt, tot ik wakker word, kletsnat van het zweet. "Valt Clara weer?" vraagt Thomas dan, de lieverd.'

Waarom weet ik niet, maar iets weerhield me ervan Mica te vragen naar de bewijzen die ze had. Misschien was het de reactie van de Prins, die ik in elkaar zag krimpen toen Mica suggereerde belastend materiaal in handen te hebben waarvan ook hij op de hoogte was. Misschien was het de eerste aankondiging van de schroom, waarvan ik het verdere jaar last zou hebben. Daar, op het terras aan de gracht, was het schrijven begonnen en daardoor gaf mijn nieuwsgierigheid me een besmuikt gevoel. Schrijven is een ondergrondse activiteit. Mensen vertellen je verhalen en weten niet hoe jij intussen hun opmerkingen duidt zoals ze zelf niet voor mogelijk hielden. Ze vertellen een anekdote als een afzonderlijk feit, maar een schrijver kent geen afzonderlijke feiten. De schrijver brengt alle informatie onder in een verborgen netwerk, verbindt de anekdote met andere gegevens en verleent haar zo een betekenis waarop niemand verdacht is. Om niet langer te kwader trouw te zijn, richtte ik me tot de Prins en zei plompverloren dat ik hierover een roman wilde schrijven.

'Waarover precies?' vroeg de Prins.

'Over Lucas Loos en de val van Clara,' antwoordde ik, 'en over de verhalen die de dood van Clara losmaakte.'

'Goed idee,' riep Mica uit, 'wij helpen je wel, verhalen zat, je weet nog maar de helft. Alhoewel, ik denk niet dat ik het aankan.'

'Waarom?' vroeg de Prins en ik voelde me bezwaard over het wantrouwen dat mijn opmerking bij hem had teweeggebracht.

'Weet ik nog niet,' zei ik.

'Nou, het begin heb je al,' zei hij en ik meende een licht sarcasme te horen in die opmerking. Ik schrok ervan. Het gesprek ging daarna over het weer. Uit fatsoen bleef ik nog even zitten, maar na een kwartier was mijn glas leeg en nam ik afscheid van de mensen op het terras.

Nog diezelfde dag ging rond elf uur in de avond de telefoon. Iedereen die me kent weet dat ik niet van telefoon houd en in de avond al helemaal niet. Dan verwacht ik alleen rampberichten. Het was de Prins.

'Weet je zeker dat je het gaat doen, dat je een boek gaat schrijven over Lucas Loos?'

'Ja.'

'Dan moet ik je iets vertellen,' zei hij, 'iets wat maar drie mensen weten. Vanmiddag kon ik er niet over beginnen, je zult later snappen waarom.'

'Je maakt me nieuwsgierig,' zei ik.

'Je weet toch dat kennis schuldig maakt?'

'Zeker, dat weet ik,' reageerde ik ferm.

'Dacht ik ook,' zei de Prins met een zekere opluchting in zijn stem. 'Ik heb er uren over nagedacht of ik het zou vertellen en opeens bedacht ik dat jij misschien de juiste persoon bent aan wie we het verhaal kwijt kunnen. Omdat je Lucas nooit hebt gekend. En omdat je op het goede moment op de goede plek was, iets wat een van mijn beste vrienden als een teken van talent beschouwt.'

Het bleef even stil. Aan de ademhaling van de Prins hoorde ik dat hij aarzelde of hij het volgende wel of niet zou zeggen.

'En omdat ik ziek ben.'

'Hè? Wat vreselijk, wat naar. Wat is er met je?'

'Van Lucas geleerd: nooit anderen vervelen met verhalen over ziekten, kwalen of ander lichamelijk ongemak. Ik ben ziek, punt. Genoeg daarover. Wat ik je te vertellen heb, kan ik niet over de telefoon doen.'

'Geen probleem, dan spreken we iets af.'

'Morgen, op het terras, maar iets eerder. Zeg, rond elven. Om twee uur moet ik weg, doktersafspraak. Ik zit aan dat tafeltje bij het windscherm. Beetje achteraf, hoort niemand ons, kunnen we rustig praten.'

'Vind je het goed als ik aantekeningen maak?'

'Zoveel je wilt, kan me niks schelen.'

Opnieuw bleef het enige seconden stil.

'Ken je Rafaël Delaporte?' vroeg de Prins.

'Alleen van naam en uit de verhalen, nooit persoonlijk ontmoet.'

'Bubi de Vos?'

'Idem.'

'Des te beter. Enfin, het moet allemaal maar eens verteld worden. Tot morgen.'

De volgende dag zat ik een kwartier voor de afgesproken tijd te wachten op het terras. Om vijf voor elf kwam de Prins aangelopen over de gracht en opeens zag ik hoe in zijn gang de vermoeidheid van jaren was geslopen. Ik zwaaide en hij zwaaide terug. Hij had nog niet plaatsgenomen of de caféhouder zette zonder iets te vragen een espresso voor hem neer. Voordat hij beleefd dankte, keek hij eerst of mijn kop nog gevuld was.

De daaropvolgende uren zaten we daar en spraken over Lucas Loos en Clara Wevers. De Prins vertelde over het drama dat zich vierentwintig jaar geleden op het eiland Skyros had afgespeeld, over de stroom van geruchten die loskwam, de verdachtmakingen, de shock, de twijfels. Hij vertelde over de vrienden van Lucas, over De Tafel in kunstenaarssociëteit De Kring en de conflicten die ertoe geleid hadden dat Lucas niet langer kon aanzitten. Hij vertelde over de muziek van Lucas, over hun samenwerking, de gesprekken die ze voerden voor het schrijven aan *De doolhof*, *De toedracht*, *De boeienkoning*, *Het tribunaal*. Af en toe stelde ik een vraag. Soms gaf hij direct een antwoord en soms zei hij dat ik later meer zou horen.

'Gisterenavond heb ik mijn vrienden gebeld,' vertelde hij. 'Ze weten dat ik hier nu met jou zit, maar wilden erover nadenken of we je ons verhaal uit de doeken zullen doen. Vanochtend hebben ze allebei teruggebeld en je hebt geluk. Ze vroegen hetzelfde als wat ik je vroeg. "Heeft ze Lucas gekend?" "Nee," heb ik gezegd en dat heeft ook voor hen de doorslag gegeven. Ik heb een datum voor je. Het is een dag waarop wij alle drie kunnen. Bubi zit nog in het buitenland, dus het wordt pas de 5de augustus. Schrijf dat maar in je balboekje.'

Het vooruitzicht op de afspraak leek de Prins opeens vermoeid te hebben. Hij leefde op zodra hij over het schrijven van de libretti kon praten en daarom vroeg ik naar de seances waarover hij gisteren sprak.

'Het was voor *De boeienkoning*, een opera over de fascinerende volksheld Harry Houdini,' begon hij. 'Lucas kwam met het idee. Als je hem gekend zou hebben, zou je weten hoe veelzeggend zijn keuze voor deze ontsnappingskunstenaar was. Lucas Loos wás Houdini. Zelfs de muziekgeschiedenis offreert geen personage dat zo beeldend overeenkomt met de persoonlijkheid van Lucas Loos als Harry Houdini, of het zou Wagner moeten zijn. Weet je iets van Houdini af?'

'Niet meer dan een ander,' antwoordde ik, 'dat het een kunstenaar was die zich op het toneel in de boeien liet slaan en zich daar vervolgens eigenhandig uit bevrijdde.'

'Daarmee is alles gezegd,' reageerde de Prins, 'een betere omschrijving van Lucas kan ik niet geven. Het wonderlijke van het werken aan het libretto was dat Lucas alleen oog had voor het heroïsch afwerpen van de ketenen. Hij leek niet in de gaten te hebben dat Houdini, om zich spectaculair uit zijn gevangenis te kunnen bevrijden, eerst vrijwillig dat gevang was binnen gegaan en zich erin had laten opsluiten. Ik weet niet eens of ik het zelf toen zo duidelijk zag of dat het een geval van hineininterpretieren is. In die tijd was ik buitengewoon gevoelig voor de meeslepende macht van Lucas, voor zijn vuur, zijn enthousiasme en dus ook voor de aanzuigende kracht van zijn blinde vlekken.'

'Wanneer speelt dit?'

'Midden jaren zeventig.'

'En die seances?'

'Ook hier moet je me de retrospectieve interpretatie vergeven. Na de dood van Clara is er veel dat ik anders ben gaan begrijpen. Net als Lucas bestreed Houdini in anderen waaronder hij zelf het meeste leed. Houdini was een illusionist die het illusionisme aanvocht en het geloof erin wilde ontmaskeren. In zijn jonge jaren hield hij zich fanatiek bezig met het oproepen van de geesten van de doden, maar in de loop van zijn leven veranderde hij in een rabiate bestrijder van wat hij ooit zo gepassioneerd geloofde. De voormalige spiritist daagde alle spiritisten in de wereld uit, klaagde ze aan en sleepte ze zelfs voor het gerecht. Hij dwong ze op de knieën en eiste van hen een openlijke bekentenis: ze moesten opbiechten dat hun seances trucs waren, dat hun kunst niet meer was dan leugens en bedrog. Wat ik je gisteren over Lucas vertelde, hoe hij is blijven snakken naar een waar geloof, deze contradictio in terminis, zo bleef Houdini verlangen naar zijn eigen ongelijk.'

De Prins schoof zijn stoel dichter naar de mijne en vervolgde zijn verhaal.

'Niet wetend dat ik een paar jaar later eenzelfde affaire van dichtbij zal meemaken, bestudeer ik voor het schrijven van *De boeienkoning* de beruchte vriendschap tussen de schrijver sir Arthur Conan Doyle en Harry Houdini. De schepper van Sherlock Holmes is een overtuigd spiritist en Houdini raakt in de ban van de schrijver. Er ontstaat een innige vriendschap tussen de twee mannen en ze schrijven elkaar talloze brieven. Houdini stelt zich daarin op als de scepticus die in zijn hart niets liever wil dan geloven. Van elke seance doorziet hij de trucage, van elke magie het bedrog en toch verlangt hij naar een spirituele ervaring die hij niet doorziet en waarin hij dus met recht een hogere macht kan vermoeden. Hij zoekt een waarachtig medium, een man die echt in contact staat met het dodenrijk, en stelt zijn vertrouwen in de bekende schrijver. Dan sterft Houdini's moeder. Hij lijdt hels onder haar dood en hunkert naar contact met haar geest. De vrouw van Doyle is ook een medium en beweert haar te kunnen oproepen. Ze houden een seance, Houdini's moeder spreekt via mevrouw Doyle, maar de ongerijmdheden in haar verhaal doen Houdini definitief van zijn geloof vallen. En daarmee van zijn vriendschap. Zijn moeder was een Hongaarse jodin die het Engels nooit had leren beheersen en hem nu vanuit het dodenrijk vloeiend in een voor haar vreemde taal te woord stond. Dat vond hij, terecht, ongeloofwaardig. Vanaf dat moment ontspint zich een onverkwikkelijke strijd tussen de voormalige vrienden. Deze wordt vooral uitgevochten in de pers. Ze bestoken elkaar met artikelen en vooral Houdini grijpt interviews aan om beledigingen naar het hoofd van sir Arthur Conan Doyle te slingeren.'

De Prins moest even op adem komen en dronk met één teug zijn kopje espresso leeg.

'Op welke affaire in de werkelijkheid doelde je daarnet?' zag ik mijn kans schoon.

'Het conflict tussen Aaron Keller en Lucas Loos,' antwoordde de Prins, 'maar daar zul je later wel meer over horen.'

'Goed,' zei ik, 'ik wacht af in lijdzaamheid.'

'Fijn, dan kunnen we verder met het verhaal. Lucas heeft dezelfde dubbelzinnige houding tegenover magie als Houdini. Hij wil zich laten betoveren en toch een ongelovige zijn. We praten over een seancescène in de opera en om die zowel muzikaal als literair goed gestalte te kunnen geven, bezoeken we de occulte Kring der Verbondenen. Lucas is er eerder geweest, in de jaren zestig, ik kom er voor het eerst. Voordat de seance begint, stelt hij me voor en we kletsen wat met het meestermedium en de gelovigen. Lucas vertelt dat we aan een opera over Houdini werken.

"Aha, onze held," zegt het medium, "de zwarte duivel. Zo sprak mijn vader al over hem. In de jaren twintig nam hij deel aan de fameuze Halloween-seances. Bent u bekend met het verhaal van zijn tragische dood?" vraagt hij me. Dat was ik wel, maar ik liet het hem met plezier vertellen.

"Een van de onderdelen van zijn optreden bestond erin dat Houdini een stel jonge, sterke mannen het podium op riep en zich door hen in de maag liet stompen, zo hard als ze maar konden. In de pauze van wat zijn laatste optreden zou blijken te zijn, rust Houdini uit op de sofa in zijn kleedkamer. Twee jongens weten zich toegang tot hem te verschaffen en vragen Houdini of ze hem ook eens in de maag mogen stompen. Houdini zegt toe, maar voordat hij zich kan oprichten om zijn spieren aan te spannen, storten de onwetende jongens zich op hem en rammen hun vuisten keihard in zijn buikstreek. Krimpend van de pijn sleept Houdini zich die avond het podium op, maar moet voor het eerst in zijn leven het optreden afbreken. In allerijl wordt hij naar het ziekenhuis vervoerd. Zijn waarschijnlijk al ontstoken blindedarm is door de slagen van de jongens opengesprongen. Enkele dagen later, op Halloween, sterft hij. Vlak voordat hij voor altijd zijn ogen sluit, belooft hij zijn vrouw er alles aan te doen haar van gene zijde te bereiken. Ze spreken een code af. Aan die code zal zij kunnen herkennen of het daadwerkelijk Houdini is die tot haar spreekt. Vandaar de Halloween-seances. Jarenlang hebben spiritistenkringen over de hele wereld op 31 oktober, de sterfdag van Houdini, seances georganiseerd om zijn geest op te roepen en de afspraak bewaarheid te doen worden."'

'En?' vroeg ik aan de Prins.

'Het is nooit gelukt. Houdini zweeg als het graf. Maar het heeft zijn populariteit in de kringen van de spiritisten onverlet gelaten. Mensen geloven tegen de klippen op.'

'En toen?'

'Welnu, het kennismakingsgesprek wordt afgerond en de seance begint. Rond de tafel, met een kruishout rustend op de toppen van onze wijsvingers, begint wat ze in die kringen automatisch schrijven noemen. Lucas en ik zitten naast elkaar. Wierook, kaarsen, alles helpt mee een sfeer van mysterie en heiligheid te creëren. Het medium prevelt een soort gebed en roept de geesten aan. Dan begint opeens het rondhout te bewegen boven een bord waarop het alfabet, de cijfers 0 tot en met 9 en wat begrippen als vader, moeder, vrouw, man staan geschilderd. Een raar gevoel, alsof het buiten je om gaat. De houten pen in het midden van het kruis maakt duidelijk dat Lucas de eerste aangeroepene is. Het schrijven gaat tergend langzaam en alleen de onmiskenbare spanning die er hangt, zorgt ervoor dat ik me niet verveel. De boodschap is gericht aan "mijn pupil Lucas Loos". Het medium vraagt wie er aan het woord is. Komt er een vreemde naam, nooit van gehoord. Bij het doorvragen noemt hij zich woordvoerder van de Meester en beweert de pianoleraar van Richard Wagner te zijn geweest. Dat is vreemd. Net als nagenoeg iedereen in die tijd legt Lucas een modieuze afkeer van Wagner aan de dag. Beethoven, Chopin, ja, maar Wagner is de laatste met wie hij geassocieerd wil worden. Dan wordt er met die ijzingwekkende traagheid een aantal onbegrijpelijke regels doorgegeven. Al die tijd heb ik ingespannen de bewegingen van die houten pen gevolgd. Omdat het zo lang duurt, kijk ik slinks opzij, naar Lucas. Ik schrik me rot. Hij is lijkbleek. Het blonde haar kleeft tegen zijn voorhoofd, hij kauwt op zijn onderlip. Diep in de nacht keren we naar huis terug. Lucas is zwijgzaam. Als ik hem vraag wat dat nou te betekenen had, dat Wagner hem zijn pupil noemt, kijkt hij betrapt en haalt zijn schouders op. De volgende dag hangt hij in alle vroegte aan de telefoon. "Nu begrijp ik het," zegt hij. "Het was de Meester, het was mijn vader die daar sprak."

Lucas' vader was een meesterbakker te Utrecht. Hij en de andere kinderen in het gezin hebben hem nooit met vader aangesproken, maar altijd met Meester. Pas later heb ik de betekenis van die seance anders begrepen, toen mijn vrienden en ik elkaar na de dood van Clara opzochten en we opeens meer overeenkomsten tussen Lucas Loos en Richard Wagner ontdekten. De persoonlijkheidscultus, het zoeken naar een eigen operahuis, kunst als religie, en zo meer. Tussen de artikelen van Lucas vonden we een stuk dat "Kind en Meester" heet. Ik was het hele artikel vergeten. De eerste alinea's lees ik als een zelfportret van Lucas. Tot mijn schrik wordt na een paar alinea's duidelijk dat het over Wagner gaat. Hij beschrijft Wagner als een van zichzelf dronken kind, dat goed noten en woorden schrijven kon. Die zin schiet me vanzelf te binnen als ik aan Lucas denk, en ik denk vaak aan hem.'

Sinds ik vierentwintig jaar geleden de zin in de krant zag staan, had ik in de loop van de tijd talloze mensen aangesproken, vrienden en kennissen van wie ik wist of vermoedde dat ze me over de componist en zijn vrouw konden vertellen. Altijd volgden er verhalen over verschrikkelijke ruzies, de ontzetting die haar dood teweegbracht en dat Lucas Loos na de val van Clara nooit meer de oude werd. Wanneer ik vroeg waarom Loos koos voor die ene zin in de rouwadvertentie, haalden de meesten hun schouders op. Hij dichtte, werd er dan gezegd, of dat Lucas van pathos hield. De reactie van de Prins was een andere. Hij keek me kalm aan en zei dat hij me nu nog niet alles kon vertellen.

'Als hij ervoor in de stemming is, zal mijn vriend Raffi je het verhaal van de gevallen engel vertellen,' zei hij.

Ik vroeg hem of hij nog contact had met Lucas in de laatste periode van zijn leven.

'Nauwelijks,' zei de Prins. 'In 1999 hoorde ik via een kennis dat Lucas in het ziekenhuis lag met een ontplofte blindedarm. Daar ben ik hem gaan opzoeken. Voor zover een leeuw broos kan zijn, lag er een broze leeuw tussen de witte lakens, omringd door druppende zakken en slangen met rood vocht, je kent het wel. Hoe ziek hij ook was, hij begon onmiddellijk en vol vuur over allerhande politieke kwesties en zei dat hij even bang was geweest in Houdini's laatste voetspoor te treden. Op het prikbord boven zijn bed prijkte een ansichtkaart met de afbeelding van een portret van Beethoven. Ik moest denken aan het verhaal over zijn jeugd dat hij regelmatig vertelde. Hoe hij als jongetje eens ziek te bed lag, de dokter langskwam en boven zijn bed allemaal foto's van componisten ontwaarde. De dokter had er met verbazing naar gekeken en gezegd dat boven een jongensbed toch filmsterren hoorden te hangen. "Beethoven, Mozart, Chopin en Tsjaikovski waren mijn pin-ups," zei Lucas dan. Daarna heb ik hem nooit meer gezien. Toen hij doodging zat ik in Frankrijk.'

Het carillon van de Westertoren herinnerde de stad aan het verglijden van de tijd. Het was kwart voor twee en de Prins stond op. Hij trok de cape rond zijn schouders en duwde de donkere bril omhoog op zijn neus.

'We hebben met z'n drieën verbijsterende ontdekkingen gedaan,' zei hij. 'Je zult ervan opkijken.'

'Waarom hebben jullie zelf nooit over die ontdekkingen geschreven?' vroeg ik.

'Vriendschap,' antwoordde de Prins vermoeid. 'Loyaliteit, geen karaktermoord willen plegen, dat soort dingen. Begin augustus zul je het beter begrijpen. We kunnen alle drie geen roman schrijven, dat talent hebben we niet, en alleen fictie doet hem recht. Karaktermoord is iets voor biografen en journalisten, van schrijvers die de historische waarheid pretenderen te kennen. Die pretentie vinden wij kwade trouw. We hebben in de vorige eeuw allemaal een tik van die oorlog gehad en kregen daarna een strenge leermeester in Sartre. Nu moet ik gaan.'

Ik stond op en omhelsde hem inniger dan ik de dag daarvoor deed. Door de stof van de cape heen voelde ik hoe mager hij was geworden. Zijn rug leek alleen nog te bestaan uit twee vleugelachtige schouderbladen. Het schoot door me heen dat ik de dood omhelsde en dwars door mijn opwinding en verwachtingsvol geluk joeg de vlammende steek van een eeuwenoud verdriet.

# TWEEDE BEDRIJF

# 1

In de zomer van 1981 heeft de componist Lucas Loos aan de kust van de Egeïsche Zee een deel van een villa gehuurd om er zes weken door te brengen met zijn vrouw Clara en hun tienjarige zoon Quint. De hartsvriendin van Clara, de actrice Bella Basten, en haar zoon Levi, net zo oud als Quint en diens beste vriend, zijn mee. Bella leeft al een aantal jaren gescheiden van haar man en ze voedt haar zoon alleen op.

Het grote, witgeschilderde huis is in etages tegen de flank van een rots gebouwd. Bella en de twee jongens bewonen de kamers op de begane grond, Lucas en Clara wonen een verdieping hoger, waar behalve een slaapkamer ook de keuken en de zitkamer zijn. Aanpalend aan de keuken en de zitkamer is een ruim, overkapt terras gebouwd.

Vanuit het terras heb je zicht op de rotsen, het strand en de zee. Het kleinste deel van de villa wordt in de zomermaanden bewoond door de beheerders, een Griekse man en vrouw op leeftijd. Het is een kamer op de begane grond, naast de twee kamers waarin Bella en de jongens hun intrek hebben genomen. De beheerders maken dagelijks de kamers schoon, verwisselen de handdoeken en verschonen een keer per week de lakens van de bedden. 's Ochtends, als iedereen nog slaapt, zetten ze vers brood op de terrastafel. Naast het deel van het huis waar de jongens slapen, begint een ellenlange stenen trap die naar het strand en de zee leidt. Onderling noemen ze het de strandtrap. Tussen de kamer van Bella en de kamer van de beheerders is een trap die omhoog leidt. Ze noemen het de hemeltrap.

Het terras is de verzamelplaats. Ze komen er bij elkaar om te ontbijten en 's avonds wordt er gegeten en vaak tot diep in de nacht gedronken en gepraat. Het is aan twee kanten omgeven door een balustrade, een witgekalkte steense muur, 40 centimeter breed en een meter hoog. Het draagvlak is onderbroken door de pilaren waarop de overkapping rust. Via de kant van de muur die naar de hemeltrap leidt, kun je op een aflopende berg klauteren en je door het stekelige struikgewas een weg naar de strandtrap banen. De kant die er haaks op staat, vormt de afscheiding tussen het terras en een steile, veertig meter diepe, rotsachtige afgrond. Op bedrieglijke wijze suggereren dikke, sappige cactusbladeren een vettig geelgroen tapijt, een voortzetting van de dragende muur. Clara en Bella hebben de kinderen de wacht aangezegd: ze mogen niet op de muur klimmen, zitten of lopen, laat staan op de cactusbladeren.

Op zaterdagavond, 25 juli 1981, keren Bella en de jongens, en Lucas en Clara, afzonderlijk van elkaar terug van een bezoek aan een nabijgelegen villa. Een vriendenstel uit Amsterdam heeft een halve kilometer verderop, in het hooggelegen stadje Chora, een huis gehuurd en iedereen uitgenodigd die avond bij hen te komen eten. Voor Lucas, Clara en Bella is de zaterdag vervelend verlopen. Het was een dag vol ruzies en spanningen, in de loop van de avond heeft de stemming een dieptepunt bereikt. Van het eten is niets terechtgekomen. Al bij de eerste ouzo zijn de drie mannen verwikkeld geraakt in een hoogoplopende discussie over de plaatsing van kruisraketten, Reagan, Cuba, de bouw van een muziekcentrum in

Amsterdam en het kunstklimaat in Nederland. Bella en Clara proberen een gesprek te voeren zonder elkaar verwijten te maken, wat niet lukt. Na de ouzo gaat de meegebrachte witte wijn van hand tot hand en intussen heeft geen van hen het vuur in de gaten gehouden waarop het vlees geroosterd moet worden. Tegen de tijd dat de jongens landerig worden van de honger en de vrouwen zich met tegenzin losrukken van hun zeurende vete om wat vlees op het rooster te leggen, is het vuur gedoofd. De honger van de kinderen wordt ijlings gestild met brood, feta en vleestomaten. De volwassenen bestrijden het katerige gevoel van een mislukte maaltijd met meer drank en sjekkies met marihuana. Niemand kan zich onttrekken aan de kribbige sfeer die er opeens hangt. Aangeschoten van de wijn en de warmte en nog chagrijnig van het gesprek met Bella, verwijt Clara Lucas dat hij niet voor hun kind zorgt en dat zij altijd overal voor moet opdraaien. De gastheren zijn gewend aan dit soort ruzies, maar voelen zich schuldig over het verwaarloosde vuur en doen er het zwijgen toe. Lucas wil het liefst doorgaan met de discussie om zijn gelijk te halen en is geïrriteerd omdat hem dat wordt belet door zoiets onbenulligs als een maaltijd. Door Clara het idee te geven dat er gewichtiger zaken in de wereld zijn dan eten, wordt ze nog kwader. Normaal gesproken krijgt ze in het eeuwige conflict met Lucas over wat belangrijk is in het leven bijval van Bella, maar dit keer niet. Bella valt Clara even helemaal nergens in bij.

In de loop van zaterdagochtend de 25ste juli is Bella teruggekeerd van de havenstad Linaria, waar ze naartoe was gevlucht om weg te zijn van haar vriendin. Van meet af aan kregen ze tijdens deze zomervakantie om elke kleinigheid woorden en ze hadden zich doorlopend aan elkaar geërgerd. Hun onderlinge schreeuwen en schelden meer dan zat, had Bella op de woensdagochtend van die week haar koffer gepakt, haar zoon bij de hand genomen en de steile weg naar het dorp beklommen om op het plein een bus naar de haven te pakken. Na drie dagen afzondering was haar woede nog niet helemaal bekoeld, maar omdat Levi zijn vriend miste, zette ze haar gram opzij en keerde terug naar Skyros. Bella en Clara hadden elkaar omhelsd, het was een uur goed gegaan en daarna waren ze elkaar opnieuw kijvend te lijf gegaan.

Op de avond die voorafgaat aan de fatale nacht is voor Bella de maat snel vol. Zonder af te wachten of Clara haar tijdens de aardedonkere afdaling zal begeleiden, roept ze de jongens, pakt haar tas, neemt met een achteloze zoen afscheid van de gastheren, negeert Clara en Lucas en verdwijnt in de duisternis. Ze belicht haar tocht met een zaklamp. Het is na elven. Terug in de villa stopt ze de kinderen in bed, haalt een fles wijn uit de keuken en trekt zich terug in haar kamer op de begane grond. Ze wil die avond niemand meer zien. Ze weet niet dat ze Clara nooit meer zal zien.

Achtergebleven in het huis van zijn vrienden slaagt Lucas er niet in de discussie opnieuw aan te zwengelen. Daardoor verveelt hij zich, wordt ongedurig, ziet aan Clara's ogen dat ze almaar dronkener wordt en staat op. Clara maakt niet direct aanstalten om mee te gaan, maar als hij aandringt en haar met zachte dwang onder de arm pakt, laat ze zich gewillig meevoeren. Wat ze zich voorgenomen hadden en waar ze allebei de hele vakantie hun best voor doen, lukt op weg naar de villa: ze houden hun wederzijdse verwijten voor zich en maken geen ruzie.

Kort voor middernacht arriveren ze bij het gehuurde onderkomen. Het is Clara die als eerste in het donker de gestalten onderscheidt van twee mannen. Ze kijken omhoog, naar het terras, en lijken te twijfelen wat ze moeten doen. Bruusk maakt Lucas zich los van haar arm, versnelt zijn pas om de mannen welkom te heten en laat Clara verbluft en kwaad achter. Het zijn de twee jonge Amerikaanse studenten die ze 's middags op het strand ontmoetten. Lucas raakte met ze in gesprek en zat met een van hen urenlang op een handdoek. Tegen de zin van Clara had hij de jonge mannen uitgenodigd die avond een glas te komen drinken, in zijn villa of in die van zijn vrienden.

Zonder verder aandacht te schenken aan Clara, beklimt Lucas met de twee jonge mannen de hemeltrap, biedt ze op het terras een van de rieten stoelen aan en haalt drank voor ze. Waar Lucas geen oog voor had valt Clara onmiddellijk op als ze met moeite de klim naar boven heeft volbracht: Bella is niet op het terras. Het gevoel dat alles haar die dag tegenzit overmant haar en ze wordt baldadig. Daarop doet ze wat ze altijd doet als ze Lucas voor de zoveelste keer ziet veranderen in een schutterige debiel, volledig in de ban van zijn eigen, heftige adoratie: ze flirt met de mannen op wie hij zijn oog heeft laten vallen. Met de scherpe blik van de jaloezie ziet ze meteen naar wie van de beide jongens zijn verliefde bewondering uitgaat. In zoverre de dronkenschap haar dat toelaat, loopt ze bevallig op hem toe, vlijt zich op zijn schoot, slaat haar smalle, gebruinde armen om zijn nek en werpt Lucas een even uitdagende als vernietigende blik toe.

Langs haar heen kijkend, alsof de provocatie hem koud laat, probeert Lucas de draad van het gesprek dat hij die middag met juist die jongen voerde, weer op te pakken. De jongen is begin twintig en studeert literatuur en filosofie aan de universiteit van Berkeley. De afgelopen maanden las Lucas alles wat hij kon vinden van en over Plato, over de drie geslachten en de lofredes op de liefde in *Symposium* en vooral over de dood van Socrates. Die middag, op het strand, legde hij de student uit dat hij componist is en op dit moment werkt aan een opera over Socrates en Tsjaikovski. Niet alleen is hij begeesterd over het dramatische onderwerp dat hij te pakken heeft, hij is ook getroffen door een van die merkwaardige toevallen die als een rode draad door zijn leven lopen. De student uit Amerika heet Bob en het is een Bob die een cruciale rol speelt in zijn opera. Dat hij hier, op een nagenoeg verlaten strand, op het Griekse eiland waar Achilles vermomd als vrouw rondliep en Theseus door de koning van Skyros van de rotsen werd geduwd, een jongen treft die dezelfde naam draagt als een personage in zijn opera, heeft voor Lucas de schone glans van de voorzienigheid. Op de tafel in het appartement ligt een map met fotokopieën van artikelen die onlangs verschenen over het onderzoek van een naar de Verenigde Staten uitgeweken Russische musicologe. Ze heet Alexandra Orlova en ze werkt aan een boek waarin ze een nieuw licht werpt op de mysterieuze dood van Peter Iljitsj Tsjaikovski. Biografieën en monografieën van Tsjaikovski spreken elkaar tegen over de manier waarop de grote componist aan zijn einde kwam. Zoals wel vaker in de geschiedenis van de stad wordt Sint-Petersburg in het laatste decennium van de negentiende eeuw geteisterd door een cholera-epidemie. De officiële versie luidt dat Tsjaikovski een van de vele slachtoffers was van de verwoestende bacil. Een enkele keer wordt voorzichtig gesuggereerd dat hij depressief was en zelfmoord pleegde. Gekweld door de tegenstrijdigheden en geheimen in zijn leven, zou Tsjaikovski opzettelijk een glas met cholera besmet water gedronken hebben en enkele dagen nadien een afschuwelijke, pijnlijke dood sterven. Er wordt ook wel beweerd dat Tsjaikovski in de keuze voor deze dood zijn moeder navolgde. Zij stierf onder even onduidelijke omstandigheden tijdens een vorige cholera-epidemie, had een genetische dispositie voor neerslachtigheid en zou zelfmoord hebben gepleegd door het drinken van het vernietigende water. Zo ging het verhaal, maar Alexandra Orlova had voldoende redenen beide versies van de doodsoorzaak van Tsjaikovski in twijfel te trekken. De drieënvijftigjarige componist was op het toppunt van zijn roem en had onlangs de première beleefd van zijn *Zesde Symfonie*, een werk waarin hij heel zijn ziel en zaligheid had gelegd. Maar er was nog iets anders. Eind jaren dertig was ze als archivaris werkzaam in het Tsjaikovski-museum in Klin en had daar een brief onder ogen gehad van Tsjaikovski's lijfarts aan diens broer Modest. In die brief geeft de dokter nauwkeurige instructies aan de broer hoe hij het moet doen voorkomen dat Tsjaikovski aan de cholera gestorven is, wat de kenmerken zijn van het lijden en hoe hij deze aan de pers kan beschrijven. Vertrouwd met het land, en bovenal met haar staatspraktijken, koestert Orlova het vermoeden dat Tsjaikovski is vermoord. Ze gaat naarstig op zoek naar de brief die ze ooit onder ogen kreeg in Klin. De brief blijkt onvindbaar. De nazi's hebben in het begin van de Tweede Wereldoorlog het museum bezet en er huisgehouden. Hoewel gezegd wordt dat de collectie in veiligheid is gebracht, blijft de brief van Tsjaikovski's dokter onvindbaar. Lucas kan het weten, want hij is zelf een paar maanden geleden naar Rusland afgereisd, op zoek naar de brief. Waar hij ook kwam, overal stuitte hij op een van hogerhand geregisseerde onnozelheid en de brief bleef achter gesloten deuren. Orlova geeft niet op. Om haar vermoeden van moord te bevestigen of te ontkrachten gaat ze de laatste dagen van Tsjaikovski's leven tot in detail na. Over alle dagen die verlopen tussen zijn aanwezigheid bij de première van de *Zesde Symfonie* en zijn onopgehelderde dood treft ze talloze gegevens aan in archieven, brieven, dagboeken, romans en biografieën, maar over de ochtend en middag van één dag ontbreekt elke aanwijzing. De 31ste oktober van het jaar 1893 is de verdwenen tijd. Voor Lucas is dit een omineuze datum, maar daarover zal hij Bob straks alles vertellen. Als een detective probeert Orlova deze weggemoffelde dag, vijf dagen voor zijn dood, onder het stof van de tijd tevoorschijn te halen en hem in te vullen. Zo komt ze op het spoor van een nooit eerder opgedoken getuige. Gelegen op haar sterfbed doet deze getuige een huiveringwekkend verslag van de ontbrekende dag in de archieven. Het is de verschrikkelijke dag waarop Tsjaikovski ontboden is om in Sint-Petersburg voor een geheim tribunaal te verschijnen. De stervende vrouw is op de hoogte van deze mysterieuze ereraad, omdat haar man in die tijd opperrechter was en tot aanklager van de raad werd benoemd. Het tribunaal is samengesteld uit vrienden van Tsjaikovski, acht medestudenten die gelijktijdig met hem rechten studeerden en nu allemaal hoge ambtelijke posities bekleden in Rusland. Het schervengericht vindt plaats in hun woning en neemt langer dan een halve dag in beslag. Gedurende al die uren zit de vrouw van de aanklager met een breiwerk in de aangrenzende kamer. Na ruim vijf uur vergaderen stormt een bleke, verwarde Tsjaikovski via haar kamer naar buiten en ontwijkt daarbij ternauwernood de stoel waarop zij zit. Ze herinnert het zich zo goed, omdat Tsjaikovski haar geen blik waardig keurt en verzuimt zich te verontschuldigen voor deze onstuimige onbehouwenheid, terwijl ze hem kent als een uiterst hoffelijke man. Ze weet te vertellen dat het initiatief voor het tribunaal bij de tsarina lag. In Sint-Petersburg ging het gerucht dat de componist een verhouding zou hebben met haar neef. Wanneer dit gerucht de tsarina bereikt, ontsteekt ze in blinde woede. De roddels over haar neef zijn een aantasting van haar goede naam en de naam en eer van haar familie. Ze wil de man die zij persoonlijk voor het infame gerucht verantwoordelijk houdt, omdat hij door zijn perverse levenswijze dergelijke praatjes heeft veroorzaakt, genadeloos straffen. Tegen zijn zin en ervan uitgaand dat het enkel een berisping betreffen zal, stemt de tsaar in met haar plan Tsjaikovski op grond van zijn homoseksuele activiteiten de wacht aan te zeggen. Homoseksualiteit gold als een misdaad in de negentiende eeuw. Veroordeelden ontnam men hun burgerlijke rechten en ze werden naar Siberië gestuurd. Uit angst voor de blaam op het uniform van hun gezamenlijke school en op de naam van het recht, eist de ereraad een hogere tol voor de afwijking dan de tsaar durfde te bevroeden: het tribunaal veroordeelt Tsjaikovski tot zelfmoord door het drinken van een gifbeker. Bang voor tumult onder het volk moet de veroordeling strikt geheim gehouden worden. Daarom stelt de raad de beroemdste en meest geliefde componist van Rusland in de gelegenheid de eer aan zichzelf te houden. Op de uit de annalen verdwenen dag, de laatste dag van oktober, keert Tsjaikovski gebroken naar huis terug, laat zich het gif toedienen door een lid van het tribunaal, zijn uitgever nota bene, en sterft vijf dagen later een gruwelijke dood. Aan zijn sterfbed staan twee mannen: zijn eveneens homoseksuele broer en vertrouweling Modest en de jongen naar wie zijn hart werkelijk uitgaat: zijn grote liefde en neef Vladimir Davidov, de zoon van zijn zus Alexandra. Vladimir wordt door iedereen Bob genoemd. Aan Bob heeft Peter Iljitsj de symfonie opgedragen die zijn laatste zal blijken te zijn en waarmee hij nog geen week voor zijn dood zijn ziel aan het Russische publiek blootlegde: de *Symphonie Pathétique*. Het merkwaardige en geheimzinnige van de *Pathétique* is dat het lijkt alsof Tsjaikovski voorvoelde dat het zijn laatste werk zou zijn. Het slot van de *Zesde Symfonie* is een lamento, een desolate klaagzang.

Peter Iljitsj Tsjaikovski noemt het een requiem.

Peter Iljitsj Tsjaikovski heeft zijn dood voorzien.

Peter Iljitsj Tsjaikovski heeft zijn eigen requiem geschreven.

In zijn enthousiasme realiseert Lucas Loos zich niet dat hij de eerste berichten over het onderzoek van Orlova helemaal naar zijn hand heeft gezet. Hij maakt steeds dezelfde vergissing in de sterfdatum van Tsjaikovski, die in werkelijkheid niet op 5 maar op 6 november 1893 stierf. Hij heeft een vrouw, de tsarina, tot hoofdschuldige gebombardeerd, terwijl het een of andere vorst was die met een brief aan tsaar Alexander de aanleiding vormde tot de veroordeling van de componist. Niet de neef van de tsarina, maar de neef van deze vorst moest tegen de geruchten in bescherming worden genomen. De getuige, de vrouw van de opperrechter Yakobi, was weliswaar stokoud, maar verre van stervende. Ze wilde haar geheim, het verhaal dat zij van haar man had gehoord, niet meenemen in het graf en onthulde het aan de zoon van vrienden, niet rechtstreeks aan Alexandra Orlova. De zoon van de vrienden brieft het geheim op zijn beurt door aan de schrijfster en zo hoort ze het verhaal uit de derde hand. Lucas verandert Tsjaikovski's vriend en uitgever in de beul die hem het gif toedient. Zo staat het niet in het boek, maar Lucas ergert zich al jaren groen en geel aan zijn eigen uitgever en Lucas neemt altijd wraak, bij voorkeur op papier. Wat het hem een moeite kost van zijn partituren een fraaie uitgave te krijgen. Een componist heeft geen leven in Nederland. Bij de begrafenis van Tsjaikovski stonden duizenden mensen langs de kant van de weg om hem de laatste eer te bewijzen, maar in Nederland krijg je niet eens een eerste eer. Niemand hecht waarde aan de schoonheid van de eigentijdse muziek, zelfs zijn uitgever niet. Met wat meer enthousiasme, inzet en liefde voor zijn stukken had hij allang in het buitenland voet aan de grond gekregen. Hij weet wat hij waard is. Hij weet dat hij een onmiskenbaar persoonlijke klankkleur heeft weten te geven aan de moderne muziek en dat hij op het punt staat de crisis van de harmonie in de twintigste eeuw op te lossen. Maar die uitgever doet niks, snapt niks.

Zonder zich daar zo bewust van te zijn, vertelt Lucas het verhaal van Tsjaikovski's dood aan Bob, zoals hij het aan het kneden is om het tot een geschikt verhaal voor een opera te transformeren. De historische werkelijkheid doet er voor hem niet toe en ook de exacte weergave van de versie van Orlova is onbelangrijk. Een opera heeft spanning en drama nodig en de enige manier waarop de kunst de waarheid kan dienen is door te verleiden, te amuseren, te boeien. Ook hier, op het strand van Skyros, waar zijn publiek bestaat uit een aantrekkelijke, aandachtige Amerikaanse student, gaat het om de verleiding, niet om historische data.

Lucas Loos kent de macht van zijn bevlogenheid. Hij ziet dat de Amerikaanse student aan zijn lippen hangt en dat hij indruk maakt met zijn verhaal. Naast componeren doet Lucas niets liever dan dit, praten, polemiseren, discussiëren, zijn kennis delen, liefst met een schone, begaafde jongeling, vertellen over de boeken die hij leest, de ideeën die hij daarbij krijgt. De verleiding van de woorden is zoveel zichtbaarder en directer dan de verleiding door de muziek, dat hij haakt naar de eeuwige voortduring van dit geluk. Voor Lucas is de wereld op deze zaterdagmiddag in juli 1981 vernauwd tot een vierkante meter op een Grieks strand. Alsof hij in vogelperspectief op aarde neerkijkt, ziet hij zichzelf zitten, ingesloten door een lijst van een azuurblauw uitspansel, een wit strand, een wijnrode zee. Met flarden komen hem de filmbeelden van Visconti's *Death in Venice* voor de geest. Dirk Bogarde als de componist Gustav von Aschenbach op het strand van het Lido in Venetië, asgrauw, koortsig van de cholera en van de allesverterende, verboden verliefdheid op een Poolse jongen. Gustav von Aschenbach worstelt met zijn geweten, omdat hij de jongen bij zich wil houden en daarom tegenover hem verzwijgt dat er in Venetië een cholera-epidemie is uitgebroken. Lucas heeft nooit gezwegen, nergens over. Zo zit hij daar, als in een filmdecor, in het land van de muziek en van de liefde, met een schone jongeling aan zijn zijde. De felle begeerte die hij in deze uren voor de jongen koestert, is vooralsnog een zuiver verlangen. Hij deelt zijn kennis met hem, hij doceert, hij omkranst hem met verhalen van een passie voor de muziek en van een moeizaam bestaan. Hij heeft niet in de gaten dat hij al urenlang nagenoeg alleen aan het woord is. Hij heeft ook niet in de gaten dat Clara herhaaldelijk probeert zijn aandacht te trekken door met een steeds schellere stem het volume van haar gesprek met Bella op te voeren.

Lucas helt nog wat dichter naar Bob toe om hem te vertellen over de verborgen betekenis van de *Symphonie Pathétique*, over het autobiografische verhaal dat schuilgaat achter de noten van deze zwanenzang. Hij wil hem net uitleggen op welke geraffineerde wijze componisten, met hun aangeboren cijferfetisjisme, geheime boodschappen verstoppen in hun werk, als Clara naast hem opduikt. Ze houdt de hand van hun zoon vast. Met een roodverbrand gezicht kijkt de jongen hem van onder zijn helblonde pony glunderend aan, blij weer in de nabijheid van zijn vader te zijn. Zij kijkt Lucas aan met de blik van een aangeschoten ree, verwond, verbaasd en verongelijkt, een blik waarmee hij zich al honderden keren in de afgelopen zestien jaar gezien wist. En net als die honderden keren daarvoor roepen de droevige, boze ogen eenzelfde mengeling van mededogen, schuld en drift in hem op. Het kost hem moeite zich los te maken uit zijn door het gelukkige toeval ontstane idylle en zich de werkelijkheid te herinneren waarvoor hij koos: zijn leven met een vrouw en een kind. De vlammende drift die in hem opwelt, ventileert hij door opzettelijk een afspraak met Clara te schenden. Ze wilden deze zomer nader tot elkaar komen en meer tijd met elkaar doorbrengen. Daarom beloofde hij niet te pas en te onpas vreemde jongens mee naar huis te nemen zonder eerst met haar te overleggen. Ten overstaan van Clara nodigt hij Bob en zijn vriend uit die avond een glas te komen drinken. Hij legt daarbij de nadruk op elk woord dat uit zijn mond rolt.

Clara heeft haar hoofd in de holte van Bobs hals gelegd en zo nu en dan drukt ze een zoen op het plekje onder zijn oorlel. Overtuigd van de vervoerende macht van zijn verhaal, herinnert Lucas de jonge Amerikaan aan hun gesprek van die middag. Om ook de andere vriend te betrekken bij de avond, legt hij hem uit dat hij bezig is met een opera over de moord op Socrates en Tsjaikovski en welke ontdekkingen een Russische musicologe deed dankzij een opgespoorde, stervende getuige. Of hij, net als Bob, bekend is met *Symposium* van Plato en met dat schitterende verhaal van de komedieschrijver Aristofanes, over de oorsprong van de liefde? Dat daarin de drie seksen beschreven zijn, de dubbelmensen, aan elkaar vastzittende mannen-mannen, vrouwen-vrouwen en mannen-vrouwen die door de goden in tweeën gespleten worden? En weet hij dat de oerseksen respectievelijk afstammen van de zon, de aarde en de maan?

Half slapend heeft Clara geluisterd naar de uiteenzetting en met een verrassende lenigheid springt ze van de schoot van Bob, spreidt haar armen en roept luid door de stille nacht dat ze, ja, dat wil, seks.

Zonder haar op het misverstand te wijzen, gaat Lucas verder met zijn verhaal, vertelt dat de oerseksen in deze aaneengesmede vorm onoverwinnelijk waren en daarom een bedreiging vormden voor de goden. De oerseksen waren de eerste hemelbestormers in de geschiedenis van de mensheid, want machtiger kan een mens niet zijn, zegt hij plechtig, dan wanneer hij met een ander een eenheid vormt in de liefde. Hij kijkt daarbij niet naar Clara. Hij kijkt naar Bob en blijft hem aankijken als hij zijn verhaal voortzet. Om de macht van de mens te breken, hebben de goden de drie seksen gespleten, ze wreed van elkaar losgehakt. Sindsdien is de ene helft wanhopig op zoek naar de andere, om weer een te worden, om sterk te kunnen zijn. Vanaf het moment van de splijting is de mens verscheurd en verscheurde mensen zijn krachteloos en manipuleerbaar, ze marcheren binnen de kortste keren stram in het gelid achter een gek met een grote bek. Midden in de uiteenzetting van de manier waarop hij de oerseksen in de opera wil opvoeren, als een reusachtig wiel van naakte mensenlichamen, rug-aan-rug aan elkaar vastgebonden, zwevend tussen hemel en aarde, stelt Clara voor met zijn allen te gaan zwemmen in zee. Naakt, zoals altijd. Het is een warme nacht, het maanlicht scheert over het wateroppervlak. Door een natuurlijke preutsheid bevangen, kijken de Amerikanen elkaar aarzelend aan. Naakt zwemmen, dat is typisch iets voor Nederlanders. Zelfs met een zwembroek aan voelen ze zich onvoldoende op hun gemak om met het vrijgevochten stel een zeebad te nemen. Bovendien is er iets raars tussen die twee, iets waar ze niet meteen de vinger op kunnen leggen. Ze zijn gefascineerd door de man met zijn enthousiaste, verhitte verhalen, maar ook geïntimideerd. De knappe vrouw is overduidelijk dronken, maar haar dronkenschap wasemt een zo wanhopig haken naar de man uit, dat het hen beklemt. Door aan Lucas te vragen of hij zelf het libretto schrijft voor zijn opera, redt Bob hen uit de penibele situatie en ontsnapt aan een antwoord op Clara's voorstel. Trots dat Bob voor hem kiest en blij dat hij langer mag verwijlen in de wereld van zijn ideeën, vertelt Lucas dat hij samen met een bevriend schrijver en theatermaker aan het libretto werkt. Zijn naam zal hun als Amerikanen niets zeggen, maar in Nederland is hij beroemd. Hij heeft ooit de theaterwereld op zijn kop gezet door een moderne bewerking van de verdedigingsrede van Socrates tot een dramatische monoloog, een schitterend stuk waar de kranten indertijd vol van stonden. Zijn vriend kent zijn antieke pappenheimers en ze schrijven elkaar wekelijks uitgebreide brieven over de mogelijke opzet en inhoud van het libretto. Omdat hij niet kan wachten tot de tekst voor de opera af is, hij weet dat zoiets jaren in beslag kan nemen, heeft hij vast een begin gemaakt met het schrijven van de partituur. Hier, op Skyros, moet hij het zonder piano stellen en daarom componeert hij neuriënd en zingend. Dat gaat goed, dankzij de onvolprezen ingenieusiteit van het menselijke brein. Hij zal hun waarschijnlijk niets nieuws vertellen door hun uit te leggen dat de hersens bestaan uit een linkerhelft en een rechterhelft. Sinds hij een neurologische studie las over hoe muziek in het brein tot stand komt, neemt hij zanglessen. Simpel gesteld wonen in de linkerhelft van de hersens de woorden en in de rechterhelft de tonen. Het zijn talen, of liever gezegd, de vermogens om taal te maken, maar het zijn verschillende talen. Alleen wie zingt brengt de twee gescheiden talen bij elkaar, de woorden en de tonen. Zingen is een manier om de twee hersenhelften harmonieus met elkaar te laten samenwerken en hoe meer hij zich daarin oefent, hoe beter het componeren hem afgaat. Het stuk waaraan hij nu werkt, is geweven rondom muzikale citaten uit de *Pathétique* van Tsjaikovski. Hij heeft Bob daar vanmiddag al over verteld. Zoals hij het nu schrijft, opent de opera met een klaagzang over de dood van een geliefde, gebaseerd op het requiem waarmee Tsjaikovski's symfonie eindigt.

Clara zit al een poos op het deel van de balustrade dat het terras van de afgrond scheidt. Ze leunt met haar rug tegen een van de schitterend witte pilaren. Ze drinkt wijn en rookt een sigaret. Zo nu en dan laat ze haar hand achteloos over het fluweelzachte oppervlak van een cactusblad glijden. De verhalen van Lucas over Tsjaikovski en Socrates en de theorie van de twee hersenhelften heeft ze eindeloos vaak moeten aanhoren. Ze voelt zich buitengesloten en wil weer meedoen. Met haar rauwe, altijd iets te luide stem zegt ze onlangs een boek gelezen te hebben over klaagzangen bij de Grieken en dat die gezongen weeklachten vroeger vooral aan vrouwen waren voorbehouden. De Amerikanen draaien hun hoofd naar haar toe. Lucas kijkt haar ook aan, maar legt een vinger tegen zijn lippen. Ook al bedoelt hij waarschijnlijk dat ze zachter moet praten om Bella en de kinderen niet te wekken met haar harde stemgeluid, door haar dronkenschap maakt het gebaar haar razend. Alsof zij niks weet, alsof zij er niet toe doet, alsof zij niet in staat is mannen te verleiden met een gezegende combinatie van uiterlijke schoonheid en interessante verhalen. Hij maar praten en praten en zij braaf zwijgen zeker? Met een door de drank wat onwillige tong, die vooral hinder ondervindt van het Engels, zet ze nog iets luider in als ze doorgaat en zegt dat de schrijfster de Griekse literatuur doorploegde en opzienbarende ontdekkingen deed. Die jammerende vrouwen waren namelijk levensgevaarlijk voor de Grieken. In hun klaagzangen voor de doden beweenden zij bitter en schrijnend het verlies van hun geliefden. De vrouwen zagen de dood als een vijand van het leven, maar dat konden de heren niet gebruiken. De dood moest opgehemeld worden, geloofd en geprezen tot in de eeuwigheid, zodat die mannen klakkeloos bereid waren hun leven te offeren voor het volk. Dat is het grote verschil tussen mannen en vrouwen, hun houding tegenover de dood. Vrouwen verliezen vaders, mannen, broers, zonen en daar huilen ze om en ze klagen luidkeels de goden aan. Zij lijden een persoonlijk verlies. Maar mannen niet, mannen krijgen er door de dood iets bij, een publieke status, eer, roem, erkenning. Mannen prijzen de dood omdat die hun vrienden en broers in helden verandert en ze jutten elkaar op. Mannen sterven voor een hoger doel, voor het geloof, voor een leider, voor een land, voor de mensheid of op z'n minst voor dat deel van de mensheid waarvan zijzelf lid zijn. Vrouwen geven leven, ze baren met pijn en smart, en zijn daarna bereid hun leven te geven voor hun kinderen, maar niet voor status of eer. De mannen nemen het leven, maar geven het net zo gemakkelijk weer weg. En voor wat? Voor een medaille als ze met een afgeschoten been terugkeren uit Vietnam? Of voor een schamele standaardbrief van de president als ze nooit meer terugkomen, die meldt dat ze dapper het leven lieten op het slagveld en dat hij de ouders dankbaar is voor de bereidheid hun zoon de dood in te jagen voor het vaderland?

Lucas weet dat het een krachtmeting is. Hij weet dat Clara net als hij indruk wil maken op de jonge mannen. Hij vermoedt dat ze het verhaal aandikt en voor een deel uit haar duim zuigt en zegt dat hij de analyse van de schrijfster nauwelijks kan geloven. Zonder enige moeite kan hij zo tien klaagzangen uit de Griekse literatuur noemen van mannen die wel degelijk treuren om een persoonlijk verlies en die het koud laat of hun dierbare vriend door de dood een held werd. De schilderijen van Achilles en Patroclus, een en al smart en verdriet. Hij zegt dat het boekje van haar hem typisch zo'n feministisch pamflet lijkt, waarin weer eens het cliché wordt bevestigd dat het mannelijke geslacht gevoelloos en egoïstisch is, louter gedreven door eer en roem, en alleen het vrouwelijke geslacht een tedere, meelevende ziel bezit. Woedend over deze plaagstoot draait Clara zich een halve slag om, zodat ze Lucas recht in de ogen kan kijken. Ze bijt hem toe dat zij wel de laatste is die hij van welk cliché over mannen en vrouwen dan ook mag verdenken. Dat ze al zestien jaar met een man leeft die duidelijk meer van mannen houdt dan van vrouwen, sterker nog, die alleen van mannen houdt. Dat zij hem wat dat betreft nooit een strobreed in de weg heeft gelegd. Dat hij voor het oog van de wereld de meest heteroseksuele homoseksueel mag zijn die op de aardbol rondloopt, dat zij wel beter weet. Dat zij hoe dan ook in elk geval geen clichévrouw is die met een clichéman getrouwd is en er een clichéhuwelijk op na houdt.

Om haar in haar groeiende verontwaardiging te stuiten en omdat ze gelijk heeft, doet Lucas alsof hij Socrates citeert en hij spreekt haar aan als Diotima.

*Oh my dear Diotima, there again you teach me a lesson of love*, zegt hij.

Het zijn de laatste woorden die hij ooit tot Clara zal richten.

Het is dan kwart over een in de nacht van zaterdag op zondag, de 26ste juli 1981.

Clara is bereid tot verzoening en ze krijgt voor niets liever erkenning dan dat ze Lucas de lessen van de liefde leert. Ze ziet ervan af over de klaagzangen van de vrouwen uit te weiden en stelt opnieuw voor te gaan zwemmen. Vanaf de balustrade heeft ze een schitterend zicht op de kabbelende golven die het maanlicht weerspiegelen. De nacht is zacht, de zee is kalm, de lucht is doortrokken van kruidige geuren.

*Will you share this dream with me?* vraagt ze, terwijl ze met een zwaai van haar arm de uitgestrektheid van het fraaie tafereel aangeeft.

Het zijn de laatste woorden die Lucas uit haar mond zal horen.

## 2

In de vroege ochtend van 26 juli 1981, ongeveer vijf uur na de catastrofe, zal Lucas Bella wekken. Het loopt dan tegen zessen. Nog verhuld door de bergen, verraadt de zon haar naken-de verschijning door de eerste stralen vooruit te zenden over het water van de zee. In de verduisterde slaapkamer schudt Lucas aan de blootliggende schouder van Bella en fluistert haar naam. Door de drank van de vorige avond duurt het even voordat zij wakker wordt en hem slaperig aankijkt. Hij zegt dat Clara van de rotsen gevallen is, dat Clara dood is. Van het terras, zegt hij, in de afgrond gevallen. Hij zegt dat hij niet weet hoe hij het moet doen, maar dat hij Quint gaat vertellen dat zijn moeder dood is. Bella kijkt hem wezenloos na als hij via de tussendeur in de kamer van de jongens verdwijnt. Hij laat de deur aan staan. Vanuit haar bed hoort ze een ijselijke schreeuw uit de mond van de jongen en daarna het ingehouden kermen van de vader en de zoon. Zij is in shock. Er komt geen geluid over haar lippen. Ze gaat naar de kamer van de jongens om haar eigen zoon op te vangen. Naast het bed waarop de vader en de zoon elkaar huilend omklemmen, zit Levi kaarsrecht in bed en kijkt met verschrikte, opengesperde ogen naar het tafereel. Bella loopt op het bed van haar zoon toe, neemt zwijgend het slaapwarme lichaam in haar armen en draagt het de trap op naar het terras. Eenmaal boven speurt ze met haar blik elke vierkante meter van het terras af om te zien of Clara zich ergens verborgen houdt. Daarna kijkt ze ingespannen naar de muur, alsof het stenen oppervlak nog iets kan verraden van het drama dat zich heeft afgespeeld. Maar de muur zwijgt en Clara ook. Ze bedwingt de neiging zich over de balustrade te buigen om te zien of Clara nog op de bodem van de afgrond ligt. Ze is opeens bang en omklemt haar zoon extra stevig, alsof hij weg zou kunnen vliegen, de diepte in, Clara achterna. Ze gaat zitten en houdt hem op haar schoot, aait het haar dat stug aanvoelt door de wind en het zout en ze weet niet wat ze moet denken. Ze wacht op Lucas, die moet haar maar vertellen wat ze moet denken.

Met hetzelfde ouderlijke instinct draagt ook Lucas zijn zoon de trap op en houdt de nog zacht snikkende jongen vast als hij gaat zitten. Hij drukt hem tegen zijn borst en streelt zijn rug met lange halen.

'Ze deed haar ogen open en heeft nog naar me geglimlacht. Daarna is ze gestorven,' zegt hij zacht. Hij staart voor zich uit en herhaalt de zin alsof hij hem zelf moet proeven. *Ze deed haar ogen open en heeft nog naar me geglimlacht.*

Het is deze zin die bij Bella een verdriet loswoelt waar ze panisch van wordt, zo omvangrijk is het, te groot voor haar lichaam. Ze probeert het door te slikken alsof het om een hinderlijke brok in de keel gaat, bang zich te laten gaan en Levi met haar schokkende borstkas opnieuw te verontrusten. Ze wil wijn, ze wil drinken, maar ze blijft zitten en wiegt haar zoon. Met haar blik probeert ze een vraag te seinen naar Lucas, de enige vraag die haar nu bezighoudt: waar is Clara? Maar Lucas ziet noch hoort iets. Hij is gevangen in de resonantie van zijn eigen woorden: Ze deed haar ogen open en heeft nog naar me geglimlacht.

Zo zitten ze bij dageraad onder een langzaam vervagend sterrenheir en zeggen niets. De zee klotst zacht tegen de rotsen en zowel de vader als de moeder luistert naar de ademhaling van hun zonen en wacht tot die rustig en gelijkmatig wordt. Bella is de eerste die opstaat om de in slaap gevallen Levi naar bed te brengen. Ze drukt haar neus tegen de naar ozon ruikende wang als ze de trap afdaalt naar de begane grond en merkt dat Lucas haar volgt. Als ze het lichaam van Levi bedekt met het dunne, witte laken, hoort ze hoe Lucas opnieuw begint te huilen als hij Quint voorzichtig op het matras neervlijt en het laken over hem heen trekt. Ze loopt op hem toe en legt haar hand op zijn rug.

Bij het doorbreken van de eerste zonnestralen van zondag 26 juli zet Bella koffie in de keuken. Op het terras zit Lucas stijf rechtop in een stoel en staart voor zich uit. In zijn rechterhand houdt hij een lange sigarettenpijp waarin een mentholsigaret zit en trekt er onophoudelijk aan. Bella weet nog steeds niet wat er is gebeurd. Ze zet een kop koffie voor Lucas neer en gaat naast hem zitten. Ze zwijgt. Zodra er geluid wordt gemaakt, zodra er wordt gesproken, zal het echt waar zijn, dat weet ze. Zolang de stilte aanhoudt lijkt alles nog een nachtmerrie en in dit geval is de nevelachtige beklemming van de droom te verkiezen boven de verschrikkelijke werkelijkheid.

'Daar,' zegt Lucas. Hij wijst niet, maar kijkt naar de plek van de balustrade waar hij Clara voor het laatst zag. 'Die jongens van gisteren waren er, die Amerikaanse studenten. Clara wilde zwemmen. Het ene moment zat ze er nog en het andere moment niet meer.'

'Hoe?'

'Haar sigaret viel, geloof ik. Ze wilde hem oprapen.'

'En?'

'Ze viel. Achterover.'

'Hoe kan dat nou?'

'Ze wilde die sigaret oprapen, denk ik.'

Bella had verwacht dat het verbreken van de stilte ook de pijn uit de doffe verdoving zou wekken, maar dat gebeurt niet. Ze staat op en loopt naar de muur. Ze weet precies waar Clara ging zitten zodra de kinderen naar bed waren. Met de blik van een onderzoeker staart ze naar de plek, streelt de stenen, aait de pilaar, buigt zich voorover en kijkt over de muur in de afgrond. Het is nog te donker om de diepte te peilen, maar de smalle strook grond tussen de muur en de afgrond kan ze onderscheiden. Er ligt niets.

'Er ligt hier helemaal geen peuk,' zegt ze te hard en te streng.

Lucas reageert niet.

'Gilde ze? Schreeuwde ze? Riep ze nog iets?'

'Niks. Ze maakte geen geluid. Helemaal niks.'

'Dat is vreemd. Dat is sowieso al vreemd, maar voor iemand als Clara helemaal. Als je valt schreeuw je toch? Iedereen schreeuwt als hij valt.'

'Volledige stilte, allesomvattende stilte, stiller is het nooit geweest.'

'Dat kan niet.'

'Het is zo. Als in een stomme film.'

Bella haalt diep adem. Ze neemt een aanloop naar de vraag die ze het langst heeft uitgesteld.

'Waar is Clara?' vraagt ze en er komt ongewild iets kinderlijks in haar stem. Tegen beter weten in hoopt ze dat Lucas zegt dat ze uitrust van de diepe val, beneden op het strand, lekker op een mulle, schone handdoek, gracieus zoals alleen Clara haar lichaam kan uitstrekken. Dat ze daar ligt met een paar gekneusde ribben, een gebroken been desnoods, een hersenschudding, letsels die je gemakkelijk aan een val overhoudt. Het kan haar ook niks schelen als hij zegt dat ze in een ziekenhuis ligt, al zou ze niet weten of er op dit godvergeten eiland een ziekenhuis is. Ze wil niets liever horen dan dat ze zo dadelijk naar Clara toe kan, met een ijskoude watermeloen en een fles campari, want daar houdt ze zo van.

'Boven, in de hulppost. Ze wordt straks naar Linaria gebracht.'

'Naar het ziekenhuis?'

'Mortuarium,' zegt hij.

Verschrikt richt hij zijn hoofd op als een rauwe brul aan Bella's keel ontsnapt. Hij kijkt haar aan met een vragende blik, alsof hij wil weten wat hij verkeerd heeft gezegd.

## 3

Het enige waaraan Bella kan denken is dat ze hier niet had moeten zijn. Het is een vergissing. Haar aanwezigheid bij dit drama is een gruwelijke vergissing. De koffie laat ze onaangeraakt. Ze heeft een fles retsina uit de keuken gehaald en schenkt nu het tweede glas in. Ze wil verdwijnen, niets voelen, niets denken, dronken worden en weer gaan slapen.

Clara had niet gewild dat ze meeging. Clara was, jezus, hoe lang al, twintig jaar, niet helemaal, zoiets, achttien jaar haar hartsvriendin. Ze leken op elkaar. Dat riep iedereen in hun vriendenkring als ze hen samen zagen, maar dat vonden ze zelf ook. Daarom waren ze vanaf het moment dat ze elkaar tegenkwamen bevriend geraakt. Toen ze Clara voor het eerst ontmoette, ergens in het begin van de jaren zestig, was het niet eens alsof ze zichzelf zag, maar alsof ze zichzelf hoorde. Die te harde, doorrookte stem, die wilde, agressieve opmerkingen, dat luidruchtige, hese lachen, dat drukke, geëmotioneerde praten en schelden, dat opvliegende, die permanente verontwaardiging in alles wat ze zei, dat ruw gebolsterde taalgebruik en dat vloeken, wat kon ze meesterlijk vloeken. En alles wat Clara zei had zij ook kunnen zeggen, zo leek het. Clara was haar tweelingziel. Zo voelde zij dat en dat voelde Clara ook. Ze wilden allebei terug naar de grond, dat was het, altijd naar de aarde. Aan die eindeloze, zweverige gesprekken, aan al die abstracte discussies over politiek en muziek en de wereld verbeteren en over god-weet-wat, maakten zij na een poos rigoureus een eind door te roepen dat het toch om iets anders ging. Om hier en nu. Om wat je om je heen zag en kon aanraken. Om eten en drinken, om liefde, kinderen, vrienden, plezier maken.

'Hier!' konden ze dan tegelijkertijd schreeuwen en sloegen met de vlakke hand op tafel. 'Hallo jongens, het gaat hierom!'

Ze hoort het nu, in haar hoofd, Clara's harde, rauwe stemgeluid vermengd met het hare, unisono, en daar dan hard om in de lach schieten, altijd te hard, dat wisten ze verdomd goed, maar het ging vanzelf. Schreeuwen en op tafel slaan, om die mannen naar beneden te trekken, weg van hun hooggespannen idealen en dromen, van dat geouwehoer over socialisme, communisme, kapitalisme, terug, naar de grond. Heremetijd, ze hebben wat mensen verjaagd uit restaurants met die stemmen van hen, winkelbediendes een rolberoerte bezorgd, voorbijgangers stokstijf doen stilstaan en dan die verstoorde blikken, zo miezerig en kleinzerig dat ze daar ook weer om moesten lachen, liefst schaterend in het gezicht van de brave, gechoqueerde burgers. En mensen beledigen in kroegen, mensen die ze kenden en mensen die ze nooit eerder in hun leven hadden gezien, ze om de geringste aanleiding verrukkelijk en luidruchtig de huid vol schelden. Omdat ze tegen de toog hingen als een zak aardappelen, omdat ze schoenen droegen met spekzolen, omdat ze op de verkeerde partij stemden, de foute krant onder hun neus hadden, hawaïbloezen droegen of doodgewoon omdat hun gezicht hun niet aanstond. Samen waren ze oorverdovend en gevaarlijk, een agressief, boos stelletje. Ze waren grof in de mond, botter dan de eerste de beste bouwvakker, en ze genoten daarvan. 'Natie hoedt u: daar komen de vloekverwanten,' riep de Prins als ze samen De Kring binnenkwamen.

Het kan niet dat Clara niet heeft geschreeuwd, het is onmogelijk. Clara schreeuwde om alles, bij alles, tegen alles. Die stilte klopt niet. De gedachte komt zonder dat ze het wil. Ze spoelt hem weg met een slok.

Opeens schiet haar het gesprek te binnen dat ze die middag hadden op het strand. Ze wordt misselijk van de herinnering of van de drank op het vroege uur, dat weet ze niet precies. Om van de misselijkheid af te komen, wil ze het liefst onmiddellijk geluid maken, praten, zodat ze niet alleen hoeft te zijn met het beeld en die woorden, maar Lucas zit onbeweeglijk op een stoel en kijkt naar de opkomende zon. Rondom hem hangt een ondoordringbare wolk van zwijgzaamheid en ze kent hem lang genoeg, ze weet dat ze die niet uiteen moet rijten met de klank van haar stem. Ze is dol op Lucas, maar het is een heethoofd. Ze heeft geen zin in een snauw of in dat flikkerende ogenlicht waarmee hij iemand kan verschroeien.

Zoals alle voorafgaande dagen waren ze tegen drieën naar beneden gegaan, naar het strand. Het geeft haar een onwezenlijk gevoel zich de tijd te herinneren. Tegen drieën, hoe lang geleden is dat nog maar? Met het rekenen wil het niet lukken, het maakt niks uit, het voelt als daarnet. Ze ziet Clara voor zich zoals ze daarnet nog naast haar zat. Dat sterke en toch engelachtige gezicht, gebruind door de zon, de wangen en het hoge voorhoofd glanzend van de vette crème. Met een omhooggeschoven zonnebril houdt ze het halflange, roodbruine haar naar achteren geduwd. Ze vindt Clara nog steeds een van de mooiste vrouwen van Amsterdam en ze is het kijken naar dat gezicht nooit moe geworden. Clara is iemand. Als Clara over straat loopt staan de mannen stil en draaien hun lichaam een halve slag om haar na te kijken. Clara is lang, ze loopt met rechte rug, op hoge hakken, kin omhoog, borsten vooruit, een

Sophia Loren-achtige zwiep in heupen die zich daartoe allang niet meer lenen. Zelf loopt ze als een man, op platte schoenen, in een spijkerbroek, met ongekamd haar en als Clara niet zo goed op haar lette, zou ze tegen elke lantaarnpaal op knallen. Al die uitgedragen wulpsheid en elegantie is haar vreemd. Alleen op toneel loopt ze tegenwoordig anders. Dat heeft ze geleerd van haar schrijver.

Ze had jarenlang een grote liefde, een schrijver, dichter, toneelmaker, regisseur, schilder, wat al niet. Een duivelskunstenaar, alles kon hij, ze adoreerde hem en dat vond ze heerlijk en afgrijselijk, die bête aanbidding. Ze vergeeft het zichzelf, omdat hij een stuk ouder was dan zij, veertien jaar of zo, en zij kwam net kijken. Daarom had hij dat verpletterende overwicht. Toen hij haar voor het eerst had zien spelen, zei hij tegen haar dat zij saai en lelijk liep, als iemand die alleen van a naar b moet. Of ze niet wist dat lopen ook toneelspelen is en iets kan uitdrukken? Ze moest van hem bewegingslessen nemen, hij gaf haar een pak geld en daarmee uit. Autoritair, overheersend. Tegensputterend heeft ze hem gehoorzaamd, ze was geen doetje, maar heimelijk sidderde ze van het genot dat zijn dwingende bemoeienis teweegbracht.

'Ik loop zoals ik loop,' zei ze met een laatste rest verweer tegen de schrijver, 'daar zit mijn karakter in, zoiets moet je niet veranderen.'

'Nonsens,' zei hij toen. 'Je bent actrice. Je moet je niet laten kluisteren door je karakter. Wat heb je nou aan een karakter, dat misverstane, overgewaardeerde goed? Een karakter bezitten legt je alleen maar beperkingen op. Je moet karakterloos zijn, vloeiend als water in een meanderende, koele beek. Als de duivel moet je zijn en elke gewenste vorm kunnen aannemen, je voortdurend vermommen, ongrijpbaar worden. Het kan mij niks schelen dat je op straat schonkig naast me sjokt als een boer uit de Voerstreek, als je op toneel maar kunt lopen als de koningin van Sheba. Als je jezelf wilt zijn, moet je een ander vak kiezen.'

Zo was hij, zo is hij, een tirannieke heerser, een zachte, lieve dictator. Lief, dat wel. Ze heeft beestachtig van hem gehouden. En nog. Nou nee, er is wel iets veranderd, tjonge, door dat boek, die roman van hem. Gadverdamme, wat een huichelaar, wat een ordinaire dief. Alles heeft hij onthouden wat ze zei, elke zin vond ze terug, elke klacht, vloek, zucht en elke vrijpartij. Staat ze opeens te kijk als een frigide kreng, een kapster nota bene, hoe haalt die mafkees het in zijn hoofd, de schoft.

'Ik ga een bestseller schrijven,' zei hij en dat was dit boek geworden. Nou, het werd een bestseller en *tout* Amsterdam kon ervan meesmullen. Staat nog vet op de kaft ook dat het over hun verhouding gaat, dat verkocht beter, dat wist hij verdomde goed. 'Speelt zich af in de vroege jaren zeventig in Amsterdam' staat er en dat hij toen 'een verhouding had met Bella Basten, op wie het boek gedeeltelijk is geïnspireerd'. Gedeeltelijk, laat me niet lachen, er staat geen zin in die ze niet letterlijk zo heeft gezegd. Wat dacht die man in vredesnaam? Ik maak van die actrice een onnozel kapstertje, verander de zoon in een dochter, vermom mezelf als verzekeringsagent en dan is het een roman en kan niemand mij iets maken? En was het daar nog bij gebleven, dan had ze het misschien nog kunnen verkroppen, maar nee. Wat de deur dichtdeed was dat laatste hoofdstuk, waarin zij doodgaat aan kanker. Daar is ze pas echt razend om geworden, dat ging te ver. Niet omdat ze doodgaat in Het Boek, dat laat haar siberisch. Ze is vaker doodgegaan op toneel en evenzogoed weer opgestaan. Nee, wat onverdraaglijk veel pijn deed: het laatste hoofdstuk was van begin tot eind het verhaal van de dood van haar moeder. Woord voor woord staat het op papier zoals zij het hem vertelde, snikkend, tegen hem aan liggend in bed, vol vertrouwen. Zoiets intiems, gejat, zin voor zin. Ze heeft geprobeerd hem voor het gerecht te slepen, wegens aantasting van haar publieke naam, maar het was zoals hij wist dat het zou zijn: niemand kon hem iets maken. Niet de acteur, die brave ziel, die niets liever wil dan zo goed mogelijk doen wat een regisseur hem opdraagt, nee, de schrijver is gevaarlijk. De schrijver, die zijn eigen naam op de kaft zet, die zogenaamd altijd dezelfde persoon is, die tegenover niemand verantwoording hoeft af te leggen, dat is pas een vermomming. De schrijver is de duivel die elke gedaante aanneemt en daardoor ongrijpbaar wordt. Ook voor de wet, want ze kon het schudden met haar proces. Ze kreeg hem niet te pakken. Otto Griffioen, een meester in de rechten aan wie ze advies vroeg, zei dat ze nul komma nul kans maakte. En waarom? Omdat het fictie is. Al weet heel godvergeten Amsterdam dat het over haar gaat, al staat haar naam op het omslag, het is en blijft fictie. 'Gedeeltelijk geïnspireerd op' – dat redde hem, dat was zijn vrijbrief om de waarheid te schrijven onder het mom van literatuur. Sindsdien wordt ze spuugmisselijk als ze het woord hoort, fictie. Een excuusbrief voor het kwaad. Ze zeggen van acteurs dat het zulke geoefende leugenaars zijn, maar wat dacht je van schrijvers? Hij loog over alles, aan een stuk door, met een satanisch plezier. Als hij een kop koffie voor zich had en je vroeg hem wat hij dronk, zei hij thee, dan kon hij onmogelijk koffie zeggen, omdat koffie de waarheid was. Wat is thee dan? Fictie? En is dat dan kunst, van koffie thee maken? Om je dood te lachen, ook wel weer. Pisnijdig werd hij als ze hem een leugenaar noemde, dan had ze hem op de kast. Fabuleren, noemde hij het zelf, en dat zij daar als uitvoerend artiest niks mee van doen had. Fabuleren, dat was het kenmerk van echte kunstenaars. Acteurs en actrices waren slechts schamele poppen aan een draad, net als muzikanten in een orkest. De scheppende kunstenaars trokken aan de touwtjes.

'Dankzij mijn schone verzinsels verdien jij je brood,' kon hij monkelend van genoegen zeggen. 'Als wij niet bestonden en ons leven offerden aan de wrede muze van de verbeelding, konden de theaters hun poorten sluiten, de kranten hun persluizen doodknijpen en de uitgevers hun kapitale panden verbranden. En zelfs God zou zich dodelijk vervelen, want Hij was zijn enige en amusantste tegenspeler kwijt.'

Ze ziet hem zo voor zich, nerveus zuigend aan zijn sigaret, een zelfingenomen pasja en tegelijk die zelfingenomenheid ironiserend. Iedereen was verrukt van hem, betoverd door zijn geweldige charme en daarom vergaven ze hem alles. Zij ook.

Ze neemt een slok. Ze vindt het prettig zich op te winden over haar liefdesgeschiedenis met de schrijver, ze geniet van haar woede. Alles beter dan zich dat andere te herinneren. Wat zei de Prins toch een keer tegen Clara en haar, toen ze elkaar weer eens stonden af te bekken over het een of ander?

'Jullie woede verraadt jullie zwakte. Kwaad worden is de beste manier om je niet nietig, vernederd en verdrietig te voelen.'

Zou dat waar zijn? Dan waren ze twee buitengewoon nietige, vernederde en verdrietige wezens, want ze waren permanent kwaad, Clara en zij, aan een stuk door. Bella Basta noemt hij haar. Lieve, slimme Prins. Ze wou dat ze thuis was, in Amsterdam, bij haar vrienden, bij de Prins. Zou hij het al weten? Zouden ze het in Amsterdam al weten?

Als ze het erover hadden, spraken ze van Het Boek, met hoofdletters. De titel kwam niet over hun lippen. Clara en Lucas komen er ook in voor, onder een andere naam natuurlijk, ze is vergeten welke. Lucas zet hij genadeloos neer, met een venijnige pennenstreek. Dat egocentrische van Lucas en dat brallerige. Hoe hij constant in zijn eentje aan het woord is en dan een revolutie staat te verkondigen waar de rest van Nederland geen erg in heeft. En dat Lucas de schrijver al tien keer het huis uit had gegooid als hij geen vriend van Clara was geweest. Vond Lucas niet leuk hoe hij als personage werd neergezet en hij begreep er niks van. Hij aanbad de schrijver, vond hem een van de grootste dichters aller tijden, dat soort ophemeling. Hij had nog een opera met hem geschreven, met de schrijver en een stel andere genieën. Krijgt hij me toch een geweldige kat in zo'n boek. Misschien vond Lucas het niet aangenaam dat de schrijver zag dat Clara en zij sprekend op elkaar leken, dat ze tweelingzielen waren. Clara vond het wel eervol, zei ze.

'Een hele roman, van het begin tot het einde over jou. Zeg me niet dat je dat niks doet. Het is een eer, toch?'

'Sodemieter op, wat "eer"?' had ze gezegd. 'Daar is toch niets eervols aan. Hij heeft me gewoon gebruikt. Verkozen worden om een personage te mogen spelen, dat is een eer. Een personage tot op het bot leren kennen en dat zo goed mogelijk spelen, ja, dat is een kunst, daar ben je zelf bij, daar gebruik je je talent voor, maar dit gaat buiten mij om. Hij maakt iets van mij, ik maak mijzelf niet, dat is het verschil. Het is zijn kunstje, niet het mijne.'

'Je bent de inspiratie, dat is ook wat waard. De Prins zegt dat Het Boek een lange, uitgesponnen liefdesbrief is, de tederste, boze liefdesbrief uit de Nederlandse literatuur, zei hij.'

'Die had ik liever in een enveloppe ontvangen, keurig bezorgd door de PTT, thuis op de mat. Dan had ik in die liefde van hem misschien geloofd, nu niet.'

Haar verweer was niet helemaal oprecht. Ze was wel degelijk vereerd met de roman. Hij had haar scherp uitgetekend en dus aandachtig naar haar gekeken. En aandacht is liefde, daar was ze langzamerhand wel achter. Als die stormachtige seks, dat plakkerige, kleffe gedoe was uitgeraasd, hield je dat over, dat iemand naar je kijkt en je ziet. En die kapster, hoe dan ook, dat was zij ten voeten uit. Ze zag hem in die jaren dat ze geliefden waren vaak genoeg werken aan een roman, ze wist hoeveel toewijding en discipline het schrijven vereiste. En dit keer was het een toewijding aan haar geweest, al die uren van eenzame afzondering waarin hij kilo's chocola naar binnen werkte. Blokken Côte d'Or, melk met hazelnoten, ze had ze vaak genoeg voor hem gekocht en zwijgend naast hem neergelegd. De pagina's die langzaam vol raakten met zijn schitterende, kleine handschrift waren vol geraakt van haar.

'Ik zou er blij mee zijn,' had Clara gezegd. 'Het is in elk geval beter dan dat iemand een pianostuk aan je opdraagt en dat *Cherem* noemt.'

'Hoe haal je het in je hoofd, ja,' had Bella uitgegierd. Het was te erg voor woorden, maar ze hadden er zo veel jaren na dato toch steeds weer om gehuild van het lachen. *Cherem*, had die gestoorde idioot van een Lucas een compositie aan zijn vrouw opgedragen die *Cherem* heet, om je te bescheuren. Ze hadden het moeten opzoeken in het woordenboek, Clara en zij. Clara aanvankelijk nog gloeiend van trots door die opdracht in de partituur: *Voor Clara Wevers*. Lucas zei dat het uit het Oude Testament kwam en Hebreeuws was voor anathema. Nou, cherem was onvindbaar, dus zij zoeken bij anathema. Hoofdthema, hadden ze allebei verwacht, de muze, de inspiratiebron van de kunstenaar, het thema waar het werk om draait, waar je het voor doet. Kijken ze verwachtingsvol in de *Dikke Van Dale*, belanden ze door dat vreemde woord aan de poort van de hel. Vloek, vervloeking, vervloekt persoon. Waren die twee amper vier jaar bij elkaar, moet je je voorstellen, verdoemt hij haar, zo voelde Clara dat. Ja, zou je niet.

'Nou, daar kun je het mee doen,' had Bella in een poging om lollig te doen tegen haar gezegd, maar toen ze naar Clara keek, zag ze dat die met een wit weggetrokken gezicht, angstige, vochtige ogen en trillende lippen naar de pagina in de *Van Dale* tuurde.

'Hij heeft een vervloeking over me uitgesproken,' zei ze. 'Hij kan dat, hij heeft die macht.'

'Kom op, Claar, jij gelooft toch niet in die quatsch. Je kent Lucas, die heeft hier geen seconde bij nagedacht. Die dacht: kom, het wordt tijd dat ik eens iets aan mijn vriendin opdraag, maakt niet uit wat, het eerstvolgende stuk dan maar en dat was dit.'

'Zo is hij juist niet. Bij Lucas gebeurt niks zomaar. Dit is opzettelijk en weloverwogen. Het is een vervloeking.'

Bella kon het haar niet uit het hoofd praten. Clara wilde per se dat zij die avond bij haar bleef eten en daardoor was ze getuige van de heibel die de betekenis van het woord teweegbracht. Dankzij een paar glazen wijn was er van de bange, aangeslagen Clara weinig over toen Lucas de drie trappen van zijn zolder naar beneden afdaalde en zij hem onmiddellijk overgoot met haar grief.

'Hoe haal je het in godsnaam in je hoofd een stuk aan mij op te dragen dat zo heet?' voer Clara woedend tegen hem uit. 'Ben je nou helemaal besodemieterd. Het is een vervloeking en iedereen leest dat daaruit. Voor Clara Wevers, voor de vrouw die ik uit de grond van mijn hart vervloek en wil vernietigen. Dat staat daar dus, klootzak, voor Jan en alleman te lezen.'

'Je bent gek en je weet nergens iets van,' beet Lucas onmiddellijk terug. 'De wereld draait niet alleen om jou. Je hebt er geen idee van hoe een creatief werk tot stand komt, wat er in het hoofd van iemand omgaat die iets maakt wat er voorheen niet was. Je hebt werkelijk geen flauw benul van welk scheppingsproces dan ook. Voor jou is de wereld beperkt tot een klerenkast, een make-upkoffer en de spiegel waarin je kijkt om te zien hoe je door anderen gezien en bewonderd zult worden zodra je een voet buiten de deur zet. En die voet zet je alleen buiten de deur om je volgende mascararoller, damestasje of kokerrok te kopen. Nou het spijt me voor jou, maar mijn wereld is iets groter dan een naar parfum en poeder riekend boudoir.'

'Ja, jouw wereld is zo groot dat je hem niet ziet. Je loopt met je hoofd in de wolken en struikelt over het lichaam van een arme junk. Nou, ik zie die junk wel en help hem op de been, geef hem soep en een bed om in te slapen. Jij voelt je te goed voor de werkelijkheid omdat je heroïsche gedachten over de godganselijke schepping hebt. Het kan niet groot genoeg. Maar wat doe jij nou helemaal, behalve de hele dag in je eentje op míjn zolderkamer zitten pielen aan wat noten om een stuk te maken dat je *Cherem* doopt en vervolgens aan mij opdraagt? Wat heeft het dan te betekenen, die optelsom, voor Clara Wevers plus cherem?'

'Het is je tijdens het zorgvuldig opbrengen van je eyeliner misschien ontgaan, maar Nederland verandert langzamerhand in een politiestaat, de wereld brandt en over iedereen die hiertegen in opstand komt, wordt een banvloek uitgesproken. Daar gaat het over, over wat er in de wereld aan de hand is in deze afgrijselijke bloedeeuw. Het zwijmelstuk dat naar jouw beperkte idee mijn liefde had uitgedrukt, ongetwijfeld met veel jankerige violen en alle zeikerige clichés van de romantiek, is een verboden taal geworden. Ziedaar, de tweede banvloek: de verbanning van de melodie in de muziek. En wat ik maak is taal, taal zoals er nooit eerder was, taal waar een wereld om smeekt en voor mij is de wereld inderdaad groter dan jij en ik.'

'Praatjes vullen geen gaatjes. Nu weet ik nog niet waarom je een stuk aan mij opdraagt dat *Cherem* heet. Ik kom in je verhaal niet voor. Nederland, ja. De wereld, ja. De crisis van de muziek in de twintigste eeuw, ja. Sowieso de hele twintigste eeuw, ja, maar ik, ho maar.'

'Jij luistert niet, niemand luistert. Je hoort alleen wat jou uitkomt. Alles draait voor jou om dat woord, om de titel, om wat de kleinburgerlijke goegemeente denkt als ze de naam van het stuk met jouw naam verbindt. Dat cherem met een c begint, dat zie je niet. Dat het woord de c, de e en fonetisch de g bevat en daarmee de uit de muziek verbannen C majeur vertegenwoordigt, weet je niet. Dat het stuk over mijn liefde gaat, hoor je niet. En je hoort het niet omdat je er geen greintje verstand van hebt, omdat je geen consonant van een dissonant kunt onderscheiden, omdat je niet begrijpt hoe ze in het stuk met elkaar in gevecht zijn en uiteindelijk toch bij elkaar komen. Om samen te kunnen zijn. Dat zijn jij en ik, als je het zo nodig in zoetgevooisde leugens aangereikt wilt krijgen, omdat je alleen bouquetreekstaal begrijpt: een consonant en een dissonant die onmogelijk bij elkaar kunnen zijn en toch strijdend bij elkaar komen en een worden.'

Bella zag het gebeuren, zoals zo vaak. Lucas hoefde hem en haar maar in een ademtocht te noemen of de woede van Clara verdween. Jij en ik, samen, dat was taal die ze begreep en het liefst uit zijn mond hoorde.

'En jij en ik,' zei ze nu met een ongewoon zachte stem, 'zijn ook vervloekt.'

Ze liep op hem toe en sloeg haar armen om zijn nek.

'Zo is dat, mijn engel,' zei Lucas. Vanaf haar plek aan tafel kon Bella zijn gezicht onderscheiden en ze rilde van de vlammende blik in zijn ogen en de grimmige trek rond zijn mond.

Zonder hem te kunnen grijpen, herinnert Bella zich een zin uit Het Boek, een zin over Clara die haar trof, omdat hij zo waar is. Het is eigenlijk een verdomd goed boek, daar niet van. Hij had aan een oogopslag genoeg om te weten wat voor vlees hij in de kuip had. Vooral bij vrouwen, hij wist veel van vrouwen. Dat was eng en fijn, om doorzien te worden, diep in haar hart wilde ze niets liever. Die zin vinden. Hij staat in een hoofdstuk over Clara en haar, dat ze zo op elkaar lijken. Dan schrijft hij iets, iets over lijden of zo, dat Clara en zij daarvan houden, dat ze met een vinger te lijmen zijn, allebei. Ja, zoiets was het, maar dan wolliger uitgedrukt. Dat was dat zuidelijke van hem, hij sprak anders dan Hollanders, anders dan wie dan ook. Barokker, woorden omwikkeld met slingers, taaltierelantijn, ze kon er geen genoeg van krijgen naar hem te luisteren. Zeker niet als hij gedichten voorlas, dan moest ze vaak huilen. Vooral als hij het gedicht speciaal voor haar schreef. *Je doet je best als de pest*, schiet haar te binnen. Ging over vrijen. Zei hij tegen haar tussen de lakens. Daarna kwam van dat vrijen niks meer, zo vreselijk moest ze erom lachen. Nou, dan vond ze zo'n opmerking later geheid terug, in een verhaal of in een gedicht. De zin had gewerkt, dus hij werd gebruikt. *Je begint het te leren*, nog zo een, lag ze ook dubbel van. Bah, dat haar nu net die akelige afscheidsgedichten te binnen moeten schieten, verdomme. Maar die staan nog vers in haar geheugen, die dichterlijke klaagzang in wel veertig of vijftig korte gedichten. Allemaal over haar, allemaal over vrijen en seks, net als Het Boek. Ze kon er niks van, ze had er een hekel aan, dat domme gedoe, dat gewriemel, dat zweterige schonken en zwoegen, bah.

Alles wat ze heeft geleerd in bed, leerde ze van hem. Hij is de beste minnaar die ze ooit had, ze wist niet dat het zo kon zijn. Door hem heeft ze de smaak te pakken gekregen. Hij had geduld met haar. Het ging om haar, om haar genot. Haar genot was zijn genot, maar dat moest hij wel voor haar verbergen. Als ze wist dat hij iets van haar verlangde, ging het niet meer, dan had ze het idee dat ze moest presteren en was de lol eraf. Voelde ze niks meer. Behalve ergernis. Haar grootste genot kreeg ze als ze half sliep en hij het dan met haar deed.

Nu weet ze het. Dankzij dat genot, daardoor floept de zin eruit. Ze heeft een kortstondig jubelgevoel, zoals altijd wanneer ze woorden terugvindt die in haar hoofd zoekraakten. *Door de mangel gaan was haar liefste genot.* Dat is hem, die staat in Het Boek. Dat schrijft hij over Clara. En daarmee ook over haar. En het is waar. Dat is zo. Clara en zij vallen als een blok voor mannen die hen door de mangel halen. Hoe moet dat nou? Ze kunnen niet meer samen in de tegenwoordige tijd zijn. Clara heeft geen tegenwoordige tijd meer. Clara viel, zij valt. Zij gaat door met vallen.

De band die ze permanent om haar keel voelt, trekt aan, haar ogen schieten ongewild vol en een diep verlangen naar de schrijver doorhuivert haar. Ze zou hem nu willen bellen, met hem praten, zich door hem laten troosten. Met niemand kan ze zo roddelen als met hem, over alles en iedereen. God, wat zal die schrikken, van Clara. Hij was dol op haar. Ze neemt een paar slokken achter elkaar. Weg ermee. Zoek die andere zin, kom op, door. Waar was ze? Ze zitten op het strand, onvoorstelbaar kort geleden, enkele uren nog maar, ieder op zijn eigen handdoek. Ze hebben de plek opgezocht waar Lucas met steentjes een klok in het zand maakte voor de jongens. Vier dikke, witte stenen geven de hele kwartieren aan en kleine, donkere kiezels elk vijf minuten. In het midden van de klok steekt een stok in het zand. Door de stand van de zon kunnen ze aan de hand van de schaduw die de stok in de kring werpt, de tijd aflezen. Lucas is een knutselaar. Als hij niet aan het werk is, doet hij leuke dingen met de jongens, kastelen bouwen, moddergevechten voeren met nat strandzand, met een rubberboot de zee op. Tussen de kinderen zie je nauwelijks dat hij de volwassene is. Ze merkt aan Clara dat ze hem dan het meest liefheeft, als hij zich voor Quint inzet. Maar nu trekt hij zich niks van Quint en Levi aan. Hij zit een eind verderop verschrikkelijk te flirten met een goudgebronsde knaap. Ze herinnert zich niet eens meer precies waarover ze het met Clara heeft, maar het gesprek is korzelig en de eerstvolgende ruzie hangt in de lucht. Ze weet waar die ergernissen van de afgelopen weken vandaan komen, maar ze is te trots om het toe te geven. Ze gaan godbetert al achttien jaar lang elke zomer samen op vakantie. De vrienden die meegaan kunnen wisselen, soms zijn ze met meer dan tien man vertrokken en nog een zootje kinderen erbij, maar zij vormden de kern. Niet Clara en Lucas, Clara en Bella. Lucas was er soms bij en soms niet. Dit jaar was alles van meet af aan anders, raar, ongewoon.

Lucas heeft iets geregeld, had Clara haar verteld, maar ze weet nog steeds niet wat hij voor hen organiseerde en wanneer ze op vakantie gaan. Het kan haar niks schelen naar welk land ze reizen. Al poten ze haar in een gammele tent op de Veluwe, het zal haar een zorg wezen, ze vindt alles best. Het zomerreces van het toneelgezelschap waaraan ze is verbonden, duurt twee maanden. Bij het plannen van de reizen zijn ze afhankelijk van de schoolvakanties van Levi en Quint, dus over de periode waarin ze vertrekken maakt ze zich geen zorgen. Ze zal het wel horen, het maakt haar niet uit.

Dan gebeurt er iets raars. Het is al eind juni als Clara op een dag bij haar binnenstormt en zegt dat ze dit jaar met Lucas en Quint alleen op vakantie gaat, naar Griekenland. Niemand mag mee. Ze willen een tijd met zijn drieën doorbrengen, kijken of het dan beter gaat tussen Lucas en haar. Ze zijn nooit meer samen. Er zijn altijd mensen over de vloer, er wonen mensen in huis, het kan zo niet langer. Ze ziet Clara nog voor zich, zoals ze daar staat en fier probeert te zijn. Het is niks voor haar, deze ridicule fierheid. Kom op zeg, ze kent haar door en door. Clara heeft alles voor iemand over, ze is gul, je kunt op haar bouwen.

'Wat is dit voor een belachelijk idee!' roept ze uit.

'Gewoon, een keer met zijn tweeën,' herhaalt Clara, 'niemand anders erbij. Dat moet toch kunnen? Wij gaan volgend jaar weer samen, of we gaan in de herfst met de kinderen ergens naartoe, naar Frankrijk of zo. Nu niet. Je kunt niet mee.'

'Dat had je me wel eens eerder mogen zeggen. Waar moet ik nou met Levi naartoe? We hebben helemaal niks besproken, alles is volgeboekt. We gaan verdomme altijd samen.'

'Lucas en ik willen het nog een keer proberen. Het is toch niet meer te harden zo?'

'Het is al zestien jaar niet te harden, alsof een vakantie daar iets aan verandert, bespottelijk.'

'Nou, we gaan het toch proberen en daarmee uit. En ik wil minder drinken en met jou erbij gaat dat niet. Als ik jou zie moet ik drinken. Punt. Einde discussie.'

Zoals ze binnenkwam, verdween ze ook weer, als een windhoos. Ze wordt opnieuw kwaad nu ze eraan terugdenkt. Maar het is krankzinnig, boos zijn op een dode. Om zichzelf af te leiden, kijkt ze naar de goudgele lokken van Lucas' haar, naar de krullen die machteloos vastgeplakt liggen tegen zijn nek. Wat zweet hij erg. Het is nog niet warm genoeg om zo te zweten. Angstzweet, schiet het door haar heen, het is angstzweet. Ze wordt bang van die gedachte, maar ze weet niet waarom. Ze dwingt zichzelf haar ogen van zijn nek af te wenden. Ze moet doorgaan met de herinnering. Ze moet uitkomen bij die zin die haar ontglipt is, die ze niet te pakken krijgt.

Clara zit op een handdoek, de rug zo recht dat je er een lat langs kan leggen. Met de duim en wijsvinger van de rechterhand drukt ze op het uitstekende bot van haar bekken. Ze meet de omvang van het vet. Ze is de laatste jaren broodmager geworden, omdat ze niks meer eet. Kookt voor Lucas, Quint en de hele bups uitgebreide maaltijden en zit zelf te kauwen op een waterige sperzieboon. En nog de hele dag met die smalle, lange vingers voelen of er een grammetje vet op haar heupen zit, krankzinnig. Dan zegt ze iets, iets wat nu akelig in haar hoofd zoemt, woordeloos. Het is belangrijk, ze weet zeker dat ze het Lucas moet vertellen. Ze kan alleen bij die zin komen door zich stapsgewijs door de verleden tijd te werken, door al het voorafgaande wat gezegd is te herhalen. Zo doet ze dat met het leren van toneelteksten ook. Dan weet je voor honderd procent zeker dat er een zin is die je compleet vergeten bent. Hij moet er zijn, maar je komt er met geen mogelijkheid op. De enige manier om je die zin weer voor de geest te halen, is door terug te gaan naar het deel van de tekst dat je woord voor woord van buiten kent. Al ligt dat punt drie bladzijden voor die zin, of tien, maakt niet uit. Door alle pagina's in je hoofd op te dreunen als een gebed, monotoon, zonder enige dramatiek, kom je vanzelf uit bij de verloren geraakte zin. Ze heeft geen idee hoe dat werkt, maar het werkt. Door het ritme waarschijnlijk. Als er een zin mist, is het ritme verstoord, dus die zin klinkt vanzelf op als je op het punt belandt waar hij als een onmisbare paukenslag hoort te staan.

Na het gesprek meed ze Clara. Ze belde niet en ging niet langs, iets wat ze anders dagelijks deed. Ze voelde zich buitengesloten en verraden. Ze had erom gehuild en nog vaker hartgrondig om gevloekt. Ze mocht niet mee, het was te verschrikkelijk voor woorden. Alsof je overblijft bij de gymnastiekles omdat niemand je wil hebben. In al die jaren dat ze elkaar kenden, was het nooit voorgekomen dat ze elkaar niet elke dag zagen of spraken. Nu zweeg ze in alle talen. Dat Clara maar voelde wat ze haar aandeed.

'We gaan dit jaar niet op vakantie,' had ze tegen Levi gesnauwd en toen hij begon te pruilen, reageerde ze haar woede op hem af. Gadsamme. Dat was de schuld van Clara met haar idiote plan. Nader tot elkaar komen, ga toch fietsen. Hoe wou ze dat doen? Hand in hand naar de zonsondergang kijken, samen de sirtaki dansen, mens-erger-je-niet spelen met zijn tweeën, een beetje tegenover elkaar in je feta zitten prikken en in de poppetjes van de ogen kijken? Als je permanent ruziemaakt, zoals Clara en Lucas, dan heb je die ruzie nodig, dat kan niet anders. Dan is de taal van de oorlog de taal van de liefde, net als in *Who's Afraid of Virginia Woolf*. Ze kent die rol van Martha uit het hoofd, ze weet dat je hem met liefde moet spelen, met een kwaaie, agressieve liefde. Kat in het bakkie voor haar, zo heeft ze haar hele leven anderen bemind: boos, kwaad, agressief. Geen idee waar die kwaadheid vandaan komt trouwens, maar ze is er nu eenmaal.

Nog geen week nadat ze haar vertelde dat ze niet mee mocht, stond Clara bij haar in de keuken en zei dat het gekkigheid was geweest, dat ze vanzelfsprekend met hen mee op reis ging, zoals altijd. Ze hadden om elf uur in de ochtend de campari tevoorschijn gehaald en er een paar glazen op gedronken. En daarom zat ze nu hier. Clara lag ergens onder een laken, onbegrijpelijk dood. En er is nog iets verschrikkelijks, iets wat het allemaal nog erger maakt en dat zit opgeslagen in die zich verbergende zin.

Ze zitten op de handdoek, op het strand. Ze kan het niet laten Clara eraan te herinneren dat ze door haar stomme plan bijna voorkomen had dat ze hier nu samen zo gezellig en vertrouwd zaten.

'Lucas zit al uren met die jongen te praten. Dan had je in je dooie eentje gezeten, niemand om mee te praten.'

'Als jij er niet was geweest had Lucas daar rekening mee gehouden, nu hoeft hij dat niet te doen omdat jij er bent.'

'Lucas heeft nog nooit een seconde met jou rekening gehouden, of ik er nu ben of niet, dat weet je goed genoeg. Hij ziet het gewoon niet. Die man loopt met oogkleppen op. Als je verdrietig bent, ziet hij het niet, als je blij bent ziet hij het niet, hij ziet geen ene mallemoer. Je moet hem alles uitleggen. Je moet zeggen: "Ik ben verdrietig", dan pas krijg je zijn aandacht en dan moet je nog zo ongeveer uitleggen wat dat is, verdrietig zijn, want uit zichzelf snapt hij dat niet.'

'Maar daar is hij je dan wel dankbaar voor.'

'Ja, hallo, zou je niet. "O, is dit verdriet, ziet verdriet er zo uit, fijn om te weten." Maar de eerstvolgende keer herkent hij het weer niet en moet je het opnieuw uitleggen, alsof er niks blijft hangen van die normale dingen.'

'Als het niet beter wordt, ga ik van hem af.'

'Dat roep je ook al jaren en dat doe je toch niet.'

'Als Quint de basisschool achter de rug heeft. Dan is hij wat ouder, dan snapt hij het beter.'

'Quint snapt met zijn tien jaar meer dan Lucas ooit begrepen heeft en ooit zal begrijpen. Quint is honderd keer volwassener dan hij. Die ziet alles, die begrijpt alles, daar heb je meer een man aan dan aan Lucas.'

'Je vergeet een ding, Bel.'

'Nee, dat vergeet ik niet. Je houdt van hem en hij houdt van jou, op zijn manier, maar enfin. Kom op zeg, ik ben niet blind.'

Ze voelt dat ze in de buurt van de zin is en wordt daar zenuwachtig en gespannen van. Ze neemt nog een slok, maar repeteert het gesprek door. Dan zegt Clara iets over zekerheid, dat Lucas voor Quint zekerheid is en voor haar ook, ondanks alles. En dan weet ze het. Ze herinnert zich met afschuw de volgende claus.

'Ben je eigenlijk verzekerd?' vraagt ze aan Clara.

Ze weet precies waarom ze het vraagt. Verzekeringen afsluiten voor de vakantie is iets wat zij altijd voor haar rekening neemt, ongevraagd voor de hele ploeg, voor Levi en haar en voor de familie Loos. Clara betaalt al zoveel, de huur van het vakantiehuis, daar rekent ze niks voor. Daarom doet ze dat, zonder er iets van te zeggen, maar dit keer heeft ze alleen een verzekering voor Levi en zichzelf afgesloten. Omdat ze pas zo laat wist dat ze mee zou gaan. Omdat ze ervan uitging dat Lucas eens een keer zelf de verzekering had geregeld. Omdat ze nog steeds kwaad was op Clara. Hopelijk niet daarom, alsjeblieft.

*Nee, natuurlijk niet, want dan gebeurt er juist iets met je.*

De woorden van Clara galmen onder haar schedel. *Nee, natuurlijk niet, want dan gebeurt er juist iets met je.* De fles is bijna leeg. Ze is misselijk en wil terug naar bed.

Lucas staat het angstzweet tot in zijn nek, dat is raar.

Clara heeft niet geschreeuwd, daar klopt niks van.

Clara heeft zichzelf en Quint en Lucas niet verzekerd, dat klopt maar half.

Zij is de chaoot met papieren. Hoe vaak had er bij haar niet een deurwaarder aangeklopt, omdat ze allergisch was voor blauwe enveloppen en ze ongeopend in de prullenbak gooide? Werd er weer beslag gelegd op haar woonboot, met alles erop en eraan, en dan was Clara degene die haar uit de brand hielp. Struinde naar het belastingkantoor, stond braaf in de rij, vulde eindeloos formulieren in, regelde alles en redde haar van de ondergang. Zoiets deed ze voor haar, uit vriendschap, terwijl ze haar eigen zaken nooit op orde had en alles op zijn beloop liet. Op de Oudezijds stonden ze ook regelmatig aan de bel te trekken. Dan dook Clara onder de tafel en deed niet open. Ze herkende de belastingman van verre, want hij droeg altijd een hoed. Op een dag had ze hem niet vanuit het raam zien aankomen, de deur geopend en op zijn vraag of zij mevrouw Wevers was, staalhard geantwoord dat ze de zus van mevrouw Wevers was en dat de andere mevrouw Wevers in Afrika zat. Toen de man met de hoed toch een keer de drempel had weten te overschrijden en met Lucas en Clara over hun belastingschuld sprak, bleek het een schat van een man te zijn. Bij het weggaan had hij tegen Clara gezegd: 'U bent veel aardiger dan uw zuster.' Ze wond iedereen om haar vinger met haar liefheid, dat is zo. Dat Clara haar uit de klauwen van de deurwaarders redde was niet een keer voorgekomen, maar meerdere keren. Niets was haar te veel. Ze kon altijd bij Clara terecht, dag en nacht, zo was die vriendschap. Omgekeerd ook, daar niet van. Ze waren allebei het ene moment in alle staten en tot wurgen bereid en het andere moment gingen ze voor elkaar door het vuur.

Lucas mompelt in zichzelf. Daar heeft ze een hekel aan, als iemand onverstaanbaar, binnensmonds iets voor zich uit mompelt, alsof hij alleen op de wereld is.

'Wat zeg je nou allemaal?' scheurt haar stem door de serene ochtendstilte.

Aan de beweging die door zijn lichaam trekt, ziet ze dat hij schrikt.

'Sorry, schat,' zegt ze op zachtere toon, 'maar wat zei je nou?'

'Ik zei niks, ik zong.'

'Gadsamme, Lucas, hoe kun je!'

'*Nun will die Sonn' so hell aufgehen*. Mahler. *Kindertotenlieder*. Schreef hij vijf jaar voordat zijn dochter doodging. Voorgevoelens. Alle componisten hebben daar last van.'

'Had je die dan?'

'Ik denk van wel. Ja, vanaf de dag van ons vertrek, nee, zelfs lang daarvoor, ik had de hele tijd verschrikkelijke voorgevoelens.'

'Gadsamme, wat eng.'

Ze is in de war. Ze weet niet meer wat ze tegen Lucas wilde zeggen, waarom ze hem zo nodig uit zijn lethargie moest wekken. Dat had ook met voorgevoelens te maken, maar dan omgekeerd. Eerder met het ontbreken van voorgevoelens, bij Clara, wat haar toch aan een voorgevoel doet denken, vreemd genoeg.

'Er is iets heel ergs,' zegt ze, 'ik denk dat jullie niet verzekerd zijn. Als jij geen verzekering afsloot, hebben jullie niets. Clara heeft niks geregeld en ik ook niet, tenminste niet voor jullie, alleen voor Levi en mij.'

'Dat is nog mijn minste zorg,' zegt Lucas zonder te weten dat het binnenkort wel tot zijn zorgen zal behoren.

Ze vindt het antwoord van Lucas grootmoedig en haar getob komt haar opeens ongepast voor. Hij heeft gelijk, wat kan hun die achterlijke verzekering schelen. Kwaad op zichzelf omdat ze aan iets plats dacht in het licht van het afschuwelijke drama, vergeet ze dat het haar helemaal niet om het geld ging. Het ging om het sinistere van die opmerking van Clara. *Dan gebeurt er juist iets met je.* Maar ze durft het niet tegen Lucas te zeggen, al weet ze niet waar die terughoudendheid opeens vandaan komt.

## 4

Tegen tien uur in de ochtend van zondag 26 juli 1981 stroomt het terras langzaam vol mensen. Eerst beklimmen twee agenten de hemeltrap. In gebroken Engels stellen ze vragen aan Lucas. De ondervraging gaat gepaard met veel handgebaren, Bella kijkt ernaar als naar een pantomime. Ze kan nauwelijks iets horen van wat er wordt gezegd. Het is alsof ze onder water zwemt, alsof haar oren niet werken. Ze vangen alleen ruis op en onderscheiden geen afzonderlijke woorden. Zij let op Levi en Quint. Met bleke gezichten zitten de jongens naast elkaar op de grond, zo ver mogelijk bij de muur vandaan, de armen om elkaars schouders geslagen. Zwijgend en gespannen slaan ze de toenemende drukte op het terras gade. Bella zet een bord met schijven koude watermeloen voor ze neer en aait regelmatig hun gebruinde, magere ruggen. Als ze ziet hoe Lucas naar de plek op de muur toe loopt waar Clara enkele uren geleden nog levend zat, zakt ze tegenover de twee jongens door haar knieën, om hun zo het zicht op het uitgebeelde drama te besparen. Met een half oog ziet ze hoe Lucas op de muur plaatsneemt en voordoet hoe Clara zich naar de afgrond boog, reikend naar een sigaret die op de strook grond belandde tussen de muur en de peilloze diepte. Op het moment dat Lucas te ver voorover helt en zijn benen opeens de lucht in steken, schiet een van de agenten toe en grijpt in een reflex naar de enkel van zijn linkerbeen.

'Hé mister,' roept hij bezorgd uit.

Terwijl hij met zijn ene hand stevig de enkel van Lucas omklemt, legt hij een andere hand in zijn rug om het lichaam in balans te brengen. Het gezicht van de nog jonge agent is vertrokken van de schrik. Als ze het gezicht van Lucas kan onderscheiden, ziet ze dat het bezweet, maar volstrekt uitdrukkingsloos is. Het bezorgt haar een rilling en ze wendt zich af van het tafereel om te zien of de jongens iets in de gaten hebben. Levi kijkt verwachtingsvol naar de hemeltrap. Henri en Henk, de vrienden bij wie ze de vorige avond op bezoek waren, staan met bedrukte gezichten op de bovenste tree, beleefd wachtend tot Lucas klaar is met de reconstructie van het drama. Over de wangen van Henri rollen tranen. Hij ziet voor het eerst hoe het gegaan moet zijn, Clara die daar zat, Clara die viel. Henk kijkt naar zijn huilende vriend, legt zijn hand in zijn nek en maakt hem met een blik duidelijk dat Levi en Quint op de grond zitten. Henri vermant zich, loopt op Quint toe, zakt door zijn knieën en omhelst de ernstig kijkende jongen. Die slaat zijn armen om de nek van Henri en klopt hem zachtjes op de rug. Het gebaar ontroert Bella zo, dat een gierend huilgeluid aan haar keel ontsnapt. Ze slaat de hand voor de mond en kijkt Henri verontschuldigend aan. Ze pakt Levi beet met haar ene arm, slaat de andere om Henri's middel en zo zitten ze daar met zijn vieren, neergehurkt en elkaar vasthoudend. Daardoor zien ze niet dat de twee Amerikaanse studenten zich bij het gezelschap hebben gevoegd. Pas als Bella zich losmaakt uit de kluwen lichamen, herkent ze de jongens die gistermiddag met Lucas op het strand zaten te praten. Ze loopt op hen toe en omhelst ze een voor een. Het geeft haar de illusie dat ze nog iets van Clara tegen zich aan drukt. Lucas staat met de agenten bij de balustrade en wenkt Bob. Bob loopt op Lucas toe en klopt hem schutterig op zijn bovenarm. Hij knikt beleefd naar de agent, die vervolgens een vraag aan hem stelt. Bella ziet hoe de Amerikaan zijn schouders ophaalt en blijkbaar voordoet hoe hij net het gezicht afwendde op het moment dat Clara viel. Hij haalt nog een keer zijn schouders op en steekt zijn handen machteloos in de lucht. Leeg, lijkt hij te willen zeggen, ik sta hier met lege handen, ik weet het niet. Tussen de zware, goudgele wenkbrauwen van Lucas verschijnt een diepe frons. Wat Bella nog niet weet, maar hij wel, is dat de andere Amerikaan ook niets gezien kan hebben, omdat hij naar de wc was. Ze ziet hoe de jonge agent de onderarm van Lucas pakt en hem duidelijk probeert te maken dat Lucas de plaats moet innemen waar hij vannacht zat of stond. Lucas doet een stap naar achteren, kijkt naar de grond alsof zich daar een teken bevindt dat zijn exacte positie kan aangeven en gaat anderhalve meter bij de balustrade vandaan staan. De agent kijkt onderzoekend naar Bob. Die knikt, ja, daar stond Lucas ongeveer. Met eenzelfde gebaar pakt de agent de onderarm van Bob om hem met een zachte duw te vragen zijn positie van vannacht in te nemen. Bob loopt naar een van de rieten stoelen en gaat zitten, half afgewend van de plek op de muur waar Clara zat. De agent loopt op de andere Amerikaan toe, maar deze weet te voorkomen dat hij vastgepakt wordt. Nog voordat de agent hem kan aanraken, wijst hij naar de keukendeur, daarmee aangevend dat hij zich in het huis bevond toen het gebeurde. Met zijn handen in zijn zij neemt de agent de mise-en-scène op. Hij kijkt ingespannen en haalt zijn hand over de ongeschoren kin. Te veel detectives gezien, schiet het door Bella heen. De agent draalt om de twee mannen heen, loopt naar de balustrade en wijst naar de plek waar Clara volgens Lucas zat. Hij wil graag dat Lucas nogmaals bevestigt of het inderdaad op deze hoogte was. Lucas knikt. Hij is geïrriteerd, van zijn gezicht is een toenemende wrevel af te lezen. De agent kijkt hem polsend aan en met een schok dringt de betekenis van de vragende blik tot Bella door. Vanuit de positie waar Lucas staat had hij gemakkelijk kunnen handelen zoals de agent een paar minuten geleden deed. Hij had de enkel van Clara kunnen grijpen om haar val in de afgrond te voorkomen.

Rond halfelf op zondagochtend 26 juli is de temperatuur op het terras gestegen tot bijna 33°C. Bella heeft iedereen van koffie voorzien en voor de jongens een glas koude limonade gehaald. Er wordt iets uitgesteld, maar ze weet niet wat. De agenten leunen tegen de balustrade en zeggen af en toe iets tegen elkaar in het Grieks. Ze verstaat geen Grieks. De agenten zijn de enigen in het gezelschap die in de buurt van de balustrade komen, alle anderen blijven er zo ver mogelijk vandaan. Met een gebaar dat op toneel alleen in kluchten is toegestaan, maken de agenten duidelijk dat ze klaar zijn voor de volgende stap in het onderzoek: ze slaan luidruchtig de handen op de dijen voordat ze zich van de muur losmaken. Ze stellen zich op bij de bovenste tree van de hemeltrap om aan te geven dat ze naar beneden willen gaan, naar de plek waar Clara neerkwam na de val. Ze kijken vragend rond wie als getuigen kunnen dienen op de plaats waar haar leven eindigde. Lucas wijst de Amerikaanse studenten aan en richt daarna zijn vinger op Henri en Henk. Bella begrijpt er niets van.

'Waren jullie er ook bij?' vraagt ze schel en met een onverhulde afgunst aan het vriendenstel.

'Nee, nee. Bob belde vannacht bij ons aan. Toen was het al gebeurd,' zegt Henri met de grootste moeite.

'We zijn een brancard gaan halen bij de medische hulppost, bij ons in de straat,' neemt Henk het over, omdat hij ziet dat zijn vriend nauwelijks tot praten in staat is. 'Die staan buiten, onder een afdak, voor noodgevallen, als iemand in de bergen valt. En toen zijn we naar jullie strandje gelopen, naar de rotsen.' Hij haalt diep adem. 'We hebben haar samen naar boven gedragen,' piept hij, voordat zijn stem het begeeft.

'Och gottegot,' is alles wat Bella kan uitbrengen. Het beeld van haar vriendin op de brancard maakt haar intens verdrietig en ze vraagt niet verder. Ze vraagt niet aan Lucas waarom hij haar niet wekte, ze kan het antwoord wel bedenken. Bang om de kinderen wakker te maken. Maar ze vraagt ook niet hoe Clara eruitzag. Ze wil zich Clara in al haar schoonheid herinneren.

Daarom zal Bella pas meer dan twintig jaar later, op haar zestigste verjaardag, als ze alle oude vrienden weer om zich heen heeft verzameld, horen wat ze nooit wilde weten. Zoals altijd als ze bij elkaar zijn, komen zij vanzelf over Clara en Lucas te spreken.

'Wat gaat er toch door je heen, in die paar seconden tussen hemel en aarde? Dat heb ik me zo vaak afgevraagd,' zegt Henk.

Bella knikt, dat heeft zij zich ook honderden keren proberen voor te stellen, de gedachten van Clara tijdens de val.

'Dat van je leven in een flits, daar geloof ik niks van,' zegt ze, 'daar is een flits toch veel te kort voor. Wat heb je aan een leven gehad dat genoeg heeft aan een flits? Onzin. Volgens mij heb je net genoeg tijd om te denken aan je kind. Zou ik ook doen, aan Levi denken. Ik denk dat dat het enige is wat er door Clara heen ging: mijn kind. Die lange, blonde slungel daar,' zegt ze als ze zich naar Quint toe draait, 'die was het laatst in haar gedachte, dat weet ik zeker.'

'Moet je hem zien, dat lange end,' zegt Henk met een zekere trots. 'Het was een hummeltje, toen, hè Henri? Een klein, blond hummeltje. Hij zei altijd dat ze weggevlogen was, dat vond ik zo lief. Alsof ze omhoogging, de hemel in, in plaats van omlaag.'

'Ja, hij was toch al gek van vogels, zo klein als hij was, de schat,' voegt Bella er vertederd aan toe. 'Liep almaar met die verrekijker te sjouwen die hij van Clara en Lucas op zijn verjaardag had gekregen. Hij kon het ding nauwelijks tillen, maar die verrekijker ging overal mee naartoe. Vogels kijken. Hij herkende alle vogels aan hun zang.'

'Gelukkig was ze op slag dood,' zegt Henri.

Bella weet het en ze weet het niet. Het staat met zo veel woorden in de dodenbrief, de zin ziet ze zo voor zich. *Zij viel van een rots en was op slag dood.* Op de een of andere manier heeft ze altijd willen geloven dat de waarheid iets tussen Lucas en haar was, iets intiems, en dat de fictie bestemd was voor de anderen. Want die zin in de dodenbrief was fictie. Ze viel toch niet van een rots? Ze viel van een doodgewone muur, een achterlijke balustrade, een stom terras, maar dat was te vulgair, dat kun je zo niet in een dodenbrief zetten: *Ze viel van een muur en was op slag dood.* Theseus viel van de rots, dus Clara viel van de rots. Die Theseus had Lucas er met de haren bij gesleept en met al die franje van Griekse helden en goden had hij het verhaal doorgegeven.

'Hoezo, op slag dood?' vraagt ze nu aan Henri.

'Ze was helemaal verbrijzeld,' zal Henri beschroomd om zijn getuigenis zeggen.

'Haar hoofd ook?'

'Juist dat.'

Of het de drank of de waarheid is, dat weet ze niet, maar Bella schiet vol als ze een relatie legt tussen de twee woorden: hoofd en verbrijzeld. Hoe moet ze zich dat voorstellen? Dat past toch niet bij Clara's hoofd, dat het verbrijzeld was? Ze wil haar heel houden in haar herinnering, een ongeschonden, prachtig, slank lichaam op een brancard en de fraaiste kop van Amsterdam. Henri voelt zich verantwoordelijk voor het plotselinge verdriet dat hij heeft losgewoeld bij zijn vriendin en hij slaat een arm om haar heen.

'Lucas zei dat ze nog iets had gezegd,' snikt ze, terwijl ze intussen met het uiteinde van haar mouw woest de tranen van haar wangen veegt. 'En ik heb het verdomme altijd geloofd.'

'Dat was vast om jou en Quint te troosten,' zegt Henri goeiig.

Het is te laat om aan Lucas te vragen waarom hij zei wat hij zei. Lucas is dan al twee jaar dood. *Ze deed haar ogen open en heeft nog naar me geglimlacht.*

'Ik word stapelkrankjorum van al die fictie,' roept Bella luid en woest. Ze heft het glas en klinkt met haar vrienden op de droevige herinnering aan de dood van haar tweelingziel Clara.

# 5

Nadat de agenten zijn vertrokken en de studenten op aandringen van Lucas verkoeling zoeken aan zee, blijven Lucas, Bella, Henri, Henk en de kinderen verweesd achter op het terras. Nu de reconstructie van de val van Clara achter de rug is en er getuigenis is afgelegd, heeft het drama pas zijn ware omvang gekregen. Het naspelen, het plaatsnemen op de warme, stenen muur, waarop Clara het ene moment levend en pratend zat en het andere moment zwijgend in de dood verdween, het afdalen naar de plek waar ze is neergekomen, bezorgden Lucas en Bella het oneigenlijke gevoel dat er nog iets veranderd kon worden aan de loop van de gebeurtenis. Alsof een reconstructie hun de mogelijkheid bood het verhaal een andere wending te geven. Nu die illusie is vervlogen, voelen ze zich overgelaten aan een onontkoombare leegte. Het is een werkelijkheid die roept om erkenning en de erkenning eist van hen dat de nabestaanden op de hoogte worden gesteld van de dood van Clara.

De eerste persoon die Lucas zal bellen is Thomas Burggraaf. Eergisteren lag bij het ontbijt een stenografisch briefje van de beheerders. Met moeite kon hij eruit opmaken dat Thomas had gebeld. Hij landde op zondag 26 juli om 13.00 uur in Athene, huurde op het vliegveld een auto en logeerde in een hotel in de stad. Hij wilde twee dagen in Athene blijven en op 28 juli koers zetten naar het eiland. Het telefoonnummer van het hotel had hij door mevrouw Barbajannis laten noteren. Thomas is zijn baken. Iets van de vertrouwde wereld waarin alles nog heel was, is nabij en kan hem helpen de kloof in de tegenwoordige tijd te overbruggen. Om te voorkomen dat ze verder iemand vergeten, stellen Lucas en Bella een lijst samen met de namen en telefoonnummers van de mensen die beslist vandaag het verschrikkelijke nieuws moeten horen. De stiefmoeder van Clara? Nee, die haatte ze. Haar jongere zus Eline wel, maar niemand heeft haar nummer, die woont ergens in Zuid-Afrika. Blijven de vrienden over, maar wie als eerste? Clara's beste vriend, die al sinds jaar en dag bij hen in huis woont. Met uiterste precisie tekent Lucas rondom de namen van de mensen die hij persoonlijk zal bellen, een ster met andere namen. De familie en vrienden die hij vanuit Griekenland belt, zullen in Nederland een aantal mensen moeten bellen. Omdat de beheerders het viervoudige rekenen voor een telefoongesprek, besluiten ze gebruik te maken van de telefooncel in het dorp. Ze verzamelen alle drachmen die ze in muntvorm vinden en ondernemen met lood in de schoenen en door de drank lui geworden benen de steile klim naar het plein. In de schamele schaduw van een oude olijfboom staat de enige telefooncel die het stadje rijk is.

Het is drie uur in de middag van de fatale zondag als Lucas de deur van het glazen hok opent en terugdeinst van de warmte die hem tegemoet slaat. De temperatuur in de telefooncel ligt boven de 40 °C.

'Die cel is een hel,' zegt hij tegen niemand in het bijzonder.

'Het moet toch gebeuren,' moedigt Henri hem aan.

'Hoe moet ik dat nou zeggen?' vraagt Lucas terwijl hij vertwijfeld naar het bovenste telefoonnummer kijkt.

'Er bestaat geen goede manier om dat tegen iemand te zeggen,' zegt Bella ferm. 'Wil je liever dat ik bel?'

Lucas schudt zijn hoofd.

'Vraag eerst of er iemand bij hem is. Nee, zeg maar dat hij even moet gaan zitten. Zo gaat het altijd bij rampen. Dan weet hij vast dat er iets ergs komt.'

Lucas luistert niet meer. Het blonde haar plakt tegen zijn voorhoofd en legt een sterk wijkende haargrens bloot. Wapperend met het vel papier waarop de diagrammen staan, wuift hij zich wat koelte toe voordat hij de cel betreedt. Hij heeft de deur nog niet achter zich laten dichtvallen of hij duwt hem weer open en buigt zich naar buiten.

'Zou hij Quint willen spreken?'

'Welnee. Wat moet hij nou tegen Quint zeggen? Laat die maar, hij is nu net een beetje afgeleid.'

Alsof hij er nooit meer uit mag, laat Lucas de zware deur van de cel achter zich dichtvallen en draait het eerste nummer. Bella kijkt naar zijn bewegende lippen tot hij zijn bovenlichaam naar voren buigt, zijn arm om het toestel slaat en zijn hoofd op de onderarm laat rusten. Als ze ziet hoe hij een hand voor zijn mond slaat en zijn schouders schokkend op en neer gaan, begint ze te huilen.

'Pas als ik anderen zie huilen, kan ik zelf huilen, gek hè,' zegt ze tegen Henri, die troostend een hand op haar blote bovenbeen legt. 'Godallemachtig, je zult op een middag een telefoontje krijgen en dat ze aan de andere kant tegen je zeggen dat je vriendin of je vader of je kind dood is. Daar moet je toch niet aan denken.'

'Alles waar je niet aan moet denken, daar denk je juist het vaakst aan,' zegt Henri.

Ze knikt en knijpt in zijn hand. Van dit soort waarheden wordt ze kalm. Levi is voor haar geestesoog al een miljoen keer onder de tram gekomen en sinds vanochtend ziet ze steeds voor zich hoe hij van de muur valt. Het laatste schrikbeeld zijn twee mollige jongensbenen die hulpeloos in de lucht steken, voordat zijn lichaam in de afgrond verdwijnt. Om de film in haar hoofd stop te zetten, bestudeert ze aandachtig haar lijstje. In tegenstelling tot het lichte, elegante handschrift van Lucas, is het hare rond, weelderig en met veel pressie in het zachte papier gedrukt, net als dat van Clara. Op het papier van Lucas stond geen enkele doorhaling, zij heeft alle nummers wel twee keer doorgestreept, opnieuw opgeschreven en voorzien van een rij uitroeptekens. Na veel dubben is de schrijver op de eerste plaats beland. Het nummer van haar ex heeft ze definitief doorgekrast en bij de drie nummers van goede vriendinnen van Clara staat een vraagteken. Ze horen bij de namen die ook in de sterren van Lucas voorkomen. Hij heeft gezegd dat hij wel ziet hoeveel gesprekken hij aankan en als het hem niet lukt de vrienden persoonlijk op de hoogte te stellen, neemt zij het over.

Als Lucas na een halfuur de cel uit komt, ziet hij doodsbleek en wankelt op zijn benen. Van zijn dunne zomerhemd is geen vezel droog gebleven. Henri schiet hem te hulp en biedt hem een arm aan om hem naar de bank onder de olijfboom te begeleiden. De kleine stad maakt een uitgestorven indruk. Henri bedenkt dat een café verderop wel eens open zou kunnen zijn en hij laat Lucas bij Bella achter om met Henk flessen water te gaan kopen.

'Het is verschrikkelijk,' zucht Lucas, 'het is een grote, helse verschrikking.'

Bella is bang om iets aan hem te vragen. Lucas ademt moeizaam en ze maakt zich opeens zorgen om zijn hart. Ze legt een hand op zijn doorweekte rug en probeert die te strelen, wat door de natte stof stroef gaat.

'Ongeloof alom,' zegt hij. 'Wat wil je? Ik kan het zelf niet eens geloven en ik was erbij. "Waar is ze?" vroeg iedereen. "Waar is ze?" De liefste vraag ter wereld als je thuiskomt en dat het eerste is wat je wilt weten, waar is ze? En nu is het opeens de gruwelijkste vraag die ze me kunnen stellen. "In de hemel," wilde ik zeggen, maar alleen Quint gelooft dat. Weggevlogen, denkt Quint. God, heb erbarmen met ons.'

'Wat zei je dan?'

'Zoals het is: dood, opgebaard, mortuarium. Thomas stapt zo in de auto, die komt eraan. De Amsterdammers wilden onmiddellijk naar Griekenland vliegen. Ik heb het ze afgeraden. "Wanneer komt ze dan thuis?" vroegen ze, och God.'

Elk woord kost hem moeite, alsof hij onvoldoende lucht krijgt bij het naar buiten brengen en het hem aan kracht ontbreekt klanken te maken.

'Stil maar, eerst eens wat drinken,' zegt Bella als ze Henri en Henk het plein op ziet komen met hun armen vol gekoelde flessen water en een plastic tas waar het rood van de watermeloen doorheen schemert. Voordat Lucas een koude fles in zijn nek legt en een andere opent om hem met fikse slokken leeg te drinken, overhandigt hij haar zijn lijstje.

'Wat doorgestreept is, is gedaan,' zegt hij tussen twee slokken door. 'Er zijn niet zo veel drachmen over, nog voor een gesprek en dat kort. Ze liggen in de cel.'

'Heb je je familie gebeld?'

'Nee,' zegt Lucas, 'morgen of zo.'

'Maar ze moeten helemaal uit Amerika komen.'

'Straks dan,' zegt hij, 'op het politiebureau.'

Drie sterren zijn doorgestreept. In hun midden staan de namen van de vrienden van Clara en Lucas. De enige overgebleven ster staat rondom de naam van de beste vriendin van Clara en haar, Mica. Het verbaast haar niet. Lucas en Mica mogen elkaar graag, maar net als Clara is Mica altijd in de contramine. Ze vraagt Henri of hij drachmen terugkreeg in het café, maar dat is niet het geval. Nog een gesprek en dan kort. Ze zal moeten kiezen tussen de schrijver en Mica.

# DERDE BEDRIJF

# 1

Op zondag 26 juli 1981, tussen 14.00 uur en 14.30 uur Nederlandse tijd, rinkelt op verschillende adressen in Nederland de telefoon en verscheurt de vredige stilte van een zomerse middag. Via veel meer lijnen dan Lucas in zijn sterdiagrammen kon uittekenen, verspreidt zich in de loop van de middag en avond het nieuws door Amsterdam. Het verhaal van de dodelijke val van Clara Wevers gaat van mond tot mond. Iedereen die op deze warme dag binnen zit en telefonisch bereikt wordt, probeert op zijn beurt via hetzelfde medium anderen te bereiken. Wat hen ook aan huis kluisterde op deze zonnige dag, na het horen van het treurige bericht verliest elke bezigheid de macht van de noodzaak. Maaltijden blijven onvoorbereid, brieven ongeschreven, concertrepetities worden gestaakt, boeken dichtgeslagen, toneelspelers stappen uit hun rol, schrijvers laten hun personages verweesd achter op het papier. Degenen die van de val van Clara horen, houden het in de stille beslotenheid van hun huizen niet lang uit. De wetenschap van de dood is een wetenschap die gedeeld moet worden. Ze is te zwaar om alleen te torsen en te sensationeel om te verzwijgen. Zoals een acteur zich verheugt op het effect van bepaalde clausen op het publiek, zo verheugen de levenden zich op de indruk die een onverwacht doodsbericht op een nog onwetende maakt. Dat is niet erg, dat is menselijk. Iemand die uit piëteit zwijgt omdat hij weigert zich te verlustigen in het nieuws van de dood, plaatst zichzelf buiten de gemeenschap. Enkel de naasten van de dode zouden willen zwijgen om ook in de dood innig alleen te zijn met hun geliefde, ieder ander wil de dood mededelen, liefst als eerste. Hij wil de ontzetting teweegbrengen die hij zelf voelde toen de dood hem werd geboodschapt. Hij wil de diepte van de huivering en verbijstering peilen om daarin telkens opnieuw af te dalen. Zo vaak en zo lang mogelijk wil hij deze vrije val herhalen. Daarom reist slecht nieuws snel. Het is geen kwestie van verlustiging in het lijden, het is de gemeenschap van de huiver die lokt en waarin iedereen bijeen wil komen. En in die gemeenschap is de ontzagwekkende dood koning en voor die eenzame heerser wordt een nederige buiging gemaakt.

Binnen een paar uur spreekt zich via een wirwar van verbintenissen het verhaal van de dood van Clara rond. Eer de avond is gevallen en het verhaal uit de derde, vierde of vijfde hand wordt doorverteld, gaan de meest bizarre geruchten door de stad.

Clara en Lucas maakten een wandeling door de bergen, Clara op hoge hakken, zo was ze, ijdel, altijd met haar uiterlijk bezig, in Chanel naar de supermarkt. Ze verliest haar evenwicht en valt in een ravijn. Lucas Loos is zelf naar beneden geklommen, heeft haar op zijn rug naar boven gedragen, tenminste wat van haar over was. Een zak met rammelende botten, zeggen ze.

Clara en Lucas maakten een nachtwandeling, over een rotsig pad. Allebei behoorlijk in de lorum. Toen is ze van een berg gevallen, in een diep ravijn. Daar ligt ze nu nog, het is pas een paar uur geleden gebeurd. Ze weten niet hoe ze haar naar boven moeten krijgen.

Clara heeft Lucas uitgedaagd door traag en tergend naar de rand van een afgrond te lopen. Ze zal pas stoppen als hij haar tegenhoudt. Je kent die spelletjes van Clara en Lucas, altijd en eeuwig elkaar provoceren, dat moest een keer fout gaan. Hij hield haar niet tegen. Zij is doorgelopen, zonder een woord te zeggen, zonder een kreet te slaken.

Clara speelt met Quint en zegt tegen de jongen dat mama kan vliegen. Slok op natuurlijk, wanneer was Clara nou nuchter? Ze neemt een aanloop, spreidt haar armen en springt zo van een hoge rots af de zee in. Ze is op een scherpe, uitstekende steen terechtgekomen. Verschrikkelijk hè, voor dat kind?

Zelfs de echte vrienden van Clara en Lucas, die dichter bij het verhaal uit de eerste hand staan, weten niet precies hoe het gegaan is. Aan de telefoon vuren ze vragen op elkaar af.

'Is het waar?'

'Weet jij wat er is gebeurd?'

'Heb jij Lucas gesproken?'

'Hoe laat is het gebeurd?'

'Wie heeft Lucas gesproken?'

'Hadden ze ruzie?'

'Heeft hij haar geduwd?'

'Is ze gesprongen?'

'Was ze dronken?'

Ze weten het niet. Na zo veel mogelijk vrienden en kennissen gebeld te hebben, drijven verbijstering en verdriet hen naar buiten. Ze ontmoeten elkaar op terrassen in de stad en een van hen rijdt naar IJmuiden om de strandgangers in te lichten. Waar ze elkaar ook treffen, de ontzetting is groot, het verdriet immens, de vragen prangend. Allemaal zijn ze op zoek naar de bron van het verhaal, naar degene aan wie Lucas persoonlijk verslag deed van de val van Clara. Ze willen de waarheid weten. Ze willen niet horen bij de oppervlakkige kennissen die praatjes rondstrooien; zij willen tot de elite behoren die weet hoe het echt gegaan is. Al snel wordt de afspraak gemaakt dat de vrienden 's avonds bijeen zullen komen in kunstenaarssociëteit De Kring.

## 2

Om kwart over twee in de middag van zondag 26 juli 1981 gaat in een huis op de Oudezijds Voorburgwal de telefoon over die in het gangpad hangt. Het is een groot pand midden in de rosse buurt van Amsterdam. Lucas noemt het zijn huis, ook al is het immense pand het persoonlijke bezit van Clara. Haar vader, een aannemer, kocht het voor haar toen duidelijk werd dat ze na wat omzwervingen door de wereld niet terugkeerde naar haar geboortestad Rotterdam, maar zich definitief in Amsterdam vestigde. Hij liet het huis verbouwen naar haar wensen. De enige eis die Clara stelde was dat er veel mensen konden wonen en dat de keuken zo groot moest zijn, dat ze er met minstens dertig man konden eten en feesten. De dan zestigjarige Paul Wevers kent zijn oudste dochter goed genoeg om te weten dat ze haar huis van zolder tot kelder zal openstellen voor iedereen die een plek nodig heeft. Ze zal zelf desnoods een bezemkast betrekken als hij er niet voor zorgt dat een groot deel van de ruimte aan haar toevalt. Hij laat het pand zodanig verbouwen dat het voor- en achterhuis met elkaar verbonden zijn door een tussenruimte en zo een onafscheidelijk geheel vormen. Als hij haar de sleutel overhandigt, drukt hij haar op het hart de begane grond voor haarzelf te nemen en te behouden.

De telefoon hangt in de gang op de eerste verdieping die het voorhuis met het achterhuis verbindt. Net als het voorhuis heeft het achterhuis twee verdiepingen. Sinds Clara en Lucas in 1965 het pand betrokken, zijn de zolderkamers van het voor- en achterhuis onderling verbonden, zodat er onder het schuin aflopend dakgebint een diepe ruimte ontstond waarin Lucas zijn vleugel kon plaatsen om er ongestoord te kunnen werken. In het achterhuis zijn beide verdiepingen voorzien van douche, wc, keuken en slaapkamer, zodat ze voor zelfstandige bewoning geschikt zijn. Een van de verdiepingen wordt wisselend betrokken door nu eens die en dan eens die. In het jaar van de dood van Clara woont de pedagoge Puck Baal er drie jaar. De andere verdieping wordt al twaalf jaar bewoond door de oudste en beste vriend van Clara, Robin Hofman. Puck brengt die zondagmiddag door onder een boom in het Vondelpark en zij zal pas over enkele uren horen van de dood van Clara.

Robin Hofman ligt in zijn woonkamer op een chaise longue en leest *Mephisto*, de roman van Klaus Mann. Of hij wel of niet van telefoon houdt, is afhankelijk van zijn stemming en vandaag houdt hij niet van telefoon. Hij laat hem langdurig overgaan in de hoop dat Puck door de gangen loopt en hem aanneemt, al heeft zij een eigen verbinding. Als hij met tegenzin het boek dichtklapt en uit zijn half liggende houding omhoogkomt, stopt het gerinkel. Verstoord besluit hij thee te zetten voordat hij terugkeert naar zijn gerieflijke positie. Op dat moment gaat de telefoon opnieuw over. De dwingende, snelle opeenvolging van het schelle gerinkel alarmeert hem. Het ontspannen rustgevoel is in een klap verdwenen en maakt plaats voor een plotselinge bezorgdheid. De eerste aan wie hij denkt is Quint. Er zal toch niets met Quint zijn gebeurd? Terwijl hij de deur naar de gang opent en op de telefoon toeloopt, heeft hij zichzelf al gerustgesteld. Quint is veilig in Griekenland, op een doodstil eiland, bij Clara en Lucas, ze komen pas over drie weken terug, dus ze reizen op dit moment niet en wat kan een jongen dan overkomen. Hij ademt een nauwelijks hoorbaar 'ja' in de hoorn. Met een kille gelatenheid waarvan hij jaren later nog versteld staat, luistert hij naar de enigszins hijgende stem van Lucas. Hij vraagt niet naar het hoe en waarom. Hij laat Lucas praten en huilen. Met een zachte mompel maakt hij zo nu en dan kenbaar nog aan de lijn te zijn, verder niets. Naast de telefoon hangt een blocnote waarop de huisgenoten voor elkaar berichten achterlaten. Hij schrijft zorgvuldig de namen op die Lucas aan de andere kant opsomt. Met een kort 'Wie?' vraagt hij twee keer of Lucas de naam wil herhalen, omdat hij hem niet heeft verstaan. Zodra Lucas is uitgepraat, vraagt hij naar Quint. Lucas stelt hem gerust, zegt dat Quint met Levi speelt en dat hij nu moet ophangen omdat hij weinig munten heeft. Robin wenst hem sterkte en verzoekt hem Quint in zijn naam een kus te geven. Nadat hij de hoorn op de haak heeft gelegd, kan hij alleen aan het bibberige handschrift waarmee de namen op papier belandden, aflezen dat hij zojuist een verschrikkelijk bericht te horen kreeg.

Op een gejaagde manier die hem vreemd is, draaien zijn hersens opeens op volle toeren. Hij heeft een taak en zal die zo snel mogelijk moeten uitvoeren, in elk geval voordat Lucas is teruggekeerd uit Griekenland. Gehoor geven aan Clara's laatste wil is het enige wat hij nog voor haar kan doen. Door een plotselinge vermoeidheid overvallen, zijgt hij in de stoel naast de telefoon. Hij voelt niks, hij is alleen onbeschrijflijk moe. Alsof hij met de ogen van iemand anders naar zichzelf kijkt, concludeert hij dat het onvoorstelbaar is wat hem overkomt. Voor de tweede keer in zijn leven krijgt hij telefonisch het bericht van de dodelijke val van een geliefde vrouw.

Het is midden jaren vijftig, hij is vijfentwintig en woont al vier jaar in Parijs. Daar ziet hij Clara Wevers voor het eerst in zijn leven, op de Place du Tertre, waar ze met vrienden danst en capriolen uithaalt om geld te verdienen en de tijd door te komen. Ze is een overweldigende schoonheid, mysterieus, voluptueus, verpletterend. Hij kan zijn ogen niet van haar afhouden, moet onbeschaamd naar haar kijken. Haar schoonheid stelt hem voor raadsels, hij kan die niet direct thuisbrengen. Later vertelt ze hem dat haar moeder Hongaars is. Ze stierf op haar vijfenveertigste, Clara was toen vijftien. Dat zal het zijn, denkt hij, zigeunerbloed, maar als ze hem meer over zichzelf vertelt, hoort hij dat ze van katholieke adel was. Tijdens een van hun schaarse bezoeken aan Nederland stelt ze hem aan haar vader voor en dan ziet hij dat haar schoonheid een combinatie moet zijn geweest van twee buitengewoon knappe mensen. Haar vader is het evenbeeld van Cary Grant. Maar dat is allemaal later. Nu staat hij als aan de grond genageld bij de Place du Tertre te kijken naar drie wervelende Nederlanders, twee jongens en zij. Die jongens kent hij wel, die waren in Nederland al fameus toen hij in IJmuiden zijn koffer pakte en naar Parijs vertrok. Na hun optreden is hij op ze afgestapt en heeft zich voorgesteld. Daarna zijn ze met zijn allen iets gaan drinken en niet meer uit elkaar gegaan. Een van die vrienden wordt zijn eerste geliefde. Daarna zullen in zijn leven de geliefden komen en gaan, maar Clara en hij zijn vanaf het moment dat hij haar aanspreekt op de Place du Tertre, onafscheidelijk. Ze wordt zijn vriendin voor het leven. Met de een gaat hij naar bed, met de ander leeft hij. Eindeloze gesprekken heeft hij met Clara. Een enkele keer gaat hij ook met haar naar bed, omdat het nu eenmaal zo loopt. Hij houdt genoeg van haar, maar het is eerder een lichaam dat hij wil versieren en verfraaien dan liefhebben. Clara vrijt plichtmatig, zonder plezier. Zo veel geestigheid en fantasie als ze aan de dag legt wanneer je met haar over de Champs-Elysées struint, zo passief en humorloos is ze in bed. Alleen met behoorlijk wat drank op kan ze haar weerzin tegen een mannenlichaam verhullen, anders gaat het niet.

'Waarom doe je het zo vaak, als je er zo weinig aan vindt?' vraagt hij haar op een ochtend.

'Het is als eten en drinken, het hoort erbij,' antwoordt ze.

Hij heeft het eerder opgemerkt bij de vrouwen met wie hij werkt. Zondagskind als hij is, kan hij bij aankomst in Parijs onmiddellijk aan de slag bij Chanel en maakt snel naam als make-upartiest. In de eerste maanden van zijn aanstelling moet hij nog de louche blaadjes doen, vrouwen opmaken voor fotosessies van goedkope tijdschriften en films, maar binnen een jaar krijgt hij de betere klussen. Toch, waar hij ook komt, bij laag en hoog, hoe verleidelijker en exuberanter de seksbom, hoe minder ze aan de seks zelf vindt. Hoe uitdagender de vamp, hoe wulpser haar loop, hoe vleiender haar praatjes, hoe groter haar afkeer van mannen en van seks. Hoe dieper het decolleté, hoe stroever de snee, beetje ordinair, maar dat is wel de gevleugelde uitspraak in de wereld van de make-up. Vrouwen met hoog gesloten kraagjes, blanke gezichten en de voeten in comfortabele, platte schoenen, dat zijn de vrouwen die van mannen en seks houden. Die praten niet over seks, die hebben het. Meestal zijn ze geëngageerd, krijgen op een gegeven moment kinderen van die man en zeggen dan moeiteloos adieu tegen het vak en de glamour. Maar de vrouwen die heimelijk gruwen van mannen zijn de ware mannenverslinders. Carnivoren noemen ze hen onder elkaar, roofdieren, vleeseters. Geschminkt als krijgers doen ze alsof ze zich aan een man geven, maar intussen vreten ze hem op. Eerst strikken ze hem in hun netten en daarna kleden ze hem uit, emotioneel en financieel. Hoe meer ze eruit slepen, hoe tevredener ze zijn met hun buit. Niks schuldgevoel hoor, ze hebben er hard voor gewerkt vinden ze. Ze doen zich geweld aan door met die man naar bed te gaan en dat offer willen ze beloond zien. Voor de vrouwen is hij een veilige man, van de derde sekse zeg maar, hors concours. Ze vertellen hem alles, ze kunnen aan hem meer kwijt dan aan hun vriendinnen. Voor een vamp zijn alle andere vrouwen een rivaal en een bedreiging, goede vriendinnen hebben ze zelden en als ze ze hebben, zitten ze elkaar voortdurend in de haren. Echte carnivoren vertrouwen andere vrouwen voor geen cent, want ze denken dat alle vrouwen zijn zoals zij. Maar zodra ze bij hem in die comfortabele stoel wegzakken, het fraaie hoofd achterovergeleund tegen de leren steunkussens, omgeven door de heerlijkste geuren van crème, lotion, lak en poeder, laten ze het theater van de verleiding varen. *Du moment* dat de deur dichtgaat schoppen ze, hup, de pumps van de getergde voeten, ebt de spanning uit de verkrampte kaken, zakken de guitig gekrulde mondhoeken naar beneden en komen de verhalen. Altijd over mannen, zelden iets goeds. Verrukkelijk is het. Hij heeft een zwak voor de roofdieren. Hoe vileiner de roddels, hoe meer hij geniet. In de loop van de jaren heeft hij bij de beste meesters les genomen en zoveel mogelijk zelf leren doen. Make-up op de eerste plaats, maar ook kappen, pedicure, manicure, massage. Bij Chanel draaide hij in zijn vrije tijd mee in de fabrieken en hij kent de ingrediënten van lotions, vochtinbrengende crèmes, foundation, parfums. Hij weet dat je goud kunt smeden uit afval. Een huid leest hij als een boek, aan de kleur van nagels ziet hij wat iemand te veel of te weinig eet. Hij hoeft zijn hand maar door een bos haar te laten gaan om te weten hoe een vrouw zich die dag voelt. Eisprong, maandstonde, zenuwen voor een fotosessie, hij ziet het, voelt het, ruikt het aan huid en haar. Mannen zijn spannend gebleven, zijn leven lang, maar vrouwen kennen voor hem geen geheimen. In het begin van zijn carrière, toen hij nog met de mindere godinnen werkte, zag hij in een oogopslag op wie ze wilden lijken, de modellen die met hun aangeleerde zelfverzekerdheid zijn kleine studio binnenstapten. Ging de deur open, kwam er weer een platinablonde Lana Turner, een grootogige Judy Garland, een Joan Crawford met regenboogwenkbrauwen op hem toegelopen. Alles wat echt was aan de sterren, was nep bij de muurbloempjes. Hadden ze eigenhandig een goedkope, zwarte spoeling door het haar gedaan om op Lauren Bacall te lijken. Of zich suf gezocht naar het rood van Rita Hayworth en kwamen binnen met de kleur van een verlepte peen. Hadden ze het liefst ook nog met een te hete tang hun steile, dunne haar verwoest om er de natuurlijke slag van Hayworth in te leggen. Vrouwen met steil haar willen krullen, vrouwen met weelderige krullen willen steil haar, ook een wet. Het liefst had hij bij al die zielige scharminkels hun eigen schoonheid tevoorschijn getoverd, dat was zijn specialiteit, maar voor de meisjes die het nooit ver zouden schoppen in de harde wereld van de glamour, was imitatie hun enige bron van inkomen. Agenten van bladen en films zochten een Rita Hayworth, een Marilyn Monroe, een Grace Kelly, en de vrouwen waren bereid Rita, Marilyn of Grace te zijn. Ze stelden zich niet eens meer voor met hun eigen naam. Het was: 'Bonjour, je suis Marilyn.' Nou, dan wist hij precies in welk vak van zijn koffer hij de lippenstift en de rouge moest zoeken. Al schreeuwde de natuurlijke teint van dat gezicht, dat in de verste verte niet op de betreffende ster leek, om het oranjerood van vermiljoen, Marilyn was roze en roze werd het. Een paar jaar later, als hij in Cannes mag werken en voor het eerst grote sterren ontmoet, leert hij pas goed het verschil kennen tussen echt en imitatie. Echt zet de toon, dat is het. Echt lijkt op niemand anders. Niet dat het de arme schepsels gelukkiger maakt. Ook met al hun echtheid gaan ze vaak ten onder. Het is iets anders dat de vrouwen sloopt, iets wat ze al in zich hebben als ze naar de wereld van de schijn gaan verlangen.

Clara was echt. Geen man wiens mond niet openviel als hij Clara voor het eerst zag. Ze benam je de adem, zo verschrikkelijk mooi. Slaapkamerogen, een geelbruine teint, een rechte neus, een perfecte, scherpe kaaklijn, lang, voluptueus, een figuur als een godin. Beestachtig mooi, gevaarlijk mooi. En zodra Clara begon te praten werden die mannen helemaal gek. Die hese stem, dat rauwe en toch lieve geluid. Maar er was iets met haar, dat zag je ook op het eerste oog. Het is *das gewisse Etwas* dat alle echte sterren in zijn wereld gemeen hebben. Een verdriet, een pijn die je door het hart snijdt, maar die tegelijkertijd hun aantrekkelijkheid vertienvoudigt. Mannen die vallen voor vrouwen als Clara weten het zelf waarschijnlijk niet, maar ze vallen voor dat ene dat ze niet kunnen begrijpen. Ze vallen voor die wond, voor een lijden dat door de schoonheid heen schemert, hoe ingenieus, geestig of hysterisch de vrouwen het ook overschreeuwen. En overschreeuwen doen ze het allemaal. Het is een combinatie die hij heeft leren kennen als fataal: een verborgen lijden en de moed der wanhoop van de vrouwen die zich onder de last van het lijden proberen uit te worstelen. Het is een combinatie die hen uiteindelijk te gronde richt en voor die ondergang menen de mannen hen te kunnen behoeden. Dat is de liefde van mannen voor vrouwen. Zo steekt die in elkaar. Maar ja, het drama is natuurlijk dat zulke mannen zelf tot in het diepst van hun ziel gehavend zijn, daarom vallen ze op een ander ongelukkig wezen. Bij voorkeur op een alcoholiste, maar wel eentje met talent. Beeldschoon, maar zielig. Talentvol, maar onzeker. Stralend, maar ongelukkig. Ze vallen op de Marilyn Monroes en iedere vrouw in de wereld van de glamour heeft iets van Marilyn Monroe. Zolang die mannen zich bezig kunnen houden met het redden van een vrouw, hoeven ze niet in hun eigen afgrondelijke leegte te duiken. Die mogen ze dan vergeten. Mannen als hij, die van de tussensekse zeg maar, zijn vrij van megalomane, macho reddingsfantasieën, daarom hebben zij een betere band met die gekwelde engelen. Want kijk, een man die er alles voor doet om een vrouw te behoeden voor de val, wordt vanzelf arrogant. Hij ontkent zijn eigen zwakte, blaast zich op tot heer en verlosser en plaatst zich daarmee boven zijn vrouw. Het redden geeft hem een vals idee van macht en liefde. Hij wil dat die vrouw op hem leunt en naar hem opkijkt, zodat zijn eigen, wankele zelfvertrouwen wordt gestut.

'Alles doe ik voor je, opdat jij niet lijdt,' stralen ze uit en ze begrijpen er niks van dat hun getergde schat op een dag haar fraai gelakte nagels uitslaat en zich los wil krabben uit deze verstikkende omhelzing.

Je moet een vrouw haar lijden niet afnemen, het is vaak het enige waarin ze groots kan zijn.

Op een dag wordt er aangebeld in de Rue de Rennes, waar hij een piepkleine kamer bewoont. De postbode overhandigt hem een telegram. *Bel me. Nu. Vader*. Hij belt in een bar op de hoek. Zijn vader vertelt hem dat zijn tweelingzus van het balkon is gevallen. Dood. Ze dreef een schoonheidssalon in Rome. Met haar man bewoonde ze een appartement in een flatgebouw aan de rand van de stad. Negenhoog. Volgens zijn zwager was ze aan het slaapwandelen en is ze slapend over de reling van het balkon geklommen en naar beneden gestort. Ze was een somnambule, dat is waar, als kind al. Maar toen stopte ze intuïtief voor elke diepte en sliep op de rand van de afgrond verder. In de ochtend vonden zijn ouders haar vaak ineengekruld op de bovenste tree van de trap, diep in slaap. Pas op de begrafenis in Italië krijgt hij van haar man te horen dat ze op de uitstekende pijlen van een hekwerk terechtkwam. Ook toen had hij zich niet afgevraagd of hij de waarheid hoorde. Hij had niks gevoeld, niks gedacht, geen traan gelaten. Het enige waaraan hij moest denken, was aan een vreemde gebeurtenis van de avond daarvoor.

Een kennis geeft een feest op een ruime etage in het Quartier Latin. Clara en de jongens zijn er ook. Het is al voorbij middernacht als hij voor zijn ogen de schim van een vrouw op de vloer ziet liggen, bewegingsloos, alsof ze achteloos neergesmeten is. Niemand anders ziet haar. De gasten praten en drinken, een enkeling staat in zijn eentje te dansen. Om de vrouw te beschermen strekt hij zijn armen uit en maait de mensen die haar lichaam te dicht naderen weg, zodat ze niet op haar kunnen trappen. Hij staat daar wel een uur naar haar te kijken. Als hij zijn glas wil bijvullen in de keuken laat hij haar alleen. Hij trekt zijn benen hoog op om voorzichtig over de vrouw heen te kunnen stappen. 'Robin is dronken,' hoort hij zijn vrienden zeggen. De enige die hem gelooft is Clara. Ze lijkt op zijn zus, uiterlijk dan, niet in haar karakter.

'Wie is die vrouw?' vraagt ze.

'Geen idee, een vrouw, beetje zoals jij. Ze is gevallen.'

'Hè, wat akelig. Kunnen we haar helpen?'

'Nee, we kunnen niets meer voor haar doen.'

Ook nu, nu hij naast de telefoon in het koele gangpad zit, bezorgt de herinnering hem geen verdriet. Doden verdwijnen niet, hij draagt ze met zich mee. Die zekerheid maakt hem rustig. Hij voelt zich kalm en sterk genoeg het beeld toe te laten van een glimlachende Clara achter het stuur van haar Honda. Het beeld is drie weken oud en sinds enkele minuten het laatste beeld dat hij van haar heeft. De tijd heeft hem een nekslag bezorgd en de film stopgezet, er komen nooit meer nieuwe beelden bij. Hij staat voor het huis op de Oudezijds Voorburgwal om Clara, Lucas en Quint uit te zwaaien. Voordat ze met een volgestouwde auto naar Schiphol rijden om daar het vliegtuig naar Athene te nemen, herschikt Lucas een paar tassen in de achterbak, omdat hij de klep niet in het slot krijgt geduwd. Typisch iets voor Clara om die auto een paar weken op Schiphol te laten staan. Kan haar niks schelen hoeveel het kost. Al heeft ze geen nagel om haar kont te krabben, gemak dient de mens.

Met weemoed kijkt hij naar het drietal. Hij voelt zich verdrietig en vol van geheimen. Het is niet zozeer het gesprek dat hij gisteravond met Clara had dat hem bedrukt, het is zijn eigen voornemen. Terwijl hij Clara's innemende glimlach met een glimlach beantwoordt, voelt hij zich een verrader. Zij kent het besluit niet dat hij vannacht heeft genomen.

Als je terugkomt ben ik weg, lieve schat, denkt hij. Daardoor kerft de glimlach rond Clara's mond hem dieper in de ziel dan anders. Hij kent die lach van Clara. Ze overstemt haar verdriet met rock-'n-rollbravoure. Voor zichzelf noemt hij het haar schouderophalende lach, een lach waarmee ze zegt dat ze het maar weer eens gaat proberen met die man. Dat ze er het beste van gaat maken daar op Skyros en dat het, wie weet, allemaal goed komt tussen Lucas en haar en ze eindelijk samen gelukkig worden. Het is ook de lach waarmee ze zich verontschuldigt voor de huilbuien van gisterenavond, de lach waarmee ze tegen hem zegt dat hij er niet mee moet blijven rondlopen, dat zij het gesnik en gehuil al mijlenver achter zich liet en niet wil dat hij er langer over blijft tobben dan zijzelf. Robin piekert nooit over de aanleiding voor haar huilbuien, die kent hij goed genoeg. Hij is ze alleen zat, hij verdraagt ze niet meer. Sinds hij bij het stel in huis kwam wonen, zijn de uren van zijn dagen doordrenkt van het bittere verdriet van Clara. Vannacht besefte hij dat hij te veel van haar houdt om haar verval nog langer aan te zien. Als een van zijn katten zo zou lijden, had hij haar al-lang laten afmaken. Maar ze is geen kat, ze is zijn oudste en dierbaarste vriendin. Hij kan haar niet helpen, ze zal ten onder gaan en er zit niks anders op dan zich aan haar leed te onttrekken. De blik die ze hem toewerpt vanuit het opengedraaide raam van de auto, is er een die hij niet meer dagelijks wil zien.

'Je kent me toch,' zegt die, 'je weet hoe ik ben.'

Ja, hij weet hoe ze is. Ze is een lastige, lieve, spilzieke engel, ze is de liefde van zijn leven. Hij kan uren naar haar kijken, doet niets liever dan aan haar zitten, haar mooi opmaken, een nieuwe kleur aan het glanzende haar geven met een zelfgemaakte spoeling van henna, kleren voor haar uitzoeken, schoenen passen. Chanel, Prada, het kan niet duur en mooi genoeg. Vroeger betaalde papa, nu steekt ze zich al jaren in de schulden. Van papa kon ze alles krijgen, behalve wat ze echt wilde hebben natuurlijk, liefde, aandacht. Het oude verhaal, zijn eigen verhaal, hij weet wat het is, je hoeft hem niks te vertellen. Vader marineofficier, militaristisch streng. Gedrild zijn ze, altijd in het gelid en hij op zijn tiende naar de psychiater gestuurd omdat hij anders was dan andere kinderen. Het kwam niet in die mensen op zelf met je te praten. Eindeloos verhuisd, van havenstad naar havenstad en overal hetzelfde liedje: Robin kan zich niet aanpassen, Robin is anders, Robin is opstandig, Robin is onhandelbaar. Tegen de muren van zijn slaapkamer heeft hij uitgeknipte plaatjes van beroemde actrices opgeprikt, Ava Gardner, Kim Novak, Katharine Hepburn, Greta Garbo, Bette Davis, Marlene Dietrich. De afbeeldingen van Cary Grant, Clark Gable, James Dean, Rock Hudson, Marlon Brando en Montgomery Clift verstopt hij in een boek. Hij is jong, een kind nog, maar hij weet een ding zeker: bij de pin-ups wil hij horen. Hij zal ooit weggaan uit de wereld van spruiten en rodekool, van uniformen en dominees, van de lucht van vis en wier, van olie en motoren. Hij gaat in de wereld van de sterren wonen, van glamour en schittering, van bedwelmende geuren, van weelderig opgemaakte vrouwen in avondjurken en van goed verzorgde, elegante mannen in smoking. En het is hem gelukt. Zijn vader heeft hem tot zijn eenentwintigste onder zijn regime gehouden, daarna mocht hij doen wat hij wilde. Nou, op de ochtend van zijn verjaardag pakte hij zijn koffers, zei de familie adieu en vertrok linea recta naar Parijs. Nooit meer omgekeken. Aan tafel, op de Oudezijds, komt wel eens de vraag voorbij of je het allemaal hetzelfde zou doen als je het over mocht doen. Gek, zelfs lapzwansen met het armzaligste bestaan zeggen nog volmondig ja.

'Andere ouders graag,' zegt hij als ze het hem vragen.

Hij staat op en bekijkt de bovenste naam op het lijstje. Hij neemt zich voor de gesprekken kort te houden en daarna te voltrekken wat hem te doen staat. Omdat hij haar door en door kent, neemt hij elk woord serieus dat ze op de avond voor haar vertrek naar Griekenland uitsnikte. Zoals de blik en de glimlach van Clara van de ene seconde op de andere bevroren zijn tot de slotbeelden van een film, zo is alles wat Clara hem de avond voor haar vertrek vroeg, veranderd in haar laatste wil. De gedachte dat ze haar dood heeft voorvoeld, is voor hem geen akelige. Natuurlijk voorvoelde ze haar dood, zo was Clara. Wat hem verbaast en teleurstelt, is dat hij haar dood niet gezien heeft, vannacht of vanochtend. Hij neemt zich zijn ongestoorde slaap kwalijk. Hij voelt een groeiende afkeer van de voorbije uren, van de onverdiende rust waarin hij zich deze zondagochtend aangenaam wentelde. Door onwetend te zijn geweest van haar dood, liet hij haar in de steek. Ze viel en was volstrekt verlaten, zonder dat zijn gedachten hier in Amsterdam bij haar waren, zonder dat hij met haar de val maakte en haar stevig vasthield op weg naar de grond.

Kom maar, lieverd, val maar, ik houd je vast – dat had hij vannacht willen denken. Zijn omhelzing had ze daarginder gevoeld, zo'n band hadden ze.

Een intens medelijden met Clara bezorgt hem steken in de borst. Zelfs een kat houd je vast als je haar een spuit laat geven. Wat hij het meest van al had liefgehad, was zielsalleen geweest in het sterven.

Robin houdt niet van zijn eigen verdriet, hij wil er zo snel mogelijk van af. Hij wil handelen. Vijftien jaar na het bericht van de dood van Clara zal een van zijn poezen afgemaakt moeten worden, omdat ze te ziek is om op haar poten te staan. Hij laat de dierenarts aan huis komen en heeft Coco op zijn schoot. Hij streelt het warme lichaam dat vol kanker zit en kijkt het beest in de ogen. De kat kijkt trouwhartig naar hem op, moe van het weigerachtige lichaam en het leven, maar zonder besef van de naderende dood. Hij kijkt in die lichtgroene kattenogen totdat de blik van Coco breekt en het lichaam in zijn armen niet langer rilt en ronkt. Daarna huilt hij voor het eerst in zijn leven ongeremd. Hij huilt dagenlang, zonder een eind te kunnen maken aan de pijn. Hij denkt dat het om het arme beest is, dat weerloos en afhankelijk was, dat hij de dood moest aandoen. Hij weet niet dat hij eindelijk de tranen laat die vastzaten toen zijn zus en Clara vielen.

Opnieuw opgejaagd door een gevoel van urgentie, neemt hij de hoorn van de haak en draait het telefoonnummer dat bij de bovenste naam op de lijst hoort. Hij kent het uit zijn hoofd.

Ongewild is de haast die hij heeft in zijn stem geslopen, waardoor hij bij iedereen die hij in het afgelopen halfuur belde een chagrijnige indruk naliet. Ze vroegen hem te veel.

'Meer weet ik niet,' hoort hij zichzelf steeds zeggen. 'Lucas was van de kaart en warrig. Van een rots zei hij eerst en daarna was het van het terras. Ik weet er het fijne niet van. Ik weet alleen dat ze viel en dood is.'

'Maar waar is ze dan?'

'Nu? Weet ik niet. Ze wordt naar Athene gebracht, dat is het enige wat ik weet.'

'Dronken?'

'Ik. Weet. Het. Niet.'

'Ruzie?'

'Luister, ik weet het niet. Ze is gevallen, dat is alles wat ik weet. Ze is vannacht gevallen en ze is dood. Nu hang ik op, ik moet nog meer mensen bellen.'

'Zal ik naar je toe komen?'

'Nee, alsjeblieft niet. Sorry, het is aardig van je, maar ik wil graag alleen zijn. Kun je dat ook tegen de anderen zeggen, dat ze niet naar de Oudezijds moeten komen? Er is niemand thuis.'

Omdat de vraag hem steeds wordt gesteld, doemt bij hem het schrikbeeld op van drommen vrienden die aanbellen en het huis binnendringen, het huis van Clara, waar haar geur nog hangt en alles haar laatste hand verraadt. Een vuil kopje op het aanrecht, een rondhangende shawl over de leuning van een stoel, een openstaande fles campari op de keukentafel. Natuurlijk willen ze dat, zich hier verzamelen, bij elkaar zijn, de meegebrachte flessen wijn opentrekken, de marihuana rond laten gaan, dronken en stoned worden, samen huilen en lachen en dan op de vloer van de keuken in slaap vallen, zoals zo vaak. Maar hij wil niemand zien en niemand spreken. Hij zal de telefoon laten rinkelen en de deur gesloten houden als er wordt aangebeld. Al stond de koningin op de stoep, hij heeft wel iets anders te doen.

*Je moet ze allemaal verbranden*, dat is de zin die door zijn hoofd spookt. *Als er ooit iets met me gebeurt, moet je ze allemaal verbranden.*

Hij staat op en loopt de trap af naar beneden. Hij opent de deur van de kamer van Clara, sluit hem achter zich en kijkt of er een sleutel in het slot zit. Geen sleutel, jammer. Het is een ruime kamer met uitzicht op het water van de Oudezijds Voorburgwal. Het geluid van krijsende meeuwen dringt de kamer binnen en hij hoort de papegaai, die in een kooi aan het plafond in de tussenruimte hangt, in gesprek gaan met de hoge tonen. Gelaten ondergaat hij de onwetendheid van het bonte beest dat onberoerd is door het geluk en het ongeluk van de mensen in het huis. De telefoon gaat regelmatig over en steeds slaat de vogel aan.

'De sleutel zit in de oorbellendoos van mijn moeder en die zit in de juwelenkist van papa,' hoort hij haar zeggen. Hij weet precies waar haar spullen staan en vindt de sleutel zonder enige moeite. Over de drie meter lange zitbank is een ruimvallende, bordeauxrode foulard gedrapeerd. De stof is een verfijnd weefsel van glanzende en doffe draden, ze hebben de lap samen uitgezocht op een markt in Parijs. In de loop van de jaren heeft ze steeds meer kussens gekocht, de bank ligt ermee volgestouwd, maar ze liggen ook op de grond, voor de open haard. Hij haalt de kussens van de bank om de foulard te kunnen wegslaan en daarmee twee hangsloten bloot te leggen. Met de sleutel uit de poederdoos opent hij de hangsloten en haalt ze uit de ijzeren ogen die ze met elkaar verbinden.

'Als je je vingers in die ogen haakt, kun je de lades zo naar voren trekken. Het gaat heel gemakkelijk. Daar zitten die van de afgelopen jaren in, ik weet niet vanaf wanneer. De rest ligt in de kelder.'

In de dertig jaar dat hij haar kent heeft hij haar dagelijks zien schrijven in deze schriften, maar toch schrikt hij van de immense hoeveelheid. Kriskras door elkaar, alsof ze na gebruik nergens meer toe dienden, liggen de dikke schriften in twee diepe lades, sommige half dubbelgevouwen onder het gewicht van een schrift dat erbovenop is beland. Automatisch slaat hij een hand voor zijn mond.

'Claartje toch,' zegt hij zonder zijn stem te dempen, 'lieverdje, lieverdje, wat een nood, wat een nood.'

Zonder te weten dat hij in de kelder nog zestien vuilniszakken vol met schriften zal aantreffen, leert de aanblik op de inhoud van de laden hem dat hij deze hoeveelheid onmogelijk in een keer kan verstoken. Hij kan hoogstens een begin maken. Naast de open haard staan een hoge, rieten mand met houtblokken en een sinaasappelkist met brosse takken. Kundig maakt hij een nest van kleine takken, legt er een paar grote blokken zodanig op dat er voldoende lucht bij kan en pakt het doosje lucifers van de schouw.

## 3

Rafaël Delaporte is op de ochtend van de 26ste juli 1981 met de vlucht van 8.45 uur vanuit Nice teruggekeerd naar Schiphol. Hij heeft zijn vakantie met vijf dagen bekort omdat een vriendin een aantal dagen geleden zelfmoord pleegde. Haar man heeft hem verzocht aanstaande woensdag op de begrafenis te spreken. Hij zal hem straks opzoeken om hem en de kinderen te condoleren en de avond en volgende dag gebruiken voor het schrijven van een toespraak. Tegen twaalf uur staat hij voor zijn huis in Amsterdam-Zuid en draait met een zwaar gemoed de sloten van de voordeur open. Hij duwt ertegen en voelt weerstand. Het gangpad ligt vol post, hij moet kracht zetten om de stapel papier vooruit te schuiven. Hij vindt dat hij op die deur lijkt. Ze moet open, maar ze wil niet. Het obstakel dat haar dwarszit is nieuws waar hij geen zin in heeft, de kranten, de actualiteiten en ongetwijfeld de dodenbrief van Ate. Te veel tegenwoordige tijd. Het voordeel van reizen is dat je je aan de actualiteit onttrekt, dat je wegvliegt van de banaliteit van het alledaagse, van het werk, de telefoon, de rekeningen, de mensen. Eenmaal beland op een andere plek op aarde, heb je jezelf onttrokken aan de tentakels van het monster van de vulgaire tijd. Alle zorgen die je had voordat de Boeing het luchtruim doorklieft, vallen weg. Belasting betalen, vrienden bezoeken, familie bellen, toch eens een stuk over die en die schrijven, de gemene verantwoordelijkheden verliezen hun zuigende greep. Daarom reist hij veel en vaak. Gelukkig kan hij regelmatig vertrekken onder het mom van werk. Interview met Leonard Bernstein in New York, naar Montreal voor de première van een opera van Claude Vivier. Of het kleinere werk, festival verslaan in Abigail, elk voorjaar naar Cannes, overzichtstentoonstelling in het MoMA in New York. Hij doet het graag en veel en de kranten en bladen betalen hem inmiddels royaal. Hij is een van de weinige journalisten van wie stukken worden aangekocht door buitenlandse bladen. Vooral zijn portretten van musici en componisten zijn geroemd. Vijftien jaar geleden heeft hij met een profiel van Lenny Bernstein de toon gezet, sindsdien wordt elk initiatief dat hij ontplooit door de hoofdredacteur gehonoreerd. Het zogeheten intieme portret van kunstenaars is zijn specialiteit. Zo wordt het genoemd, een intiem portret. Nogal paradoxaal voor een man die niet zou weten hoe je moest omschrijven wat dat is, intimiteit. Er wordt onvermoeid op gejaagd, alle vrouwen die hij kent snakken ernaar, maar wat ze precies zoeken is hem een raadsel. Het diepte-interview waaruit een persoonlijk portret ontstaat, is voor hem geen kwestie van intimiteit, maar van onderzoek, kennis en van vertrouwen winnen dankzij die kennis. Je kunt alleen goede vragen stellen als je veel weet. Hij gaat te werk als een detective, verdiept zich in het leven en oeuvre van iemand, op zoek naar een spoor, een schijnbaar loshangende draad die de gegevens verbindt op een manier die niet eerder door iemand is ontdekt en die zelfs het onderzoeksobject verrast. En hij kan werk lezen, zo noemt hij het maar. Of het nu om een partituur, schilderij, roman of een in de prullenbak belande kattenbel gaat, hij leest het als een bekentenis. Geef hem een tekst en hij geeft je de maker. Dat vindt hij het spannende en interessante aan zijn vak, het werk en de persoon bijeenbrengen. Hij weet niet wat voor een talent het is, maar hij hoeft maar een maaksel onder ogen te krijgen of hij krijgt een beeld van de schepper ervan. Misschien is het die vreemde combinatie van een mathematische en kunsthistorische scholing. Kiezen voor de kunst was in zijn tijd een heldendaad, zo mag je dat gerust zien. Zoals voor alle jongens van zijn leeftijd met aanleg voor cijfers, was de keuze van een bètastudie vanzelfsprekend. Daar werd niet eens over gediscussieerd. Dat je hart misschien uitging naar alles wat alfa te bieden had, taal, filosofie, psychologie, sociologie, geschiedenis, bleef onopgemerkt. Wiskunde stond boven alles en als je er een knobbel voor had, bepaalde het bezit ervan je toekomst. Hij had de leugen van het talent een paar jaar volgehouden en was toen van de ene op de andere dag van studierichting veranderd. Zonder zijn ouders in te lichten, zonder er met iemand over te praten. Kunstgeschiedenis, het watje onder de studierichtingen. Kon hem niks schelen, hij had het gevoel thuis te komen.

Uiteindelijk heeft hij toch profijt gehad van de studie in de wiskunde. Hij begrijpt componisten beter dan welke andere scheppende kunstenaar ook. Muziek is hoorbare wiskunde.

Componisten zijn allemaal tellers, cijfergekken, hiëroglifische geesten. Ze zijn bezeten van de muziek, maar hunkeren vaak naar een taal waarin ze beter begrepen worden dan in de woordeloze geheimtaal van noten, maten, mollen en kruisen. Ze zijn door hun talent verdoemd tot de abstractie. En in die taal zoeken ze andere manieren om boodschappen door te geven en die cryptogrammatische boodschappen probeert hij te lezen. Hij weet dat hij veel van zijn eigen ziel legt in zijn visie, maar hij ziet de musicus als een poëet, opgesloten in een cel van cijfers. Het is een waanzinnige schepping, de schepping van de muziek. Nergens zo veel woestheid, waanzin, razernij en zelfdestructie tegengekomen als bij de toondichters. En wat ze ook met elkaar delen is een griezelige gave om de toekomst te voorspellen. Hij kent niet een, maar meerdere voorbeelden van componisten die hun eigen en andermans dood ruimschoots van tevoren schallend aankondigden. Daarbij moet hij altijd denken aan Arnold Schönberg, die zijn leven lang leed aan een ziekelijke angst voor vrijdag de dertiende en prompt op een vrijdag de dertiende sterft.

Hij komt veel halen bij de kunstenaars die hij ondervraagt, maar hij heeft hun ook iets te bieden. Noem het inzicht, een licht in de duisternis. De verbindende draad tonen tussen leven en werk en de verbeelding die nodig is om in de persoonlijkheid van de schepper te kruipen, is het cadeau dat hij te geven heeft, aan de kunstenaar en aan zijn lezers. Hij ziet zichzelf als een bemiddelaar, tussen de schepper en de rest van de wereld. Hij kan de deur op een kier zetten en iedereen een glimp gunnen in die hemel of hel waar werken worden geschapen. En net als hijzelf, blijkt de wereld hongerig naar de wetenschap van het maken, van die wonderlijke transformatie van angst en pijn in iets waardoor mensen betoverd raken, een werk van schoonheid.

In de loop van de jaren is hij van journalist steeds meer biograaf geworden. Hij neemt het zichzelf regelmatig kwalijk dat hij niet de moed heeft de krant voorgoed vaarwel te zeggen en zich terug te trekken om een boek te schrijven. De biografie van Bernstein bijvoorbeeld, of een boek over de raadselachtige, voor iedereen nog onbekende Claude Vivier, waarmee hij hem aan Nederland kan voorstellen. Schitterende dubbellevens vol drama, passie, vechtlust, verborgenheid, geheimzin en genie. Maar hij durft het niet. Hij is bang dat hij geen talent heeft voor de eenzaamheid van het schrijven. Hij vindt het prettig bij een krant te horen, collega's te hebben, iemand te kunnen bellen om te zeggen dat hij thuis is en te horen dat die ander daar blij om is. En hij heeft de deadline nodig. Zonder deadline is hij verloren en inert, komt er niets uit zijn handen. Hij telt genoeg schrijvers onder zijn vrienden om te weten dat dit de essentiële verschillen zijn tussen hem en de auteur: het ontberende talent voor eenzaamheid en de noodzaak van de deadline. Echte schrijvers gruwen van opgelegd gezelschap en van die gapende afgrond in de tijd waardoor de journalist vaak op de rand van de klok loopt, omdat een stuk voor zeven uur in de ochtend ten burele van de krant moet zijn. De enige vrouw die aan De Tafel mag aanschuiven, een hoogleraar in de pedagogiek, had op een avond de kring rondgekeken en gezegd dat ze deadline een goed woord vond om de bokken van de schapen te scheiden.

'Tweedehands kunstenaars hebben het nodig dat ze nodig zijn,' baste ze met diepe stem. 'Ze moeten gevraagd worden, een opdracht krijgen, een baas gehoorzamen en er moet een lijn getrokken die ze niet mogen overschrijden op straffe van berisping, ontslag, de dood enzovoort. Dat is het verschil. Echte kunstenaars hebben het niet nodig om nodig te zijn.'

De vrienden aan De Tafel hadden elkaar aangekeken en ieder van hen wist vanaf dat moment precies wie zich tot de tweedehands kunstenaars mocht rekenen.

Binnen slaat hem de muffe warmte tegemoet van een huis dat een tijd onbewoond is geweest. Het benauwt hem. Hij laat de voordeur openstaan, neemt een stoel en een bijzettafeltje en zet ze buiten voor de deur. Voordat hij daar zijn post doorneemt, belt hij de hoofdredacteur van de krant om te zeggen dat hij eerder uit Frankrijk is teruggekeerd en morgenochtend de redactievergadering kan bijwonen. De hoofdredacteur reageert verheugd. Ze kunnen hem goed gebruiken, zegt hij, want de komkommertijd was nog nooit zo saai en draderig. Er doen geruchten de ronde dat Claude Vivier weer in de stad is. Hij is gesignaleerd in een kelder, een louche leerbar, ergens op de Wallen. Misschien kan hij vast uitvinden waar hij logeert en contact met hem opnemen.

Puck heeft gelijk: nodig zijn kikkert Rafaël op en met een iets lichter gemoed neemt hij plaats in de volle zon en pakt het eerste deel van de stapel post om die te selecteren op kleine enveloppen. Grote enveloppen zijn per definitie oninteressant. Ze bevatten uitdraaien van telexberichten en kopieën van artikelen over kunst uit *The Herald Tribune*, *The New York Times*, *Frankfurter Allgemeine* en *Le Monde*. Allemaal drukwerk. De ziel van de post zit in de handgeschreven brieven en ansichtkaarten uit de delen van Europa waarover zijn vrienden in de zomermaanden uitwaaierden. Nederland reist graag en gretig. Algauw ligt een stapel kleurige afbeeldingen van weidse panorama's, pittoreske steegjes, madonna's, kerken, zeeën en zonsopgangen op zijn schoot. Zonder eerst noemenswaardige aandacht te besteden aan de voorkant, keert hij de ansichtkaarten om, leest de naam van de afzender en bekijkt de omvang van de tekst. Van de korte krabbels waardeert hij de geste van de afzender, maar op de, tot in de hoeken volgeschreven achterkanten van de vaak gekartelde foto's verheugt hij zich. *In der Beschränkung zeigt sich der Meister*, dat weet hij als geen ander. En hij heeft vrienden die de kunst van de beperking zodanig beheersen, dat hij niet zelden schuddebuikend van de lach zijn vakantiepost doorneemt, trots en vergenoegd zich omringd te weten door vrienden die spits en geestig uit de hoek kunnen komen. Maar meer nog dan de ansichtkaarten, lonken de enveloppen waarop met de hand zijn naam en adres geschreven staan, waarin de brieven zitten met hun nog verborgen inhoud. In de gauwigheid telt hij er zeven. Van de twee brieven die boven op de stapel lagen en als laatste bezorgd moeten zijn, herkent hij onmiddellijk de handschriften. Ze maken een prettige spanning in hem los, die bewaart hij voor het laatst. Tussen de andere vijf treft hij de brief aan die hij verwachtte te zullen vinden. Hij zit in de enveloppe met de zwarte rand. Uit eerbied voor de dode en om het verzengende gevoel van schuld opnieuw te ondergaan, is dat de enveloppe die hij het eerste opent. Op het in kwarto gevouwen blad van kostbaar geschept papier staat het zoals het is: *Ate Anna kon het leven niet meer aan.* Chic vindt hij dat, zonder omhaal de waarheid vertellen. Is vast bedacht door Sal. Er was niks chics aan de reden waarom Ate het leven niet meer aankon, maar een ware zin maakt veel goed. Bovendien kon je Sal bezwaarlijk alle schuld in de schoenen schuiven. Mensen scheiden aan de lopende band. In zijn vriendenkring was elk eerste huwelijk gestrand, het zijne incluis. Een aantal van hen was al aan het derde bezig, zelf had hij het er geen tweede keer op gewaagd. Verhoudingen, ja, en zo nu en dan bleef een vriendin langer hangen, maar zich aan haar hechten deed hij niet. Had hij volgens zijn eerste vrouw trouwens ook niet gedaan, zich hechten.

'Je bent getrouwd met je werk,' zei ze.

Onbegrijpelijk dat vrouwen werk als een rivaal zien waar ze niet tegenop kunnen. Een man en zijn werk zijn onafscheidelijk, alle mannen die hij kent zíjn hun werk, zo simpel is het. Het werk is niet iets wat ze doen, het is de essentie van hun persoonlijkheid. Vrouwen zoeken blijkbaar andere manieren om met het leven om te gaan, mannen doen het via hun werk. Bovendien kunnen ze zich niet eens voorstellen dat vrouwen van hen zouden houden, zonder ook verliefd te zijn op het vak dat ze vertegenwoordigen. Hij grinnikt, omdat hem een mop te binnen schiet en hij daardoor direct moet denken aan de vriend met wie hij altijd moppen uitwisselt. Hij ziet voor zich hoe de Prins zich bij voorbaat verkneukelt om het effect dat een mop die hij op het punt staat te vertellen, op zijn omgeving moet hebben. Minstens een halve minuut voordat hij daaraan toekomt, begint hij al te gieren van de lach, totdat hij voldoende adem heeft herwonnen om hem te delen met zijn vriend. Het is iets van hen samen. Waar ter wereld hij zich ook bevindt, hij hoeft zich de Prins maar voor de geest te halen of er schieten hem hilarische situaties te binnen.

Zitten ze op een warme zomerdag op het balkon in het Concertgebouw. Beneden staat de violiste klaar om de eerste streek te zetten van een sonate van Beethoven. Buigt de Prins zich naar hem toe, met een uitgestreken gezicht, fluistert achter zijn hand: ‘Heet boven.’ Ouwe mop, maar wat een timing. De stoel waarop hij zit schommelt van de lach die hij probeert te beheersen. Kijkt hij opzij, ziet hij dat de hele rij meeschudt omdat de stoelen met elkaar verbonden zijn. De Prins en hij staan bekend om hun lachbuien en om het arsenaal anekdotes en moppen dat ze in voorraad hebben. Ze weten inmiddels hoe lang je ermee kunt doorgaan voordat de vermoeidheid bij de toehoorders toeslaat. Bij moppen is dat niet lang. En bij Lucas Loos mijden ze het moppen tappen helemaal. Die is een keer in razernij uitgebarsten, begon te tieren over schrijnende oppervlakkigheid, onzalig tijdverdrijf, schaamteloze bevestiging van clichés over rassen, religies, seksen, liefst had hij er de klassenstrijd en de Holocaust bij gesleept, in elk geval wilde hij de vriendschap opzeggen als hij nog langer getuige moest zijn van zo veel immorele platheid. Lucas begreep niks van de grap en van gesprekken zoals je wel eens kunt hebben, over het weer, over lekker eten, nieuwe restaurants. Ze waren hem een gruwel. Dan frustreerde hij met luide stem het gesprek door vragend uit te roepen of het nog ergens over kon gaan. En dan bedoelde hij over de wereldrevolutie, de kruisraketten, de politiek in Nederland, de bouw van een operahuis in Amsterdam. Rafaël had vaker pogingen gedaan hem in het kamp der gelovigen te trekken door hem uit te leggen dat moppen, net als kritiek, roddels, anekdotes, ironie en spotternijen, het smeedwerk zijn van tijdperken, groepen en samenlevingen. Uitingen van betrokkenheid en liefde, van samenhang, solidariteit en gemeenschapszin had hij gezegd, omdat Lucas alleen te overtuigen viel als je de terminologie zwaar aandikte. Het had niet mogen baten, moppen tappen in de nabijheid van Lucas werd een van de vele verboden waarmee je rekening diende te houden wilde je de vriendschap met hem behouden. Zo was Lucas ooit tegen hem uitgevallen toen hij over hoofdpijn klaagde en zei dat hij die ochtend met 38,2 °C was ontwaakt. Furieus ging hij tegen hem tekeer en zei dat elk gesprek waarin getallen voorkwamen die niets met muziek te maken hadden, hem de strot dichtknepen van verveling en weerzin. Met een groeiende woede begon hij aan een opsomming: pfff, al 28 graden in de ochtend, bloemkool voor maar 49 cent, weer 100 piek verdiend, vis van wel 1,50 meter, 3 kilo afgevallen, pensioentje van 250 gulden, maatje 36. Walgelijke kletspraat, had hij uitgeroepen en dat hij niet bij mensen wilde horen die hun tijd verdeden met dit soort oppervlakkig geneuzel. Typisch Lucas, snakte ernaar bij een groep te horen en organiseerde vervolgens gewild of ongewild zijn eigen excommunicatie. Het was bijna onmogelijk geen ruzie met Lucas te krijgen. Hij zat weer midden in een brouille met hem en was benieuwd of de brief over hun conflict zou gaan.

Met Clara ligt Lucas al overhoop sinds hij hen kent. Hij vraagt zich regelmatig af hoe een vrouw het uithoudt bij een man, zelfs als hij die man tot zijn vrienden rekent. Hoe Clara het bij Lucas uithoudt? En Ate het zo lang bij Sal uithield?

Ate heeft zich jarenlang groot gehouden naast een man die open en bloot met andere vrouwen paradeerde, steeds jongere, steeds meer. Met de generositeit die haar eigen was bleef ze hem begrijpen en verdedigen, hij heeft haar nooit een kwaad woord horen zeggen over een man die haar op een vernederende manier bedroog en langzamerhand in het openbaar volledig negeerde. Generositeit, moet hij onthouden, is een term die hij in zijn toespraak op de begrafenis kan gebruiken. Ate was genereus, in alle opzichten. En hij was dat niet geweest. Hij had wel de aanvechting gehad, maar nodigde haar bewust niet uit mee te gaan naar Frankrijk. Waarom eigenlijk niet? Had hij zo slecht naar haar gekeken? Had hij kunnen zien dat het een vrouw was die rondliep met het plan zich eenentwintig dagen later op te hangen boven het gat van een trap?

Na de definitieve breuk met Sal is Ate van het platteland naar Amsterdam verhuisd. Hij krijgt kort iets met haar. Hij heeft met Ate te doen, het is een ongelooflijk sympathieke vrouw en ze draagt haar verdriet zo waardig dat het hem aangrijpt. Bovendien leert ze hem iets, iets waarvan hij weet dat hij het zijn leven lang zal meedragen als een essentiële notie.

Het is op een ochtend aan het ontbijt. Ze hebben die nacht samen doorgebracht, in haar nieuwe huis aan de gracht. Ze zitten tegenover elkaar aan tafel. Koffie, brood, gekookt eitje. Ze keuvelt wat, over de dag van gisteren, over de spullen die ze kocht voor het nieuwe huis. Midden in een zin stopt ze en haar ogen vullen zich met tranen.

'Wat is er, Ate?'

'Hier ging het om,' zegt ze, 'dit is wat ik het meeste mis.'

Ze vertelt dat ze Sal overdag nooit zag en elke nacht alleen sliep, maar dat hij met een voorname trouw 's avonds om halfzeven naar huis kwam om met haar te dineren. Ze kon er de klok op gelijkzetten. En elke dag dekte ze de tafel met damast, zette twee kristallen glazen naast het bord, decanteerde de wijn, kookte de gerechten waarvan ze wist dat hij ervan hield. Klokslag halfzeven kwam hij binnen, ging tegenover haar zitten en dan deed zij verslag van de dag. Het maakte niet uit wat. Hoe ze in de auto rijdt, die middag, op weg naar de slager, en voor het stoplicht stilstaat. Ze kijkt opzij, zonder reden, zoals je dat doet, achteloos. In de auto die naast haar voor het stoplicht staat, zit een vrouw achter het stuur. Ze draagt het haar in een kunstige knoet, vastgezet met een speld die schittert van de briljanten. Ongewild staart ze naar die vrouw, onbeleefd misschien, maar mateloos gefascineerd door de schittering van de speld. Ze moet denken aan een uitdrukking van de Prins: een dame als een aangeklede haarspeld. Alsof de vrouw haar gedachten raadt, draait ze met een ruk haar hoofd een halve slag en kijkt haar pal in het gezicht. Ze schrikt zich dood. Het is een blik vol haat. Ze weet zeker dat ze deze vrouw nooit eerder in haar leven heeft ontmoet en toch ziet ze dat al die samengebalde haat tegen haar persoonlijk is gericht. Het stoplicht springt op groen en de vrouw stuift weg in haar auto. Zelf is ze verstijfd van angst, secondenlang moet ze bekomen van de schrik en pas als de auto achter haar begint te toeteren, herneemt ze zich en trekt op.

'Zulke verhalen,' zegt ze vermoeid, 'over alles en niets. Op een dag zit ik aan de gedekte tafel en wacht op hem. Ik voel spanning in mijn maagstreek en durf niet op de klok te kijken. Als ik al mijn moed heb verzameld en het toch doe, zie ik dat het tien over halfzeven is. Dan weet ik dat het voorbij is, voorgoed.'

'En nu kun je je verhaal niet dagelijks kwijt.'

'In het begin dacht ik dat het zo in elkaar stak, dat ik mijn verhaal niet kwijt kon. Maar het is veel erger. Sinds ik Sal niet langer over mijn dag kan vertellen, maak ik niks meer mee.'

Hij herinnert zich de duizeling van het inzicht. Gebeurtenissen vinden plaats bij gratie van hun verhaalbaarheid. Het verhaal volgt niet op de feiten, maar schept de feiten. Vanaf dat moment is hij het voor zichzelf de Ate-notie gaan noemen. Die ochtend neemt hij na het ontbijt afscheid van haar en laat een poos niets van zich horen. Druk, reizen, werk, kinderen. Tot hij drie weken geleden een kaart ontvangt waarop staat dat ze een borrel geeft. Hij herinnert zich dat hij blij is met de uitnodiging, niet omdat hij zin heeft om naar de borrel te gaan, maar omdat hij meent dat je alleen een feest geeft als je je goed voelt. Nu weet hij dat het een foute veronderstelling is, drie weken geleden niet. Hij gunt haar een wederopstanding na de scheiding en bovendien ontslaat de herwonnen kracht van Ate hem van verantwoordelijkheid en zorg. Hij moet in zijn agenda nakijken op welke dag ze de borrel gaf, de precieze datum opzoeken, voor de toespraak.

Op haar feest is het druk. Ze is verheugd hem te zien en laat dat goed merken. Hij verbergt dat hij van haar schrikt. Ze is sterk vermagerd en haar gezicht is vertrokken van een opgelegde vrolijkheid. Elk gebaar dat ze maakt, elke zin die ze uitspreekt, heeft een mismoedigheid die ze, in de poging haar te verhullen, juist versterkt uitdrukt. Hoewel hij wordt verteerd door medelijden, wil hij tegelijkertijd zo ver mogelijk wegblijven van de bron die het medelijden opwekt. Hij gaat over een paar dagen weg, op vakantie, met de kinderen. Daar is hij aan toe, hij heeft het verdiend. Zonder erbij na te denken vertelt hij haar een huis te hebben gehuurd in de Provence om daar met de kinderen anderhalve week door te brengen, voordat hun moeder hen met de auto ophaalt en ze meeneemt naar Spanje.

'Hè, kon ik maar mee,' verzucht ze.

Zittend voor zijn huis, met haar dodenbrief op zijn schoot, probeert hij deze zin opnieuw te laten klinken zoals ze hem uitsprak. Was het een bedekt verzoek om mee te mogen of was het een uiting van onvermogen? Bedoelde ze dat ze graag in de gelegenheid was geweest mee te gaan, maar verplichtingen had die het haar onmogelijk maakten of was het een hint? Hij liet het die avond van haar verjaardag in het midden. Hij vroeg niet naar haar bedoeling. Dat is zijn lafheid, daar ligt zijn schuld. De vreemde zonde noemden de jezuïeten het op de kostschool, de zonde die niet voortkomt uit wat je hebt misdaan, maar uit wat je nagelaten hebt te doen. Van alle zonden is de vreemde zonde hem het meest vertrouwd. Mannen die deadlines nodig hebben, zijn mannen die nauwelijks in beweging komen als er geen stok achter de deur staat. Zonder deadline is hij onthand. Het liefst had hij deadlines in de liefde, in het ouderschap, in de vriendschappen, in alles. Dan had hij minder vreemde zonden op zijn kerfstok gehad. Stok achter de deur nodig, behoefte aan straf, denkt hij. Komt vast door de kostschool.

Het loopt tegen twee uur in de middag. Het komt niet bij hem op koffie of thee voor zichzelf te zetten of een fles bier uit de koelkast te halen. Ook daarvoor zou hij een deadline nodig hebben. Als niemand hem erop wijst, vergeet hij dat hij honger of dorst heeft. Genietend van elke ansichtkaart en brief die hij leest, werkt hij zich door de stapel post totdat hij nog twee ongeopende enveloppen overheeft. Ze hebben beide dezelfde postzegel, *Hellas*, en zijn allebei afgestempeld in *Skyros* op 19 VII 1981. De ene enveloppe draagt het handschrift van Clara Wevers en de andere dat van Lucas Loos. Curieus om van hen afzonderlijk een brief te krijgen. Waarom niet samen in een enveloppe? Dan zouden de vellen papier nog ruzie met elkaar krijgen, schiet het door hem heen en daar moet hij om glimlachen. Onthouden, straks aan de Prins vertellen.

De brief die een lichte opwinding bij hem teweegbrengt, de brief van Clara, legt hij opzij. Sinds een jaar of twee hebben ze af en toe iets met elkaar, hij kan niet goed omschrijven wat. Hij heeft met haar te doen, hij kan om haar lachen en hij vindt haar uitgesproken mooi. Maar als hij haar na een avond doorzakken in De Kring wel eens meeneemt naar zijn huis, is het toch omdat hij bezorgd is en zich over haar wil ontfermen. Ze is meestal liederlijk dronken, dus voor de seks hoeft hij het niet te doen, die is geen groot succes. Hij laat haar uitslapen en hoort in een halfwakende toestand hoe ze voor het krieken van de dag, verbazingwekkend goed hersteld van de immense hoeveelheden drank, zachtjes zijn bed uit glipt en zich aankleedt om naar huis terug te keren. Ze wil thuis zijn voordat haar zoon ontwaakt, heeft ze ooit gezegd. Voor Quint doet ze alles, behalve zuiniger met zichzelf omspringen.

Hij wringt zijn wijsvinger achter de flap van de enveloppe met Lucas' handschrift en scheurt hem open. Er zitten twee, eenzijdig beschreven A4-vellen in. Het regelmatige, naar rechts hellende handschrift van Lucas is hem vertrouwd. Hij schrijft op ongelinieerd papier, maar doet dit met een bewonderenswaardige regelmaat. Eenzijdig, rechtlijnig, denkt Rafael en hij slaat die noties op voor zijn portret van Lucas Loos.

Skyros, 17 juli 1981

Beste Raffi,

Er kwam me vannacht een verschijning, anders kan ik het niet uitdrukken en ze had met jou te maken. Het was half en half een droom, al had ik zelf het idee dat ik klaarwakker was. Bij gebrek aan beter noem ik het maar een droomachtige inval. Omdat je zo bezig bent met die Claude Vivier, wil ik je de beelden niet onthouden, hoe spookachtig en macaber ze misschien ook mogen zijn.

Ik zag ons in het dodenrijk, het was er reuzegezellig. Je mocht roken en drinken, niemand die er iets van zei. Jij was er, Claude, de Prins, Aaron en der Bub. Jongens onder elkaar, en we praatten, over muziek, kunst, de politiek, over het leven, gesprekken zoals wij die vaak aan De Tafel hebben. Dan gebeurt er iets vreemds. Zonder dat iemand erop is bedacht, springt Claude uit zijn stoel op en stormt met een van woede verwrongen gezicht op jou af. Er is geen enkele aanleiding toe. Hij stort zich op je, omklemt met beide handen je hals en begint je te wurgen. Wij, de anderen, kijken verlamd toe, totdat ik bij zinnen kom en hem van je af trek.

Het wonderlijke aan de inval was dat ik Claude niet hoor roepen: 'Ik vermoord je!', wat je zou verwachten binnen de gegeven omstandigheden. Hij riep: 'Tuez moi, tuez moi!' Dood me! Een woedende smeekbede was het, aan jou. Zou het de opdracht zijn die jij, als schrijver van biografisch werk, voor Claude hebt? Eerst vernietigen om weer tot leven te brengen, zoiets?

Clara vindt dat ik die verschrikkelijke beelden voor mijzelf moet houden en je in het huiselijke Amsterdam niet moet lastigvallen met mijn apocalyptische visioenen. Maar ik ken jou, jij houdt ervan dit soort raadsels op te lossen.

We genieten hier. De dames hebben het goed, de jongens ook. Ik heb die artikelen over en van Orlova in mijn koffer gestopt. De ideeën voor de opera zwellen aan, ik wil er graag vaker met je over praten. De Prins en ik hebben nu als werktitel Het tribunaal gekozen, daarbij onder meer het Nederlands tribunaal van 1944 indachtig, toen de hoge heren gingen uitmaken wie in de oorlog 'fout' waren en wie niet. Zoals altijd heb ik, ter ontspanning, Marsman en Achterberg bij me. Hoewel ik fiks wat gedichten van buiten ken, komen ze me toch weer als nieuw en onbekend voor, vooral Marsman in Porta Nigra. Ik weet dat het een van je lievelingsbundels is. Grootsch en meeslepend wil ik leven! We doen ons best. Met name Aan den dood las ik alsof ik het nooit eerder onder ogen had. Het is een van die vier korte gedichten, jij kent het vast uit je hoofd.

Dood
neem mij mee
ik heb hier afgedaan
ik wil op de rotsen te pletter slaan
en versplinteren in open zee...
neem mij mee,
dood.

Het dendert staccato door me heen, ik weet niet waarom. Rotsen alom hier, zou dat het zijn? Leg jij het me maar eens uit als we elkaar weer zien in augustus. Je hebt me altijd eerder en beter begrepen, dan ik mij zelf begrijp. De eigen dood is het laatste waarmee ik bezig ben, ik bruis van leven en snak naar nog meer leven. Ik heb nog niet genoeg geslenterd en gedagdiefd, gezopen, gedonderd en gedanst.
Bedwelmd door de daverende hitte van Hellas, gesecondeerd door de schone Achilles en de onfortuinlijke Theseus, wens ik je veel geluk, en tot over een maand,
je Lucas

Met een glimlach legt Rafaël de brief opzij. Lucas kan niet anders dan overstelpt, bedwelmd, gegrepen, overdonderd zijn. Hij leest het ook aan zijn partituren af, waarin Lucas het niet kan laten de lege balken op te vullen met originele uitvoeringscommando's om het leger muzikanten aan te sporen. *Doldraaiend. Dwangbuisrijp. Kolkend. Met pathetiek gevoeld* en *patheties tot aan frenesie. Woedend. Zenuwachtig. Overspannen. Met geweld. Als een zenuwpatiënt. Delirium. Opdringerig. Razend. Drammend. De beide hardste knallen uit de muziekgeschiedenis!* Met een loep heeft Rafaël de voordrachtsaanwijzingen uit *Tollen* opgespoord en onder elkaar gezet. Lucas schrijft zijn partituren in een elegant, maar uiterst minutieus handschrift en omdat hij alles wil lezen, tot en met de punten toe, gebruikt Rafaël een vergrootlens. Wanneer Lucas zich aan de gebruikelijke Italiaanse aanwijzingen houdt, is *appassionato e con molto sentimento* de opdracht die het vaakst terugkeert. Zo ziet Lucas zichzelf, als *molto appassionato*. Was ook een goede titel voor zijn portret van Lucas geweest, *Molto Appassionato*, of gewoon *Appassionata*, met een buiging naar Beethoven, Lucas' grote held. Het wordt een werkboek, stap voor stap het maakproces volgen van de nieuwe opera.

Hij heeft al een aantal gesprekken met Lucas op band staan, beluistert regelmatig zijn werk en maakt een studie van de partituren en libretto's van de vorige opera's van Lucas. In de brief staat geen woord over de ruzie die ze hadden voor zijn vertrek naar Griekenland. Ook kenmerkend voor Lucas. Het droombeeld van Lucas, Claude Vivier met zijn handen om zijn nek, beklemt hem, maar hij wil er niet aan toegeven. Straks denkt hij er wel over na. Hij wil zijn nuchterheid voor geen goud kwijt, maar Lucas heeft hem iets te vaak verrast met zijn voorgevoelens en intuïties om ze laconiek af te doen als de visioenen van een enigszins hysterische, pompeuze geest. Ook al is hij dat. Er is hem te veel dood aan deze thuiskomst. Hij zet het van zich af. Eerst maar eens de brief van Clara lezen en dan aan de toespraak voor Ate werken.

Omdat hij nooit eerder een brief van Clara en Lucas in eenzelfde tijdspanne ontving en las, valt hem nu pas het essentiële verschil in handschrift op. Daar is hij gevoelig voor. Als hij een stuk schrijft over een kunstenaar wil hij zijn handschrift zien, al moet hij ervoor naar een museum in een uithoek van de Oekraïne, zonder die impressie mist hij iets. Het naar rechts hellende, fijne handschrift van Lucas vindt zijn letterlijke tegenhanger in het sterk naar links hellende, bolle handschrift van Clara. Voor de verklaring van de schrijfrichting gebruikt hij steeds hetzelfde beeld, doodsimpel, maar het klopt altijd. Lucas gaat met de wind mee, Clara loopt tegen de wind in. Het zijn de schrijvers met de rechtopstaande letters die hem de grootste moeilijkheden bezorgen, daar krijgt hij minder snel greep op. Gelukkig zet Clara gewone punten op de i en maakt ze er geen kinderlijke bolletjes van, of kleine hartjes, iets wat hij een vrouw ook wel eens in een brief heeft zien doen. Een gruwelijke mode. Bolletjes of hartjes, hij is er allergisch voor, dan knapt hij onmiddellijk op de schrijfster ervan af. Idem dito bij de zogeheten eigenzinnige spelling. Demokraties, soosjaal, esseej, sienjaal, al die gezochte originaliteit, dat willen afwijken door achter een afgrijselijke mode aan te hollen en dus in het afwijkende op elkaar te willen lijken. Alternatieve spelling, ludieke interpunctie, een gesel voor de ziel van de taal. Niets mooiers dan een eenvoudige punt.

Waarschijnlijk gealarmeerd door de zelfmoord van Ate, kijkt hij nauwkeuriger naar Clara's handschrift dan ooit daarvoor. Tot zijn schrik merkt hij dat hij zich de afgelopen jaren door haar schrift in de luren heeft laten leggen: de goedmoedige, meisjesachtige rondborstigheid ervan is schijn. Hij houdt de vellen dichter bij zijn ogen. Daar waar je bruggenbogen verwacht, tekent ze in werkelijkheid diepe, puntige kuilen. De hoge heuvels van de n en de m en de h zijn bij haar uitgeholde u's. Heeft hij dat tot nu toe over het hoofd gezien? Straks haar andere brieven er eens bij halen, denkt hij. Niet vergeten.

Rafaël zal het vergeten. Niet omdat hij nagenoeg alles vergeet wat hij uitstelt onmiddellijk te doen, maar omdat zijn nabije toekomst er anders uitziet dan hij nu kan vermoeden. Over drie dagen zal zijn voornemen hem weer te binnen schieten en dan zal hij met een aan paniek grenzende haast op zoek gaan naar de brieven van Clara en Lucas die ze hem in het verleden stuurden.

Clara heeft twee vellen volgeschreven aan beide kanten. De voorkant van de kwartobladen is voorzien van voorgedrukte lijnen, de achterkant is blanco. Ondersteund door de doorschemerende lijnen van de voorkant heeft ze achter op het blad de regelmaat kunnen handhaven. Zonder die steun zouden haar zinnen naar beneden hellen, dat weet hij zeker. Ze heeft nauwelijks een marge opengelaten aan het begin en einde van haar zinnen. Hij kent haar als gul en zelfs spilziek, dus daaruit valt de zuinigheid met het wit niet te verklaren. De hunkering naar uitdrukking, denkt hij, zoveel mogelijk kwijt willen op een vel. Ze heeft hem wel eens verteld dat ze dagelijks een dagboek bijhoudt en dat al sinds ze een jaar of vijftien is.

'Minstens honderd schriften vol,' zei ze.

'Mag ik er eens in lezen?'

'O jezus, nee zeg, ik schaam me kapot voor die ellende. Ze zijn alleen voor mijzelf, niemand mag ze lezen.'

'Lucas ook niet?'

'Nee, juist niet.'

Clara's brief is een dag later gedateerd dan de brief van Lucas. *Skyros, 18 juli 1981*. Het is een keuvelbrief, zoals hij die van andere vrouwen kent. Niks Achterberg, Marsman, Orlova, het tribunaal van 1944, maar het verloop van een dag. Tegelijkertijd gaat hij, gewoontegetrouw, op zoek naar verhulde boodschappen, naar aanwijzingen, iets over hem en haar of desnoods over Lucas en haar. Bij de eerste lezing vindt hij ze niet, waardoor zijn aandacht verflauwt en misschien ook omdat het de laatste brief is die hij leest en hij zo dadelijk aan de slag wil, zich moet onderdompelen in de rituelen van het dagelijkse. Clara opent chronologisch, met de beschrijving van de spectaculaire aankomst op het eiland Skyros. Na de urenlange boottocht vanuit Athene kwam de haven in zicht. Vanaf het moment dat de Grieken de boot met toeristen konden ontwaren, klonk uit immense luidsprekers *Also sprach Zarathustra* van Richard Strauss. Het had iets onheilspellends. Lucas noemde het een Teutoons welkom op de Sporaden. Ze gaat verder met de omschrijving van haar omgeving, de kleine kamers, het uitzicht op zee en in de verte een baai. Het hooggelegen dorp, waar ze straks de brief gaat posten. Of stad eigenlijk. Om precies te zijn is het een stad die dorp heet, want Chora is dorp in het Grieks. Het is een steile klim van tien minuten, maar dat heeft ze graag voor hem over. Ze schrijft over de pensionhoudster, Maria Barbajannis, en dat ze de beheerders daarom Barbamama en Barbapapa noemen, over het ontbijt waarvan de eieren tot haar ergernis nooit zijn zoals zij ze graag wil hebben: zachtgekookt. Het is de moeilijke taal, waarin ze zich niet kan uitdrukken. Zacht of hard, hoe maak je dat duidelijk aan zo'n vrouw als je geen woord Grieks spreekt? Ze schrijft dat de jongens zitten te puzzlen en zet er dan in haakjes achter: hoe schrijf je dat? Dat ontroert hem. Ze geeft een sfeerbeschrijving van het witte dorp met de smalle straatjes, de zwartgeklede vrouwen en hun wonderlijk mooie zonen. In het centrum is een plein met een standbeeld van Robert (sic) Brook. Lux zat gisteren in de vroege ochtend op het terras een brief aan hem te schrijven. Toen ze vroeg of ze hem mocht lezen, had hij de enveloppe al dichtgeplakt. Hij had een enge droom, hopelijk is hem die bespaard gebleven. Nou ja, ze hoort van hem wel wat Lucas te melden had. Hij zingt nog steeds vals, maar verder gaat het best goed tussen hen twee, meestal dan (hihi). Ze vraagt hoe het hem verging in de Provence, hoe het met de kinderen gaat, of hij uitgerust is en of zij ook zal voorkomen in zijn portret van Lucas. En hoe hij dat dan gaat aanpakken (hihi). Er zijn maar twee zinnen waaraan hij langer blijft haken. De ene waarin ze beschrijft dat Quint zich stoort aan het standbeeld van de naakte dichter op het plein en de andere waarin ze zegt dat ze voor het eerst in haar leven een verschrikkelijke duizeling had bij het zien van een diepe afgrond.

Hij vouwt de brief op en wil hem net terug stoppen in de enveloppe als de telefoon in de huiskamer overgaat. Hij staat haastig op, beent naar binnen en kijkt op zijn horloge. Journalistengewoonte. Het is tien voor halfdrie in de middag. Behalve zijn hoofdredacteur en de kinderen, weet niemand dat hij weer thuis is, dus het roepende geluid verbaast hem. Hij vermoedt dat het een van zijn drie kinderen is.

'Je bent thuis, ik wist het.'

'Lucas!' roept Rafaël verbaasd terug in de hoorn. 'Ik heb net je brief gelezen, nog geen vijf minuten geleden. Je zou toch pas in augustus terugkomen?'

'Ik ben nog op Skyros,' zegt Lucas met een kortademigheid die Rafaël diep verontrust, 'en er is iets verschrikkelijks gebeurd.'

# 4

Van de man die door iedereen der Bub genoemd wordt, zou je verwachten dat hij altijd en overal de kleinste van het stel was, maar het tegendeel is het geval. Alles in de fysionomie van Herman de Vos rechtvaardigt die naam, behalve zijn lengte. Hij is ellenlang en broodmager. In tegenstelling tot de meeste bijnamen is het geen naam die hem door anderen is gegeven omdat hij hem verdiende, het is de naam waarmee hij zichzelf doopte als kind. Hij had een Duitse moeder, die hem steevast met *der Bub* aansprak. Toen hij net liep en voor het eerst gepolst werd of hij zijn eigen naam al kende, pruttelde hij dat hij der Bub was. Zijn ouders hebben het zo gelaten. Officieel draagt hij de naam van zijn vader, gevolgd door een keurig jr., maar die komt alleen in zijn paspoort voor. Hij is zichzelf Bub en Bubi blijven noemen. Zijn scherpzinnige vriendin zei ooit tegen hem dat zijn vader wel gek was geweest als hij niet had ingestemd met de positie die hij zich als zoon onbewust toekende door de zelfdoop.

'Zo bleef je vader Herr und Mann en jij het eeuwige kind.'

Met zijn naam lijkt hij zijn eigen lot te hebben voorspeld, hij is de eeuwige jongen. Zijn vrienden en hij bedachten ooit het spel van de absolute leeftijd. Hoe oud ben je voor altijd? Hij was twaalf. Voor iemand die de twaalftoonreeks aan een kind kan uitleggen, geen verkeerd getal. Met een enthousiasme dat een aanstekelijke uitwerking heeft op zijn omgeving, geniet Bubi van alles wat op zijn pad komt. Of het op het terrein van de muziek is of op dat van de literatuur, op het gebied van de kunst, gezelschap, eten en drinken, Bubi bejubelt en verwelkomt de giften van het leven. Zo is hij altijd geweest. Het is misschien niet eens de kern van zijn persoonlijkheid, die is melancholischer en zwaarmoediger dan menigeen vermoedt, het is de manier waarop hij met anderen omgaat of wil omgaan. Zodra hij in gezelschap verkeert, vlamt het verlangen in hem op anderen deelgenoot te maken van zijn liefde en zijn verworvenheden. Als hij alleen is heeft hij genoeg aan de voorstelling van de talloze vrienden die hij binnen afzienbare tijd zal laten delen in zijn geestdrift. Volgens dezelfde vriendin die zijn vader feilloos vastnagelde aan zijn eigennaam, had hij zijn meeslepende aard te danken aan een stroeve jeugd.

Zijn vader en moeder zijn al op leeftijd als ze de ouders worden van hem en zijn twee broers. Waarom ze alsnog kinderen namen weet niemand. Ze lijken eerder gehoor te hebben gegeven aan de wet van de dwingende natuur en de eisen van een even dwingende omgeving, dan aan een verlangen naar kruipend kroost. Dat zijn moeder pedagoge is en zijn vader kinderarts doet daar niets aan af. Opgevoed wordt hij niet en ziek zijn is verboden. 'Neem maar een aspirientje,' is de reactie van zijn vader als hij klaagt over hoofdpijn, achteraf de voorbode van de migraine waarvan hij zijn hele leven last zal hebben. 'Neem maar een aspirientje,' is ook de reactie als hij door het huis hinkelt nadat een deel van de *Encyclopedia Britannica* op zijn voet viel. De onderwijzer vindt het vreemd dat hij na anderhalve week nog steeds strompelend de klas binnenkomt en onderwerpt de voet aan een onderzoek. Die is blauwzwart, gezwollen en pijnlijk. In het ziekenhuis blijken al zijn middenvoetsbeentjes gebroken.

Zijn moeder doceert aan de Universiteit van Amsterdam, is een van de eerste pedagogen in Nederland die een adviesbureau voor opvoedkunde startten en ze vertaalt in haar spaarzame vrije tijd vakliteratuur vanuit het Duits in het Nederlands. Ze lijkt te vergeten dat ze kinderen heeft. Zijn vader begint zich, naast een drukke praktijk en op hoge leeftijd, te verdiepen in de psychosomatiek van de jongeling en doet thuis de deur van zijn studeerkamer op slot voor zijn aankloppende, opgroeiende zonen. De jongens worden naar de beste scholen gestuurd, gaan op hockey en mogen eraf als ze er geen zin meer in hebben. Zijn vrienden op school zijn jaloers op hem, want hij heeft altijd geld en mag thuiskomen wanneer hij wil. En als hij niet thuiskomt kraait er ook geen haan naar. Het enige waaraan zijn ouders belang hechten zijn de cijfers op de schoolrapporten. Vooral zijn moeder droomt van drie briljante zonen, toekomstige professoren, het liefst in de wis-, schei- of natuurkunde. Zoals het hun stand betaamt, krijgen ze muziekles en mogen het instrument kiezen van hun voorkeur. Muziek wordt zijn uitweg uit deze gevangenis van verwenning, verwaarlozing en ambitie. Vanaf zijn vijfde wordt de piano het klankbord van zijn ziel. Gehoor vinden bij de eerste volwassenen in zijn leven gaat via de melodieën die hij aan de toetsen ontlokt. De boeken over indianen en cowboys worden ingeruild voor boeken over muziek. Hij leest alles wat hij onder ogen krijgt over de levens van componisten, hun briefwisselingen, libretti, liederen en uiteindelijk de partituren. Daardoor ontdekt hij een andere manier om af en toe de aandacht van zijn ouders te trekken. De begeestering voor de muziek is zo groot dat hij erover moet vertellen. Zo smakelijk mogelijk dist hij de verhalen op die hij in de biografieën leest en humt de melodieën en akkoorden die hem door merg en been gaan. Meestal wordt hem het zwijgen opgelegd, omdat zijn moeder bezig is met een vertaling en zijn vader een studieboek leest, maar een enkele keer slaagt hij erin hun ogen op hem te vestigen en een glimlach aan hun gezichten te ontlokken. Dat is voldoende.

Hij is dertien en het is een zondag als hij op zijn jongenskamer zit, krom voorovergebogen boven een boek over Bach en met een half oor gespitst op de geluiden van buiten. Hij wacht op de thuiskomst van zijn ouders. Zodra hij het grind hoort knerpen, springt hij op en loopt onrustig een rondje. Ze zijn terug. Hij is verschrikkelijk blij, maar durft niet naar beneden te stormen, omdat hij weet dat zijn vader noch moeder dergelijke erupties van liefde en aanhankelijkheid kan waarderen. Hij wacht tot hij ontboden wordt en is verbaasd als de bel gaat. Hij kijkt uit het raam van zijn kamer en ziet een vreemde auto op de oprijlaan staan. Zijn onrust neemt toe en hij moet gaan zitten om niet duizelig te worden van de opwinding. Het kindermeisje heeft blijkbaar de deur geopend, want er klinken gedempte stemmen in de hal. Daarna hoort hij iemand de trap opkomen en met voeten die een snel ritme tikken op de houten vloer, wacht hij op wat er komen gaat. Een zachte klop doet hem wild opspringen. Als hij de deur opent, kijkt hij in het gezicht van zijn oom, de oudere broer van zijn vader. Hij ziet onmiddellijk dat er iets mis is.

'Bubi, kun je even naar beneden komen?' vraagt zijn oom met een geforceerde kalmte in zijn stem. Wachtend op de overloop ziet hij hoe zijn oom bij de kamers van zijn broers aanklopt. Voordat ze naar buiten komen, holt hij naar beneden en staat met trillende benen bij de marmeren schouw als zijn oom en zijn broers de zitkamer binnenkomen. Vanuit de keuken hoort hij gesmoorde snikken van het kindermeisje en de zacht sprekende stem van een andere vrouw. Even klopt zijn hart nog sneller dan het al doet, omdat hij denkt dat hij zijn moeder hoort, maar dan realiseert hij zich dat het niet haar stemgeluid is. In een ontglipte uithaal hoort hij het meisje kreunen en vangt daarin het woord 'jongens' op. Met een aan zekerheid grenzende stelligheid weet hij opeens dat zijn ouders dood zijn, niet een van hen, maar allebei.

Het was op een zondag in september 1952, een aantal dagen voor zijn veertiende verjaardag. Jarenlang had de vreemdste dag in de week voor hem de kleur van dit doodsbericht. Zijn oom vertelde dat zijn vader en moeder waren verongelukt op de terugweg van een congres in Heidelberg, over de wereld van het kind. Ze waren zeven dagen van huis weg en die week werd onverwacht een eeuwigheid en de eeuwigheid was op een zondag begonnen. Pas na jaren, als hij voor het eerst met een orkest repeteert op de ochtend van de rustdag, concludeert hij 's avonds bij thuiskomst dat de dag de kleur van de dood miste. Sindsdien was het er een geworden als alle andere en voor hem zelfs bij uitstek een werkdag. De dood en de zondag waren van elkaar losgekoppeld en nooit opnieuw aaneengeklonken.

Tot op zondagmiddag de 26ste juli 1981 de telefoon in zijn werkkamer rinkelt en der Bub schokschoudert van de schrik die het indringende geluid nog altijd bij hem veroorzaakt. Het is vijf voor halfdrie in de middag. Hij moet zich losrukken van een partituur van Anton Webern. Zoals hij alles met een kwieke kordaatheid doet, snelt hij naar de telefoon, neemt op en zegt zijn naam. Daarna roept hij herhaaldelijk een ongelovig 'nee' in de hoorn. Hij stelt een aantal vragen, deelt zijn compassie mee, vraagt of hij iets kan doen, noteert de namen van de mensen die hij moet bellen en hangt pas op lang nadat Lucas in Griekenland de verbinding verbroken heeft. Met het monotone tuut-tuut-tuut nagalmend in zijn oor draait hij het nummer van zijn vriendin. Ze neemt niet op. Nog jachtig door de teleurstelling belt hij Eva Kats, een violiste met wie hij al jaren samen optreedt. Lucas heeft hem een verzoek gedaan en het verzoek gaat ook Eva aan. Bovendien kan hij onmogelijk in zijn eentje helder nadenken over wat het voorstel behelst. Daarom wil hij onmiddellijk Eva spreken en niet alleen zijn verdriet over de plotselinge dood van Clara Wevers met haar delen, maar ook zijn verbijstering over de vraag van Lucas. Misschien vindt Eva het helemaal niet vreemd en zegt ze iets geruststellends, iets wat zijn unheimliche gevoel wegneemt. Dat kan ze vast. Eva is een rots in de branding, ze is nuchter, vastberaden en heeft beslist een andere kijk op het voorstel van Lucas. Ze zal hem kalmeren en ze zullen een plan maken om aan zijn wensen tegemoet te komen. Ze weet ook zeker iets slims te zeggen over wat hem koud om het hart slaat: dat Lucas een paar uur na de dood van zijn vrouw al bezig is met het regelen van de begrafenis.

Na het gesprek met Eva is zijn verontrusting alleen maar toegenomen. Aan de telefoon reageerde ze niet nuchterder, maar tien keer verbaasder dan hijzelf. Bovendien kwam er een dosis verontwaardiging bij waarvan hij verstoken was gebleven.

'Zoiets doe je niet,' riep ze toen hij haar de opzet van Lucas ontvouwde. 'Clara is net dood, waar is die man mee bezig?' Toen ze op een gegeven moment in huilen uitbarstte van woede en onbegrip, stelde hij voor dat ze naar hem toe kwam. Hij had Lucas beloofd die en die te zullen bellen en daarna konden ze zien wat ze deden met de rest van de dag. Maar Eva had haar nieuwe vriend en diens kinderen over de vloer en kon de middag niet vrijmaken. Zoals gewoonlijk zouden ze elkaar in de late avond op De Kring ontmoeten.

Pas als hij klaar is met telefoneren en de stilte van de zondagmiddag terugkeert in zijn huis, wordt de verbijstering over Lucas' voorstel begeleid door het verdriet om Clara's dood. God mag weten wat daar gebeurd is. Arme Clara, arme Quint. Welke man klinkt nu zo opgewonden als hij een vriend moet vertellen dat zijn vrouw van de rotsen gevallen is? Dat is toch niet normaal. Hij weet nauwelijks wat er precies is voorgevallen. Lucas wuifde zijn vragen over Clara onmiddellijk weg en had het uitsluitend over de begrafenis.

'Het moet een happening worden,' zei hij, 'voor Clara.' Der

Bub herhaalt de woorden voor zichzelf. Heeft Lucas dat werkelijk zo tegen hem gezegd? Hij kan het bijna niet geloven, maar hij weet dat het waar is. Hij hoort het hem zeggen en ziet hem op hetzelfde moment voor zich, hoe hij daar in Griekenland met een hoorn in zijn hand staat, het hoofd rood aangelopen, zoals altijd wanneer hij zijn plannen ontvouwt en zijn wereldomspannende ideeën verkondigt. Het moet een happening worden. Met die gejaagdheid in zijn stem. Alsof hij het voor zich zag. Hoe hij achter de kist loopt, zijn gestorven gade de zaal binnenvoert. Hoe hij schrijdt, fier rechtop, de manen tot op de schouders, het publiek aan weerszijden slechts de glimp van een blik gunnend, het gelaat getergd door verdriet, maar dat waardig dragend. De componist zoals Lucas meent dat een componist is. Iemand als Beethoven. Bubi weet zeker dat hij zich zo zal voelen, als Beethoven. Drama, tegenslag, hij zou het op zich nemen op de wijze van de rebelse componist en daardoor nooit weten of er ook een wijze van Lucas Loos zelf was.

Het is iets in de stem van Lucas wat blijft resoneren, iets wat het hart van der Bub wild doet kloppen van bezorgdheid. Hij probeert het te benoemen en wordt er zenuwachtig van dat het juiste woord hem niet zo snel te binnen schiet. Wat hoort hij? *Agitato*? Nee, erger. Het drieste *ardito*? *Animato*, *appassionato*? Nee, hij moet bij die a weg. Opeens weet hij het. Het is *zélo*, de jachtigheid van de ijver, het is de akoestiek van de extase. De dood wond hem op, dat was wat hij hoorde. Vanaf het Griekse eiland had hij niet een verslagen man beluisterd die een paar uur daarvoor getuige was van de dodelijke val van zijn vrouw. Hij hoorde de stem van een geëxalteerde kunstenaar die zich verheugt op de nabije toekomst.

Bubi griezelt ervan, maar nu hij het treffende woord heeft gevonden, bespeurt hij tegelijkertijd een miniem begin van begrip voor de toestand waarin Lucas zich bevindt. Hij herinnert zich de verwarrende verstrengeling van gevoelens die hij had op die zondag, bijna dertig jaar geleden. De dood van zijn ouders bezorgde hem een diep verdriet, de pijn van iemand die verslagen is voordat de wedstrijd begint. Het spel was voorbij. Er viel niets meer goed te maken, te halen, te geven of te bewijzen. De fantasieën die hij als jongen koesterde over de man die hij zou worden, over de wijze waarop hij de wereld ging veroveren met zijn composities en virtuoze spel, over de bewondering die hem ten deel zou vallen, verloren met een klap hun aanjagende kracht. De mensen voor wie zijn talent een boodschap had moeten zijn, waren er niet meer om de boodschap te lezen. Welke boodschap dat precies was, wist hij niet. 'Ik ben iemand,' zei zijn vriendin. Dat was de boodschap achter elke ambitie volgens haar. Hij ziet haar voor zich, hoe ze als een driftige gnoom op haar korte beentjes huppelt en danst en daarbij uitroept: 'Kijk, ik ben er, jullie hebben me niet kunnen wegmaken.'

Puck Baal is nog geen 1,30 meter hoog, zo gek als een deur, heeft een tong als een scheermes en hij houdt van haar. Aan haar denkend draait hij gejaagd voor de zoveelste keer haar nummer, maar ze neemt niet op. Hij heeft geen idee waar ze uithangt op deze warme zondagmiddag. Misschien is ze op haar kinderfiets naar het Amsterdamse Bos gepeddeld. Of zit ze als een boosaardige kobold in de schaduw van een boom in het Vondelpark, om naar de mensen te kijken en haar licht misantropische kijk op het ontredderde dier te voeden met genadeloze observaties. Er sluipt een glimlach rond zijn mond omdat het beeld van haar gestalte hem amuseert, zoals ze daar kan zitten, dicht bij het water, onder de treurwilg. Hij hoort haar met een zware stem, die je helemaal niet verwacht bij zo'n klein wezen, bassen dat ze vanzelfsprekend een verwrongen kijk op de mensen heeft.

‘Het eerste wat ik van iemand zie is twee keer niets. Ik kijk pal in de gapende, omgekeerde kuilen van hun neusgaten. Er zijn maar weinig volwassenen die erin slagen mijn eerste indruk weg te nemen.’

Zodra hij aan Puck denkt, denkt hij ook aan de soms agressieve wijze waarop ze hem dwingt over zichzelf na te denken. Heeft ze altijd gedaan, vanaf het moment dat ze aanbelt bij zijn pleegouders en vraagt of ze der Bub kan spreken. Hij is zeventien en heeft net eindexamen gymnasium gedaan. In de hal van het huis waarin hij liefdevol is opgenomen, staat een kleine, bonkige vrouw van een onschatbare leeftijd. Ze is jong, maar ook al oud. Ze houdt de handen op de rug, heeft de benen in een lichte spreidstand. Het grijswitte haar is kort en piekerig en valt in plukken over het montuur van een bril met angstaanjagend dikke glazen. De hoeken van haar mond zijn van nature omhooggekruld en geven een clowneske uitdrukking aan haar gezicht. Hij vindt haar onmiddellijk prachtig. Lang van gestalte als hij al op zijn zeventiende is, buigt hij zich voorover om haar een hand te geven.

‘Blijf rechtop staan, anders verlies ik het perspectief,’ blaft ze. Ook toen al verraadde zijn gezicht elke emotie die hij ondergaat. Met een grijns kijkt ze in zijn verschrikte ogen.

‘Zware stem hè? Heeft veel geld gekost,’ zegt ze en ze haalt vanachter haar rug de linkerhand tevoorschijn. Tussen een kleine, mollige wijsvinger en middelvinger steekt een gedoofde Cubaanse sigaar, twee keer de lengte van haar hand.

Ze kwam direct ter zake. Ze zei dat ze hem opzocht om hem wat aardige dingen over zijn moeder te vertellen en verder niks. Ze was een leerling van haar geweest en had zich na haar dood voorgenomen hem ooit aan te klampen. Hij had zijn school af en moest kiezen voor een eigen leven, dus ze achtte de tijd rijp hem te zeggen wat ze te zeggen had.

'Ik weet zeker dat je er een beroerde moeder aan had. Zoals dertig procent van de vrouwen die ik ken had ze nooit kinderen mogen krijgen, maar je bent er nu eenmaal, dan kun je er maar beter je voordeel mee doen. Niks vruchtbaarder dan een gebrek aan liefde enzovoort. Wat ik je wil laten weten is dat ze een geweldige wetenschapper was, een bevlogen docent, een buitengewoon intelligente vrouw en dat ze mijn leven heeft veranderd. Ze hield niet van kinderen, wel van leerlingen. Spijtig voor jou, mazzel voor mij. Ze maakte me groter dan ik was en ik heb alles aan haar te danken. Wie slechts een leven redt enzovoort. Dat is alles.'

Ze had de korte arm opnieuw zo hoog mogelijk de lucht in gestoken om daarmee aan te geven dat het gesprek wat haar betrof ten einde was en ze afscheid van hem wilde nemen. Bubi leerde snel, dus hij boog zich niet voorover om haar hand te schudden, maar had die wel vastgehouden.

'Zou ik u nog een keer mogen spreken?'

'Natuurlijk,' zei ze, 'wanneer je wilt. En nu die hand terug.'

Hij had haar nagekeken, hoe ze met guitige ganzenpasjes wegwaggelde, en kreeg een rood hoofd toen ze zich abrupt omdraaide.

'Betrapt!' riep ze luid. Daarna keek ze hem vanachter haar dikke glazen priemend aan.

'Wat wil je eigenlijk worden?'

Hij aarzelde, ook al wist hij toen intuïtief dat elke vorm van traagheid haar mateloos ergerde.

'Musicus,' zei hij toen.

'Componist dus,' zei ze. 'Goed zo. Kun je alleen maar worden omdat je moeder dood is. Denk daar maar over na.'

Ze keerde hem weer de rug toe en verdween. Nog geen week later had hij haar gebeld en belet gevraagd. Sindsdien was ze de vrouw van zijn leven, ook al zou hij nooit een normale liefdesverhouding met haar hebben.

'Normaal is te groot voor mij,' zei ze.

Zich mentaal voorbereidend op het gesprek met Puck, staat hij langer stil bij de dood van zijn ouders. Hij probeert de opwinding van Lucas te begrijpen. Want hij herinnert zich een ander gevoel, een gewaarwording die zich met een onmogelijke gelijktijdigheid aan hem opdringt als hij daar in de zitkamer staat. Hij luistert gedwee naar zijn oom en voelt hoe een gat in zijn hart wordt geslagen. Maar in zijn hoofd gebeurt iets volstrekt anders, of eerder boven zijn hoofd. Het is alsof de hemel vrijkomt, hij kan het niet anders beschrijven. Er wordt een deksel van de put geschoven en hij kan voor het eerst in zijn leven het ruime zwerk zien en opsnuiven. Een bijna orgastische gewaarwording van ongelimiteerde vrijheid. Nee, het was toch in zijn hoofd, een duizelingwekkende lichtheid, een onverzadigbaar verlangen naar ademhalen, lucht binnenzuigen, dronken worden van de zuurstof. Hij raakt ervan in de war. De stem van zijn oom verveelt hem op welhaast ondraaglijke wijze. Zijn maag draait zich om van misselijkheid. Hij moet zijn uiterste best doen het verslag van het fatale ongeluk te volgen. Zo sec en nauwkeurig mogelijk beschrijft zijn oom wat er is gebeurd. Terwijl hij ongedurig luistert en meent niet te horen wat er gezegd wordt, vindt in zijn lichaam het ongeluk van zijn ouders plaats. De frontale botsing tussen de vertrouwde, zwarte Ford Taunus en de monsterachtige, onbekende vrachtauto wordt de botsing tussen zijn bezwaarde hart en de lichtheid in zijn hoofd. Zijn lichaam verdraagt de tegenstrijdigheid niet. Het ene moment staat hij nog geleund tegen de schouw en het volgende slaat hij tegen de grond. Hij meent zich de doffe dreun te herinneren die zijn hoofd op de houten vloer veroorzaakte. Het eerste wat hij gezegd schijnt te hebben toen hij weer bijkwam was: 'Aspirientje.' Daarop was zijn oudste broer in huilen uitgebarsten.

Vanaf een uur of vier gaat de telefoon onophoudelijk over. Hij probeert zo gedetailleerd mogelijk te vertellen wat hij weet, maar stuit voortdurend op hetzelfde probleem. Lucas zei eerst dat Clara van een rots was gestort en daarna dat ze op een muur zat en daarvanaf viel. Omdat hij het huis in Griekenland niet kent, kan hij zich geen voorstelling maken van de muur en van de rots. Hij weet niet hoe hij die twee gegevens met elkaar moet combineren. Lucas zei ook iets over een Amerikaan, die erbij was, maar Bubi weet niet hoe die in het verhaal past. Alleen tegenover Jacob Adamse, een van zijn beste vrienden, bekent hij aarzelend en beschroomd welk verzoek Lucas hem deed, tegenover de anderen verzwijgt hij het. Hij schaamt zich ervoor, merkt hij. Hij schaamt zich voor Lucas, voor Quint, voor Clara. Ja, vooral voor Clara. Hij schaamt zich voor de golf van sensatie die haar dood teweegbrengt, een sensatie die ook hij in alle heftigheid ondergaat. Maar haar ondergaan en haar aanwakkeren is een verschil en dat verschil wil hij respecteren in de manier waarop hij zijn verhaal doet. Bij de vriend die hij in vertrouwen neemt, is hij eerder op zoek naar hulp bij het vinden van een verklaring, dan naar bijval in de verbazing. Toch is bijval het enige wat hij oogst.

Puck heeft het vaak over schaamte. Omdat ze ten onrechte meent dat hij diep in zijn hart componist wil zijn in plaats van musicus en het schaamte is die hem dwarszit en tegenhoudt. Op dit moment schaamt hij zich ervoor dat Lucas zijn keuze op hem heeft laten vallen, dat is het. Ze kennen elkaar vanaf de tweede helft van de jaren vijftig, maar de omgang met Lucas is hem in de loop van die vijfentwintig jaar steeds zwaarder gaan vallen. Lucas is een provocateur en Bubi is iemand die provocaties onmogelijk links kan laten liggen. Hoe vermoeiend hij de discussies ook vindt, als Lucas weer eens boude stellingen, moralistische vingerwijzingen, prekerige verhalen of apodictische waarheden verkondigt, kan hij niet anders dan erop ingaan of liever ertegen ingaan. Het ligt niet in zijn aard met iemand te breken, maar bij Lucas heeft hij de laatste tijd vaak overwogen dat wel te doen.

Ze waren met zijn vieren. Ze waren jong, zaten op het conservatorium, deelden een maniakale bezetenheid voor vernieuwing in de kunst die bij anderen ontbrak en kregen les van een leraar die hen verder hielp met het begrip van de moderne muziek. De bezielende leraar had een verbond tussen hen gesmeed en toen ieder van hen naam maakte op het moeilijk begaanbare terrein van de eigentijdse muziek, werden ze in de pers algauw De Vier genoemd. Bubi hoeft het getal maar in zich te laten opkomen of hij wordt bevangen door melancholie. Vier jongens zijn ze, radicale revolutionairen, hoogdravende hemelbestormers. Ze stuiteren heen en weer tussen militante verontwaardiging en euforische toekomstverwachtingen. Ze willen de wereld veranderen en de muziek moet hen daarbij van dienst zijn. De tijd is sleets van het oude en schreeuwt om revolutie en van dit biddende koor vormen zij de muzikale avant-garde. Ze voelen zich de voorhoede van een nieuwe vrijheid. Het roer moet om, in de liefde, in de kunst, in de politiek. Zonder het met zo veel woorden tegenover elkaar te bekennen, dromen ze in de beginjaren alle vier van het hoogste wat op hun terrein te behalen valt, maar het hoogste is niet voor ieder van hen weggelegd. Nu, achteraf, kan hij duidelijker zien wie het in zich had om componist te worden en wie niet. In de loop van de tijd is het verschil tussen de maker en de uitvoerder hem duidelijker geworden. De componist kan zich afsluiten voor indrukken en een te heftige bewondering en doet dat ook; de uitvoerder kan dat niet. Puck veranderde afsluiten in opsluiten en zei dat makers zichzelf opsluiten en uitvoerders zich laten opsluiten. Hij is het gaan begrijpen als een verschil in persoonlijkheid. Vertolkers zoals hij, de dirigenten, docenten, theoretici en musici, zijn regisseurs en acteurs. Het enige wat hun te doen staat is zo goed mogelijk interpreteren en vertalen wat een componist bedoelt, hoe hij zijn tekentaal wil laten klinken. Ze staan tussen de maker en het publiek in, als de boodschappers van de goden. Want dat zijn de componisten, goden. Boze goden soms, wraakzuchtige, wrede, hovaardige en straffende goden, maar toch, goden.

Der Bub wordt droevig als hem de jonge Lucas voor ogen komt. Hij moet net in de twintig zijn geweest als hij het conservatorium in Den Haag binnenkomt. Hij ziet eruit als een aangeharkte ouderling. Keurig in het pak, zijn haar in een scherpe scheiding, streng bebrild. Maar achter die glazen gaat een brandende blik schuil, een gloed die een grenzeloze passie verraadt. Pol Posthumus, de Prins en hij zijn derdejaars. Tot dan toe hebben ze weinig oog voor de nieuwelingen, maar aan Lucas valt niet te ontkomen. Er hangt iets briljants rondom die jongen. Zodra hij een ruimte betreedt is hij het aanzuigende centrum van elk gezelschap, gloeiend van een vulkanische energie. Dat alles aan Lucas ook dan al extravagant is, schrijven ze toe aan zijn onmiskenbare genialiteit. Lucas is in alles extreem. Aanvankelijk probeert hij met het vuur van zijn temperament iedereen te bekeren tot God. Ze vinden het allemaal fascinerend en bizar, een jonge man die in een van verandering woelende tijd, hun zielen wil winnen voor het eeuwige en blijvende. Met een denderende tenor verkondigt hij het einde der tijden, schildert apocalyptische visioenen van doem en verderf, citeert doorlopend de bijbel en zegt dat hij hen alleen kan verlossen als ze hem zullen volgen in zijn protestantisme. Hoe bevreemdend ook, zijn vlammende preken sterken hen in de overtuiging een genie in hun midden te hebben. Niemand twijfelt eraan dat hij het heeft. Hier staat geen toekomstige pianoleraar uit Lutjebroek, hier staat een componist. Als een van De Vier de kenmerken bezit van een god, dan is het de jongste loot aan hun stam, Lucas Loos.

Wat is er misgegaan? Wat is er gebeurd met die illustere jongeling? Wat is er veranderd in hun vriendschap? Der Bub voelt een elektrische onrust zijn benen doorsidderen. Hij staat op en loopt rondjes door de kamer. Hij pakt de zware Van Nelle van tafel, rolt een sjekkie en zuigt de rook diep naar binnen als hij het heeft aangestoken. Hij draait de sigaret rond in zijn vingers. De vloei maakt een zacht knisperend geluid, dat hem kalmeert. Hij twijfelt en wordt daar onrustig van. Hij wil naar buiten, mensen opzoeken, met vrienden praten, maar hij wil ook binnenblijven en wachten op een bericht van Puck. Inmiddels heeft hij ongeveer iedereen die hij kent aan de telefoon gehad, behalve haar. Hij kijkt op zijn horloge. Zes uur, het schiet niet op. Je gaat niet naar De Kring voor elf uur in de avond en er iets gaan eten hoort niet bij de groep waartoe hij behoort. Hij is van De Tafel, een select gezelschap dat nagenoeg elke avond bijeenkomt in De Kring en daar steevast dezelfde plek inneemt. Het komt in niemands hoofd op plaats te nemen aan De Tafel als ze geen lid zijn van deze elite. Een enkele keer nodigen ze iemand uit die ze interessant genoeg achten om bij hen aan te zitten. Dat gaat dan met een briefje dat ze door een passant laten bezorgen bij de uitverkorene. Hij moet trouwens niet aan eten denken, daar is hij veel te zenuwachtig voor. Glaasje wijn misschien, een koude rosé, om rustig te worden. Dagdromerig staat hij zich de gefantaseerde moed toe waarmee hij Lucas opbelt in Griekenland en hem zegt dat hij het toch niet kan doen, dat het hem geen goed idee lijkt. Maar Lucas heeft geen telefoon op Skyros en hij zou hem zijn verzoek ook niet durven te weigeren. Het glas in de ene en de sigaret in de andere hand, gaat hij weer zitten en probeert zijn benen stil te houden. Wanneer gebeurde wat? Na de conservatoriumstudie is Lucas opgeroepen voor militaire dienst. Bleek hij onhoudbaar, verzette zich tegen het gezag, walgde van wapens en preekte de vredelievendheid van Jezus Christus. Hebben ze hem een tijd opgesloten in een gekkenhuis, om hem te disciplineren. Maar eenmaal terug in Amsterdam bleek het dezelfde godvruchtige Lucas. Dit keer doorspekte hij zijn vlammende preken met citaten uit de gedichten van Gerrit Achterberg. Had hij zich in de psychiatrische inrichting vol overgave op de dichter gestort en zich dagelijks in de geestverwantschap met hem verdiept. Het was niet de laatste man aan wie hij zijn ziel zou vasthaken. De vriendschap met Lucas was ook niet gaan tanen toen deze van de ene op de andere dag de toornige God van de gereformeerden afzwoer en even luidruchtig zijn afvalligheid preekte als daarvoor zijn geloof. Met Marx achter de kiezen was religie opeens opium voor het volk en de klasse die in opstand zou moeten komen tegen haar onderdrukking, werd bedwelmd met het gif van de godsdienst. Onvoorstelbaar, hij leek volkomen vergeten dat hij nog geen week daarvoor Gods fanatiekste ronselaar op aarde was geweest. Zonder gêne werd de tale Kanaäns verruild voor de taal van *Das Kapital*. Niet veel later waren ze er min of meer op voorbereid dat hij met hetzelfde gemak het ophitsende proza van de boven- en onderklasse aanvulde met de brakke poëzie van Mao. Maar wat ook toen al ergerlijk en onverdraaglijk werd, was hoe hij bij elke omslag met hetzelfde pathos probeerde zijn vrienden te bekeren tot het geloof dat hij op dat moment aanhing.

'Jullie zijn ziende blind, het zal jullie bezuren!' riep hij bij de eerste de beste kritische kanttekening uit en beende woedend van de ongelovigen weg.

Naast Mao voegde Che zich naadloos in, maar ze waren allemaal in Che en Fidel. Cuba was iets van hen samen, de droom van iedere hemelbestormer. Twaalf jongens, intelligent, wetenschappelijk geschoold, komen in opstand, werpen een totalitair regime omver, creëren een nieuwe staat. De kunst voor het volk en elke artistieke vernieuwing juichend binnengehaald. Het was ongekend, nooit vertoond, het was een jongensdroom. Niemand in Amsterdam kon zich onttrekken aan het charisma van de arts en iedereen had het affiche met zijn Christusachtige, bebaarde gelaat aan de muur hangen of opgerold in een kast liggen.

De z, schiet hem te binnen, misschien begon het allemaal met de laatste letter van het alfabet. Hij schrikt ervan dat hij dat denkt. Als de eerste scheuren van de kloof tussen Lucas en hem zichtbaar werden bij de z, houdt hij zichzelf langer voor de gek dan hem lief is. Maar ik heb Puck, denkt hij op hetzelfde moment, Puck zou me nooit jarenlang laten dobberen in een leugen. Ze had me kopje-onder geduwd of eruit gevist. Hij heeft zijn groeiende weerzin tegen Lucas niet onder stoelen of banken gestoken. De afgelopen jaren bekende hij regelmatig tegenover Puck steeds meer moeite te krijgen met Lucas. Hij vertelde haar afkerig te zijn van de imperialistische geest van Lucas, waarmee hij iedereen dwong de god te omhelzen die hij op dat moment diende. En wat hij nog erger vond was dat Lucas drammerig van zijn vrienden eiste dat ze de weggesmeten god net zo rigoureus loochenden als Lucas zelf. Hij heeft ook aarzelend bekend te zijn gaan twijfelen aan de componist Lucas Loos. Lucas is zijn talent steeds minder in het introverte scheppen van muziek gaan stoppen en steeds meer in het tentoonstellen van zijn eigen persoon. In de kelder van zijn huis zetelt de provobeweging, hij schrijft vlammende stukken in de kranten, is de koploper van elke politieke actie die het woelige Amsterdam initieert en waar een podium opgericht wordt voor welk protest dan ook, staat Lucas vooraan. Stennis schoppen in plaats van scheppen. Hij is de acteur van zichzelf geworden, daar wringt het. Echte componisten hoeven niet de componist uit te hangen, die zijn het. Puck, met haar borende blik, bevestigt dat. Ze zegt dat Lucas niet uitschreeuwt: 'Kijk, ik!', maar: 'Kijk mij!' Een verschil van dag en nacht. 'Kijk mij eens iemand zijn!' – dat was Lucas, en voor die iemand kon je iedereen invullen.

'Allemaal pose,' zegt ze, 'allemaal aangeleerde rollen. Totale paniek, het horror vacui van de verloren ziel.'

Niemand had met zo veel venijn en sarcasme lief als Puck, want ze hield van Lucas, dat wist hij. Ze spraken over geen ander zo vaak als over hem. 'Een demonische engel,' noemt Puck hem.

'Ik vind het heel erg, maar ik kan Lucas soms nauwelijks in mijn nabijheid verdragen,' hoort hij zichzelf op een dag tegen Puck zeggen, 'hij daagt me aan een stuk door uit en ik word er doodmoe van.'

'Allicht, daar zorgt hij wel voor. Lucas heeft allang bespeurd dat hij je aan het verjagen is. Onraad ruikt hij op kilometers afstand, als een wild beest. Dus zal hij alles in het werk stellen dat je de dreiging waarmaakt, dat je hem verjaagt, uitstoot, verlaat, doodt, de vriendschap de nek omdraait. Dan heeft hij tenminste gelijk gekregen en de waarheid voorspeld. Elke verstoting kroont hem tot koning. Jezussyndroom enzovoort. Hebben meer gelovig opgevoede jongens last van.'

'Hoef je mij niet zo aan te kijken.'

'Atheïsme is ook een geloof.'

‘Jij houdt van mensen als een snijbrander,’ zei hij toen, een uitdrukking die hij vaker voor haar gebruikte.

‘Wat niet uit de lengte komt, moet uit de breedte komen,’ was haar standaardantwoord, ook al sloeg het meestal als een tang op een varken. Ze zei het om dezelfde reden als waarom ze geen tien zinnen kon zeggen zonder zichzelf af te breken met enzovoort. Ze schaamde zich om langdurig aan het woord te zijn, had ze tegen hem gezegd, en ze ergerde zich aan mensen die traag van begrip waren.

Als Puck gelijk had en zijn tocht door de tijd hem naar het juiste moment had teruggevoerd, dan zou Lucas sinds het werken aan *De toedracht* een verstoting uitlokken, hem zo lang jennen tot hij hem de genadeklap gaf en de vriendschap opzei. En dat hij hem de genadeklap weigerde te geven, kwam door zijn trots. Liever dan Lucas te kronen door verstoting, duldde Bubi vanaf 1968 zijn groeiende radicalisering en fanatisme. Zwijgen, hij had gekozen voor de z van zwijgen en Lucas koos voor de z van zingen. De Vier en twee schrijvers, het collectief waarmee ze *De toedracht* maakten, had uiteindelijk voor zwijgen gekozen. In de opera reconstrueren ze de moord op Che Guevara. De schrijvers, Aaron Keller en Gilles Boon baseerden het libretto op Mozarts *Don Giovanni* en structureerden het door alle letters van het alfabet de revue te laten passeren. Over de invulling van de laatste letter waren ze het voor het eerst grondig oneens. Zingen of zwijgen. Lucas en Aaron wilden zingen, eindigen met een nieuw socialistisch strijdlied, de wervingsretoriek van een oproep tot solidariteit. Gilles, de Prins, Pol en hij wilden zwijgen, niets meer zeggen, de muziek laten spreken. Het compromis lag in een minutenlang aangehouden toon. Ze eindigden *De toedracht* in een D waaraan geen einde leek te komen.

‘De jakobijnen hebben gewonnen,’ zei Aaron gelaten toen

de beslissing viel, maar Lucas brieste van woede en zei dat de keuze voor dit slot de ware, laffe, kleinburgerlijke aard van de meerderheid van het collectief verraadde. Later, toen er steeds meer aan het licht kwam van de tirannieke praktijken van Fidel Castro, had hij ook Cuba rigoureus afgezworen en het eerder verguisde imperialistische Amerika opnieuw in zijn armen gesloten. Castro was een moordenaar, Cuba een dictatuur en als hij zijn bijdrage aan *De toedracht* niet verzweeg, deed hij er cynisch over.

Net als de onrust in zijn benen hem weer dwingt op te staan om te gaan ijsberen door de huiskamer, gaat de telefoon. Hij holt naar het toestel en hijgt een smekend 'Puck?' in de hoorn. Een onduidelijke brom is het antwoord.

'Heb je het gehoord?' vraagt hij.

'Ja.'

'Waar was je?'

'Vondelpark.'

'Wie heeft het je verteld?'

'Iemand van de universiteit. Had het gehoord op een terras, zag me zitten, wist dat ik Lucas en Clara ken, enzovoort.'

'Wat zeiden ze?'

'Straalbezopen, allebei, en dat Clara toen van een rots viel.'

Kortaf is ze meestal, maar nu pas dringt tot Bubi door hoe dodelijk vermoeid Puck klinkt, hoe moeizaam ze praat. Het is alsof hij de woorden uit haar moet trekken, terwijl ze normaal gesproken geen enkele aansporing nodig heeft zinnen als een handvol kiezelstenen naar hem toe te gooien.

'Je klinkt beroerd, Puck.'

'Belazerd, Bub.'

'Waar ben je?'

'Américain.'

'Wacht daar maar, ik kom naar je toe. Ik ben er binnen tien minuten.'

'Bub?'

'Ja.'

'Heeft hij jou gebeld?'

'Ja.'

'Heeft hij het gedaan?'

Der Bub zwijgt. Hij ziet voor zich hoe Puck in de luxueuze telefooncel van Hotel Américain staat. Eerst heeft ze de telefoongidsen van de plank getrokken, er een verhoging van gebouwd, is boven op de stellage van drie dikke gidsen geklommen en heeft haar kleine wijsvinger in de draaischijf gewurmd om zijn nummer te draaien. De hoorn lijkt belachelijk groot en zwart tegen haar witte pluizige hoofd. Ze houdt van Lucas. Meer dan wie hij kent, is zij onverminderd van Lucas blijven houden.

'Nee,' hoort hij zich te hard en gemaakt overtuigd zeggen. 'Nee, ik denk het niet.'

Hij kent Puck. Hij heeft te lang gezwegen en daarmee haar sensoren voor onechtheid geprikkeld. Hij wacht. Hij wacht tot ze zegt dat hij een slechte leugenaar is. Of gniffelend vanuit haar afwezigheid bast: 'Kijk me aan als je tegen me liegt.' Maar aan de andere kant blijft het stil. Puck zwijgt. En dat zwijgen jaagt hem meer angst aan dan alles wat hij de afgelopen uren heeft overdacht.

## 5

Op zondagavond 26 juli om 21.30 uur bellen Mica van Hoorn en de Prins aan bij kunstenaarssociëteit De Kring op het Leidseplein. Na het zoemen van het elektronische slot duwt de Prins de zware deur open en geeft gehoor aan het verzoek van

Mica om achter haar de trap te beklimmen. Ze staat onvast op haar benen, zegt ze, en dat hij haar kan opvangen als ze valt. Terwijl de Prins haar smalle heupen bezorgd in de gaten houdt, bestijgen ze traag de steile trap. Ze hebben het die middag op een drinken gezet en kregen allebei geen hap door hun keel. Tree voor tree koestert de Prins de stille hoop dat hij zich boven een poos kan bevrijden van de nabijheid van Mica. Ze is in alle staten en praat onophoudelijk op een toon die hij in de loop van de middag onverdraaglijk is gaan vinden. Dit is geen praten meer, dit is snerpen, krijsen, gillen. Hoge tonen, geen variatie. De monotonie van de verontwaardiging heeft hem uitgehold van radeloosheid. Met een beetje geluk kan hij haar al kwetterend op de bank tussen een stel vriendinnen zetten en eindelijk op een andere toon met zijn vrienden praten. Hij verlangt naar omfloerste tenoren, nuance, twijfel, zacht verdriet en meer licht op de opeens zo duistere dood van Clara. Hij verlangt naar ruimte voor zijn eigen gedachten. Wat hem sloopt is dat voor Mica de dood van Clara geen raadsel is. Ze wil een schuldige voor deze val en gelooft niet in een ongeluk. Ze tiert en scheldt, ze brult en huilt, ze is onhandelbaar. Het begon onmiddellijk, al tijdens het telefoongesprek.

Zoals altijd heeft hij de eerste uren van de zondag doorgebracht in bed, kussens in de rug, boeken om zich heen, aantekenschrift opengeslagen, pennen bij de hand en een beker koffie op het nachtkastje. Vanuit de huiskamer hoort hij af en toe Mica oefenend zingen en pianospelen. Ze studeert liederen in voor een stuk van Bertolt Brecht. Tegen lunchtijd betreedt ze de slaapkamer met een dienblad waarop een thermoskan koffie, een gekookt ei en een kom vers fruit staan. Ze houdt hem even gezelschap, zit op de rand van het bed en ze praten wat, over haar werk, over zijn werk. Elke week geniet hij volop van de rust en het gebrek aan hectiek dat deze dag uitzonderlijk maakt. Daardoor is de zondag zijn lievelingsdag. Tegen tweeën is hij opgestaan, scharrelde wat rond in zijn ochtendjas en is toen gaan douchen. Na de douche staat hij in de badkamer voor de spiegel om zich te scheren en trekt de eerste schrapende haal over zijn wang als de telefoon gaat. Het is vijf over halfdrie.

Op de eerste haal is geen volgende gevolgd. Hij hoort onmiddellijk aan Mica's gierende uitroepen dat er iets ergs aan de hand is. Met een ingezeept gezicht loopt hij naar de zitkamer. Hij ziet iets wat hij nooit eerder zag. Hij ziet hoe bij Mica de tranen uit de ogen springen. Ze rollen niet over haar wangen, maar schieten de ruimte in, zonder haar huid te beroeren. Ze knippert aan een stuk door met haar ogen, een zenuwtic die hij van haar kent, maar die dit keer haar ogen verandert in een dubbelloops waterpistool. Hij is zo gefascineerd door de aanblik, dat het even duurt voor hij iets kan opmaken uit de vragen en antwoorden die Mica in de hoorn gilt. Haar stem klinkt zo snerpend dat hij te doen heeft met degene aan de andere kant van de lijn, al heeft hij geen idee wie dat is. De eerste geluiden waaraan hij betekenis kan verlenen zijn namen: Clara, Lucas, Quint. De schrik slaat hem om het hart, maar weet nog niet welke richting hij in moet slaan. Is er iets met Lucas, met Clara, met Quint? De schrik kan zich niet nestelen bij een van deze namen en doolt onrustig rond. Hij constateert iets vreemds en vindt het tegelijkertijd eigenaardig dat hij zo'n conclusie trekt terwijl hij daar met een schuimbaard tegen de deurpost staat geleund en een ongetwijfeld slecht bericht afwacht. Hij concludeert dat de schrik vrijwel onmiddellijk een hiërarchie van het ergste eist, alsof hij een punt zoekt waar hij tot rust kan komen. 'Als het maar niets met Quint is.' Waarom is dat toch het ergste, iets met Quint? Omdat hij de sterkste schakel van dit broze drietal vormt? Omdat Clara en Lucas alleen nog verbonden zijn door Quint?

De Prins kan niet goed nadenken door het volume van de stem van Mica. Bij haar optredens is het haar grootste kracht en ontkomt niemand in het publiek aan een kortstondige verbijstering als ze voor het eerst haar mond opendoet. Hoe uit een frêle lichaam als het hare een stemgeluid tevoorschijn kan komen waarmee je kuddes op hol kunt doen slaan, legers kunt mobiliseren en mensen kippenvel kunt bezorgen. Zingend is het een van de mooiste stemmen die hij kent, pratend behoudt die stem alleen haar schoonheid als ze de klanken zorgvuldig vormgeeft of fluistert. En fluisteren doet ze zelden.

'Ben je gek, Bel, ik kom met het eerste het beste vliegtuig naar je toe,' hoort hij haar uitroepen. 'Wat moet ik hier? Ik wil helpen, voor Quint zorgen, bij jullie zijn, iets doen, verdomme.'

De Prins haalt opgelucht adem. Het is Bella. Bella is op vakantie in Griekenland met Clara, Lucas, Quint en Levi. Quint is blijkbaar ziek geworden en heeft zorg nodig. Zolang er nog voor iemand gezorgd kan worden is er niets ernstigers aan de hand. Van een ziekte kun je genezen. Hij wil zich omdraaien om terug te keren naar de spiegel, als hij Mica een paar keer achter elkaar 'Hallo?' in de hoorn hoort roepen. Ze haalt hem bij haar oor vandaan, kijkt er woedend naar, houdt hem opnieuw tegen haar oor en gooit hem hard op de haak.

'Verbinding verbroken en Clara verdomme dood,' schreeuwt ze in een langgerekte uithaal. Ze loopt op hem toe en grijpt zijn bovenarmen. Ze knijpt hard in zijn biceps en begint woest met haar vuisten op zijn borstkas te trommelen. Ze roept dat het niet kan, dat het onmogelijk is, dat het niet deugt, dat er niks van klopt, dat het haar schuld is, dat ze Clara had moeten tegenhouden, dat ze naar Clara toe wil, naar Quint. Hij incasseert de slagen op zijn ribben tot haar stem in kracht afneemt. Daarna grijpt hij voorzichtig haar polsen beet, haalt haar armen uit elkaar en legt ze achter zijn rug. Hij buigt zich voorover om zijn gezicht tegen het hare te leggen. Hij is vergeten dat het vol scheerschuim zit. Als hij hoort hoe het gekreun overgaat in woordeloos snikken, ontspant hij en hikt wat geluiden op. Het is een huilen dat in de aanloop op lachen lijkt. Naar zijn gevoel duurt het wel een kwartier voordat ze zich losmaakt, ze elkaar aankijken en met betraande gezichten het witte schuim bij de ander wegvegen.

'Ze is van een muur gevallen, van een terras, in de afgrond, maar Bella heeft niks gehoord of gezien, die was er niet bij, die lag te slapen.' Ze praat zacht en hijgerig. Om haar aan te moedigen op dezelfde toon door te gaan, streelt hij haar gezicht, duwt liefdevol een plakkerige lok achter haar oor.

'Het is vannacht gebeurd, maar Lucas heeft haar laten slapen. Dat is toch niet normaal? Valt Clara, onder zijn ogen, laat hij Bella doodgemoedereerd doorslapen. Heeft ze dus in haar bed gelegen en is op een paar meter afstand haar beste vriendin naar beneden gedonderd, te pletter gevallen, doodgegaan, en zij weet al die tijd van niks. Ik kan er niet bij. Ik kan er echt niet bij. Wat moet ik nou toch doen? Ik wil naar Clara toe.'

De Prins hoort hoe het volume aanzwelt en neemt haar opnieuw in zijn armen.

'Stil maar, rustig maar,' sust hij.

'Niks "rustig maar", ik word gek!' roept ze opeens. Ze rukt zich los uit zijn omarming en loopt stampend heen en weer door de kamer. Ze gromt, grijpt haar rossige krullen vast en trekt er hard aan. Ze doet hem denken aan een wild, gewond dier.

Het zal tot het eind van de jaren tachtig duren eer het ongeremde gedrag van vrouwen als Mica zijn aantrekkingskracht voor hem verliest. Tot dan toe zal hij nog een aantal keren hopeloos verliefd worden op, bij voorkeur roodharige, furies die hem ongezouten de waarheid vertellen, die huilen en schreeuwen, het met mannen en vrouwen doen en hem regelmatig halfslachtige klappen verkopen. Zo lang zal hij de vergissing blijven maken hysterisch gedrag te verwarren met een rijk gevoelsleven, eerlijkheid, spontaniteit, vrouwelijke intuïtie en ongeremde seksuele lust. De omslag komt wanneer hij op een avond Puck Baal tegen Mica hoort verzuchten dat ze zich mateloos bij haar verveelt, omdat haar reacties zo voorspelbaar zijn.

'Alle gekke vrouwen zijn hetzelfde, alle normale vrouwen zijn verschillend,' hoort hij Puck bassen en die zin zet zich in hem vast om hem nooit meer te verlaten. Maar op zondagmiddag 26 juli 1981 heeft hij deze zin nog niet gehoord en kijkt angstig en geboeid naar het woeste verdriet van Mica van Hoorn. Naarmate ze luider huilt, voelt hij zich hartelozer en kouder, een koele observator die gedrag, bewegingen en geluiden registreert om ze ooit te kunnen gebruiken in een toneelstuk. De emoties waarvan hij meent getuige te zijn, acht hij voor zichzelf onbestaanbaar. Omdat hij valt op luidruchtige, geëxalteerde vrouwen, heeft zich bij hem de misvatting genesteld dat zijn rust en zwijgend toezien gelijkstaan aan het ontbreken van gevoel. Hij slaat haar hoger aan dan zichzelf en op dezelfde oneigenlijke gronden slaat zij zichzelf hoger aan dan hem. Daarom begint ze hem na nog wat ijselijke kreten geslaakt te hebben, weer te slaan, noemt hem een koude kikker, een baksteen, een rationalistisch misbaksel, een robot, een fout van de natuur. Stilzwijgend geeft hij haar gelijk en incasseert gelaten de klappen. Het enige wat in hem lijkt om te gaan is een zeurderige verongelijktheid. Hij is beledigd dat Mica als eerste het verschrikkelijke nieuws te horen kreeg. Onbegrijpelijk dat Lucas hem niet belde vanuit Griekenland om hem persoonlijk te vertellen van de val van Clara en hulp te zoeken bij zijn vriend. Via Mica probeert hij erachter te komen wie er allemaal zijn gebeld, of alleen Bella de telefoongesprekken voert omdat Lucas daartoe niet in staat is, of Bella nog iets aan hem moest doorgeven, een opmerking van Lucas wellicht. Mica reageert snauwend op zijn vragen, omdat ze in de gaten heeft dat hij zich tekortgedaan voelt.

'Wat ben je toch een egoïst,' roept ze uit. 'Zelfs nu er zoiets afgrijselijks is gebeurd, ben je alleen met jezelf bezig. Ik weet niet wie Bella allemaal heeft gebeld en of Lucas in staat is om te praten. Me dunkt van wel, want Lucas kan altijd praten, zelfs als hij slaapt schreeuwt hij nog van de daken dat hij de waarheid in pacht heeft. Maar misschien kan hij het eindelijk eens een keer niet, misschien heeft hij zichzelf de mond gesnoerd met dit zogenaamde ongeluk.'

'Vallen kan gebeuren,' probeert hij Mica te sussen. 'Clara was een wankele vrouw, ze viel om de haverklap.'

'Maar nu niet, dit is iets anders. Ze heeft het geweten. Ze is heel raar op reis gegaan. Ik word gek als ik eraan denk, al die voortekenen. Ik had haar nooit mogen laten vertrekken, ik had ervoor moeten zorgen dat ze thuisbleef. Die intuïties van ons kloppen altijd, daar moet je naar luisteren. Ze heeft het van tevoren geweten.'

Haar stem is gedaald en de Prins haalt opgelucht adem. Hij neemt haar bij de hand en loopt naar de zitbank.

'Rustig ademhalen,' zegt hij.

Ze geeft tegenkracht, maar laat zich meevoeren.

'Ik kan nu toch niet stilzitten,' huilt ze, 'ik moet iets doen.'

'We gaan alles op een rij zetten, dat is het enige wat je kunt doen.'

Ze zit nog geen seconde of veert weer op en loopt met bruuske stappen naar de slaapkamer. Hij hoort hoe ze een lade van het nachtkastje opentrekt en rommelt met de inhoud.

'Waar is het nou?' hoort hij haar hardop vragen.

Als ze de zitkamer binnenkomt zwaait ze triomfantelijk met een papier.

'Ik heb het! Het bewijs, ik heb het!'

Ze ploft naast hem neer, legt het blocnotevel op haar schoot en strijkt het glad. Haar schouders zakken omlaag, alsof ze opeens wordt overvallen door een diepe vermoeidheid. Hij slaat een arm om haar heen en buigt zich voorover om het beschreven vel te lezen. Er staan maar een paar zinnen op. Van de talloze brieven en ansichtkaarten die ze aan hen schreef, herkent hij het handschrift van Clara.

'Hier, de datum.' Met haar roodgelakte nagel priemt Mica in de rechterbovenhoek van het papier, zodat hij het geschrevene niet helemaal kan lezen.

'De hoeveelste is het vandaag?' vraagt ze aan hem, terwijl ze haar vinger op de datering laat rusten. 'Wanneer zijn ze vertrokken? Een week of drie geleden, toch?'

'Het is de 26ste juli,' zegt de Prins, die dat onmiddellijk weet omdat hij een dagboek bijhoudt en daarin vanochtend onder die datum zijn eerste notities maakte. 'Ja, ongeveer drie weken geleden zou ik zeggen. Ik kan het nazoeken, als je wilt.'

'Hoeft niet, ik weet het nog precies. Ze is toen 's middags hier geweest en ze zouden de volgende dag naar Athene vliegen. Ze had die nacht een akelige droom, was doodsbang en heeft dit op een papiertje gezet, als een testament.'

De Prins ziet nu dat het vel voorzien is van een krullerige, wat onwennige handtekening en dat op de onderste regel ook die van Mica staat. Onder de handtekening van Clara is in een kleiner handschrift een zin gekrabbeld. Hij buigt zich dieper voorover om die te kunnen lezen. *Opgemaakt te Amsterdam op 3 juli 1981*, leest hij. Zijn ogen prikken en hij wrijft erin om weer een heldere blik te krijgen en zich opnieuw te laten ontroeren door de aanblik van de zin. De kinderlijke plechtstatigheid ervan grijpt hem aan, net als de gezochte volwassenheid van de handtekening, die, zo vermoedt hij, een nabootsing is van de handtekening van haar vader. Net een parachute, denkt hij over de handtekening, maar hij is niet opengegaan. Hij schrikt. Hij is ongemerkt op het spoor van Mica beland. Hij heeft zichzelf de eerste twijfel toegestaan over de toedracht van de dood van Clara. Maar zodra hij die twijfel constateert, komt alles in hem ertegen in opstand. Lucas mag honderd tekenen tegen hebben en zelfs de karakteristieke eigenschappen bezitten van een extremist, hij zou Clara nooit opzettelijk fysiek kwaad doen. Hij is onbesuisd, hij is gevaarlijk, het is een heethoofd, iemand die zijn grenzen niet kent en misstappen begaat, maar Lucas vecht met woorden, niet met vuisten.

'Lees maar, dan zie je het zelf, dan weet je het,' zegt Mica terwijl ze het blad naar hem toe schuift.

*Hierbij geef ik te kennen dat het mijn uitdrukkelijke wil is dat na mijn verscheiden mijn zoon Quint Loos opgroeit in een normaal gezin, met een vader en een moeder. Hij mag niet opgevoed worden door zijn vader alleen.*
*Ten tweede wil ik na mijn dood mijn lichaam aan de wetenschap schenken.*
*Bij het volle verstand en in aanwezigheid van een getuige onderteken ik:*
*Clara Wevers*

Boven aan de trap van De Kring houdt Mica zich vast aan de leuning en hijgt van de klim. Hij legt een hand op haar schouder. Hij is bang dat de grote ruimte achter de deur nog vrijwel leeg is en wil zo snel mogelijk naar binnen om zich daarvan te vergewissen. Zodra Mica haar rug strekt om aan te geven dat ze er weer tegen kan, gaat hij haar voor en houdt de deur van de sociëteit voor haar open. Hij deinst terug van het lawaai. Wat nooit gebeurt, is vanavond het geval: De Kring is op dit vroege uur vol mensen die druk pratend een kakofonie produceren. Met een mengeling van spijt en weerzin volgt hij Mica. Ze hadden eerder naar De Kring kunnen gaan, want heel artistiek Amsterdam heeft er zijn toevlucht gezocht, maar de opgewonden geluiden en de opeengeperste mensenmassa vindt hij ook afstotelijk, iets waarvan hij gegeneerd deel gaat uitmaken. Het bericht van de dodelijke val van Clara Wevers is honing waar de bijen op afkomen en hij wil niet opgenomen zijn in de zwerm. Hij wil delen in de ontzetting, maar niet met iedereen. Rondkijkend ziet hij dat de bezoekers intens gebruind zijn teruggekeerd van vakanties in warme oorden en hun veranderde huidskleur roept plotseling walging in hem op. Hij verheugt zich op de afkeer die Puck ritueel uit als ze zomers op De Kring fulmineert tegen de zonaanbidders en al die bruine koppen afdoet als het testimonium paupertatis van leeghoofden, luieriken en ijdeltuiten.

Aan de bar en rond de biljarttafel is de drukte het grootst. Hij probeert over de hoofden heen te kijken of er iemand van de vrienden aan De Tafel bij het raam zit, maar wordt in zijn zicht belemmerd. Hij ziet hoe Jacoba Malink zich van de bar losmaakt en op Mica toeloopt. Ze omhelzen elkaar en barsten in tranen uit. Hij laat ze achter in hun omstrengeling en baant zich een weg naar De Tafel. Hij weet zeker dat hij nu even van Mica is bevrijd, want zij kent de ongeschreven wet dat alleen de mannen aanzitten aan De Tafel en dat de vrouwen bij elkaar hun heil zoeken aan een eigen tafel of op de bank. Tot zijn grote opluchting ziet hij dat Bubi, Puck en Pol met de rug naar de menigte een gesprek voeren. Rondom de drie hangt een weldadige rust, alsof een onzichtbare cirkel ze afscheidt van de anderen. Hij versnelt zijn pas om sneller in die atmosfeer opgenomen te worden. Der Bub is de eerste die hem opmerkt. Met een ruk staat hij op, loopt op de Prins toe, omhelst hem en klopt op zijn rug. Het vriendelijke gebaar ontlokt een paar hikkende geluiden aan zijn keel. Als hij neerknielt bij de stoel van Puck, zij haar armen om hem heen slaat en met een wonderlijke grom haar hoofd in zijn hals legt, beseft hij dat hij Puck nooit eerder hoorde of zag huilen. Haar geween klinkt als het geluid van een speelgoedteddybeer die je eerst omkeert en dan weer rechthoudt om er een zacht knorren aan te ontlokken. Hij slaat de vergelijking op in zijn geheugen als een bruikbare regieaanwijzing en veracht zichzelf daarom.

Zonder hem daarbij aan te kijken steekt de onaanraakbare Pol een hand op ter begroeting en laat zijn hoofd weer wegzakken tussen zijn opgetrokken schouders. Hij is het van Pol gewend en benadert hem niet voor een hartelijker uitwisseling van hun beider verslagenheid.

'Van wie heb jij het gehoord?' vraagt de Prins aan Bubi.

'Van Lucas,' antwoordt die op half vragende toon alsof het vanzelf spreekt en hij niet begrijpt waarom het een vraag van de Prins kan zijn. Hij is ervan uitgegaan dat de Prins eerder dan hij door Lucas is gebeld.

'Ik niet,' zegt de Prins en hij kan nauwelijks zijn teleurstelling verbergen. 'Mica is gebeld door Bella. Mica is totaal overstuur en ik krijg geen hoogte van wat er precies gebeurd is. Wat zei Lucas?'

Zonder zich te verontschuldigen bij de anderen dat hij het verhaal voor de tweede keer uit de doeken doet, begint Bubi te vertellen hoe hij deze middag een partituur van Webern bestudeerde toen de telefoon ging.

'Het was om een uur of twee. Lucas. Vanuit Skyros. Ik wist onmiddellijk dat er iets ergs aan de hand was. Hij schrijft altijd als hij op vakantie is, maar bellen doet hij nooit. Nou, en toen vertelde hij het, dat Clara vannacht in een afgrond is gevallen. Ze moet op slag dood zijn geweest, zei hij. Verschrikkelijk, ik kon het niet geloven. Omdat ik totaal verbijsterd was, heb ik niks gevraagd. Ik heb alleen maar geluisterd en wat gestotterd, ik weet niet eens meer wat.'

'Maar hoe is het precies gebeurd?' vraagt de Prins.

'Eerst zei Lucas dat ze van een rots was gevallen. Toen zei hij dat het bij hun huis was gebeurd. Daar is een terras of zoiets, met een muur. Daar zat Clara blijkbaar op en daar is ze vanaf gevallen.'

'Maar hoe dan?'

'Prins, ik weet het niet. Het gesprek heeft nog geen tien minuten geduurd. Dit zei Lucas en nog iets over een Amerikaan die erbij was.'

'Mica is door Bella gebeld en die vertelde dat ze lag te slapen, dat zij niets gezien heeft en pas uren later door Lucas is gewekt. Toen was Clara al weggevoerd. Ze hebben hulp gehad van Henri en Henk.'

'Hè, Henri en Henk, die nichten van Le Fiacre? Wat hebben die er opeens mee te maken?'

'Die zitten ook op Skyros, in hetzelfde dorp, of het is een stad geloof ik, ik weet het niet. Die zijn midden in de nacht door iemand opgetrommeld om te helpen,' zegt de Prins vastberaden, al weet hij er het fijne niet van.

'Het wordt steeds drukker op dat terras,' mompelt Pol.

'Van Henri en Henk heeft Lucas niks verteld,' zegt der Bub verbaasd. 'Hij had het wel over een Amerikaan.'

'Nee, Henri en Henk waren er niet bij toen het gebeurde. Ze zijn pas geroepen toen Clara al dood was,' zegt de Prins licht vertwijfeld. Hij moet zijn kwaadheid onderdrukken. Het ergert hem dat hij niks uit de eerste hand heeft en alleen mag overbrieven wat Mica van Bella hoorde en hij vervolgens uit onsamenhangende huilbuien moest opmaken. Aan de andere kant voelt hij de spanning van iemand die een troef in handen heeft en straks zijn vrienden iets huiveringwekkends gaat vertellen, iets wat zij nog niet weten en waarvan ze net zo zullen schrikken als hij vanmiddag deed. Hij weet niet dat ook Bubi een kaart achterhoudt en het juiste moment afwacht om hem uit te spelen. Alleen voelt Bubi zich onzeker. Puck reageerde nauwelijks toen hij haar vertelde wat Lucas van hem vroeg. Ze haalde achteloos haar schouders op alsof ze wilde zeggen dat ze niet begreep waar hij zich druk om maakte. Bang nog een keer een onverschillige reactie op te roepen en daarmee zijn eigen opwinding belachelijk gemaakt te zien, houdt hij voorlopig zijn mond. Op het moment dat Eva binnenkomt en met rode ogen op hem toeloopt, is hij zo gaan twijfelen over zijn eigen verbazing, dat hij opspringt, haar apart neemt en zegt dat hij nog niks vertelde aan de anderen. Het liefst wil hij dat zij de sensatie van onheil opnieuw bij hem aanwakkert en hem bevrijdt van een ingetreden, doffe verdoving. Wat hij verlangt gebeurt. Eva zegt dat ze de ogen uit haar hoofd heeft gehuild om die arme Clara en dat ze zich al bij voorbaat kapot schaamt voor die begrafenis. Ze is het met hem eens dat het onmogelijk is Lucas nu iets te weigeren, onder de indruk als zij, hij en iedereen in de stad is van de omvang van het drama. Ze hoopt dat het een oprisping was van een verwarde man en dat Lucas morgen anders denkt over hoe hij Clara de laatste eer wil bewijzen.

Het zal ver voorbij middernacht zijn als Bubi zijn hart kan luchten en daarmee een bijdrage levert aan het toenemende ongemak dat zich van De Tafel heeft meester gemaakt. Tegen die tijd is de Prins allang afgetroefd door Mica en zal hij haar tot de orde roepen zonder zich nog te herinneren dat hij voornemens was hetzelfde te doen als wat hij haar verwijt.

Der Bub staat nog afzijdig met Eva te praten als achter haar de imposante gestalte van Otto Griffioen opdoemt. Otto is hoogleraar strafrecht en columnist, maar meer nog de ongekroonde koning van De Kring, een positie die hij dankt aan een combinatie van postuur, lompheid, brutaliteit, bijtend sarcasme en een ongekende intelligentie. Alles wat Otto doet en zegt is onmatig. Hij is 1,96 meter lang, weegt 130 kilo, heeft een snor en een grijzende volle baard, drinkt duizelingwekkende hoeveelheden cuba libre, speelt poker of bridge tot in de vroege ochtenduren, legt een luidruchtige minachting aan de dag voor vrouwen en de middelmaat en schimpt op iedereen die een ander geloof aanhangt dan het geloof in de wet.

In zijn kielzog bevinden zich zijn aartsvriend de schrijver Aaron Keller, diens jonge vrouw Maria en Raffi. Tussen de gebruinde gezichten van het gezelschap valt het bleke, pafferige gezicht van Otto nog meer op. Aan de bravoure waarmee ze binnenkomen, leest de Prins af dat het ook voor Otto en Aaron een uitgemaakte zaak is wat zich de afgelopen nacht in Griekenland heeft afgespeeld.

De vriendschap tussen Aaron en Otto kende een gepassioneerd begin, maar was in de afgelopen jaren in een rustiger vaarwater geraakt. Jaar na jaar wijdde Otto Griffioen ongegeneerd adorerende columns aan het fenomeen Aaron Keller, aan zijn oeuvre waartoe volgens hem niemand anders de sleutel bezat dan hij, aan hun reizen en aan de wonderlijke ideeën die ze ontwikkelden in hun eindeloze gesprekken. Zijn mooiste columns waren filosofische beschouwingen over de vriendschap tussen hen twee. Het was geen gewone vriendschap, het was een in de hemel gesloten verbond. Via ingewikkelde telsystemen berekenden ze op dezelfde dag en hetzelfde uur verwekt te zijn en weefden rondom dit zalige toeval kleurrijke mythen. De eerste jaren van hun vriendschap brachten ze dag en nacht samen door, naar geen ander gezelschap zo verlangend als naar dat van elkaar. In de stad werden ze aangezien voor een liefdeskoppel, maar dat liet hen koud. Schuimend door de straten van de stad boden ze een opvallende aanblik. De slanke, aristocratische estheet Aaron, in de duurste pakken, vlekkeloos geperste broeken en op duur schoeisel, een zijden sjaal rondom zijn hals geknoopt, naast de reusachtige, morsige, altijd op de rand van vervuiling verkerende Otto Griffioen. Door hun verschil in voorkomen en lengte werden ze 'de intellectuele Laurel en Hardy' genoemd. Op geheel onderscheiden wijze haalden ze bij degenen die hen ontmoetten, het bloed onder de nagels vandaan. Otto deed het bewust door, waar hij ook kwam, iedereen te schofferen met sarcastische beledigingen en Aaron kleefde het aan zonder dat hij begreep waarom hij zo veel ergernis en weerstand opriep. Vergeleken bij de provocerende oorlogstaal van Otto, waren zijn ironische opmerkingen lieflijke plagerijen, een bijna kinderlijke poging om te testen hoe iemand reageert als je hem jent. Het was niet zelden voorgekomen dat Otto voor zijn vriend in de bres moest springen om hem uit de handen van getergde omstanders te redden.

'Handen af van mijn broeder!' donderde hij dan, greep de aanvaller bij de broekriem en de bovenkant van het hemd, tilde hem op en smeet het willoze lichaam ver bij Aaron vandaan. Geen meester in de rechten die zo vaak op het politiebureau zijn handtastelijkheden moest verdedigen als Otto Griffioen.

'Crime passionnel, we krijgen die calvinistische vlegel wel vrij,' schalt Otto door de ruimte als hij met luid bonkende reuzenstappen op De Tafel afstevent.

Alleen aan Raffi Delaporte kan de Prins zien dat hij verslagen is door verdriet. Zijn altijd al iets gebogen gang is krommer dan anders en in zijn gezicht heeft zich in de loop van de middag de ontzetting gegroefd. Omdat Rafaël, naast der Bub en Mica, de enige persoon in de ruimte is die het verhaal uit eerste hand heeft, zal hij de hele avond bestookt worden door bezoekers die naar hem toe komen en hem vragen wat er nou precies is gebeurd. Hoe laat? Waar? Rots of terras? Afhankelijk van wie hem aanklampt, herhaalt hij met engelengeduld de korte versie, het verhaal zoals Lucas het hem deed, of de uitgebreidere versie die ontstond toen Bubi, Mica en hij hun verhalen bij elkaar konden voegen.

Mica heeft de grootste aanhang. Ze is bij de bar blijven staan en wordt voortdurend omsingeld door nieuwsgierigen. Ze kan het verhaal onmogelijk kwijt zonder de toevoeging van haar vermoedens, angsten en boosheid, gesterkt door de brief die ze in haar bezit heeft en die ze voor het vertrek naar De Kring in haar tas stopte. Als hij erin slaagt door de menigte bezoekers heen te kijken ziet de Prins vanaf zijn plaats met lede ogen aan hoe ze af en toe triomfantelijk de brief uit haar tas opdiept en hem toont aan degene met wie ze in gesprek is. Als hij opstaat om naar de wc te gaan, kiest hij opzettelijk een omweg die hem langs Mica leidt. Voordat hij haar bereikt is hij door drie mensen staande gehouden en aangesproken. Ze zeggen tegen hem dat het wel griezelig is dat Clara haar testament schreef een dag voordat ze naar Griekenland vertrok. Tegen de tijd dat hij Mica op de schouder tikt, is hij laaiend. Hij voelt zich opgesloten in een kooi met roddelende, kwaadsprekende roofdieren, opgehitst en boosaardig gemaakt door de zweepslagen van zijn eigen vriendin. Al een paar keer heeft hij een steek in zijn hart gevoeld, een scherp en schrijnend medelijden met Lucas en Quint.

Zonder zijn ruwe gebaar te verzachten met beleefde frasen, pakt hij Mica's bovenarm, duwt haar de gang in en trekt de deur van de sociëteitsruimte achter zich dicht. Aan een houten tafeltje zit de robuuste uitsmijter en bladert achteloos in een tijdschrift. Als een hellehond bewaakt hij de ingang en zorgt ervoor dat alleen betalende leden van De Kring hem passeren. Hij kijkt niet op of om als de Prins en Mica bij het trapgat staan, gehoorzaam aan de heilige code dat er over het gedrag van de bezoekers niets naar buiten komt. Met het uitgestreken gelaat van een man die ziet, hoort en zwijgt, houdt hij zijn ogen gericht op het blad. De weldadige rust in de gang kalmeert de Prins en hij slaagt erin zijn stem te dempen en Mica op een rustige, maar gebiedende toon aan te spreken.

'Je moet eens ophouden met die stemmingmakerij,' zegt hij en hij knijpt daarbij ongemerkt harder in haar arm. 'Wat je doet is walgelijk. Dankzij jouw insinuerende praatjes heeft iedereen in De Kring het over een testament en je kunt wel nagaan wat ze daarbij denken.'

'Het is toch de waarheid,' reageert Mica verdedigend, maar zonder de felheid waar hij op was bedacht. 'Ik heb het bewijs bij me.'

'Het is weerzinwekkend hoe je daarmee loopt te zwaaien. Je gebruikt een intiem document van Clara voor het voeden van afschuwelijke, ongegronde vermoedens. En daar ben je knap in geslaagd, dat kun je wel aan jou overlaten. Wat je doet is eerloos en oneerbiedig en als je net zoveel van je vriendin hield als je altijd pretendeert te doen, houd je daar nu mee op, meteen.'

'Er doen hier wel meer vreemde verhalen de ronde en dat is heus niet voor niks. Het zit domweg niet goed, dat verzin ik niet, dat is zo.'

'We weten niet wat er gebeurd is, jij net zomin als ieder ander. Je bent razend om niet verdrietig te hoeven zijn, maar Clara verdient je verdriet, niet je woede. En Lucas en Quint verdienen je verdriet nog meer. Je bent dol op ze. Wat is er in godsnaam in je gevaren?'

Aan haar knipperende wimpers leest de Prins af dat ze worstelt met het verlangen verontwaardigd te blijven en het voornemen bij zinnen te komen, eindelijk het gevecht op te geven en de pijn toe te laten die de dood van Clara bij haar veroorzaakt. Als ze haar hoofd tegen zijn borst laat vallen, de armen machteloos langs haar lichaam, meent de Prins dat hij gewonnen heeft.

'Ik ben zo verschrikkelijk moe,' fluistert ze.

Hij slaat zijn armen om haar heen en zwijgt.

'Ze was zo lief,' snift ze, 'zo zorgzaam en zo lief en zo ongelukkig.'

'Ja, het is verschrikkelijk,' zegt de Prins zacht.

Na haar lichaam een minuut zacht gewiegd te hebben, voelt hij hoe het weer aansterkt, de spieren spant en de zwakte uitbant. Zoals de meeste toneelspelers verdraagt Mica geen zwakte, niet van een ander en niet van zichzelf. Daarvoor is het beroep te zwaar en de wet van het doorspelen-wat-er-ook-gebeurt te heilig. Toneelspelers leven onder het gezag van het opzijzetten van het persoonlijke voor het personage dat op de planken getoond moet worden. Het publiek gaat voor, er zal gespeeld worden. Omdat ze nooit ergens onmisbaar waren, kozen ze een vak waarin hun onmisbaarheid gegarandeerd is.

Ze staan in de gang, naast de lege kapstokken. Het is een warme avond en de jassen zijn thuisgelaten. Het loopt tegen een uur 's nachts. De wat oudere leden dalen de trap af om naar hun huizen terug te keren. Nieuwe gasten beklimmen de steile, lange trap om zich boven het gedruis van het drukke Leidseplein te verheffen en zich te laven aan exclusief gezelschap, kleurrijke persoonlijkheden en breed uitgesponnen verhalen.

'Weet je nog dat Clara hier van de trap viel?' Mica tilt haar gezicht naar hem op. De trekken rond haar mond zijn verzacht en haar gelaat is weer mooi.

'Jazeker. Ongelooflijk dat ze die val overleefde. Ze had niks, alleen wat blauwe plekken. Wanneer was dat? Vorig jaar toch, rond de kerst?'

'Er lag sneeuw buiten, dus dat zou goed kunnen. Helemaal van boven naar beneden. God, wat zijn we geschrokken.'

'De drank heeft haar beschermd, denk ik. Dronken mensen zijn veerkrachtig en komen daardoor vaak goed terecht.'

'Maar toen hadden we ook bange vermoedens. En ga me nu niet vertellen dat jij die niet had. Toen ze viel stond Lucas pal naast haar, op de bovenste tree.'

'Begin nu niet weer opnieuw, Mica. Lucas is naar beneden gevlogen om haar te helpen. Hij zag lijkbleek, stond te trillen op zijn benen, hij was misselijk van angst.'

'Hij heeft ook wel eens een journalist van de trap af gegooid, in hun huis. Daar moesten we onmiddellijk aan denken toen Clara beneden op de vloer lag. Binnen hebben ze het er ook over.'

De Prins voelt zijn machteloosheid toenemen. Mica wil terug naar haar veilige, pijnloze stemming, ze wil zieden in plaats van treuren. De hardnekkigheid waarmee ze vasthoudt aan haar kracht, ergert en ontroert hem en dat ze hem die tegengestelde gevoelens bezorgt, is precies de reden waarom hij van haar houdt.

'We hebben in de paniek allemaal gekke dingen gedacht en daarna vergeet je die weer. Zul je die brief in je tas laten? Het is onfatsoenlijk tegenover Clara hem aan anderen te laten lezen.'

'Goed,' zegt ze, 'maar ik blijf kwaad.'

'Wat je wilt, ik ga naar de wc.'

Bevangen door de uitzonderlijkheid van deze avond, heeft niemand aan De Tafel acht geslagen op het bewaken van de grenzen van de elite. Iedereen die het verhaal uit eerste hand wil horen, is aangeschoven en ook de vrouwen hebben hun kans schoon gezien te blijven zitten waar ze zitten. Daar komt een einde aan zodra Otto Griffioen luidruchtig plaatsneemt, zijn grote, buitengewoon elegante handen met een daverende klap op het tafelblad laat neerkomen en vervaarlijk brult dat alles wat vrouw en middelmaat is, subiet moet opdonderen.

'Terug in je hok,' zegt hij. Hij strekt zijn arm uit en wijst met een uitgestoken wijsvinger een willekeurige plek in de ruimte aan. Om nog iets van hun trots te bewaren, schuiven de verstotenen hun stoelen met gepaste traagheid naar achteren en maken de gesprekken in een half staande houding provisorisch af. Giechelend om de belediging te ontkrachten, pakken de vrouwen elkaar solidair vast en strijken als een vlucht vogels neer op de dichtstbijzijnde chesterfieldbank. Na vijf minuten is iedereen die van zichzelf weet geen recht te bezitten op de bevoorrechte plaats, verdwenen. Alleen Puck heeft zich niet verroerd. Puck mag blijven, dat weet ze. Met haar sigaren, haar stem en vooral met haar ijzeren bridgehand, heeft ze jaren geleden het recht verworven aan te mogen zitten wanneer zij wil.

'Zolang ze me niet gaat heropvoeden, heeft ze het brein van een kerel,' was de opmerking waarmee Otto haar definitief toeliet tot het mannengezelschap. Het royale gebaar volgde op de opmerking van Puck dat Otto een baby met een baard was.

'Nu we onder ons zijn, kunnen we tenminste een gesprek op niveau voeren,' zegt Otto terwijl hij tevreden de tafel rondkijkt.

Hoezeer de anderen zich ook generen voor de barbaarse methode van Otto, heimelijk zijn ze opgelucht dat hij als gerenommeerde en daarom onaantastbare bruut de zuiveringsactie voltrok.

Zodra Otto Griffioen aan tafel aanschuift vindt er een merkwaardige verandering plaats binnen het gezelschap. Hij hoeft maar een paar van zijn veelal vernietigende zinnen als handgranaten te laten ontploffen, daarbij druk gebarend, zijn reusachtige lichaam schuddend van genoegen, of de andere mannen in de groep nemen ongewild iets van zijn intonatie en gesticulatie over.

'De val is de oorsprong van al het kwaad. Mijn aartsvriend en ik hebben vanmiddag een telegram verstuurd naar de ongelukkige,' zegt Otto op denderende toon en hij kijkt daarbij naar Aaron. Die kijkt zwijgend voor zich uit, maar maakt een gebaar met de pijp in zijn hand, waarmee hij soeverein aangeeft Otto de revenuen te gunnen.

'Het ongeëvenaarde genie van Aaron gaf hem de volgende formulering in, waarmee we Loos proberen te steunen in deze barre tijd: *Alleen maskers kunnen ons afgrijzen uitdrukken.*'

Glunderend van trots draait Otto zijn brede lichaam een kwartslag naar het zoveel breekbaardere lichaam van zijn vriend en legt een hand op diens schouder. Daardoor heeft hij niet in de gaten wat Aaron wel onmiddellijk bespeurt. De vrienden aan tafel weten niet wat ze moeten zeggen en geven hem geen bijval voor de poëtische regel die hij vond om Lucas zijn medeleven kenbaar te maken.

'Griekenland, maskers, dat zal hij toch wel begrijpen,' zegt Aaron en kijkt daarbij vooral Raffi onderzoekend aan.

'Ik weet niet of ik blij zou zijn met zo'n telegram als mijn vrouw net van een rots was gevallen,' zegt Rafaël aarzelend. 'Het laat nogal wat open.'

'Het is toch ook open,' zegt Aaron alsof het de normaalste zaak van de wereld is, 'we weten niet wat er is gebeurd, maar er deugt iets niet, dat voel ik.'

'Wat wilde je nou zeggen met dat telegram?' vraagt Bubi.

'Nou, die Grieken speelden toch alleen theater met maskers op?'

'Ja, en?'

'Maskers drukken ons afgrijzen uit, we hebben zelf de mimiek niet paraat om onze ontzetting te uiten, dat zeg ik daarmee, de ontzetting is te groot. Lucas begrijpt het vast. Die is toch goed thuis in het hellenisme?'

'En je denkt niet dat hij in de war raakt van jouw zin?' vraagt Puck geërgerd. 'Dat hij denkt: Wat krijgen we nou, wat bedoelt hij met die maskers, waarom zou hij afgrijzen voelen, wat is dit voor een belastende troost?'

'We zijn toch allemaal in de war, of jullie niet soms? Ik wilde hem laten weten dat we hier in de stad met hem meeleven, dat we het een afgrijselijke tragedie vinden en aan hem denken, dat is alles.'

Het blijft stil aan tafel. Pol staat zonder een woord te zeggen op en baant zich een weg naar de bar. Rafaël kijkt met een gefronst voorhoofd naar een punt van de tafel, alsof hij de woorden van het telegram zorgvuldig moet wegen. Der Bub draait een sjekkie en kijkt rond om te zien waar Eva zit. De Prins kijkt vanachter zijn donkere glazen afwisselend naar de gezichten van Otto en Aaron en ziet dat beide op nagenoeg dezelfde wijze gesierd worden door een haast kinderlijke verbazing. Ze vinden het vreemd dat de anderen niet delen in het enthousiasme waarmee zij vanmiddag meenden een treffende formulering te hebben gevonden voor het leed. Puck rommelt in haar tas, haalt een Cohiba uit een leren foedraal, boort met het spitse uiteinde van een geweerhuls een gat in de sigaar en steekt hem luid puffend op. Vanachter een dikke wolk rook zegt ze: 'Clara is gevallen. Clara liep altijd op de rand van de afgrond. Nu is ze van de rand gevallen. Het is een drama, geen tragedie. Jij als schrijver moet het verschil kennen. Door het een tragedie te noemen, beschuldig je Lucas opnieuw.'

'We begrijpen de werkelijkheid dankzij de literatuur, niet andersom,' pareert Aaron.

'Mag wel zo wezen, daar heb ik het niet over. Het gaat me om je woordkeus. Een drama is erg, maar niks aan te doen. Een tragedie is erg, omdat iemand een stomme fout heeft begaan.'

Aaron kijkt Puck peilend aan, trekt een paar keer aan zijn pijp en zegt dan simpelweg: 'Juist.'

'Alleen kinderen ontkennen het toeval,' zegt Puck.

'Schrijvers ook,' zegt Aaron. 'Ongeluk verraadt een gebrek aan talent en de literatuur is zingevend en maakt dus korte metten met het toeval. In een roman valt geen mus van het dak, nu ja, je weet wel, het literaire adagium van onze norse polemist dat hij overigens uit de bijbel jatte, zoals we allemaal wel weten.'

Ook al heeft de vriendschap aan passie ingeboet en lijden beide mannen onder de melancholie van de verschraling, bij Otto is het verlangen zijn vriend te beschermen onaangetast.

'Naar ik begrepen heb is er sprake van een ooggetuige: de Amerikaan. We moeten die Amerikaan horen, dan weten we wat er zich vannacht heeft voorgedaan,' zegt hij om te voorkomen dat Puck doorgaat met haar aanval op Aaron. Bovendien is hij onder de indruk geraakt van de verslagenheid bij de anderen en dat heeft de opgewonden stemming waarin hij De Kring betrad, doen wegebben. Hij slikt de verhalen in die hij met veel bravoure had willen rondstrooien. Over de moordenaar in zijn eigen familie, een oudoom die zijn hospita doodschoot. Over de familiegeheimen van Lucas die deze hem ooit in bedekte termen heeft toevertrouwd. Dat zijn oudste broer jarenlang niet wilde deugen, een poos gevangenzat en sinds hij in Amerika woont, opnieuw in de klauwen zit van het geloof. En dat Lucas een oom had, een broer van zijn vader, die voor een geheimgehouden vergrijp twintig jaar vastzat, waarvan hij vermoedde dat het om moord ging.

Otto was vanmiddag onmiddellijk naar het huis van Aaron

getogen nadat hij van de val van Clara hoorde. Tegenover Aaron had Lucas ooit schaamtevol bekend zelf als jonge jongen iemand gedood te hebben. Het ging per ongeluk. Hij stond op het platte dak van zijn ouderlijk huis in Utrecht, boven de bakkerij, en schoot met een buks op duiven. Het was zomer en hun oude buurvrouw zat op het belendende platte dak wat te dommelen in haar stoel. Hij wist niet waarom hij het deed, maar hij richtte de loop op de stoel van de oude vrouw, vuurde af en raakte een van de poten. De oude vrouw was zo geschrokken van het ketsend geluid, dat ze dood uit haar stoel viel. Het verhaal was Aaron vanmiddag pas te binnen geschoten. Toen Lucas het hem vertelde had hij er niet veel aandacht aan besteed en het zelfs met een korreltje zout genomen. Hij kende Lucas goed genoeg om te weten dat hij een rijke fantasie had en graag indruk op hem wilde maken.

Net als vroeger hadden Otto en Aaron het ene verhaal na het andere smakelijk aan elkaar opgedist en zich bevlogen op speculatieve theorieën gestort. Het ging algauw over de genetische bepaaldheid van het kwaad en over de erfzonde. Aaron had een theorie ontwikkeld over de waanzin bij musici en op welke wijze die verschilde van de schrijverswaanzin, een onderscheid in krankzinnigheid dat hij terugvoerde op het verschil tussen oog en oor. Hij had er *Doctor Faustus* van Thomas Mann, de waanideeën van Robert Schumann en de psychopathie van Gerrit Achterberg bij gehaald. Op weg naar De Kring had vooral Otto zich verheugd op een volgende ronde smeuïge familiecriminaliteit. Als je in een gesprek eenmaal een opening bood voor het opbiechten van kleine en grote zonden, was de stroom verhalen niet te stuiten. Vooral tegenover een hoogleraar strafrecht werd er gretig en onbekommerd gebiecht. Otto keek immers niet op van een moord meer of minder. Hij verkeerde in de veronderstelling dat zijn Tafelvrienden de dood van Clara minstens zo verdacht vonden als Aaron en hij en dat ze met genoegen mee zouden gaan in vergaande hypothesen over het verloop van de fatale nacht.

Nu de verwachtingen van Otto niet waargemaakt worden, bevangt hem een lichte gêne voor zijn onaangedaanheid en voor het eerst vandaag voelt hij een begin van verdriet om het tragische lot van de mooie vrouw van Lucas Loos. Hij zou met iedere vrouw te doen hebben gehad die zo heilloos verliefd bleef op deze eenzame hond als Clara was. Ze haalde hem onderuit waar en wanneer ze maar kon, liefst in een gezelschap waarin Lucas veel eer en aanzien te verliezen had, maar hij herkende dit als liefdeswoede en vergaf het haar. Hij begreep die woede goed, vooral de wijze waarop ze door Lucas werd opgewekt. Want meer nog dan in Clara zag hij zichzelf terug in Lucas Loos. In de gereformeerde lompheid, in de onbeheerste drang tot provoceren en beledigen. Wat hij herkende in Lucas was de terreur van de calvinistische rechtvaardige die niet meer weet hoe hij zijn afkeer van onrecht gestalte moet geven nadat hij de God der Wrake van zijn jeugd de rug heeft toegekeerd. Net als hij was Lucas grootgebracht met de strengheid en de warmte van de mannenbroederschap en net als hij zou Lucas altijd mannen zoeken om de geborgenheid van die liefde terug te halen. Daar kon geen vrouw tegenop. Lucas had de schijn tegen, maar deze broederliefde had niks met seks en alles met de poëzie van het geloof te maken. Niet dat zijn begrip voor Lucas ervoor zorgde dat hij hem met sympathie bejegende, dat zou te ver gaan. Herkenning van eigen zwakte in een ander riep meestal afkeer in Otto op en Lucas was niet zelden het mikpunt van zijn geschimp. Zonder het te weten maakte hij hem het liefst uit voor wat hij zelf in het diepst van zijn hart was: arrogant, pedant, bombastisch en opposant.

'Weet je wat het met jou is?' leidde Otto steevast zijn aanvallen op personen in, om op een avond Lucas de wacht aan te zeggen. 'Jij huppelt van god naar god, verblind als een konijn dat achter een wortel aan holt. Hoedt u voor hen die niet zonder de Waarheid kunnen leven, want zij zullen u knechten met het Woord! Waarvoor hebben we de wet? Omdat er geen Waarheid is, omdat wij ons als vrij moeten beschouwen. Ergo: wat willen loze propagandisten als jij, predikers van de Nieuwe Mens, van de revolutie, van de opstand, van de anarchie? Ons van de ondraaglijke, doch schone vrijheid beroven. Daar ben jij mee bezig en dat maakt jou tot een gevaarlijk sujet.'

'Dat kan alleen een reactionaire aristocraat zeggen, die zich voordoet als zwerver, flirt met de zelfkant van de maatschappij, linkse praat verkondigt en intussen scheldt op iedereen die de wereld daadwerkelijk wil veranderen. Heimelijk ben je doodsbang voor elke vorm van opstand en verlang je ernaar dat alles blijft zoals het is, met de straffende God van Calvijn incluis,' reageerde Lucas met een rood aangelopen hoofd.

'Nu moet jij eens luisteren, Schönberg van de Lage Landen, voor jouw salonrevolutie geef ik geen cent. Het enige wat jij doet is het nabauwen van controversiële meningen die je een dag daarvoor uit de krant plukte en waarmee je vervolgens, liefst in een aanstellerige, opzichtige uitdossing, het podium beklimt. Je bent een bonte papegaai. Ik heb jou nog nooit op een originele gedachte mogen betrappen. En aangezien ik alleen het vermogen tot zelfstandig denken erken als een teken van genie, wens ik niet langer lastiggevallen te worden met het na-aperige gekakel waarmee jij ons avond aan avond meent te mogen vervelen.'

'Jij bent een lafaard. Jij durft geen consequenties te trekken uit een leven zonder God, omdat je een man bent die aan de rokken van zijn vader is blijven hangen en zich nooit heeft losgemaakt van zijn milieu. Daarom smokkel je God en de wet en heel het conservatieve regentendom via de achterdeur steeds weer binnen. God afdanken zou betekenen dat je afstand moet nemen van je vader en dat kun je niet. Met een beetje lef zou je inzien dat het onomkeerbaar is. Wie eenmaal ophoudt gelovig te zijn, kan niet meer terug.'

'Bloedende wonden, door een God geslagen, zijn niet te stelpen. Wie dit niet onder ogen durft te zien, wordt de blatende apostel van drekgoden en nietsen waartoe jij verworden bent. Het is de aard van de heerszuchtige, verlammende muze die jij dient. De componist wil dat de wereld naar hem luistert, onbeweeglijk vastgeklonken in een zetel. De componist eist slaafse gehoorzaamheid. Niet voor niets verbergen het oor, het gehoor en het afschrikwekkende samen van de galmende psalmen zich in dit woord. Ge-hoor-zaam-heid, het gruwelt me aan.'

'Jij hebt er geen idee van wat scheppen uit het niets is, daarom hol je als een bête bewonderaar achter Aaron aan.'

'Och jongen, vergelijk jezelf toch niet met de Dantes, de Shakespeares, de Dostojevski's van deze wereld, omdat je toevallig wat atonaal gejengel hebt voortgebracht. Muziek is voor mietjes en meisjes.'

De vlammende gesprekken tussen Lucas en Otto liepen vaak dermate hoog op dat er altijd wel iemand van De Tafel de krakelende mannen onderbrak. Het hoofd van Lucas had dan inmiddels een alarmerend rode kleur en de woest priemende wijsvinger van Otto was veranderd in een vervaarlijk rondzwaaiend wapen. Hun stemmen zwollen aan en ze trokken de aandacht van de overige bezoekers van De Kring, die verzot waren op deraillerende ruzies en niets liever wilden dan getuige zijn van een lelijk handgemeen. Het regelmatig terugkerende schouwspel van dronken mannen die slaags raakten en gillende vrouwen die elkaar de haren uit het hoofd trokken, was een van de voornaamste aantrekkelijkheden van de nachtelijke visites aan de sociëteit.

Puck had Lucas vaak gewaarschuwd zich niet zo gemakkelijk door Otto op de kast te laten jagen, omdat veel van zijn woestheid te verklaren was door jaloezie. Otto kon het niet verdragen dat Aaron ook in Lucas een vriend zag, al kon Aaron honderd keer beweren dat de vriendschap met Lucas onvergelijkbaar was met het unieke verbond dat zij samen hadden. Met een kinderlijke hunkering naar eenzelfde zielsverwantschap met Aaron, had Lucas ooit een lijst samengesteld met overeenkomsten tussen zijn leven en dat van de vriend die hem zo mateloos fascineerde. Hij wist dat Aaron, net als hij, gevoelig was voor coïncidenties en op grond daarvan poëtische verbanden smeedde tussen hem en de hem omringende wereld. Ze sterkten hem in het vertrouwen dat hij geen familie nodig had om toch bij andere mensen te horen. De mythische verbanden moesten zijn genadeloze eenzaamheid en het idee nergens thuis te zijn verzachten.

Boven aan de lijst had Lucas geschreven: Emigratie ouder(s). Net als hij was Aaron een verweesd kind, een door zijn ouders verlaten zoon. Gescheiden van haar man en dankzij zijn nazisme de oorlog ongeschonden doorgekomen, was Aarons joodse moeder in 1951 naar Amerika geëmigreerd. Lucas zijn ouders pakten om heel andere redenen met het voltallige gezin de biezen in 1957, om in dezelfde staat als Aarons moeder, Californië, een nieuw bestaan op te bouwen. Lucas was het enige kind dat achterbleef in Nederland. Amerika was geen land voor zijn muziek. Kwade tongen beweerden dat meesterbakker Loos met zijn gezin niet op de vlucht sloeg voor de Russen, zoals hij beweerde, maar voor zeurende crediteuren, de belastingen en een stel hem beconcurrerende broers. Behalve een zoon, zou hij een zieltogende bakkerij en tonnen schuld hebben achtergelaten.

Lucas bedacht dat Aaron en hij verloren zonen waren en omgekeerde immigranten. Niet zij hadden het initiatief genomen hun familie te verlaten, maar hun familie had hen verlaten om het geluk elders en zonder hen na te jagen. Veel verder dan de overeenkomstige emigratie was Lucas niet gekomen. Hij had wat genealogisch onderzoek gedaan naar zijn vaders familie, omdat er werd gezegd dat zijn verre voorvaderen Duitsers waren. Het was een poging Aaron te naderen in de wortels van zijn afkomst, want diens vader en moeder waren beiden geboren uit Duitse ouders, maar het onderzoek was gestrand door gebrek aan gegevens. Het zou ook weinig hebben uitgehaald. Aaron was niet onder de indruk geraakt van de gelijkenis in hun geschiedenis. Lucas opperde op een dag verwachtingsvol dat het niet ondenkbaar was dat de moeder van Aaron op dit moment, aan de overzijde van de Atlantische Oceaan, het brood at dat zijn vader die nacht had gebakken. Zijn vader had bovendien zijn brood ook nog eens *Shepherds Bread* gedoopt, zodat zich mogelijkerwijs een eigenaardig bijbels tafereel afspeelde in Californië dat hen hier in Amsterdam als verloren zonen verbond. Aaron had geen krimp gegeven. Hij keek op de klok op de schouw in zijn kamer en zei onaangedaan: 'Kan niet. Het is daar nu zes uur in de ochtend. Ze staat nooit voor elven op.'

Voor Aaron telden andere verbanden, verbanden waarin zichtbaar werd dat de goden zich met de mensen bemoeiden, de geschiedenis kantelde, de natuur liet zien dat zij de grootste geweldenaar was. Belangrijke uren en dagen in het leven van het nietige individu kregen pas mythische proporties als ze samenvielen met het begin van een oorlog, de uitbraak van een vulkaan, de conceptie van een genie dat de wereld zou veranderen, de geboorte van een dictator die dezelfde wereld probeerde te vernietigen of andere gewichtige gebeurtenissen die het toeval zin verleenden. Voor minder deed Aaron het niet. Natuurlijk hadden de uiteenlopende feiten niks met elkaar te maken, maar op het moment dat de schrijver historische gegevens als een alchimist samenvoegde, had hij ze een zin verleend en door de verbintenis het toeval tenietgedaan.

'Omdat ik het verzonnen heb, is het werkelijk geworden,' beweerde Aaron regelmatig over zijn romans en gaf daarmee zijn diepste overtuiging weer. Voor hem waren verbeelding en werkelijkheid geen onderscheiden gebieden. Ze stonden onderling in verhouding en oefenden krachtig invloed op elkaar uit.

'Sinds we God en de duivel schreven, bestaan ze en moeten we ermee omgaan.'

Zo zag de wereld van Aaron eruit.

Het loopt tegen drie uur in de ochtend. Door de openstaande deuren van het balkon van De Kring waait de zomerkoele wind van de nacht naar binnen en biedt soelaas aan de verhitte gezichten. De vrouwen hangen vermoeid op de bank en ondergaan af en toe opnieuw de gewaarwording van de shock waarin ze raakten toen ze twaalf uur geleden het bericht van Clara's dood kregen. Ze zijn verbaasd over de eigenaardigheid van dit gevoel, dat heftig is en dof tegelijk. Soms begint een van de vrouwen te huilen en wordt dan getroost door degene die naast haar zit.

Aan tafel buigt der Bub zich naar Raffi over en zegt met gedempte stem dat Lucas hem een verzoek deed waarmee hij een beetje in zijn maag zit.

'Niet smiespelen, dat is iets voor vrouwen,' dondert Otto, zodra hij in de gaten krijgt dat der Bub iets aan Raffi wil toevertrouwen zonder de anderen daarin te kennen. Der Bub haalt diep adem om zijn stem meer volume te geven. Het kost hem zichtbaar moeite en zijn eerste klanken worden gesmoord door een plotselinge hoestbui. Rafaël kijkt hem bezorgd aan en slaat met zijn vlakke hand een aantal keren op zijn magere rug. Hij onderdrukt het verlangen een verwijtende blik naar Otto te werpen. Van de tafelgasten is hij degene die de meeste moeite heeft met de virtuoze grofheid van de meester in de rechten. Met Otto deelt hij wel de aristocratische achtergrond, maar niet de gecultiveerde lompheid waarmee Otto tegen zijn milieu rebelleert. De opstand van Rafaël is zachtmoediger van aard. Het zijn juist niet de gedragsregels van de hogere kringen die hij op de mestvaalt van de huichelarij heeft gegooid, die houdt hij in ere. Het is het verbod op de deelname aan de verderfelijke wereld van de kunst dat hij heeft geschonden. In de ogen van zijn familie is hij een godloochenaar, een vrijbuiter en een bohemien en daar kan hij mee leven, zolang hij van zichzelf weet dat hij een bohemien met manieren is. Geheel tegen de geest van de tijd in is Rafaël de man die een vrouw in haar jas helpt, de deur voor haar openhoudt, ouderen en hoogwaardigheidsbekleders vousvoyeert en de tafel dekt met damast als hij gasten ontvangt. Hij heeft nooit de domme vergissing begaan een scheiding aan te brengen tussen cultuur en omgangsvormen, omdat hij weet dat cultuur en omgangsvormen volledig met elkaar samenvallen. De keuze voor de wereld van de schijn is voor hem een keuze tegen het ophouden van de schijn, volgens Rafaël het grote verschil tussen het leven waarvoor hij koos en het leven waarvan hij zich losmaakte. De aristocraat bekommert zich in alles om hoe het in de ogen van de anderen zal schijnen en de kunstenaar gebruikt de middelen van de schijn om het wezen van de werkelijkheid bloot te leggen. Rafaël dacht wel eens dat zijn afkeer van Otto's onbeschoftheid te maken had met de andere god die ze hadden verlaten. Otto's protestantse god was een killere dan zijn katholieke en de sneren van Otto aan zijn adres kon hij dan ook alleen afdoen met een geestige opmerking die hij ooit in een discussie tussen een protestant en een katholiek had opgevangen.

'Luister, Otto,' zei hij op een avond tegen hem, 'we zijn allebei van ons geloof gevallen, maar ik tenminste van het Ware.'

Het was afdoende geweest voor enkele weken windstilte, waarin hem de regelmatig terugkerende katten bespaard bleven dat katholieken achterbakse analfabeten, huichelaars en kontenlikkers waren. Daarna was het beledigen weer begonnen, omdat Otto geen andere ingang wist om toenadering te zoeken. Rafaël liet het zo. In tegenstelling tot wat Otto dacht, was zijn passie voor het woord minstens zo groot als de zijne, maar anders gekleurd. Juist omdat katholieken het Woord omgeven met bont theater en dramatische beelden, zijn ze beter dan de protestanten in staat het te relativeren, maar juist dat relativeren wordt ze door de protestanten aangewreven als hypocrisie. Katholieken hebben het nooit over knechtende taal, hoogstens over bedrieglijke, betoverende en door haar poëzie misleidende taal. Een man die verkleed in een goudkleurige, paarse, bloedrode of smaragdgroene kazuifel het Woord verkondigt, kun je gemakkelijker opzijzetten als een speler, dan een predikant in zijn eigen, strenge, zondagse pak. Die predikant staat als zichzelf achter de kansel, onder zijn eigen naam; een priester staat er als symbool, als de vertegenwoordiger van iets anders. Predikanten zijn ijdel en vullen de naam van hun biologische vader op met roem en bekendheid, een priester niet. Verkleed voor zijn bijzondere taak, maskeert hij het individuele, maakt zich gelijk aan alle andere priesters en speelt een bovenpersoonlijke, archetypische rol, net als in de commedia dell'arte. Hij staat er in de naam van de Vader.

Uit fatsoen mijdt Rafaël het naar Otto te kijken en richt zich op de inmiddels weer normaal ademhalende Bub.

'Gaat het?' vraagt hij.

'Mijn jarenlange ervaring in het strafrecht heeft me geleerd dat hoest- en niesbuien, het onafgebroken geeuwen, het kauwen op de binnenkant der wangen en het veelvuldig bevochtigen van boven- en onderlip met de punt van de tong, duiden op een leugen, het achterhouden van belastende informatie of op een ophanden zijnde bekentenis, dus houd ons niet langer in spanning, Bub,' kan Otto niet nalaten te zeggen, het de aangesprokene daarmee nog moeilijker makend dan het voor hem al was.

'Het is eigenlijk helemaal niks,' hakkelt deze verontschuldigend. Hij herinnert zich de lauwe reactie van Puck en vindt dat hij, door zo lang te zwijgen, het verzoek van Lucas meer gewicht heeft gegeven dan het verdient. 'Lucas heeft me gevraagd *De brug* te spelen op de begrafenis van Clara, dat is alles.'

Het blijft even stil. Inderdaad kijkt niemand er echt van op, het lijkt een normaal verzoek van een componist die zijn vrouw de laatste eer wil bewijzen met een werk van eigen hand.

'Wanneer vroeg hij dat?' vraagt Otto, die een vermoeden begint te koesteren waarom de sensitieve Bub van streek raakte door het verzoek.

'Vanmiddag, aan de telefoon, toen hij belde vanuit Griekenland,' antwoordt der Bub timide.

'Hoe klonk hij toen hij dat aan je vroeg?' gaat Otto door.

'Dat is het hem nu juist,' zegt der Bub met meer kracht in zijn stem, omdat hij zich ondersteund weet door het wantrouwen van Otto. 'Hij klonk ronduit geëxalteerd, ik kan het niet anders zeggen, alsof hij zich erop verheugde. Maar dat is mijn interpretatie,' voegt hij er snel aan toe, omdat hij vermoedt dat hij Puck kwetst met die opmerking.

'*De brug*,' zegt Rafaël verbaasd, 'vroeg hij speciaal om *De brug*?'

‘Wat is dat voor een stuk?’ vraagt Otto. ‘Ik ben al jaren geleden opgehouden mijn oren te kwellen met het avant-gardistische kattengejank van onze vriend.’

‘Je zou eerder verwachten dat hij *Cherem* voor Clara wil laten spelen,’ negeert Rafaël de vraag van Otto. ‘Dat is tenminste aan Clara opgedragen.’

‘Heren, licht me in, verrijk me met kennis, want ik houd het niet langer uit!’ brult Otto.

‘*De brug* is een beter stuk, muzikaal verwant aan *Cherem*, maar gewaagder en evenwichtiger,’ gaat der Bub onverschrokken tegen Rafaël verder. Hij is blij dat hij eindelijk over het verzoek van Lucas kan praten en vlucht in het professionalisme van Raffi, om niet verdacht te hoeven worden van sensatielust. Bovendien geniet hij ervan Otto’s verzoek tot inwijding te negeren. Otto spreekt zich nooit anders dan laatdunkend uit over een muziek waarvan hij nauwelijks verstand heeft, laat staan dat hij ooit de moeite neemt uitvoeringen van Bubi of andere musici van De Tafel te bezoeken.

‘Maar wat heeft het met Clara te maken? Het is opgedragen aan Salvador Allende,’ zegt Rafaël, die goed in de gaten heeft welk spel Bubi en hij met Otto spelen.

‘Salvador Allende, God hebbe zijn ziel!’ roept Otto uit. ‘Bruut vermoord door die Amerikaanse schurken van de CIA. Boze tongen beweren weliswaar dat onze eigen, inmiddels van zijn voetstuk gestoten, Fidel Castro de moord op Allende op zijn geweten heeft, maar achter dat gerucht gaat een stel rabiate communistenvreters schuil. Maar heb ik het goed begrepen? Vertellen jullie me werkelijk dat onze betreurenswaardige vriend een stuk van eigen makelij wil laten spelen op de begrafenis van zijn nog betreurenswaardiger vrouw en dat het hier een compositie betreft die hij heeft opgedragen aan een vermoorde man?’

‘Het verbaast me niets,’ zegt Aaron tussen twee trekken aan zijn pijp door.

De ogen van Bubi staan opengesperd van verbazing. Het verband dat Otto legt tussen *De brug*, de opdracht aan Salvador Allende, de wijze waarop deze aan zijn eind gekomen is en de dood van Clara, choqueert hem. Wat hem vanmiddag verontrustte was de manier waarop Lucas aan de telefoon klonk, de akoestiek van de extase in zijn oor, de verbazing over de organisatie van een begrafenis zo snel na de dood van zijn vrouw. Het was geen seconde in hem opgekomen een verdachte betekenis te geven aan de keuze voor *De brug*.

‘Had jij daar al aan gedacht?’ vraagt hij aan Puck, die de hele avond voornamelijk nors zwijgend voor zich uit zit te staren en de ene jenever na de andere naar binnen giet.

‘Nee,’ bromt Puck met een dikke tong, ‘zoiets kan alleen in het hoofd van een crimineel opkomen.’

‘Aha, de schuld ligt bij de boodschapper,’ zegt Otto. ‘Brevet van onvermogen, professor Puck.’

‘Ik denk niet dat Lucas daarbij stilstond,’ springt de Prins voor zijn vriend in de bres. ‘Hij heeft zijn mooiste stuk uitgekozen, om dat voor Clara te laten klinken, meer niet. Het is een beetje vergezocht, dat van die moord op Allende en dat hij daarom *De brug* uitzocht.’

‘Niets van wat Otto zegt is ooit te vergezocht,’ mengt Aaron zich weer in het gesprek. ‘Wij maken korte metten met het toeval. Juist datgene wat je wilt verbergen, zul je ongewild onthullen. Zo ook Lucas. De keuze voor *De brug* is een boodschap aan ons, zijn vrienden. We verraden hem als we de boodschap niet willen horen.’

‘Ik ga naar huis,’ zegt Puck, terwijl ze zich van de stoel wil laten glijden. Bubi schiet haar te hulp. Eenmaal met de voeten op vaste grond, staat Puck te wankelen op haar benen.

'Ik breng je,' zegt Bubi.

De Prins kijkt rond of hij Mica ziet. Ze ligt half onderuit op de bank, geleund tegen de smalle schouder van Maria en het ziet ernaar uit dat ze slaapt.

'Eens kijken of ik Mica meekrijg,' zegt de Prins, terwijl hij zijn stoel naar achteren schuift. Automatisch staat ook Rafaël op. Met waterige ogen en een frons tussen zijn wenkbrauwen kijkt hij naar Otto. Hij is diep in gedachten verzonken en heeft niet in de gaten dat hij hem aanstaart. De tafelvrienden zijn de dromerige momenten van Raffi gewend, maar er is iets in zijn blik wat Aaron doet vragen of het wel goed met hem gaat. Pas als hij de vraag herhaalt en daarbij zijn naam noemt, ontspant Rafaël zijn voorhoofd, stelt Aaron gerust en neemt met een kleine buiging afscheid van hem en Otto. De opmerking over de vermoorde Allende en de daarmee gedane suggestie hebben hem verontrust. Het blootleggen van verhulde berichten en geheime boodschappen achter teksten en partituren rekent hij tot zijn gebied en Otto is hem voor geweest. Tot op dat moment was hij nog willoos en verdoofd door de ontzetting over Clara's plotselinge dood, maar nu vechten een verschrikkelijke waakzaamheid en onderzoekslust met de slaap en de drank. In flarden schieten opmerkingen van Lucas door zijn hoofd, brokken van gesprekken die hij voerde voor zijn portret en zinsneden uit de talloze brieven die hij van hem kreeg. De frasen die hij zich in een paar seconden tijd herinnert, zijn stuk voor stuk alarmerender dan de keuze voor *De brug*.

Ook de Prins is niet uit vermoeidheid van tafel opgestaan, maar vanwege de onrust die een aantal herinneringen bij hem teweegbrengt, zinnen uit de correspondentie die Lucas en hij voeren over de opera waarvan hij het libretto schrijft. Het is vooral een zin die hem angst aanjaagt, zodra ze hem weer te binnen schiet. ‘Wat ik als componist het allerliefst zou willen, is een requiem schrijven, maar ik ken dat ene verdriet niet.’

Het is drie uur in de nacht van 26 op 27 juli 1981. Bubi ondersteunt een dronken Puck als ze de trap van De Kring afdalen. Even later loopt de Prins met een slaperige en eveneens wankele Mica zwaar leunend op zijn arm over de grachten van Amsterdam, op weg naar hun huis in de Jordaan. Rafaël is op de fiets en slingert naar zijn huis in Zuid. De avond heeft hen allemaal verward. Omgeven door de stilte van de nacht, voelen ze zich opeens bezwaard door de levendige en luidruchtige gesprekken van de afgelopen uren. Rafaël verdringt met moeite het beeld van Clara dat voortdurend voor hem opdoemt. Haar dood komt hem nog onwerkelijker voor sinds de eerste vraagtekens zijn gezet bij het ongeluk. Hij probeert zich te concentreren op het wegdek en verlangt ernaar zo snel mogelijk thuis te zijn. De Prins is zijn gram tegen Lucas niet kwijtgeraakt en heeft zich, meer dan hij zou willen, laten beïnvloeden door de analyse van Otto. En ook Bubi, die een onwillige Puck naast zich in de auto heeft gezet en af en toe bezorgd naar rechts kijkt, kan Otto’s suggestieve verband tussen de dood van Clara en de keuze voor een compositie niet uit zijn hoofd zetten.

Boven in De Kring zijn Otto en Aaron alleen achtergebleven aan De Tafel en behoren tot de laatste gasten. Met een blik van overwinning en teleurstelling draait Otto zijn immense lichaam naar Aaron toe.

‘Het is ons wederom gelukt onze dierbare vrienden te verjagen,’ zegt hij tegen hem.

‘Ons onvermijdelijke fatum,’ zegt Aaron, ‘alleen de sterksten kunnen de waarheid verdragen. Nemen we er nog een?’

# VIERDE BEDRIJF

## 1

Rond 9 uur in de ochtend van woensdag 5 augustus 1981 verzamelen de eerste mensen zich bij de poort van de begraafplaats Zorgvlied in Amsterdam. Onaangedaan door het lot van de mensen klotst het water van de Amstel tegen de boegen van de aangemeerde boten en scheren wat meeuwen over zijn kabbelend oppervlak. De lucht is onbewolkt, de eerste zonnestralen prikken van een ongewone warmte. De vroegkomers staan verspreid in kleine groepen en praten met gedempte stemmen. Sommigen hebben de rouwbrief bij zich om aan te tonen dat ze hier op persoonlijke invitatie verschijnen, anderen hebben de advertenties in de krant gezien en zijn afgekomen op een happening die al dagenlang door stadsrumoer omgeven is. De inhoud van de rouwadvertentie in de krant en de aanvankelijke onduidelijkheid over het tijdstip van de begrafenis hebben de geruchten aangewakkerd.

Op woensdag 29 juli 1981 maakten de componist Lucas Loos en zijn zoon de dood van Clara bekend in een landelijk dagblad. Te midden van andere ingekaderde namen, waarin met leedwezen kennis wordt gegeven van het verscheiden van dierbare geliefden en tijd en plaats van de teraardebestelling worden vermeld, valt het kleine vierkant waarin de naam van Clara staat, op door die ene zin.

*Onze engel is gevallen*

**Clara Helena Wevers**
14 januari 1938 – 26 juli 1981
Rotterdam Skyros

Lucas Loos
Quint Loos

Behalve het correspondentieadres is de informatie toegevoegd dat het tijdstip van de begrafenis nader bekendgemaakt zal worden. Nog onwetend van het lied dat zich sinds de fatale zondag rondzingt door de stad, zet Lucas Loos met die ene zin en de bijgevoegde informatie de toon voor een aanzwellend koor van geruchten. Wat een smeulend vuur was vlamt op, wat ruis was wordt kabaal. Zelfs krantenlezers die de naam van Lucas Loos niets zegt, worden bij het lezen van de zin bevangen door het gevoel dat er met deze dood iets vreemds aan de hand is. In het genre van de rouwadvertentie worden clichés zorgvuldig in ere gehouden, juist omdat de dood elke originaliteit tenietdoet. De zin over de gevallen engel zet de mensen aan het denken, niet alleen omdat het een raadselachtige zin is, maar ook omdat iemand ervoor koos de clichés van de dood opzij te zetten. Als voor de overlevende de gemeenplaats te nauw is, wordt de ontstane krater in de taal opgevuld met persoonlijke poëzie. En juist het persoonlijke maakt de onpersoonlijke dood eigenaardig en verdacht. Het verlangen naar sensatie wordt bovendien gevoed door de tijd. Hoe langer de kennisgeving over het uur van de begrafenis uitblijft, hoe onbesuisder de speculaties.

Het lichaam wordt in Griekenland vastgehouden, omdat er een forensisch onderzoek loopt tegen Lucas Loos. Hij wordt opnieuw gedaagd en moet in Athene voor de rechtbank verschijnen. Ze vertrouwen het niet.

Er was een getuige bij het ongeluk die spoorloos is verdwenen en nu door de Griekse politie wordt gezocht. Hij is de enige die het verhaal van Loos kan bevestigen en hem kan vrijpleiten van schuld. Zolang ze hem niet vinden, houden ze zijn vrouw vast en blijft hij verdachte.

Ze hebben haar al begraven op het eiland waar ze waren, vanwege de extreme hitte en omdat er niks van haar over was.

Hij heeft geen geld om het lijk van zijn vrouw over te laten komen uit Griekenland en al helemaal niet om een begrafenis te betalen. Nu ligt ze daar maar, totdat iemand betaalt voor de overtocht. Maar die man gaat alleen om met hippies en kunstenaars en die zijn allemaal zo arm als ratten.

Geen eenzamere doden dan de mannen of vrouwen die in den vreemde sterven. Hun levenloze lichamen worden niet meer gekleed, gezien, aangeraakt, gestreeld en in hun weerloze verlatenheid bewaakt door familie en vrienden, hun wassen gestalte wordt niet meer vergeefs toegesproken in de taal die ze ooit spraken en verstonden. Ouders van gesneuvelde soldaten begrijpen niet dat ze ooit met trots hun zonen lieten gaan om de plek waar ze toevallig zijn geboren, te verdedigen in veraf gelegen werelddelen. Zodra ze het bericht van hun dood aan gene zijde van de aardbol ontvangen en in hun huis de hunkering voelen dicht in de buurt van het ontzielde lichaam te zijn, verandert de trots in een knagend gevoel van schuld en verraad. Ook in de dood willen ouders kinderen niet alleen laten. De enige troost die ze zichzelf toestaan is de troost die van officiële zijde wordt geboden, dat het een eervolle dood was, dat er een leven is geofferd voor een ideaal waarin de zonen geloofden, dat de mannen vielen voor het vaderland. De troost van de gedachte aan een offer is voor achterblijvers van de avontuurlijke reiziger niet weggelegd. Verongelukt in de bergen tijdens een skivakantie, van boord geslagen tijdens de overtocht, hersenvliesontsteking opgelopen door een of ander virus in de tropen, neergestort met een vliegtuig, bus in het ravijn, hartaanval op een vreemde promenade. Voor hen die weigeren in toeval, pech en ongeluk te geloven, blijft de kwellende vraag waarom de dood werd gezocht in Isfahan en niet in de tuin achter het eigen huis.

In de luwte van de beginnende avond van 26 juli 1981 was het stoffelijk overschot van Clara Wevers overgebracht van het medisch centrum in Chora naar een mortuarium in de havenplaats Linaria. Van daaruit zal Clara de volgende ochtend met de eerste boot de overtocht maken naar een mortuarium in Athene. Lucas, Bella en de kinderen wilden haar geen moment alleen laten. Ze hadden de huur van hun appartement ijlings opgezegd, het onthutste Griekse echtpaar twee kamers laten boeken in een hotel aan de haven, hun koffers gepakt en stonden te wachten tot ze afgehaald werden door een auto van de politie. Om 19.30 uur reed de auto voor. Achter het stuur zat de jonge agent die in de vroege ochtend bijtijds Lucas' linkerbeen vastgreep om te voorkomen dat hij zijn evenwicht verloor en net als Clara van de balustrade zou vallen. Nadat de koffers en tassen in de achterbak van de auto waren opgeborgen, reed de agent naar het dorpsplein. Met draaiende motor wachtte daar de koelwagen waarin zich de kist met het lichaam van Clara bevond. De koelwagen was het eigendom van de plaatselijke slager en hij zette de vrachtauto in beweging zodra de politieauto in zijn achteruitkijkspiegel opdoemde. Gewend aan dodenvervoer als nevenactiviteit en zich bewust van het opeengepakte verdriet in de volgauto, hield de slager een gepaste snelheid aan op de hobbelige wegen. Zoals hij gewoon was te doen bij het wegbrengen van een dode, had hij twee kleine, zwarte vlaggen aan beide buitenspiegels vastgemaakt. Naast de chauffeur van de volgauto zat Lucas. Hij had Quint op zijn schoot en omklemde het smalle jongenslichaam met beide armen. Vanaf het moment dat het tot Quint doordrong dat de ongewone leegte van de ochtend zou voortduren en hij zijn moeder nooit meer zou zien, verloor hij Lucas niet meer uit het oog. Nu hij zijn vader tegen zich aan gedrukt wist, bleef zijn blik strak gericht op de koelwagen. Levi zat op de achterbank, ingeklemd tussen zijn moeder en Henri. Met vlagen maakten zich van de volwassenen opnieuw de verbijstering, ontzetting en wanhoop meester. Het leek alsof ze met onzichtbare signalen aan elkaar doorgaven wanneer de werkelijkheid kortstondig tot hen mocht doordringen, want ze vervielen op hetzelfde moment in zwijgen en keken dan met doffe ogen naar het voorbijglijdende landschap, zonder het echt te zien. Het enige wat Lucas tijdens deze tocht wekte uit de inertie van het verdriet, was de gedachte aan het telegram van Aaron Keller en Otto Griffioen, dat hem vlak voor zijn vertrek uit het hotel was aangereikt door Maria Barbajannis. De schots en scheef getypte zin had een laaiende woede in hem ontstoken. Het telegram brandde in de binnenzak van zijn linnen colbert. Hij had het niemand laten lezen en onderdrukte de neiging het tevoorschijn te halen en de woorden opnieuw te bekijken. Ze ontschoten hem zodra hij ze terug wilde halen, maar de portee ervan had hem ziedend gemaakt. Het enige woord dat hij letterlijk had onthouden, was het woord 'afgrijzen'.

Bella had haar zorgen over het ontbreken van een verzekering met Henri gedeeld en ze keken elkaar af en toe aan en dachten hetzelfde. Omdat Bella het onbegrijpelijk vond dat de geldzorgen Lucas geen seconde leken te plagen, meende ze als plaatsvervanger van Clara te moeten optreden door Lucas wakker te schudden en hem op zijn verantwoordelijkheden te wijzen. Onvriendelijker dan in haar bedoeling lag, liet ze zich ontvallen dat het wel een aardige duit zou gaan kosten.

'Zo'n koelauto alleen al,' zei ze, 'en dan dat hele eind naar Athene.'

'Iemand van de ambassade wacht ons daar op. Dat heeft Thomas geregeld,' reageerde Lucas.

'Alsof de ambassade dat allemaal gaat betalen,' bromde Bella.

'Ik denk het niet,' zei Henri zacht.

'Thomas is in Linaria. Die krijgt alles voor elkaar,' besloot Lucas en hij maakte daarbij met zijn toon duidelijk dat hij de conversatie overbodig vond.

Met het bezoek van de agenten aan de villa was het lokale onderzoek naar de dood van Clara officieel afgerond. In het rapport dat zij aan hun superieuren overhandigden, wordt als doodsoorzaak de val van de muur van een terras gemeld. De diepte van het ravijn is geschat op veertig meter. Het dodelijke ongeluk vond plaats op 26 juli 1981, om omstreeks 01.00 uur in de ochtend. Het slachtoffer is een drieënveertigjarige vrouw, geboren te Rotterdam als Clara Helena Wevers, sinds 1960 woonachtig te Amsterdam, vanaf 1965 ongehuwd samenwonend met Lucas Loos. Het slachtoffer verkeerde onder invloed van alcohol. Voornoemde partner heeft op 26 juli 1981 om 04.30 uur ten overstaan van de paramedici in de hulppost Skyros het slachtoffer als zijnde Clara Wevers geïdentificeerd. Sectie op het stoffelijk overschot zal worden verricht te Athene. Het echtpaar is niet verzekerd. Het stoffelijk overschot van het slachtoffer zal worden vrijgegeven na het voldoen van de kosten voor opbaren, loden kist, vervoer Skyros-Athene, mortuarium Athene, chartervlucht drie personen Athene-Amsterdam Schiphol. Kosten worden verhaald op de partner van het slachtoffer.

Voordat hij overhaast zijn hotel in Athene verliet, zich met hoge snelheid naar de havenstad Kimi spoedde om daar met de auto in te schepen op de boot naar Linaria, heeft Thomas Burggraaf de ambassade in kennis gesteld van de dood van Clara Wevers. Op zijn vraag of zij voor de financiële afwikkeling zorgen wanneer een Nederlander in den vreemde overlijdt, kreeg hij aanvankelijk nul op het rekest. Verontwaardigd riep hij uit dat het hier om de belangrijkste componist van Nederland gaat, dat zijn vrouw van de rotsen is gevallen en dat die ambassades verdomme van onze belastingcenten betaald worden om hulp te bieden bij dit soort verschrikkelijke rampen. De secretaresse schrok van zijn uitval. Ze had nog nooit van Lucas Loos gehoord, schaamde zich voor haar gebrek aan culturele ontwikkeling en bood aan hem met de ambassadeur in verbinding te stellen, al kon het even duren. Zijn kalmte herwinnend zei Thomas dat hij daar geen tijd voor had, dat hij onmiddellijk naar zijn kompaan toe moest en nog een hele reis voor de boeg had. Daarop zei de secretaresse dat het wel eens voorkomt dat de ambassade de gemaakte kosten bij overlijden voorschiet, maar dat daarvoor een schuldbekentenis moet worden getekend door een rechtspersoon die garant staat voor de betaling. Een ruwe taxatie van de kosten en een snelle berekening van zijn liquide middelen, deden hem in de telefoon uitroepen dat hij zich persoonlijk garant zou stellen. Hij verzocht de ambassade alles in het werk te stellen zo snel mogelijk regelingen te treffen en beloofde langs te zullen komen om de schuldbekentenis te tekenen zodra hij daartoe kans zag. Pas tijdens de overtocht van het schiereiland Evia naar Skyros merkte hij dat hij op zijn benen stond te trillen. Voor het eerst in zijn leven werd hij zeeziek en hing de rest van de boottocht over de reling, snakkend naar lucht en naar verlichting van een misselijkmakend ongeloof.

Gevolgd door een politieauto stopte om 21.15 uur van zondag 26 juli 1981 de koelwagen met het stoffelijk overschot van Clara Wevers voor het mortuarium in de havenstad Linaria. Op een houten bank zaten twee lijkschouwers rokend en keuvelend te wachten op de komst van de nieuwe vracht. Zodra de deur van de volgauto werd geopend, doofden ze uit respect voor de dode en de overlevenden hun sigaretten, veegden ongemerkt de handen af aan hun broekspijpen en liepen met deemoedig gebogen hoofd op het kleine gezelschap toe. Ze schudden handen, mompelden een onverstaanbare condoleance, strekten hun ruggen en stevenden vastberaden op de chauffeur van de koelwagen af. Lucas, Quint, Bella, Levi en Henri keken toe hoe de klapdeuren van de koelwagen geopend werden en de mannen de kist op een klaarstaande brancard schoven.

'Dag Clara, tot morgen,' zei Quint toen de kist het mortuarium werd binnengerold.

Om 22.00 uur arriveerde Thomas Burggraaf in een klein hotel aan de haven van Linaria, stapte uit de auto en liet zich leiden door de stem van Lucas, die hij meende te horen vanaf het terras aan de achterzijde van het hotel. De eerste die hem ontwaarde was Quint, die blij zijn naam uitriep en hem in de armen vloog. Hij tilde de jongen op en liep op zijn vriend toe. Getroffen door de wilde, ontredderde blik in de ogen van Lucas, zette hij Quint neer, sloeg zijn armen om het bezwete lichaam en hield hem vast zolang zijn vriend het toeliet.

Pas bij het licht van de dageraad op maandag 27 juli 1981, toen het gezelschap, moe van de drank en het verdriet, zich op het terras verzamelde om te ontbijten alvorens ze naar Athene zouden vertrekken, deden ze een macabere ontdekking. Aangemeerd aan de verweerde houten paal bij het terras, dobberde een kleine boot. Met sierlijke krulletters stond *Clara* op de boeg geschilderd. De enige die niet opkeek van het sinistere toeval, was Lucas. Hij liep op de boot toe, bukte zich voorover en raakte met de toppen van zijn vingers de naam aan. Bella en Thomas hoorden hoe hij iets mompelde, maar ze konden zijn woorden niet verstaan.

Om 09.00 uur begon de veerboot aan de overtocht van Linaria naar Kimi. In het vooronder werd de loden kist vervoerd, waarin de lijkschouwers de avond daarvoor het stoffelijk overschot van Clara Wevers hadden overgeheveld na het met formol te hebben behandeld. Aan de kade van Linaria nam Henri afscheid van zijn vrienden en keerde terug naar Skyros om van daaruit een vervroegde terugkeer naar Nederland te regelen. Begeleid door een stoet van geliefden bereikte de veerboot na bijna drie uur varen de kust van het schiereiland Evia. De loden kist werd met een gereedstaande koelwagen vervoerd naar een mortuarium in Athene en daar opnieuw met pijn en verdriet achtergelaten door haar begeleiders. Lucas, Bella, Thomas en de kinderen namen hun intrek in een door de ambassade gereserveerd hotel in Plaka, de oudste wijk van de stad. Vanaf dat moment raakten ze verstrikt in de onderwereld van wetten, regelingen en geld waarin een dode wordt vastgehouden, zonder zichzelf te kunnen bevrijden.

Het was Thomas Burggraaf die de taak op zich nam af te dalen in deze wereld om zorg te dragen voor de laatste vlucht die Clara Wevers moest maken om thuis te komen. De urenlange telefoongesprekken die hij voerde met Nederlandse vrienden leerden hem dat er door geldgebrek nog een andere bedreiging op de loer lag. Hij zou Lucas en Quint moeten beschermen tegen een dreigende thuisloosheid. Als enige erfgenaam was het huis aan de Oudezijds Voorburgwal opeens het bezit van de zoon, maar om dit bezit te kunnen behouden dienden hoge successierechten te worden afgedragen. Om Clara in Amsterdam te kunnen begraven en om in het huis te kunnen blijven waarin ze samenleefden, moest er een som geld neergelegd worden waarover Lucas noch Quint beschikte. Er stonden alleen maar schulden uit. Thomas had de kosten van de dood in het buitenland onderschat en zijn eigen liquide middelen overschat en kon tegenover de Nederlandse ambassade niet aantonen dat hij kredietwaardig was. Er zat niets anders op dan de vriendenkring van Clara en Lucas in Amsterdam tot actie te manen. De Prins en Mica van Hoorn maakten zonder enige aarzeling geld over aan de ambassade voor de overtocht van Clara. Daarna zetten ze met behulp van andere vrienden een inzamelingsactie op touw om de armlastigen te redden. Thomas viel Lucas zo weinig mogelijk lastig met zijn papieren sores. Lucas was bezig met de laatste dag dat Clara boven aarde zou zijn, met de laatste keer dat hij haar het beste kon geven wat hij had: zijn muziek. Hij vergat de snerende opmerkingen van Clara over zijn werk, hoorde niet langer haar luidruchtige gaapgeluiden als ze langs hem liep terwijl hij pianospeelde in huis of hoe ze met Robin en Bella in een obstructieve hoestbui uitbarstte tijdens de première van *Cherem*. Hij sloot ook zijn oren voor de talloze keren dat Clara in de afgelopen zestien jaar had uitgeroepen: 'Dit wil ik op mijn begrafenis.' Ze riep het met de regelmaat van de klok, zolang hij haar kende, dus het had niet veel te betekenen. Waarschijnlijk herinnerde hij zich daarom maar één liedje dat ze als favoriete begrafenismuziek genoemd had: *Kann denn Liebe Sünde sein* van Zarah Leander. En dat laatste schoot hem alleen te binnen omdat ze er ruzie over hadden gemaakt op een manier die hij nooit was vergeten.

'Typisch weer een staaltje van die amorele wansmaak van jou en Robin,' had hij uitgeroepen. 'Die vrouw was zo fout als de pest in de oorlog! Ze was niet meer en niet minder dan het schor kwelende lievelingetje van Hitler en Goebbels dat zich gewillig liet inzetten om de zogeheten *Durchhalteschlager* te zingen opdat die domme nazi's op het slagveld hun vertrouwen in het langzaam ondergaande Derde Rijk niet zouden verliezen. En dat wil jij op je begrafenis. Het is niet alleen immoreel, het is ook een teken van een totaal gebrek aan historisch besef.'

Zij had hem met harde ogen aangekeken, daarna mysterieus geglimlacht en begon met haar hese stem het eerste couplet te zingzeggen:

*Jeder kleine Speißer macht*
*das Leben mir zur Qual,*
*denn er spricht nur immer von Moral.*
*Und was er auch denkt und tut,*
*man merkt ihm immer an,*
*daß er niemand glücklich sehen kann.*

Vreemd genoeg had haar reactie hem niet kwader gemaakt, maar juist ontroerd.

'Ik wil niets liever dan jou gelukkig zien, mijn engel,' zei hij tegen haar en hij meende het. De herinnering aan de ontroering die hij toen voor zijn gehavende vrouw voelde, sterkte Lucas in zijn voornemen Clara te eren met de uitzonderlijkste begrafenis denkbaar. Dat kon alleen door haar op de laatste tocht te begeleiden op de muziek van zijn eigen lier. Hij zou de mooiste klaagzang voor haar laten klinken die hij ooit had gecomponeerd.

## 2

Het is 06.30 uur in de ochtend van woensdag 5 augustus 1981. In het achterhuis van de Oudezijds Voorburgwal gaat de wekker af. De lijkwagen zal om 09.30 uur voorrijden en Robin Hofman wil ruim de tijd nemen zich daarop voor te bereiden. Met zorg heeft hij gisteravond de kleren klaargelegd waarin Clara hem het liefste zag. Hij stapt in de wijd uitlopende pijpen van de okergele broek, laat zijn armen in een onberispelijk gestreken, zachtgeel hemd glijden, trekt een mosgroen suède gilet erover aan en gaat op de rand van zijn chaise longue zitten om zijn oude, Amerikaanse cowboylaarzen aan te trekken. Als laatste knoopt hij een zijden, turkooizen sjaal rond zijn nek waarop hij nog snel wat van Clara's Chanel nr. 5 spuit. Hij vet de toppen van zijn vingers in met een geurige pommade, draait de uiteinden van zijn blonde snor in hemelreikende Dalí-krullen en daalt de trappen af om een ontbijt voor Quint klaar te maken. Voordat hij de keuken binnengaat, loopt hij naar het washok. Op een houten rek hangen de schoongewassen kleren van Quint. Hij voelt of ze droog zijn, ruikt eraan en legt ze op de strijkplank. Het dunne T-shirt en de korte katoenen broek hebben weinig ijzerwarmte nodig om weer in model te raken. Met de kleren over zijn arm loopt hij naar de keuken en drapeert ze over de stoel waarop Quint ze gisteren-avond achterliet. Hij heeft ze al twee keer stiekem gewassen. Sinds Clara's dood wil Quint de kleren die hij droeg op de dag dat hij haar voor het laatst zag, niet meer uittrekken.

De afgelopen dagen heeft Robin zichzelf herhaaldelijk betrapt op een halfluid spreken tegen Clara en hij probeert zich nu het zwijgen op te leggen uit angst in zijn monoloog betrapt te worden door Lucas. Hoewel de verschrikkelijke ruzie die ze hadden officieel is bijgelegd, hoeft hij maar naar hem te kijken om te weten dat de vrede schijn is. Lucas houdt zich de afgelopen dagen koest dankzij de inmenging van Quint en de drukte rondom de begrafenis. Zodra de rust in huis is weergekeerd zal hij hem opnieuw bestoken met gruwelijke verwijten, daarvan is Robin overtuigd. Elke dag verwacht hij een brief te vinden voor de drempel van zijn deur. Als die dagelijkse brievenstroom weer op gang komt, zal zich ten minste iets van het normale leven in huis hebben hersteld. Zelf heeft hij al drie brieven voor Lucas neergelegd op de onderste tree van de zoldertrap, woorden van troost, beloften van trouw en steun in de toekomst, dat ze het samen wel zullen rooien met Quint en daar geen Mica bij nodig hebben. In zijn laatste brief geeft hij hem uitgebreid uitleg waarom hij moest doen wat hij deed. De brieven waren verdwenen als hij na een poos de trap passeerde, toch had Lucas op geen ervan gereageerd. Of je moest de as als een antwoord beschouwen. Bij de derde brief had Robin een kopie van een pagina uit het, op een na laatste, dagboek van Clara bijgevoegd. Een paar uur later lag er een dichtgeplakte enveloppe voor de drempel van zijn deur. Ze stopten huisbrieven nooit in enveloppen, laat staan in dichtgeplakte, daarom had hij direct een onheilspellend vermoeden van de inhoud gehad. Dat hij er toch van schrok, kwam doordat het zwarte roet van de verbrande kopie opdwarrelde toen hij de enveloppe ruw openscheurde. Hij had de neiging bedwongen opnieuw een briefje op de trap te leggen met de woorden: 'Je hebt nooit iets van haar willen weten.'

In de vroege avond van woensdag 29 juli keerden Lucas en Quint terug uit Griekenland. De talloze brieven en kaarten die vanaf maandag waren bezorgd, lagen in een mand op de keukentafel. De bossen bloemen waarmee buren en vrienden in de loop van de afgelopen dagen voor de deur stonden, had Robin in vazen gezet en ze her en der in huis verspreid.

Hij ligt die avond in zijn kamer op de chaise longue en luistert naar de geluiden van het huis. Honden blaffen, vogels krijsen, kinderen hollen door de gangen, vanuit de keuken klinkt het geroezemoes van volwassen stemmen. Lucas en Quint krijgen bij hun thuiskomst een warm welkom. Overdag hebben de vrienden in huis de tijd gedood met het kijken naar de televisie. Het huwelijk van prins Charles en Diana Spencer werd live uitgezonden door de NOS. Een sprookjeshuwelijk noemden ze het, maar Robin had iedereen aan het lachen gemaakt met zijn snerende commentaar. Sprookjeshuwelijk, zijn neus. Hij heeft aan een blik op die hypernerveuze trut genoeg om te zien dat dit huwelijk fout gaat aflopen. Die jurk alleen al verraadt wat er in haar hoofd omgaat. De metamorfose van onopvallende kleuterjuf in prinses. Al de onopgemerkte liefde en onzelfzuchtige opoffering aan de smoezelige peuter gaat ze nu in een kikker stoppen en met haar kussen zal zij hem veranderen in een prins. Eindelijk zal de magische macht van haar oneindige goedheid en schoonheid worden gezien, door honderden camera's geregistreerd en voor de eeuwigheid bewaard. De roes op dat volstrekt oninteressante gezicht is niet de roes van de liefde, het is de roes van de aandacht, van de zelfwaan. De waarheid is hard: hij houdt van een ander en zij houdt het meest van zichzelf.

Zestien jaar later zal Robin Hofman opnieuw aan de televisie gekluisterd zitten, dit keer om de begrafenis van prinses Diana op televisie te volgen. Hij woont dan niet meer op de Oudezijds. Hij is vertrokken nadat een brief van Lucas zo vernederend en beledigend was, dat hij hem terugschreef om de vriendschap op te zeggen. Per omgaande legde Lucas een brief op de trap waarin hij schreef dat je een vriendschap die nooit had bestaan, ook niet kon opzeggen. Toen heeft hij het huis verlaten.

Boven hem hangt een uitvergrote zwart-witfoto van een nog voluptueuze Clara. Bij het binnentreden van zijn nieuwe huis had hij op die plek een witte schim gezien. Het was Clara geweest, om hem te zeggen dat ze hier bij hem was. Langs de route van de rouwstoet staan zes miljoen mensen en in gedachten zegt hij tegen Clara dat in verhouding haar begrafenis net zo druk was. Als tijdens de kerkdienst Elton John 'Candle in the Wind' zingt, lopen zijn ogen ongewild vol. Niet om die vrouw, die hij altijd een trut is blijven vinden, maar om de ondergang van de talloze vrouwen die hij in zijn leven heeft gekend. Om Clara, om die worm die in haar zat en haar opvrat, zodat ze, lang voor haar dood, haar lichaam al aan het wegmaken was. Om het lied dat eigenlijk voor Marilyn Monroe werd geschreven, om Gianni Versace, die hij mateloos bewonderde en die onlangs is vermoord, en om de herinneringen aan de periode van Clara's dood die net zo traag aan hem voorbijtrekken als de koets met het lijk van de prinses. Hij zal zich herinneren hoe ze destijds met vrienden en kinderen naar het huwelijk keken en hoeveel plezier ze hadden. Hij ziet zich weer liggen op dezelfde chaise longue waarop hij nu ligt, wachtend op de terugkeer van Lucas en Quint.

Robin had zich voorgenomen hen te begroeten, zich daarna weer terug te trekken op zijn kamer en af te wachten tot de kans zich voordeed de laatste dagboeken te verbranden zonder dat Lucas er erg in had. Rond zevenen hoort hij hoe iedereen naar de voordeur dromt en er een plotselinge stilte intreedt. Zelfs de honden houden op met blaffen. Hij loopt naar beneden en voegt zich bij de vrienden die zich op het bordes voor de deur verzameld hebben. Maria, Mica en Jacoba barsten in tranen uit als Lucas uit de auto stapt, Quint bij de hand neemt en op het huis toeloopt. De mannen en Puck houden zich flink. Robin heeft alleen oog voor Quint. Hij loopt over van dankbaarheid als de jongen hem met zijn ogen zoekt, de stenen trap op holt en zich een weg baant langs de anderen om hem als eerste te omhelzen.

'Stoffel,' roept Quint.

Dat heeft hij nog nooit gezegd. Het is de koosnaam die Clara in hun Parijse jaren voor hem bedacht en waarmee alleen zij hem aansprak. Met een brede glimlach houdt hij zijn verdriet in toom en neemt Quint in zijn armen. Als hij hem weer neerzet geven zijn vriendjes Quint verlegen een hand, wordt hij omhelsd door zijn vriendinnetjes en gesmoord door de vrouwen in het gezelschap. Lucas gaat iedereen een voor een langs, lijkt eerder zijn vrienden te willen troosten dan troost nodig te hebben en herhaalt bij elke omhelzing een machteloos: 'Huil maar, huil maar.' Hij laat zelf geen traan. Hij kijkt verwilderd om zich heen, alsof de omgeving hem vreemd geworden is. Hij maakt zich los uit de omhelzing van Mica en grijpt zich vast aan de stalen omheining van het bordes. Hij kijkt links en rechts over de Wallen en draait zich dan om naar zijn vrienden.

'We woonden altijd al tussen de hemel en de hel,' zegt hij.

Mica fronst haar wenkbrauwen, maar Robin begrijpt wat hij bedoelt. Elke ochtend als Lucas de drie trappen naar zijn zolder beklom zei hij dat hij naar de hemel ging. Hij werkte er onafgebroken en ze zagen hem meestal pas weer in de avond terug. Als hij in een goede bui was, zei hij dat hij met Clara in de zevende hemel was, dat zij voor hem het eeuwige betekende en al het overige vluchtig en ijdel was. Clara was zijn binnenhuis, een ander woord waarmee hij haar kon paaien. En buiten was de hel. Het huis op de Oudezijds ligt pal tussen de Satanskerk en het honk van de Hells Angels. Lucas vertelde wel eens dat hij zich onweerstaanbaar aangetrokken voelde door die holen van verderf, dat hij nieuwsgierig was naar het soort mensen dat links van hem, in de Satanskerk, bijbels verbrandt en heiligenbeelden onthoofdt en rechts van hem zich laat brandmerken door Hanky Panky, om bij de engelen van de hel te kunnen horen. Hij had het nooit aangedurfd zijn nieuwsgierigheid te bevredigen. Daarvoor was de duivel in zijn jeugd een te reële aanwezigheid geweest, had hij als verklaring gegeven voor wat hem weerhield. Dan volgde meestal het verhaal van zijn vader. Dat zijn grootouders meenden dat zijn vader van de duivel was bezeten. En dat ze dagelijks een familielid lieten langskomen om de duivel uit hem te slaan. Het was zo'n verhaal waarbij Clara hem plaagde door vast de zin voor te zeggen die nog moest komen. Ze kende het van buiten, zei ze.

Vanuit zijn ooghoek ziet Robin de leren Yves Saint Laurent-tas van Clara. Daarin zitten de kleren die ze het laatst droeg, kleren waarin haar geur nog zit. En haar laatste dagboek. De Prins is druk bezig met het naar binnen dragen van de koffers. Robin helpt hem, pakt de tas van Clara op en loopt er zo onopvallend mogelijk mee de gang in. Hij schuift de tas onder de trap, zodat hij onttrokken is aan het oog van de anderen.

Eenmaal in huis kijkt Lucas van het plafond naar de vloer. Hij draaft van hoek naar hoek, struint door de gangen, gaat de trap op, de hal in en keert zich halverwege om. In de tussenkamer opent hij de klep van de piano, slaat een paar toetsen aan, kreunt en sluit hem weer af. De honden draaien om zijn benen en hij aait ze achteloos. Met een hernieuwde haast loopt hij naar het aquarium en tuurt erin om te zien of alle vissen nog leven. Hetzelfde doet hij bij de volière, alles met een angstaanjagende jachtigheid, alsof hij een programma afwerkt. Robin slaat hem gade en voelt een groeiende ergernis in zich opkomen. Hij mag dan make-upartiest zijn, hij heeft een afkeer van onechtheid. Hij kijkt om zich heen of de vrienden met eenzelfde verbijstering naar dit gekooide dier kijken, maar ze staan verstijfd rondom de keukentafel en zijn onder de indruk van wat ze te zien krijgen. Ze hebben zoiets nog nooit meegemaakt en weten niet wat ze moeten doen. Lucas is door het dolle heen en niemand durft hem in zijn wanhopige onrust tot stilstand te brengen.

'Alles is hetzelfde en toch is alles volledig veranderd,' is de eerste volzin die Lucas spreekt. Dat hij eindelijk iets zegt brengt grote opluchting teweeg. De bevroren vrienden komen in beweging en durven nu pas plaats te nemen aan de tafel en hun glas weer aan de lippen te zetten. Zonder hem te vragen waar hij trek in heeft, schenkt Robin een glas witte wijn in en reikt het Lucas aan.

'Kom naast me zitten,' zegt Lucas, 'dicht bij me. Jij bent ook een beetje weduwnaar geworden.'

Lucas neemt een slok, steekt een sigaret in het mondstuk en begint te vertellen. Hij kijkt niemand aan. Hij staart naar een punt op het tafelblad en richt zijn hoofd niet op. Zijn blik is verstard en hij haalt onophoudelijk het puntje van zijn tong over zijn lippen. Hij begint bij de aankomst op Skyros, hoe ze op de kust aan voeren en de overweldigende klanken van *Also sprach Zarathustra* hen uit de geluidsboxen tegemoet golfden. Hoe omineus hem dat nu naklinkt in zijn oren. Hij verhaalt van de dagen op het eiland, hoe goed Clara het maakte en hoe ze genoot. Hij vertelt over Achilles die er eeuwen geleden rondliep, verkleed als meisje, om met behulp van zijn travestie te ontsnappen aan de Trojaanse oorlog en daarmee aan de dood die hem was voorspeld. En Theseus, die van de rotsen werd gestoten door koning Lycomedes en dat het hem nu allemaal veronachtzaamde voortekenen van een aanstaand onheil toeschijnen. Hij vervloekt zichzelf, dat hij blind was voor de tekenen, doof voor de luidende klokken. Elke dag werkte hij aan de muziek voor *Het tribunaal*, had daarom vanaf de dageraad de dood onder handen, maar hij dacht in alle onschuld dat het om de dood van Tsjaikovski ging en nu is gebleken dat de dood op hem loerde, om hem te grazen te nemen.

Onafgebroken en onvermoeibaar praat Lucas, tot diep in de nacht. De vrienden luisteren en worden langzaam dronken. Ze willen geen woord missen van wat hij zegt. Niemand onderbreekt hem met vragen of opmerkingen. De enige keer dat Lucas zijn verhaal onderbreekt, is wanneer het twaalf uur slaat. De drie carillons waartussen het huis op de Oudezijds zich bevindt, tinkelen tegelijkertijd hun middernachtsmuziek. Gevangen in de akoestische driehoek van de uurwerken van het Paleis op de Dam, de Oude Kerk en de Zuiderkerk, richt hij zijn hoofd op, draait het een halve slag en luistert ingespannen.

'Nog een uur,' mompelt hij.

Alsof hij zichzelf moet wakker schudden, wrijft hij over zijn onderarmen en steekt een nieuwe mentholsigaret in zijn sigarettenpijp. Hij zoekt het punt op het tafelblad waaraan zijn blik tot nu toe vastkleefde en mompelt half verstaanbaar dat Clara is gestorven op het eerste uur van de klankklok.

'Het eenzaamste uur der uren. Het eerste uur is dissonant in het diepst van zijn wezen. Het is de toon die andere zoekt, maar eigenlijk met geen enkele andere toon een echte verbintenis kan aangaan.'

Behalve voor de Prins, is het voor iedereen een onbegrijpelijke opmerking. Ze heeft de vloeiende stroom van woorden afgeremd en daarom grijpt Robin zijn kans.

'Als ik nou eens Quint in bed ging stoppen,' oppert hij.

Lucas heeft Zorgvlied voor de hele dag afgehuurd. Na de begrafenis wordt er wijn geschonken in de aula, daarna is iedereen welkom op de Oudezijds. Dankzij de talloze, redderende vrouwen die sinds Clara's dood dagelijks door het huis fladderen, is de keuken schoon en opgeruimd. Op het fornuis staat een ketel soep, waarvan ze gisterenavond met zijn allen hebben gegeten. De ijskast is gevuld met flessen witte wijn en rosé, de kelder staat volgestouwd met kratten bier en dozen rode wijn. Op het aanrecht liggen stukken kaas, zakken olijven, chips en pelnoten. Lucas heeft het drievoudige van de voorraad ingeslagen die hij gewoonlijk aankoopt wanneer hij vrienden uitnodigt na de première van een van zijn stukken bij hem thuis nog een glas te komen drinken.

'Laten we het groots vieren,' zei hij dan laconiek, 'want mijn premières zijn meestal dernières.'

In het weekeinde hebben ze met vijf man aan tafel gezeten om driehonderd grijsomrande enveloppen van naam en adres te voorzien. Ze werken in een race tegen de klok om op vrijdagavond voor sluitingstijd de dodenbrieven naar het postkantoor te kunnen brengen. De dag ervoor had iemand nog een fout ontdekt in de brief en werd er op de fiets gesprongen om de drukker te waarschuwen. Ze hadden erom gelachen. Sowieso was er de afgelopen dagen veel gelachen. Vrienden liepen de hele dag in en uit en de ene na de andere herinnering aan Clara werd opgehaald.

'Wanneer was het ook weer, Lux, dat ze stomdronken met de auto tegen het monument op de Dam knalde?' vraagt Bella op een avond.

'1968,' zegt Lucas zonder aarzeling.

'Het was de zoveelste keer dat ze dronken achter het stuur werd opgepakt door de politie. En dit keer moest ze een week de bak in. Toen heb jij haar toch een vijl gestuurd, of hoe zat het ook alweer? Het heeft nog de krant gehaald, dat weet ik wel, dat jij staatsgevaarlijk was, of zo.'

'Het delict vond plaats in maart 1968 en zij mocht zelf weten wanneer ze de straf ging uitzitten. Wijselijk koos ze voor de maand augustus. Ze zat een week vast in de gevangenis aan de

Amstelveenseweg. Bij het eerste bezoek neem ik een mand mee, volgestouwd met dingen waarvan ik weet dat ze die lekker vindt. De fles campari kreeg ik al aan de balie retour en de joint werd met een meewarige blik uit het pakje Samson gevist. Om haar aan het lachen te maken stuur ik de volgende ochtend een telegram naar het Huis van Bewaring. *De vijl zit in het theeworstje.* Ze hebben per omgaande mijn bezoekrecht ingetrokken en de krant schreef met grote koppen "Die Loos is gevaarlijk." Er zat niet eens een theeworstje in die mand.'

Als iedereen is uitgegierd, zegt Bella: 'Het was maar een piepklein berichtje in de krant, hoor, geen grote koppen.' Opeens is het stil in de keuken. Het was typisch een terechtwijzing die Clara gemaakt zou hebben als ze Lucas op een overdrijving betrapte.

'Je moet er eens mee ophouden mij Lux te noemen,' reageert Lucas geërgerd, 'zo mocht Clara me noemen, jij niet.'

Op zijn eigen elegante wijze vangt Gilles Boon Bella op na de sneer van Lucas. Hij was een van de eersten die bij de thuiskomst van de familie aanbelde en hij had zich daarna zorgzaam om Bella bekommerd. Ze was hem in de armen gevlogen, had luid gehuild en bleef sindsdien dicht bij hem in de buurt. Om de ontstane stilte te doorbreken en te voorkomen dat het pruilen van Bella overgaat in huilen, vertelt Gilles met veel flair het verhaal van Clara als Mariken van Nieumeghen. Dat het een eenmalig optreden betrof en Mariken de enige glansrol is die ze ooit in haar leven had, doet er voor niemand iets toe.

'Het was op de vooravond van oudjaar 1967 dat mijn kolderieke wagenspel over Mariken van Nieumeghen en Moenen werd opgevoerd ter gelegenheid van het Filmfestival te Knokke. Clara was een magistrale Mariken. Gans de badplaats sidderde en huiverde toen zij de juten zak over haar hoofd trok en zich toonde in haar blote pracht. Slechts omgord door een gouden kuisheidsgordel en in een doorzichtige bustehouder, was ze woest en broos tegelijk, een prooi van de duivel, maar hem, in haar getooide naaktheid, superieur overstijgend. Niemand anders dan Clara had waardiger deze tweezijdigheid kunnen dragen. Ze hoefde de gewiekste onschuld niet te spelen, het was haar natuur. Het enige waarop we noest moesten repeteren, was dat ze niet voortdurend in schuimend gelach uitbarstte wanneer Batman met zijn vleermuismasker op, slechts gehuld in een zwarte onderbroek, ten tonele verschijnt. Of wanneer Moenen haar de telefoon aanreikt, zij God van gene zijde aan de lijn krijgt en tegen Hem zeggen moet: "Allo? Allo? Hier Mariken van Nieumeghen, nieuwe versie." Van mij kon men bezwaarlijk een versie verwachten waarin Mariken tot inkeer komt en berouw toont. Zoals Don Giovanni weigert berouw te tonen na zijn schandaleuze moord, zo weerstaat ook Mariken de lokroep van de vergiffenis. Het was verrassend te zien dat het Clara geen enkele moeite kostte haar lachspieren in bedwang te houden wanneer zij de spiernaakte Heilige Drievuldigheid met een zweep van het toneel moet ranselen. Integendeel, op haar gelaat verscheen een genotzuchtige wreedheid die ik niet achter haar had vermoed, maar die me als regisseur immens veel deugd deed.'

Met een mengeling van verlegenheid en trots gniffelt Gilles Boon om de grappen die hij in zijn stuk verwerkte en die jongensachtige trek maakt hem onweerstaanbaar. Zodra hij het woord neemt, kijkt Bella glanzend en verlangend naar hem op, maar ook de andere vrienden aan de tafel kijken en luisteren met vertedering. Het kleeft Gilles aan dat hem alle zonden ruiterlijk zijn vergeven nog voor hij ze begaat en dat hij zelfs heimelijk wordt bewonderd om zijn ondeugden.

Robin weet dat het Lucas met jaloezie vervult en dat hij van de lankmoedigheid die Gilles ten deel valt, niets begrijpt. Waarom wordt hem het recht ontzegd op deze vergevingsgezinde barmhartigheid? Hij snapt niet dat Gilles met alles wegkomt en dat elke provocatie van zijn kant wordt bestraft met het verlies van kunstbroeders, vrienden en aanzien. En dat terwijl Lucas nooit provoceert om het provoceren zelf, maar altijd met een hoger doel. Gilles is destijds met die roman over Bella nota bene naar *De Telegraaf* gestapt, een doodzonde in hun kringen. *De Telegraaf* is de foutste krant van Nederland, bolwerk van reactionair conservatisme, een dagelijkse gore stroom van insinuerende roddel, infame laster, vunzig sensationalisme, leugens en ophitsende stemmingmakerij. Staat op een dag hun eigen Gilles Boon hen paginagroot toe te grijnzen vanuit *De Telegraaf*, een krant waarmee je zelfs de bodem van de kattenbak niet bedekt, bang dat die beesten daardoor van slag raken. Al gaven ze hem geld toe, een interview geven aan *De Telegraaf* zou hij weigeren tot aan zijn dood. Zo niet kunstbroeder en huisvriend Gilles. Zonder blikken of blozen doet hij het liefdesverhaal van Bella en hem tot in de finesses uit de doeken, volledig dienstbaar aan de zucht van rechts Nederland om smeuïge, lasterlijke verhalen uit de verachte, linkse kringen doorgebriefd te krijgen van een ingewijde. En dat allemaal om geldelijk gewin, om zijn boek aan de man te brengen en zijn voorspelling waar te maken dat hij een bestseller zou schrijven. Alsof het een genre is, bestseller. Alsof het succes van een kunstwerk ook maar iets zegt over de kwaliteit ervan. Dan kan hij wel inpakken met zijn composities.

Het zal zo'n tien jaar geleden zijn dat het interview met Gilles in *De Telegraaf* verscheen. De Oudezijds was net zo in rep en roer als nu. Bella totaal overstuur, Clara troosten en zorgen, Lucas laaiend van verontwaardiging.

'Dit wordt zijn ondergang,' voorspelde hij bij herhaling.

'Dit zal niemand hem vergeven. Hij heeft zijn ziel aan de duivel verkocht.'

Hij ziet het zo weer voor zich, hoe de krant opengeslagen op tafel lag, het portret van Gilles in de loop van de dag bezoedeld raakte met koffievlekken, vettige vingerafdrukken en de vuilbruine vegen van geplette hagelslag. Lucas die met rood aangelopen hoofd uitriep dat hij nooit had durven dromen van de dag dat dit journalistieke misbaksel open en bloot op zijn keukentafel zou liggen. Gewend aan de cholerische uitbarstingen van Lucas sloot hij er zich gemakkelijk voor af. Het waren ook nooit de uitbarstingen zelf die hem angst aanjoegen, het was iets anders en hij wist niet goed wat. Hij had het er vaak met Clara over.

'*Schadenfreude?*' opperde zij eens.

'Wel *Freude*,' heeft hij toen gezegd, 'maar eerder vreugde omdat hij een kans ziet iemand schade toe te kunnen brengen, dan blijdschap om een ramp die zich al aan iemand voltrokken heeft.'

'Dat is het!' riep Clara. 'Hij geniet ervan als een ander de fout in gaat, want dan kan hij veroordelen en als hij kan veroordelen heeft hij weer een manier gevonden om contact te leggen met iemand. Het is eigenlijk een soort liefde, maar wel een van zwavelzuur.'

'Hoor ik Puck?'

'Zo heeft Puck het me min of meer uitgelegd, dat Lucas van iemand houdt om iemands liefdevolle tegenstrever te kunnen worden. En het klopt. Ik ben getrouwd met een aanminnig vat zwavelzuur.'

Na die opmerking kwam ze niet meer bij van het lachen.

Terwijl Lucas fulmineerde tegen *De Telegraaf* wierpen Clara en hij elkaar blikken van verstandhouding toe. Elke zaterdag kocht hij bij zijn sigarenboer de verboden krant en hingen Clara en hij op haar kamer gebogen over de shownieuwspagina. Eerst snel kijken of Clara zelf de krant had gehaald, daarna of Bella en andere vrienden uit de theaterwereld werden genoemd. Ze kenden altijd wel iemand. Ze verlustigden zich in de foto's van de acteurs, de verhalen over hun buitenechtelijke verhoudingen, gebroken huwelijken, deerlijk verwaarloosde kinderen, levensbedreigende ziekten en ongeremd drugs- en alcoholmisbruik. Clara wilde nergens over liegen, dus joeg ze Lucas elke zaterdagavond op de kast door dagverse roddels uitvoerig uit te spinnen in de gesprekken. Daarmee legde ze de bal voor open doel en gaf hem de kans zijn eeuwige scheldkanonnade op die verachtelijke krant en hun gebrek aan cultuur af te vuren.

'Doe niet zo hypocriet over die krant,' zei Clara dit keer terwijl ze haar hand op de foto van Gilles legde. 'Jij weet verdomd goed dat Robin en ik *De Telegraaf* míjn huis binnen smokkelen en hem van voren naar achteren spellen. Dat hij niet op míjn keukentafel mag liggen is al te gek voor woorden, maar goed, het is geven en nemen en we willen jou niet op je hoogstaande ziel trappen met onze ordinaire voorkeur.'

'Een vriendschap moet verheffend zijn, dat is haar essentie. Maar jullie twee trekken elkaar naar beneden, het riool in,' zei Lucas insinuerend tegen Clara en hem.

'Moet jij nodig zeggen, alsof het leven met jou zo verheffend is. Hier beneden is tenminste liefde en warmte. Daarboven, bij jou, is het ijskoud. In de hemel van Lucas Loos wordt iedereen voortdurend de maat genomen, behalve Lucas Loos zelf, die zit als een God op zijn troon, oordeelt maar weigert beoordeeld te worden, want God is onfeilbaar,' gaf Clara lik op stuk.

'Vrienden nemen elkaar de maat uit liefde. Als je van iemand houdt verdraag je het niet dat die ander minder presteert dan waartoe hij in staat is, omdat je weet dat hij daaronder vreselijk zal lijden. Maar jullie twee vergenoegen je wederzijds in miezerige kleinheid, oppervlakkig genot en onwaardig gefladder. Jullie weten niet wat werken voor een hoger doel is.'

'Jij kunt alleen maar zo hoog staan, omdat je anderen naar beneden trapt, niet omdat anderen laaghartig zijn.'

'Het is toch ongelooflijk dat je hier Gilles zit te verdedigen, terwijl hij zojuist je hartsvriendin een mes in de rug heeft gestoken.'

De affaire rond het interview van Gilles maakte Robin uitzinnig vrolijk en hij wist waarom. Het was de overwinning van zijn wereld, de wereld van glamour en roddel, op die van Lucas.

In zijn ogen is Gilles de echte anarchist, niet Lucas. Gilles liet zich door geen enkel dictaat de wet voorschrijven, was niet zo'n conformist als Lucas, voor wie de wereld verdeeld is in goed en fout. Gilles houdt van de wereld waarvan Robin de geminachte exponent is, de wereld van de versiering, van de leugen, van de illusie en het bedrog. Gilles weet dat bedrog en onechtheid niets met elkaar te maken hebben. Waar Lucas te vuur en te zwaard de waarheid verdedigde en als een opperrechter oordeelde over wat deugt en wat niet deugt, lapte Gilles alle ethische categorieën aan zijn laars. Speels en ongrijpbaar in zijn vele verschijningen, schopte hij de heilige huisjes van Lucas omver.

Robin mengde zich zelden in discussies, omdat hij niet van discussiëren hield en liever als toeschouwer het spel van de morele verontwaardiging gadesloeg, maar destijds zag hij zijn kans schoon. Hij had zo veel minachtende opmerkingen van Lucas moeten incasseren over zijn vak, dat hij dit keer zijn mond niet kon houden.

'Een interview geven aan *De Telegraaf*, dat is pas echt anarchistisch,' zei hij tussen neus en lippen door. Het kwam hem duur te staan. Lucas richtte zich op als een draak, zoog zijn borstkas vol en spuwde zijn vuur driester dan ooit.

'Dat ik onder een dak moet leven met een politiek onbenul en een kronkelend, leeghoofdig reptiel is al erg genoeg,' barstte hij los, 'maar dat ik ook nog moet aanhoren hoe in mijn huis de NSB-praktijken van een geldbeluste wolf en opportunistische gladaal worden goedgepraat, gaat me te ver. Ik hou zielsveel van Gilles, maar dit keer heeft hij een grens overschreden. Gilles heult met de vijand. *De Telegraaf* staat voor alles waartegen ik al jarenlang strijd en dan gaan jullie je hier openlijk achter dat verraad scharen. En waarom? Omdat jullie alleen bezig zijn met hoe je eruitziet, wat de nieuwste mode is en wat voor verderfelijke geruchten de ronde doen over wie het met wie gedaan heeft in de wereld van de willoze marionetten. Doodsbang dat jullie je kont niet in de allerhipste spijkerbroek hijsen, maar geen seconde wakker liggen van een voortwoekerende oorlog in Vietnam. Als de dood dat jullie in De Kring niet mee kunnen zwetsen over de abortus provocatus van een tweederangs toneelspeelstertje, maar geen letter lezen van het rapport van de Club van Rome waarin de ondergang van de aarde wordt voorspeld. Lekker dom en onwetend blijven terwijl de wereld brandt en geen grotere zorg aan jullie gecoiffeerde hoofd dan of je wel met de laatste mode meedoet.'

Waar Clara het vandaan haalde, weet Robin niet, maar vanaf het moment dat zij tegen hem inging, was hij verbijsterd.

'Robin heeft gelijk,' begon ze, 'niet jij, maar Gilles is de enige echte anarchist. Jij walgt van mode, maar een modegevoeliger man dan jij loopt in Amsterdam niet rond. Er is ook een mode in goed en kwaad. Jij voelt je beter dan de rest omdat je volgens jou altijd de mode van het goede volgt. En als die verouderd is, gooi je de oude jas van het goede weg en trekt een nieuwe aan. Of je nou achter Coco Chanel of achter Fidel Castro aan rent, zo veel verschil is er niet, het is allemaal de laatste mode.'

Ze kreeg er iedereen mee stil. Lucas ook.

Avond na avond volgt verhaal op verhaal en alle dagen gaan ze heen en weer tussen vrolijkheid en verdriet. Na verloop van tijd is Clara niet langer het enige onderwerp van hun gesprekken. Bella voelt zich zo op haar gemak bij Gilles dat ze voor het eerst weer ruzie met hem durft te maken.

'Schrijven is wel heel gemakkelijk voor jou. Je hebt in Het Boek gewoon elke zin opgeschreven die ik ooit tegen je zei, al die zinnen achter elkaar geplakt en toen had je een roman bijeengescharreld. En je hebt er nog fiks aan verdiend ook.'

'Ik kan niet zomaar toestaan dat je mijn vriendin beledigt,' reageert Gilles met een beminnelijke glimlach. 'Hoe kun je jezelf gelijkstellen aan dat onnozele wicht uit mijn roman? Elke zin die in werkelijkheid uit jouw mond rolt, is intelligenter, geestiger, laconieker en poëtischer dan de zinnen die ik mijn personage laat kwaken. Geloof me, ik geef je een groot compliment wanneer ik met de hand op het hart beken geen zin opgeschreven te hebben die niet aan mijn vileine fantasie ontsproot.'

'Maar ik herken ze allemaal als van mijzelf.'

'Daar verraadt zich de hand van de meester en onthult de literatuur haar demonische aard. Ze liegt en bedriegt, verfraait en verdicht, en toch overtreft ze in al haar leugenachtigheid de werkelijkheid in waarheidsgehalte.'

'Waarom zet je dan op de achterflap dat Het Boek gebaseerd is op ons?'

'Het was de enige manier waarop ik je van mijn diepe en oprechte liefde kon overtuigen,' zegt Gilles monkelend. En bij alles wat hij heeft gezegd, weet niemand of hij het meent of iedereen aan tafel voor de gek houdt.

Elke avond luistert Robin aandachtig naar de verhalen die over Clara loskomen, maar hij bewaart zijn herinneringen aan haar voor zichzelf. Ze stammen uit een gelukkiger tijd, de tijd dat Clara en hij de wereld voor zichzelf hadden en alles mogelijk was. Jaren waarin Clara ervan droomde een goede actrice te worden, of anders een beroemd fotomodel, of regisseur, dat moest toch niet zo moeilijk zijn. Ze wilde een ster zijn, maar ze wilde er niets voor hoeven doen. Het licht dat van de roem van Lucas afstraalde was een te zwak voetlicht geweest voor Clara's glorie, daarin had ze zich vergist. En op elke pagina van haar dagboeken getuigt ze van die vergissing.

Met de meest recente dagboeken begint hij in de namiddag van de dag dat hem haar dood is aangezegd. Tot vijf uur in de ochtend zit hij bij de open haard, scheurt de bladen een voor een uit de schriften en gooit ze in het vuur. De ramen van de kamer staan wijd open. De nacht is zacht en op de Wallen is het een komen en gaan van hoerenlopers, junks, bezoekers van de Casa Rosso en toeristen. Naarmate het later wordt, dringt vaker ruzieachtig gegil en geschreeuw de kamer binnen waarin ze nooit meer naar deze geluiden zal luisteren. Tot diep in de nacht rinkelt de telefoon in de gang. De enige wezens in huis die erop reageren zijn de vogels in de volière en de honden in hun manden, tot ook deze er uit gewenning of vergeefsheid het zwijgen toe doen. De rook die van het verbrande papier af komt, prikt in zijn ogen waardoor hij soms moeite heeft het handschrift van Clara te ontcijferen.

'Jij mag ze gerust lezen,' heeft ze gezegd, 'je weet toch alles al.'

Nu vindt hij het jammer dat ze die opmerking ooit maakte. Het is alsof ze hem daardoor met een verplichting opzadelde. Hoe moeilijk hij het ook vindt dit toe te geven, het dagboekproza verveelt hem. Vanaf elke pagina schreeuwt ze hem haar ongeluk tegemoet. Zodra haar woorden door een toenemende dronkenschap van de voorgedrukte lijnen af vallen en zich overdwars op de bladzijde een weg naar beneden banen, weet hij dat ze bestaan uit de herhaling van een en dezelfde zin. Dat ze dood wil. Of hij dat niet weet. Clara wil al dood vanaf de dag van haar geboorte. Zelfs als ze vrolijk en uitgelaten was, dacht ze aan de dood.

'Wat is dat toch, Claartje?' heeft hij vaak gevraagd.

'Geen idee,' zei ze, 'maar ik ben er altijd mee bezig.'

In haar dagboeken van de laatste jaren schrijft ze alleen nog over het verlangen naar de dood als ze dronken is. Na de geboorte van Quint mag ze het van zichzelf niet langer willen.

'Maar ik ben bang dat hij toch vanzelf komt,' schrijft ze ergens, 'ook al kan het nu niet meer.'

Zoals hij haar in het echte leven bewondert om haar moed en haar kracht, ontroert het hem hoe ze zich ook op papier elke ochtend bijeenraapt en voorneemt iets van de dag te maken. Ze heeft het over cursussen volgen, op de toneelschool, op de filmacademie, weer eens proberen te schilderen, maar het blijft bij voornemens. Ze wil haar leven veranderen, maar weet steeds minder goed op welke manier. De dagboeken van de laatste maanden zijn doordrenkt van fantasieën over hoe ze eruit zal zien als ze nog meer afvalt, haar gebit laat renoveren en een facelift neemt. Afvallen is gratis, de rest kost geld. En geld heeft ze niet. Afvallen is het enige waarin ze werkelijk goed is. In een van de dagboeken schrijft ze met trots over de bloedvergiftiging die ze ergens opliep, al heeft ze geen flauw idee waar en waardoor. De dokter moest een spuit zetten in haar buikvet, maar er was geen vet te vinden, jubelt ze. Hoe hij ook probeerde een plooi vlees tussen duim en wijsvinger vast te pakken, het lukte hem niet. Strak als een trommelvel is ze.

Hij moest zijn toevlucht nemen tot haar dij en zelfs daar stootte hij eventjes op het bot. Deed verdomde veel pijn, maar ze werd er reusachtig blij van.

'Er blijft niets van me over,' schrijft ze.

De eerste uren is hij nog trouw aan haar handgeschreven zelf en wil hij de Clara uit de dagboeken niet verlaten door haar ongelezen te laten. Maar naarmate hij langer leest, raakt hij vervreemd van het eentonige personage dat de gebeurtenissen van de dag registreert, zichzelf bemoedigend toespreekt en zich nog vaker richt tot de man door wie ze gehoord wil worden, maar die haar woorden onder geen beding mag lezen. De Clara die hij in deze monologen ontmoet is klagerig, humorloos, drammerig, vervuld van onmachtige woede en zelfmedelijden. Clara maakte hem vaak moedeloos, maar ze heeft hem nooit verveeld. Deze Clara wel. Voor een verslag van de historische feiten hoeft hij de dagboeken niet te lezen. Hij weet alles van haar. Sinds ze samen op de Oudezijds wonen, is ze elke dag bij hem langs geweest, in de loop van de middag, nog getekend door het drankgelag van de vorige avond. Hij heeft altijd tijd voor haar en luistert met plezier naar hoe de avond daarvoor is verlopen, welke streken ze uithaalde en met wie ze die nacht in bed belandde. Ze vertelt trots hoe ze zich had opgetut, welke kleren ze uit de kast trok. Hij kent elk stuk uit haar garderobe, weet precies wanneer en waar ze het kocht of van wie ze het kreeg. Couturiers zijn dol op haar. Clara heeft magie. Wat ze ook aantrekt, het zit haar als gegoten. Met dat goddelijke figuur en die cleopatrische kop bedriegt ze alle vrouwen door ze het idee te geven dat ze er net zo verblindend uitzien in die kleren als Clara. Dat is glamour. Glamour is de kunst van het bedrog. Een topmodel is een model dat betovert, dat mannen en vrouwen in de ban brengt van de illusie dat er een ontsnapping mogelijk is aan het banale en gewone. Dat je een metamorfose ondergaat, verandert in een ster, mijlenver verwijderd raakt van het grauwe aardse zodra je het zilvervosje van Govers omslaat, in de wapperende rokken van Heijmans en op de schoentjes van Jordan op straat flaneert. Frank Govers, Max Heijmans denken aan Clara als ze hun tovermiddelen van de bekoring ontwerpen, vragen haar voor hun shows en doen haar de ene na de andere creatie cadeau.

Hoeveel uren hebben ze niet samen doorgebracht op zijn chaise longue, hun benen in elkaar gehaakt? Waarvan heeft hij ooit meer genoten dan van haar geestige verhalen, haar prachtige gezicht, haar klaterende lach? Al die levendigheid, ironie, zelfspot en humor die ze tegenover hem zittend had, mist ze op papier. Pratend wil ze amuseren en beschrijft ze haar avonturen zo kleurrijk dat hij het allemaal voor zich ziet. Hoe ze opgedoft en geurend, arm in arm met Bella op pad gaat, gewapend tot haar tanden. Wie ze allemaal tegenkomt op haar kroegentocht, welke versiertrucs ze toepast en met wat voor een soort man ze te maken krijgt als hij eenmaal zonder wapenrusting voor haar staat. Nooit zomaar een onbenul, dat is haar te min. Altijd beroemde mannen, acteurs, regisseurs, kunstenaars, schrijvers, politici. In de dagboeken noteert ze discreet alleen hun voornamen, gevolgd door een initiaal. Af en toe steekt het hem dat de boekverbranding haar discretie overbodig, ja, haast belachelijk maakt. Hij is de enige lezer en voor hem heeft de geheimhouding geen zin. Van elke naam weet hij om wie het gaat en of hij een goede minnaar was. Niet dat ze hem tijdens hun middagen veel over de seks vertellen kan, want ze weet er niks meer van. Te dronken. Het enige wat ze zich met zekerheid kan herinneren, is of een minnaar tijdens het vrijen met haar praat of niet. Stille minnaars vindt ze ontluisterend.

'Dan denk ik er te veel aan dat ik niks meer ben dan een hoop vlees dat erop is gebouwd om erin binnen te dringen.'

Daarom begrijpt ze van die mannenseks geen snars, zegt ze, dat zwijgende gedoe in die pisbakken en dat cruisen, ze snapt niet wat Lucas en hij daar zo aantrekkelijk aan vinden.

'En dat je zelfs iemand zijn naam niet kent.'

Op de achterpagina van het dagboek uit 1979 heeft ze een genummerde lijst aangelegd van alle mannen en vrouwen met wie ze ooit het bed deelde. Achter de initiaal van sommige achternamen staat tussen haakjes dat het maar om een keer ging. De lijst telt 66 namen. Bij een aantal namen staat een hartje. Achter zijn naam staat een trits hartjes. Hij drukt er een kus op.

Hoe scherp haar kijk op hen ook was, als ze zich eenmaal had gegeven, al was het half bewusteloos, bleef ze sympathie voelen voor de mannen met wie ze korte of langere tijd was. Zoals het lot is van alle mensen, maakten onstuimige verliefdheden haar dom, serviel en bête. De pagina's waarop ze Peter V., Rafaël D., Maxim H. en J.C. ophemelt, bladert hij vluchtig door. Van de stoet minnaars is de enige naam die in de loop van de jaren regelmatig terugkeert de naam van Timo B. Dat begrijpt hij wel, al was Timo met zijn alcoholisme net zo verwoestend voor Clara als Lucas, ze is altijd van hem blijven houden. Ze heeft minstens anderhalf jaar getwijfeld wie de vader van Quint was, Lucas of Timo. Na de geboorte van Quint eiste ze van Lucas dat hij op de aangifte *Vader onbekend* liet zetten, omdat het de waarheid was. Op het toppunt van machteloosheid kon ze in een ruzie met Lucas uitgillen: 'Hij is niet van jou.' Lucas leed vreselijk onder de onzekerheid van het vaderschap en ten slotte heeft Clara zijn lijden verlicht door een bloedtest te laten afnemen. Hij had in die tijd erg met hem te doen, omdat hij steeds terugdacht aan de immense vreugde van Lucas toen Quint was geboren. Midden in de nacht had hij een spandoek gemaakt en er met grote letters op geschilderd:

'Clara heeft een zoon.' Hij had het tegen de pui van het huis gespannen. Er is dan ook maar een naam die alles overheerst en op nagenoeg elke pagina opduikt, die bestookt wordt met klachten en verwijten, naar wie gehaakt wordt met een nijdige liefde: Lucas. Alle mannen kon ze krijgen, maar die ene, de man met wie ze haar leven deelde, was de man naar wie ze het heftigst verlangde. Het was de man die ze nooit kon krijgen zoals ze hem wilde hebben.

In de nacht van zondag op maandag was Puck 's nachts niet thuisgekomen. Hij trof haar pas laat in de middag aan in de gang. Aan de rode, gezwollen oogleden achter de dikke brillenglazen, zag hij dat ze langdurig had gehuild. Het raakte hem omdat hij meent dat Puck meer van Lucas houdt dan van Clara. Ook al wist hij dat ze daar een hekel aan had, hij zakte door zijn knieën en omhelsde haar. Ze sloeg haar armen om hem heen, haalde een paar keer luidruchtig haar neus op en liet hem los. Met haar korte armen hield ze hem even op een afstand en keek hem onderzoekend aan.

'Gaat het?' vroeg ze meelevend.

'Het gaat,' zei hij.

'Ga dan maar weer met je hoofd in de wolken,' zei ze op haar oude bastoon en ze haalde haar handen van zijn schouders. 'Waar komt die brandlucht vandaan?'

'De kamer van Clara. Haar dagboeken, dat heeft ze me gevraagd.'

'Niet in een visioen, mag ik hopen?'

'Nee. Regelmatig, in de loop van de jaren, maar ook de avond voor haar vertrek naar Griekenland.'

'Ai. Eng. Lucas zal het niet leuk vinden, dat snap je toch wel?'

'Ja.'

'En Quint?'

'1969, 1970 en 1971 haal ik eruit, die bewaar ik voor hem.'

'Goed zo. Sterkte ermee. Ik ga er gemakshalve maar van uit dat het hier geen groot verlies voor de wereldliteratuur betreft. Kafka enzovoort,' zei ze. Ze draaide zich om en zette kordaat koers naar haar kamer.

Quint rook het ook. Zijn jongenskamer ligt pal boven die van Clara. Als hij hem de avond van hun terugkeer uit Griekenland naar bed brengt, doet hij een mislukte poging met een washand zijn gezicht te verfrissen, maar Quint wilde van geen water weten. Hij was zo moe dat Robin hem hielp met het losmaken van zijn veters en het uittrekken van zijn kleren. Hij sloeg het bed open en zag hoe Quint zijn kleren bij elkaar raapte en het hoopje meenam in zijn bed.

'Wacht even,' zei hij.

Zo zachtjes mogelijk sloop hij de trap af, pakte de tas van Clara en liep op zijn tenen weer naar boven. Voor de deur van de kamer van Quint diepte hij een zacht katoenen, lichtgroen vest uit de tas en rook eraan. Met het machtige gevoel haar de kamer binnen te dragen, liep hij op Quints bed toe en gaf hem het kledingstuk, zonder iets te zeggen. Quint duwde het intuïtief onder zijn neus en hield het daar.

'Mama,' zei hij.

'Ja,' zei Robin.

'Maar het ruikt ook naar brand.'

'Dat is van beneden, van de open haard. Mama wilde dat ik haar dagboeken verbrandde als er ooit iets met haar zou gebeuren.'

'Wist ze dat dan?'

'Grote mensen weten dat er elke dag iets kan gebeuren.'

Met het gefrommelde vest tegen zijn neus gedrukt, draaide Quint zich op een zij. Robin haalde een hand door zijn haar en trok het laken over de smalle schouder. Terwijl hij dat deed hoorde hij aan zijn ademhaling dat de jongen in slaap was gevallen.

Voordat hij naar beneden ging om zich weer bij de anderen te voegen, zocht hij in Clara's tas naar haar laatste dagboek. Hij vond het niet.

In de vroege ochtend van donderdag 30 juli, de eerste dag dat het huis weer is bezet met een vader en een zoon, het gemis van Clara zich daardoor schrijnender doet voelen, Bella om acht uur met Levi op de stoep staat, omdat ze voorlopig wil intrekken, is er van Lucas geen spoor te bekennen. In de keuken ligt een briefje op tafel. Het is gericht aan Quint en Robin. Dat ze zich geen zorgen hoeven maken, hij van alles moet regelen en in de loop van de middag terugkeert. Het eerste waaraan Robin denkt, is dat hij de gelegenheid heeft het laatste restant dagboeken te verbranden zonder dat Lucas het merkt. Dat hij ze verder ongelezen moet laten, verdriet hem niet. Aan de keukentafel licht hij Bella in over Clara's wens. Hij zegt erbij dat hij het goddank zwart op wit heeft, dat de laatste dagboekaantekening van Clara daarover gaat.

'Ze heeft er zelfs plechtig een handtekening onder gezet,' zegt hij.

'O, dat heeft ze ook vaak genoeg tegen mij gezegd,' roept ze uit. 'Natuurlijk moet de fik erin. Zou ik ook laten doen als ik dagboeken had geschreven.'

'De kelder staat er vol mee. Zestien zakken. Ik weet bij god niet hoe we die weggewerkt krijgen.'

Voordat hij er erg in heeft, is Bella naar de telefoon in de gang gelopen. Hij kijkt Quint aan en zegt tegen hem dat hij alle dagboeken van Clara over haar zwangerschap, zijn geboorte en eerste levensjaar uit de zakken heeft gevist.

'Voor jou, voor later.'

'Geregeld,' zegt Bella handenwrijvend als ze weer de keuken binnen komt. 'De lichtjongen van het theater rijdt over een halfuur voor met een personenbusje. We laden die zakken in en gaan met de kinderen een vuurtje stoken op de stortplaats in Noord. Leuk toch, jongens?'

Met een bus vol vuilniszakken rijden ze een halfuur later naar Noord, kieperen de zakken leeg op de stort en stoken een laaiend vuur. De jongens zijn uitgelaten en doen een indianendans. Schriften die van de brandstapel glijden, duwen ze met lange stokken terug. Wanneer een kant van de stapel dreigt te doven, hollen ze er met zijn allen naartoe en wapperen zo lang met een nog ongeschonden schrift dat de takken en het papier weer volop vuur vatten. Bella werpt af en toe een blik in een schrift voordat ze het op de brandstapel gooit. Het stoort hem, maar hij zegt er niks van. Hij wil Bella geen pijn doen door haar deze intimiteit te verbieden. Hij heeft zich ook voorgenomen te verzwijgen in welke bewoordingen Clara her en der over haar en hun vriendschap schrijft in de dagboeken van het afgelopen jaar. Bijna laat hij deze grootmoedigheid varen, als Bella na het lezen van een bladzijde tegen hem schreeuwt: 'Nou, daar word je ook niet vrolijk van.' Hij kijkt naar Quint om te zien of hij gehoord heeft wat ze zei, maar Quint port fanatiek met een tak in het vuur en kijkt niet op of om.

Rond het middaguur zijn de zestien zakken met de geschriften van Clara in de as gelegd en keren ze terug naar het centrum van de stad. Quint en hij stinken een uur in de wind naar het vuur. Het lucht hem op dat Bella te kennen geeft nog wat boodschappen te willen doen met de lichtjongen. Ze zetten Quint en hem af op de Oudezijds en rijden toeterend verder. Binnen verzekert hij zich ervan dat Lucas nog niet is teruggekeerd.

'In de kamer van Clara liggen er nog een stuk of tien. Die ga ik opstoken in de haard,' legt hij Quint uit.

'Ik ga mee.'

'Dat is goed.'

Hij zit met Quint voor de open haard in de kamer van Clara als hij de voordeur in het slot hoort vallen. Hij hoopt dat het Puck is die het huis verlaat, maar zijn gespannen spieren doen iets anders vermoeden. De laden van de bank zijn opengetrokken en nagenoeg leeg. Het laatste dagboek dat hij in handen houdt voordat hij het in het vuur gooit, is een schrift uit 1978. Hij kijkt ernaar, slaat het open, drukt een kus op de beschreven bladzijden en legt het opengeklapt op de brandende andere schriften.

'Zo is het net een vogel,' zegt Quint.

Op het moment dat de eerste vlammen aan het omslag likken, stormt Lucas de kamer binnen.

'Ben jij nou helemaal gek geworden? Wat ben jij in godsnaam aan het doen?' brult hij. Hij rent naar de open haard en wil het schrift, dat met uitgeklapte vleugels het vuur beschermt, van de stapel graaien. Zonder op te kijken naar Lucas en zonder iets te zeggen, zet Robin met een ijzeren pook het schrift klem en duwt het dieper in het vuur. De spieren in zijn rug en nek willen de dreigende gestalte in zijn rug af kunnen weren, maar hij is niet bang. De rotsvaste overtuiging dat hij hier zit om het laatste te doen wat hij voor Clara kan doen, neemt zijn angst weg. Lucas grijpt zijn rechterarm beet en wil hem de pook afhandig maken.

'Wie denk je wel dat je bent,' roept hij uit. 'Dit is het enige wat ik nog heb. Je hebt het recht niet mij dat af te nemen.'

Hij weet niet waarom, maar hij kan niets zeggen. Het is Quint die hem te hulp schiet. Hij slaat zijn armen om het rechterbeen van Lucas en gaat eraan hangen.

'Mama wil het zelf!' schreeuwt hij tegen zijn vader.

De greep rond zijn bovenarm verslapt en Lucas laat uiteindelijk los. Voordat hij de klap met de vlakke hand tegen zijn achterhoofd voelt, hoort hij hem door een suizend geluid aankomen.

## 3

Voor de tweede keer binnen acht dagen haalt Rafaël Delaporte zijn zwarte kostuum uit de kledingkast, schuiert het en stapt steunend van vermoeidheid in de wollen broek. Als hij het colbert over het witte hemd aantrekt, weet hij dat hij straks zal puffen van de warmte. Aan de binnenkant van de kastdeur is een koord gespannen waaraan zijn dassen hangen. Zonder erbij na te denken pakt hij de zwarte, slaat zijn hemdskraag omhoog en doet hem om. Het komt niet in zijn hoofd op anders dan in zwart naar een begrafenis te gaan, ook al weet hij bijna zeker dat hij straks de enige zal zijn in traditionele rouwkleding. Het wordt een happening. Hoe vaak heeft hij dit verschrikkelijke woord moeten aanhoren de afgelopen dagen? Zo vaak, dat het op een bezwering van de dood lijkt. De talrijke aanwezigen zullen er ongetwijfeld alles aan doen het woord waar te maken door zich uit te dossen zoals ze denken dat een kunstzinnig iemand is uitgedost voor iets wat een happening wordt genoemd. Van de Prins weet hij dat er driehonderd uitnodigingen zijn verstuurd.

Het is woensdag 5 augustus 1981 en als hij terugkijkt op de afgelopen tien dagen, duizelt het hem. Wonderlijk wat de dood met de tijd doet. Hij neemt er een loopje mee. Het lijkt eeuwen geleden dat hij de telefoon oppakte en een amechtige Lucas hem vertelt dat Clara in de afgrond is gevallen en toch hoort hij zijn stem door de hoorn alsof het gisteren was. Ook de herinnering aan de begrafenis van Ate, nog maar een week geleden, heeft dezelfde bedrieglijke dubbelheid van veraf en nabij in de tijd. Hij legt een knoop in zijn stropdas, iets wat hij nooit goed onder de knie kreeg, en bedenkt dat wellicht daarom de dood wel eens een reis wordt genoemd. Net als elk ander vertrek vernietigt de dood de normale gang van zaken en draait de tijd een loer. Weggaan uit je huis is weggaan van de vertrouwde klok en dat is precies waarvoor het reizen bedoeld is. In het buitenland verschieten de uren van kleur en verliezen het vermogen je te binden aan het alledaagse. Zeven uur in de ochtend is niet langer het uur waarop je herrijst uit de slaap en gehoor geeft aan de plicht. Het middaguur, een moment dat op Nederlandse dagen ongemerkt voorbijglijdt, verandert elders in de opmaat naar plezier en rust. In den vreemde is het eerste uur van de middag het uur waarop je in de buitenlucht aan tafel gaat zitten, uitgebreid eet en drinkt, praat met je tafelgenoten en vergeet wat er die dag nog gedaan moet worden. Bewuste ontregeling, dat is het. Hij wordt kwaad op zichzelf als hij de scheve knoop ziet. Hij is net zo scheef als de redenering. De dood als laatste reis is juist een uitdrukking die hem altijd tegenstond. Alsof er nog wat te reizen valt. Je huis en land verlaten en daarmee de tijd een loer draaien, is iets wat je zelf onderneemt, actief, bewust, gewild. En dat is precies wat een dode niet langer kan. De dood gooit alleen de tijd in de war voor de overlevenden die elk houvast verliezen en voor wie de uren opeens hun vertrouwdheid missen.

Staande voor de spiegels die in de frames van de kastdeuren zijn ingebouwd, haalt hij geduldig de mislukte knoop los en begint opnieuw. Iets in zijn herinnering blijft tegenwoordige tijd. Elke ochtend wordt hij wakker met het waanidee dat hij stenen tegen het raam van zijn slaapkamer hoort slaan.

Het was vorige week donderdag, de dag na de begrafenis van Ate Anna. De avond ervoor is het later geworden dan hij wilde en hij heeft nagelaten zijn wekker te zetten. De redacteur weet ervan en als hij in de namiddag op de redactie komt, kan hij zijn artikel voor de zaterdagkrant van de volgende week met hem bespreken. Voor deze week is hij ontslagen van zijn plicht. Zelfs de hoofdredacteur vindt twee begrafenissen in zo een korte tijd veel. 'Wat de deadline was voor je vriendinnen, hoeft geen deadline te zijn voor jou,' grapte hij. Goedbedoeld, toch een onbeschofte opmerking. Mist sowieso altijd de kop van de nagel, zijn hoofdredacteur, als het op grappen aankomt.

Het tikken tegen de ruit begint als hij nog in een diepe slaap verzonken is. Zijn hersens proberen het onverwachte geluid te verwerken in een droom, maar hij is vergeten hoe. Iets engs, iets met grond die opeens onder zijn voeten afbrokkelt en het geluid van vallende rotsblokken veroorzaakt. Voordat hij zijn evenwicht verliest, schiet hij wakker. Het geluid is echt, het komt van buiten. Hij richt zich half op en kijkt op de wekker. Het is kwart voor zeven in de ochtend, ijzingwekkend vroeg. Wie haalt hem nou op dit uur uit zijn slaap? Met verbazing kijkt hij naar de gesloten gordijnen en hij spitst zijn oren om zich ervan te overtuigen dat hij daadwerkelijk iets hoorde. Net als hij onderuit wil zakken om zijn slaap voort te zetten, klinken er opnieuw tikgeluiden. Hij ligt op de eerste verdieping. Beneden op straat gooit iemand kiezels tegen zijn ruit. Hij schiet uit bed, trekt zijn ochtendjas aan en loopt op het raam toe. Hij opent de gordijnen, schuift het raam omhoog en buigt zich over de vensterbank. Midden op straat staat Lucas. Zijn gezicht heeft een intens rode kleur, van de zon of van de opwinding, dat kan hij niet onderscheiden. Een baarlijke duivel in het ochtendlicht, schiet het door hem heen.

'Raffi, mag ik erin?' roept Lucas onbesuisd luid.

'Natuurlijk,' roept hij met gedempte stem terug. 'Ik kom naar beneden.'

Hij heeft Lucas na het telefoongesprek uit Griekenland niet meer gesproken. Op maandagochtend had hij naar de Oudezijds gebeld om meer informatie te krijgen van Puck of Robin over de terugkomst van Lucas en de dag waarop Clara begraven zou worden. De lijn was voortdurend bezet. Het kostte hem een halfuur voordat hij een vrije toon kreeg. Robin nam op en kon hem vertellen dat Lucas en Quint aanstaande woensdag, in de late middag, op Schiphol zouden landen en dat het nog onduidelijk was wanneer de kist met Clara overkwam, omdat er sectie op het lijk werd verricht in Athene. Woensdag, dat was gisteren. Wat drijft Lucas naar hem, de dag na zijn aankomst, vier dagen na de dood van Clara? Voordat hij de voordeur opent, trekt hij het koord van zijn ochtendjas strakker aan.

'Lucas, jongen, wat verschrikkelijk allemaal,' zegt hij. Hij kijkt in het gezicht van een verzenuwde man die zo panisch is, dat hij het ternauwernood verdraagt omhelsd te worden. Tegen hem aangedrukt voelt Rafaël zijn borstkas heftig op en neer gaan. Lucas haalt snel en hijgend adem, alsof hij naar hem toe is komen rennen. Zelf met een slaapdroge huid, lijkt het lichaam van Lucas te wasemen van een uitslaande warmte.

'Van harte gecondoleerd,' zegt hij. 'Ga zitten, ik ga koffie voor je zetten.'

Hij is blij dat Lucas zonder tegensputteren gehoor geeft aan zijn verzoek. Hij moet zich kortstondig in de keuken terugtrekken om te herstellen van de schrik. De manier van wakker worden en de angst op het gezicht van zijn vriend hebben hem onthutst en opeens oog in oog te staan met de vriend in wiens geest hij zich de afgelopen dagen heeft verdiept, bezorgt hem een bezoedeld gevoel. In de keuken, starend naar het water dat door het filter drupt, hoort hij hoe Lucas uit zijn stoel is opgestaan en door de woonkamer ijsbeert. Met harde klappen komen zijn voeten neer op de eikenhouten vloer en als hij zijn lichaam draait, piept het leer van zijn schoenzolen. Hij vraagt zich af wat Lucas in vredesnaam bij hem te zoeken heeft. Het moet iets met Clara te maken hebben, maar wat? Ondenkbaar dat Lucas hem ter verantwoording komt roepen voor zijn omgang met haar. Ze leidden allebei hun eigen leven, dat wist iedereen. Clara had vrienden bij de vloot en Lucas struinde elke avond de kroegen af, op jacht naar jongens. Hij had zelfs vaker meegemaakt dat hij de Oudezijds aandeed, er een onbekende man aan tafel zat en Lucas hem met veel bravoure voorstelde als de nieuwe minnaar van Clara. Niemand keek ervan op, iedereen deed het met iedereen en wie geen vrij huwelijk had, was een burgerlijke reactionair. Elk gevoel was toegestaan, behalve dat van de jaloezie. Jaloezie was verboden. Er waren maar weinigen die in de gaten hadden dat juist het gevoel dat uit den boze was, alles vernietigde.

Rafaël zet twee dampende koppen koffie, een kannetje melk en een pot suiker op een dienblad en loopt ermee naar de zitkamer. Alles aan de gespannen rug van Lucas verraadt dat het hem te lang heeft geduurd, dat die koffie hem remt in het doel van zijn komst.

'Je hebt een brief van haar gehad. Mag ik die hebben?' vraagt Lucas, zodra hij de zitkamer binnenkomt.

Dat is het dus, denkt Rafaël. Hij bewaart zijn kalmte, zet het dienblad met de koffie op een lage salontafel en neemt plaats.

'Nee, je mag hem niet hebben, want hij is voor mij bestemd, maar je mag hem wel lezen als je dat wilt.'

'Graag,' hoort hij Lucas zeggen. 'Ja, ik wil hem graag lezen.'

De koffie is nog onaangeraakt. Lucas heeft hem bij het vragen naar de brief niet aangekeken. Zijn schichtige blik gaat onrustig door de ruimte, alsof hij de enveloppe zoekt waarop hij Clara's handschrift zal herkennen. Onophoudelijk bevochtigt hij met de punt van zijn tong zijn lippen en als hij dat niet doet, schraapt hij zijn tanden over zijn onderlip. Het gedrag van Lucas is zo ontremd, dat hij de brief van Clara ongevraagd zou grijpen en openen als hij hem vond, dat weet Rafaël zeker.

'Waar heb je hem?'

'Boven, op mijn werkkamer.'

'Zou je hem nu willen halen?'

'Wat je wilt,' zegt Rafaël, maar hij neemt eerst een slok van zijn koffie.

'Het is de laatste brief die ze schreef, daarom,' zegt Lucas ongevraagd. 'Ze zat op het strand met Bella en hield de blocnote tegen haar knieën. Dat was op zaterdag, de laatste dag dat ze heeft geleefd. Ik zie haar nog zo voor me. Ze heeft me 's avonds verteld dat ze een brief aan jou schreef. Een paar uur later was ze dood.'

Al herinnert Rafaël zich niet precies welke datum er boven de brief stond, hij weet zeker dat de herinnering van Lucas onjuist is. Een brief die ze een aantal uren voor haar dood schreef, zou hem niet eens bereikt hebben. Post uit het buitenland reist te paard, er gaat wel een week voorbij eer een brief zijn overzeese bestemming bereikt. De vervormde weergave van de waarheid bezorgt Rafaël een onaangenaam gevoel. Opeens twijfelt hij eraan of hij Lucas de brief van Clara zal overhandigen. Aan de andere kant heeft hij zo met de trillende, angstige en opgewonden Lucas te doen, dat hij hem wil helpen zijn nood te lenigen.

Koortsachtig probeert Rafaël zich de inhoud van de brief voor de geest te halen. Staat er iets in wat Lucas niet mag lezen? Of staat er iets in wat hij juist wel moet lezen, zodat hij kalmeert of troost vindt? Hij weet het niet meer.

'Ik geloof dat hij van een vroegere datum dateert, Lucas,' oppert Raffi voorzichtig.

'Nee, het is de laatste brief die ze schreef,' herhaalt Lucas en hij kijkt hem nu voor het eerst vol in het gezicht. Er ligt iets smekends in Lucas' ogen dat niet bij hem past. Een man die onder het anarchistische vaandel *ni dieux, ni maître* vaart, verlaagt zich nooit tot de nederigheid van de smeekbede.

'Ik zal hem gaan halen.'

Als hij de trap beklimt en zijn werkkamer binnengaat, moet hij een gevoel van beklemming en angst wegdrukken. Vanaf het moment dat Lucas hem vanuit Griekenland belde, levert hij een gevecht met de ergste vermoedens. Na het gesprek op De Kring schoten hem te pas en te onpas opmerkingen van Lucas te binnen, die in het licht van het drama opeens een onheilspellend karakter kregen. Flarden van gesprekken kwamen ongewild uit zijn geheugen bovendrijven, gesprekken die hij op tape kan beluisteren als hij wil. Fragmenten uit libretti, geliefde gedichten, zinnen uit brieven, artikelen van Lucas' hand, het waren allemaal tekens die hem al dagenlang ongericht bestormden en schreeuwden om duiding.

Hij staat in zijn werkkamer, kijkt naar de brieven van Clara en Lucas op zijn bureau en realiseert zich dat hij bang is voor wat hij zal vinden. Hij bewondert Lucas, hij is zeer op hem gesteld. Hij bewonderde Clara, hij vond haar prachtig, geestig, aandachtig, dramatisch en lief. Alles in hem verzet zich tegen het heulen met de meute die loeit om een zondebok. Hij wil dat de dood van Clara een ongeluk was, domme pech. Maar domme pech is iets waar hij nooit eerder zijn hoop op zette, dom is de vijand van zijn vak. Dom is hetzelfde als betekenisloos. Toch, als vriend verlangt hij dit keer naar die betekenisloosheid, naar een verzameling feiten die leeg blijkt te zijn, door het zinledige toeval bijeengebracht en per ongeluk door een cirkel begrensd. En de cirkel van de verzameling heet Lucas. De betekenis van de verzameling verandert alleen als de dood van Clara geen ongeluk was. Hij weet het, dat is de tweespalt, want de exegeet in hem wil het spoor volgen in het werk van Lucas, al leidt het naar een betekenis waarvoor hij terugdeinst.

Het is toch bizar dat een van de vroegste werken van Lucas *De val* heet, zoiets kun je als onderzoeker toch niet laten liggen? En al die gesprekken die ze voerden over zijn identificatie met Gerrit Achterberg, de dichter-moordenaar. Voorafgaand aan *De val* gebruikte hij vijf gedichten van Achterberg om er liederen van te maken voor bariton en orkest, *Geheime huwelijken*. Ook al een sinistere sleutel. Het huwelijk met Clara is nu juist zijn legitimatie geweest om zijn geheime leven openlijker te kunnen leiden. Je zou kunnen zeggen dat hij door te trouwen met Clara pas kon doen waar hij zin in had. Lucas heeft het vaker tegen hem gezegd, sprak dan over Clara als zijn verwerkelijking. In zulke termen dacht Lucas na over zijn leven, met woorden en begrippen die hij haalde uit de boeken die hij las, liefst wetenschappelijke pillen over moeilijke materie.

In de nacht dat Rafaël terugkeerde van De Kring heeft hij het allemaal nagezocht in zijn archief. Halfdronken, verdrietig, maar toch klaarwakker door een argwanende nieuwsgierigheid, liet hij zijn ogen over de titels van de werken van Lucas Loos gaan en het was alsof hij de aankondiging van de tragedie bestudeerde die nog maar enkele uren daarvoor in Griekenland had plaatsgevonden. De titels dansten voor zijn ogen en reikten hem een veelzeggende chronologie van Lucas' leven aan. De geheime huwelijken die Lucas kon aangaan door een maatschappelijk aanvaard huwelijk te sluiten, de val, het omzetten van een aanleg in een werkelijkheid, de volgorde van de composities had Rafaël die nacht dronkener gemaakt dan hij al was. Lucas had zijn eigen toekomst voorspeld. *Geheime huwe-*

*lijken*, *De val*, *Ontkiemen* en een stuk dat hij *Signaal* noemde, waren geschreven voordat hij Clara leerde kennen en met haar ging samenwonen. Met de onvaste hand van iemand die te veel op heeft, had Rafaël diep in de nacht een zin op een blad gekrabbeld. De volgende ochtend las hij wat hij geschreven had. 'Hoeveel kwaad steekt er in mij als ik dit lees als een onheilspellend programma voor wat er vandaag is gebeurd?'

Sinds zondag 26 juli worstelde hij met die vraag. Zijn talent om te lezen zei hem dat hij meer signalen zou vinden van een aangekondigd drama, mits hij het zo interpreteert. En het mits was zijn valkuil. In de interpretatie schuilt de liefde, maar ook het verraad, daarvan was hij doordrongen. Hij hoefde het werk van Lucas niet te lezen op een geheim programma, hij kon het ook laten. Maar niets doen was een verraad aan hemzelf, aan de overtuiging die de basis vormt van zijn portretten, dat leven en werk met elkaar verbonden zijn en dat alles in een oeuvre betekenis heeft. Wel over Lucas schrijven en het spoor volgen van een aangekondigde dood, was een verraad aan de werkelijkheid van de vriendschap. Hij wist weer waarom dilemma's duivels worden genoemd en was blij dat zowel Bubi als de Prins hem belde en ze allebei vertelden met hetzelfde dilemma te worstelen. Sinds ze zich samen over het werk van Lucas bogen kon hij zich gemakkelijker voorhouden dat ze alle drie verlangden naar begrip en dat het de vriendschap was die hen dreef.

Net als hij de brief van Clara wil oppakken om ermee naar beneden te lopen, hoort hij zware voetstappen op de trap. De interval tussen de geluiden maakt hem duidelijk dat Lucas twee treden tegelijk neemt. Voordat hij zijn werkkamer binnenstormt, slaagt Rafaël er bijtijds in de brief van Lucas zelf onder een stapel oude post te schuiven.

‘Waar blijf je nou?’ hijgt Lucas.

Met een glimlach steekt Raffi de brief van Clara in de lucht.

‘Het was even zoeken,’ zegt hij. ‘Kom, we gaan naar beneden.’

Zonder zich uit de spagaat van mededogen en wantrouwen omhoog te kunnen tillen, kijkt Rafaël naar de roodverbrande man die in de hoek van zijn zitbank de brief verslindt. Lucas’ flikkerende ogen dwalen zoekend over de twee kwarto vellen, daarna draait hij ze om en begint de brief vanaf de eerste zin te lezen. Hij leest gretig en snel. Als hij klaar is slaakt hij een diepe zucht en stopt de brief terug in de enveloppe.

‘Ze was niet somber,’ zegt hij. ‘Het is een opgewekte brief van een gelukkige vrouw.’

De spanning is uit zijn gezicht weggeëbd en zijn mond is blijkbaar niet langer droog, want hij stopt met het bevochtigen van zijn lippen. Naast hem ligt de brief, maar Lucas besteedt er verder geen aandacht aan.

‘Wil je dat ik er een kopie van maak, op de krant?’

Het is alsof Lucas het niet hoort, want hij reageert niet op het aanbod.

‘Wat is er eigenlijk precies gebeurd?’ vraagt Raffi en hij voegt er onmiddellijk aan toe dat hij dat natuurlijk niet hoeft te vertellen als hem dat te moeilijk valt. Maar Lucas heeft zich al voorovergebogen, de ellebogen leunend op zijn knieën, zijn handen en vingers ineengehaakt. Zijn ogen krijgen een starre blik en zijn gericht op een arabesk in het weefsel van het tapijt op de vloer als hij begint te vertellen.

De daaropvolgende twee uur luistert Rafaël naar het verhaal van de val van Clara. Tot zijn verbijstering heeft Lucas het zo vormgegeven dat het een spannend verhaal is, dat de omineuze tekenen erin zijn verwerkt en een stel Griekse goden er een symbolische deun in meeblaast. Rafaël luistert zwijgend en onderbreekt zijn vriend niet. Regelmatig schiet hem de Atenotie te binnen. Het is de sensationele en tegelijkertijd onaangename gewaarwording dat Clara gevallen is om dit verhaal te doen ontstaan. In zijn toespraak op de begrafenis van Ate heeft hij voor zich gehouden wat hij van haar leerde, maar dat neemt niet weg dat die bizarre wijsheid sinds haar zelfmoord zeurend door zijn hoofd spookt.

Als hij uren later in de deuropening staat om Lucas uit te zwaaien, is hij elk gevoel voor tijd verloren. Een barstende hoofdpijn maakt dat hij met moeite de wijzers op zijn horloge kan onderscheiden, om te zien dat het ver voorbij twaalven is. Hij had Lucas wel iets te eten mogen aanbieden. Op de bank ligt de brief van Clara. Lucas heeft er al die uren niet meer naar omgekeken. Er was niets aan de brief wat hem dierbaar is. Een sentimenteel medelijden met de vellen beschreven papier overvalt hem en hij haalt ze met een omzichtige eerbied uit de enveloppe. Het eerste wat hij ziet is de dagtekening: *Skyros, 18 juli*. De tijd draait Lucas een loer of hij heeft redenen om te liegen.

Onder de douche kletteren de gesprekken met Lucas op zijn schedel, stralen van zinnen over zijn werk, zijn ambities, over zijn jeugd en zijn huidige leven. Hij richt zijn hoofd omhoog zodat het warme water over zijn gezicht stroomt.

'Jij bent een katholiek, jij mist de affiniteit die ik met Achterberg heb,' hoort hij Lucas weer beweren. 'Geen enkele dichter heeft me zo'n sidderende schok van herkenning bezorgd. Wat ik met Beethoven in de muziek heb, heb ik met Achterberg in de poëzie: het ongetwijfeld hoogmoedige idee hem beter te begrijpen dan wie dan ook. Jullie hebben een God met wie je het op een akkoordje kunt gooien: als U nou dit voor mij regelt, doe ik dat voor U terug, beklim ik op mijn blote knieën de Calvarieberg, of zoiets. Het paapse geritsel, zoals Otto het noemt, sjoemelen met de Wet, onderhandelen met de Hoogste. Maar zo zit de God van Calvijn niet in elkaar. Net als Achterberg groeide ik op met een Rechter die in een geheim raadsbestuur een scenario voor mij had uitgetekend, waarvan ik maar moest afwachten of dit personage tot genade of verdoemenis was voorbestemd. Mijn hele jeugd lag ik als een poel van jammerlijke nietswaardigheid en ellendigheid in het gericht, wetend dat God alleen hen zal arresteren die hij heeft uitverkoren en dat alle anderen in de hel zullen belanden.'

'Vreemd woord, arresteren.'

'Zo noemen wij dat: Gods roep is een arrestatie.'

'Maar het was niet God die Gerrit Achterberg arresteerde, maar de politie.'

'Voor Achterberg moet dat hetzelfde zijn geweest: de hand van de wet was de hand van God. Het schijnt dat hij na de moord op zijn geliefde eindelijk rust had gevonden. Dat begrijp ik goed. Het is volbracht. Achterberg had zijn verhaal waargemaakt, eigenstandig het lot voltrokken waartoe hij zich voorbestemd wist.'

Rafaël laat zijn hoofd zakken, zodat de warme waterval zijn nek masseert. De Ate-notie, het verhaal dat aan de werkelijkheid voorafgaat en haar stuwt. Ate was geen protestant. Rafaël luistert graag naar Lucas en wendt een groter gebrek aan kennis over Achterberg voor dan hij feitelijk heeft, om het verhaal uit zijn mond te kunnen horen. Het voorwenden van naïviteit is een journalistieke truc. Hij hecht belang aan de manier waarop een verteller een bestaand verhaal doorvertelt, vormgeeft, het in de herhaling naar zijn hand zet, het ongemerkt doorspekt met duidingen. De vergissingen die iemand maakt, de onjuistheden die het verhaal binnensijpelen, de overdrijvingen, heel die vrolijke travestie van de historische feiten leert hem de verteller beter kennen.

Het verhaal van Lucas over zijn verbond met Gerrit Achterberg is, zoals veel van zijn verhalen, een tapijt van de verknopingen van het lot. De rode draad van het verhaal is de Meester, zijn vader, de bakker. Behalve een passie voor muziek koestert Meester Loos een diepe liefde voor de poëzie. Op een dag, in het begin van de jaren dertig, stuit zijn vader op een kleine bundel gedichten van een volstrekt onbekend iemand. Hij slaat het boekje open, leest wat regels, is getroffen door de ontmoeting met een verwante geest en schaft het aan. Thuis raakt de Meester betoverd door wat hij leest, het is alsof de gedichten voor hem zijn geschreven. Alles in die poëzie ademt de wereld van verdoemenis die hij zo goed kent en tegelijkertijd is er die korrel van opstand, van verzet. Misschien weet zijn vader het zelf niet, maar de Lozen zijn eigenlijk volkomen ongeschikt voor het calvinisme. Ze zijn alles wat hun volgens het geloof hel en verdoemenis zal brengen: trots, hovaardig, onmatig, heerszuchtig en zondaar tot in hun gebeente. De ouders van zijn vader waren bang voor het kind dat hij was. Elke nacht lijdt de Meester aan afschrikwekkende nachtmerries en gilt het hele huis wakker. Zijn ouders denken dat hun zoon door de duivel is bezeten en ze treffen hun exorcistische maatregelen. Dagelijks laten ze een oom langskomen, een politieman, die hem met een rubberen knuppel geselt om de duivel uit hem te ranselen. Vuile gereformeerde christenhonden! Die arme Meester, een kind nog. Sinds de geboorte van zijn eigen zoon vervult het lot van het kind dat zijn vader zou worden hem met een hartverscheurend medelijden. Het is toch ondenkbaar dat hij ooit zoiets met Quint zou laten gebeuren? Hoe recht in de leer zijn vader ook is, die duivel heeft er ook altijd gezeten en het was die duivel die hem in de gedichten van Gerrit Achterberg bij de lurven greep. En dan gebeurt het. Een paar jaar nadat hij per toeval de kleine bundel vindt, leest hij een bericht in *Het*

*Utrechtsch Nieuwsblad*. De kop luidt: 'Kostganger schiet hospita neer'. Hij ziet de initialen van de moordenaar, G.A. Als een bliksemslag treft hem het inzicht dat het hier om de dichter van zijn lievelingsbundel *Afvaart* gaat en dat de moordenaar Gerrit Achterberg is. Hij voelt zich schuldig tegenover de man die hem al jaren met zijn gedichten op het moeizame pad van het leven begeleidt, maar niets kan hem van zijn duistere vermoeden afbrengen. Zonder te weten of zijn intuïtie door de werkelijkheid waarheid zal worden, haalt de Meester *Afvaart* tevoorschijn. Het is alsof hij een bekentenis onder ogen krijgt, een bekentenis van een moord die pas zes of zeven jaar na het schrijven van de gedichten voltrokken zal worden, maar hier met klinkende cimbalen wordt aangekondigd. 'Het Gericht', 'Moordballade', 'Achter het einde', het ene na het andere gedicht dat hij herleest, komt hem voor als de gongslag van een toekomstig drama. De Meester is een bakker die pianospeelt. Moeiteloos knoopt hij met zijn klanten een gesprek aan over de etudes van Chopin, de fuga's van Bach, over christelijke poëzie en over elke passage uit de bijbel die een klant te berde brengt. De Meester levert er het hoofdstuknummer en de exacte versregel bij. Geletterd Utrecht komt met plezier dagelijks zijn brood kopen. Volgens zijn vader doen Hendrik Marsman, Simon Vestdijk en Martinus Nijhoff op hun dagelijkse wandelingen speciaal zijn bakkerij in de buitenwijk aan, omdat hij een bakker is die meer in huis heeft dan brood alleen. Lucas weet niet hoe waar dat is. Zijn vader is een fantast, hij zuigt geschiedenissen uit zijn duim en maakt verhalen mooier dan ze zijn. Nou, dat herkent hij wel in zichzelf. De werkelijkheid heeft af en toe wat creatieve hulp nodig om veelzeggend te worden. Op een dag waagt de Meester het erop en vraagt, volgens zijn zeggen aan Hendrik Marsman, of zijn angstige vermoeden klopt, of de moordenaar die in december van het vorige jaar zijn hospita doodschoot de dichter Gerrit Achterberg is. In literaire kringen is het verhaal rondgegaan als een lopend vuur. Voorzichtig, maar vol bewondering voor de feilloze intuïtie van de bakker, bevestigt Hendrik Marsman dat het inderdaad om Gerrit Achterberg gaat. In een vlaag van waanzin en jaloezie schoot hij op de fatale avond in december 1937 zijn hospita en geliefde Roel van Es dood met een Browning-revolver. Hij had haar ten huwelijk gevraagd en zij wees hem af. Daarna had Achterberg zijn liefdesverlangen op de zestien jarige dochter gericht, maar de moeder voorkwam dat hij dat verlangen kon inlossen. Op de bewuste avond heeft hij eerst de moeder doodgeschoten en daarna dat meisje geraakt en haar ernstig verwond in de lende. Na de moord gaf hij zich aan bij de politie en nu zit hij opgesloten in de gevangenis. Het is allemaal hier in Utrecht gebeurd, in de Boomstraat, op de zolder die Achterberg in het huis huurde. Men zegt dat hij van zins was zelfmoord te plegen, maar dat de zelfmoord veranderde in moord. Het schijnt dat Achterberg eerder pogingen had gedaan de vrouwen van wie hij hield te vermoorden en dat ze allemaal gillend bij hem wegliepen, omdat hij hen sloeg en regelmatig met een revolver bedreigde. Nu is het dan eindelijk een keer gelukt. *Each man kills the thing he loves*, zou dat het zijn?

Op die kwade en ook opluchtende dag in 1957, de dag dat de Meester met het hele gezin naar Amerika emigreert en hij als enige van de familie in Nederland achterblijft, doet zijn vader hem zijn kostbare bundel cadeau. In de haven van Rotterdam, waar hij het wegvarende schip zal uitzwaaien tot het achter de kim is verdwenen, steekt zijn vader hem de bundel toe. Hij spreekt daarbij de navrante woorden: ‘Word niet als hij.’ Achter in het boek steken twee opgevouwen knipsels, waaronder het vergeelde, uitgeknipte bericht van de moord uit *Het Utrechtsch Nieuwsblad*. Met potlood heeft hij in zijn ouderwetse bakkershandschrift eronder gezet: '16 december 1937. G.A. = Gerrit Achterberg?' Het andere knipsel stamt uit 1940. Het is een recensie van *Afvaart*, geschreven door Hendrik Marsman.

Met het vertrek van de voltallige familie Loos naar Californië begint zowel zijn vrijheid als zijn verweesdheid. Misschien dat hij daarom de kleine bundel, met de opeens zo veelzeggende titel *Afvaart*, koestert als een dierbaar kleinood. Samen met de bijbel en nog wat bundels van Achterberg die hij in de loop der jaren kocht, stopt hij het in zijn tas wanneer het vaderland roept en hij als rekruut in Ede aan zijn militaire dienst begint. Dagelijks leest hij de gedichten van Achterberg, maar hij realiseert zich met een zekere smart dat hij nooit de eerste onbevangen lezing kan hebben die zijn vader ooit had. Hij heeft nooit níet geweten dat Achterberg een moordenaar is en die kennis van de moord van de dichter op diens geliefde verandert alles wat hij leest. Het is een werkelijkheid die de poëzie is binnengedrongen en de lezing van het verleden kleurt. De gedichten in *Afvaart* zijn jaren voor de moord geschreven en toch gaan ze erover. Maar er vinden wonderlijker gebeurtenissen plaats die de koorden rondom Gerrit Achterberg en hem strakker aantrekken en het gevoel bevestigen dat er tussen de dichter en de componist een schrijnende lotsverbondenheid bestaat. In dienst heeft hij het doorlopend aan de stok met zijn superieuren. Hij gruwt van de domme autoriteit van de officieren, van het gedrild worden, van het moeten opvolgen van commando's, van de oorlogssfeer. Het loopt al snel uit de hand. Een opperaap schreeuwt hem toe dat hij het verdient om doodgeranseld te worden, hij vliegt hem aan en wordt prompt naar het gekkenhuis gestuurd. Autoriteitsproblematiek en aanpassingsmoeilijkheden noemen ze het, prima, is hij trots op. In de winter van 1957 belandt hij in het Militair Neurose Hospitaal te Austerlitz, een van de zoveelste beschikkingen van de voorzienigheid in zijn leven. In het gekkenhuis lopen allemaal rekruten rond met aanpassingsproblemen en leukere mannen bestaan er niet. Tijdens zijn eerste appèl krijgt hij ongeveer een hartstilstand. De commandant brult een voor een de namen van de rekruten en opeens hoort hij hem 'Marsman' roepen. Het blijkt om een volbloed Amsterdammer te gaan, hij heet Hendrik Marsman en zit in het krankzinnigengesticht omdat hij tijdens de marsen luidkeels en onafgebroken *Cryptogamen* van Gerrit Achterberg declameerde. Dit is de wijze waarop hij met *Cryptogamen* in aanraking komt, het wordt de bundel waarop hij zijn compositie *Geheime huwelijken* baseert en Hendrik Marsman debuteert tien jaar later onder pseudoniem als schrijver. Het verbond tussen Gerrit Achterberg en hem is in Austerlitz definitief bezegeld. In het gekkenhuis schrijft hij zijn eerste cantate en baseert die op 'Stof' van Achterberg. Kent Raffi 'Drievoudig verbond'? Het is zijn lievelingsgedicht uit *Afvaart*.

*Wat is dit een zoete verbintenis*
*u en de dood en ik.*
*Dat liefde er niets bij heeft ingeboet,*
*te geraken tot deze rust.*

Let wel, geschreven voor de dood van zijn geliefde, 'u en de dood en ik'. Wonderlijk toch, dat iets wat in de toekomst gaat plaatsvinden, het verleden kleurt? Raffi weet toch dat hij zich nu al maandenlang de ziel van Tsjaikovski probeert eigen te maken? Nou, met Tsjaikovski's *Pathétique* is in zekere zin hetzelfde gebeurd. De première van de *Pathétique* vond een aantal dagen voor de mysterieuze dood van de componist plaats. Tsjaikovski dirigeerde de symfonie zelf, in Sint-Petersburg. Tot zijn grote verdriet was de ontvangst van zijn zielenwerk lauw tot ronduit vijandig. Nadat de laatste, schitterende tonen van wat hij zelf als een requiem bestempelde, wegstierven, Peter Iljitsj de dirigentenstok neerlegde en dodelijk vermoeid het hoofd boog, kwam er nauwelijks applaus uit de zaal. Hij meende zelfs een afkeurend morren en fluiten van het publiek te horen. De volgende dag zijn de kranten buitengewoon negatief over het werk waarin hij al zijn liefde voor die jongen stopte. Een week later is hij dood. Heel Rusland is onthutst, de kranten brengen het in grote koppen op de voorpagina, de natie is ondergedompeld in rouw en er wordt geroddeld. Nou, zij weten dankzij die Orlova inmiddels dat de dood van Tsjaikovski anders in elkaar steekt en de wat argwanender Russen van die tijd hebben waarschijnlijk ook hun bange vermoedens gehad, maar dat doet er nu niet toe. Het belangrijkste is dit: op de avond dat de dood van de geliefde componist bekend wordt gemaakt, vindt in Sint-Petersburg weer een uitvoering van de *Pathétique* plaats. Dit keer is de ontvangst volkomen anders. De laatste tonen van de klaagzang klinken nog na als het voltallige publiek uit de stoel oprijst en in tranen uitbarst. Er komt geen einde aan de ovatie en het gejuich. Sedertdien geldt de *Pathétique* als het grootste meesterwerk dat Tsjaikovski ooit schreef.

Met het beeld van Lucas Loos voor ogen, die altijd met een mengeling van bedeesdheid en pathetiek zijn verhalen vertelt, draait Rafaël de kraan van de douche dicht. Het is een beeld dat hem ontroert en toch is er een lichamelijke sensatie die het van deze ontroering wint. Hij twijfelt of het water hem verfriste of dat het de adrenaline is die hij door zijn aderen voelt jagen, maar hij is opgewonden. Het is de opwinding die met geen enkele andere lust te vergelijken valt, het pure geluk van de ontdekking van een patroon, van een kloppend systeem dat door het denken blootgelegd kan worden onder de woekerende chaos van de werkelijkheid. Een jubelende zege van het verstand op de willekeur van het leven. Hij kan zich nagenoeg woordelijk het slot van hun gesprek over Achterberg en Tsjaikovski herinneren. Lucas grinnikte toen hij het zei.

'Het is maar goed dat ik geen cynicus ben, anders zou ik een wijze les uit de levens van Achterberg en Tsjaikovski moeten trekken: Loos, pleeg een moord of bega zelfmoord, dan zal je werk eindelijk de ontvangst krijgen die het verdient.'

Als Rafaël de handdoek om zich heen slaat, ziet hij het angstige gezicht van Lucas weer voor zich, zoals hij vanochtend midden op straat stond, en opeens weet hij zeker dat zijn talent het gaat winnen van zijn loyaliteit. Hij zal met de kennis van nu, met wetenschap van de verschrikkelijke dood van Clara, kijken naar het verleden en de ontwikkeling van zijn werk op de voet volgen. Het begin van de toekomst heeft hij al in handen, de correspondentie en de gesprekken met Lucas over *Het tribunaal*. De rest is afwachten en dat komt hem goed uit. Rafael heeft een buffer in de tijd nodig, een zoektocht die hem jaren zal gaan kosten. Hij weet niet precies waarom. Hij weet niet dat hij er stiekem op hoopt in de loop van de tijd de schuld van zijn schouders te kunnen wentelen die hij al bij voorbaat voelt.

In de dagen die volgen op het matineuze bezoek van Lucas, is Rafaël in zijn archieven gedoken. Hij zoekt de banden uit waarop zijn gesprekken met Lucas staan, legt de partituren en libretti in chronologische volgorde en sorteert de brieven van Lucas en Clara op data van ontvangst. De eerste brief die hij herleest, is de laatste brief van Clara. Wat hem bij eerste lezing trof, valt hem nu nog meer op. Hij had zich voorgenomen Bella te bellen om haar te condoleren met de dood van haar vriendin en op vrijdagmiddag besluit hij het moeilijke telefoongesprek niet langer uit te stellen. Hij draait het nummer van de Oudezijds uit zijn hoofd. Hij krijgt Robin aan de lijn, vraagt naar Bella en wacht tot Robin haar in het grote huis gevonden heeft. Op de achtergrond klinken kinderstemmen en het geluid van blaffende honden. Het hese stemgeluid van Bella bezorgt hem even een schok. Het is alsof hij Clara hoort. Zijn lichaam maakt dezelfde vergissing en jaagt een golf bloed naar zijn kruis.

'Ik wilde je van harte condoleren met het verlies van je hartsvriendin,' zegt hij tegen Bella.

'Wat ontzettend lief van je,' reageert Bella enthousiast. 'Het is verschrikkelijk, hè, wat er gebeurd is? Ik kan er nog niet bij. Jij trouwens ook gecondoleerd. Je weet toch dat ze dol op je was? Het was niet zomaar een flirt, hoor, ze was echt gek op je. We hadden het in Griekenland vaak over je en ze heeft je nog een brief geschreven. Heb je die gehad?'

'Hij ligt voor me. Mag ik daar iets over vragen?'

'Ja, natuurlijk, vraag maar. Iedereen vraagt me het hemd van het lijf, alleen, ik weet niets. Ik sliep. Ik heb niks gezien. Lucas heeft me pas later wakker gemaakt. Toen was ze al weg.'

'Dat heb ik gehoord, van Lucas. Hij was gisteren hier en heeft verteld hoe het is gegaan.'

'Schrok je niet van hem? Hij is in alle staten, hè? Helemaal van de kaart, weet van voren niet dat hij van achteren leeft. We kunnen niets voor hem doen, alleen een beetje op Quint letten en ervoor zorgen dat hij mensen om zich heen heeft, dat wil hij graag. Je kunt gerust langskomen, het is hier een dolle boel.'

'Misschien doe ik dat wel. Hoe gaat het met Quint?'

'Kinderen zijn onverwoestbaar, die gaan anders met zoiets om. Hij speelt en is vrolijk. Aan iedereen die langskomt vertelt hij vol vuur dat hij First Royal Class vloog en eventjes bij de piloten in de cockpit van de Boeing mocht. Je merkt eigenlijk niks aan hem. Hij wil alleen zijn oude kleren niet uittrekken, dat is het enige en hij blijft zo dicht mogelijk in de buurt van Lucas. Puck houdt hem goed in de gaten. Zeg, je gaat toch wel door met dat portret, hè? Daar was Clara hartstikke benieuwd naar. Ook hoe ze er zelf in zou voorkomen, natuurlijk. Zo was ze wel.'

'Het is iets voor de lange termijn, maar geen portret van Lucas zonder Clara. Ze vraagt er in haar brief naar. Maar er staat ook iets over een verschrikkelijke hoogtevrees die ze opeens had. Was je daarbij?'

'Jazeker! Ja, dat was heel akelig en heel gek. Maar achteraf is er wel meer akelig en gek. Het was niet eens dichtbij. We zaten op de grond en verderop was een afgrond, maar minstens tien meter bij ons vandaan. God ja, dat ze jou daarover schreef, dat is toch vreemd. Ik heb er niet eens meer aan teruggedacht, maar nou je het zegt. Ik zie haar nog zo voor me, met haar tasje op haar schoot, alsof ze zich eraan vastklampte. We hadden een flinke klim gemaakt, met zijn tweeën, naar de top van een rots. Daar was een immens plateau, maar toen we boven aankwamen begon ze meteen te bibberen. "Niet naar de rand," zei ze steeds, "niet naar de rand." Ze was panisch en greep mijn arm vast. "Maar Claar," zeg ik nog, "we zijn minstens tien meter bij die rand vandaan." Ik werd er bang van hoe bang ze was. Het was niks voor haar. Je kent haar, altijd stoer, roekeloos, grote bek, voor de duvel niet bang. "Ik kan alles aan", dat was Clara. Maar dit keer niet en daarom vond ik het zo vreemd. "Wat is er toch met je?" vraag ik. "Het trekt aan me," heeft ze toen gezegd, "ik ben bang dat ik ga vallen." Verdomme, Raffi, dat heeft ze gezegd. "Het trekt aan me. Ik ben bang dat ik ga vallen." Ik hoor het haar nog zeggen. Eng, hè?'

'Heel eng,' bevestigt hij. 'Het spijt me dat ik het zo bij je zit op te rakelen.'

'Ach, doe niet zo gek, alsof ik ergens anders aan kan denken. Alles aan deze reis was raar. Het spookt de godganselijke dag door mijn hoofd en door dat van Lucas ook. Hij heeft vanochtend de foto's opgehaald, met spoed ontwikkeld, dat heeft een fotograaf speciaal voor hem gedaan. Maar je zou hem nu moeten zien. Hij hangt al uren boven die stapel plaatjes en bestudeert elke foto tot in detail. Zelfs als we glansbruin zitten te stralen in de zon, ziet hij het drama erdoorheen schemeren. Als je eerstdaags langskomt op de Oudezijds moet je de foto's maar eens bekijken. De laatste foto van Clara heeft hij op de piano gezet. We zitten met zijn vieren op het terras, samen op de bank. Ik links, Quint hangt half bij Lucas op schoot, die twee zitten in het midden, en Clara zit in de rechterhoek. Nou ja, in het echt omgekeerd natuurlijk, daar is links rechts, spiegelbeeld, snap je wel. Nu loopt hij de hele tijd langs die foto. "Jij vermoedt het en Clara weet het," zegt hij steeds. Om gek van te worden.'

'Was het dan zo? Had jij het gevoel dat er iets stond te gebeuren?'

'Welnee, totaal niet, ik vermoedde helemaal niks. Wat dacht je, als ik maar het geringste vermoeden had gehad van wat dan ook, had ik haar vastgebonden op een stoel of op het eerste het beste vliegtuig naar huis gezet. Dat deed ik toch ook als we uitgingen, dan pakte ik toch altijd de sleutels van haar auto af? Nee hoor, ik vermoedde in de verste verte niets. Dat doet Lucas, Lucas is hier van de vermoedens.'

Rafaël ziet opeens het beeld voor zich, van een tafel in een van de P-cafés, De Pool, De Pieter of De Palm, hij weet het niet meer, een van die cafés waar ze vaak naartoe gingen. Clara, Bella, hij en nog wat vrienden zijn er beland na een bioscoopbezoek. Clara stommelt behoorlijk dronken naar de wc. Zodra ze uit het zicht is, duikt Bella in Clara's handtas, graait erin en vindt wat ze zocht. 'Hebbes,' zegt ze en stopt een set autosleutels snel in haar jaszak. Even later komt Clara terug. Hoe dronken ze ook is, ze voelt haarfijn aan dat de groep die ze achterliet opeens verbonden is door een geheim. Met half geloken ogen kijkt ze naar Bella, tovert een hartverwarmende glimlach op het gezicht, graait met de rechterhand in de zak van haar spijkerjack en laat triomfantelijk een set autosleutels voor Bella's neus bungelen. Bleek ze voorbereid te zijn op de zoveelste reddingsactie van haar vriendin en had voor de kroegentocht begon de reservesleutels van de auto bij zich gestoken.

Hij was vergeten hoe prettig het is om met Bella te praten, hoe ze van wal steekt, met die hese sonoriteit doorratelt en met elke zin een aanstekelijke levenslust overbrengt.

'Dank je,' zegt hij tegen Bella.

'Heerlijk om even met je te praten, Raffi, en lief dat je belde. Kom maar gauw langs. Je bent toch op de begrafenis?'

'Natuurlijk. Weten jullie iets meer over de autopsie? Wanneer wordt Clara teruggevlogen?'

'Geen flauw idee, we weten niks. Lucas belt elke dag met de ambassade in Athene, maar die doen of hun neus bloedt en zeggen dat Griekenland nu eenmaal geen Nederland is.'

'Nogmaals bedankt, Bella.'

'Tot gauw, Raffi.'

## 4

Bubi de Vos, Eva Kats en Jacoba Malink zijn de eersten voor wie de poorten van begraafplaats Zorgvlied worden geopend. In de lelijke eend van Eva volgen ze de vrachtauto waarin de piano van Bubi wordt vervoerd. De grote deuren van de achteringang van de aula zijn open gezet door de beheerder van Zorgvlied en de kleine houten verhoging waarop ze zullen spelen staat klaar. De professionele sjouwers hebben in een mum van tijd de piano op aanwijzingen van der Bub opgesteld en de drie bereiden zich voor op een laatste repetitie. Het is halfnegen in de ochtend van woensdag 5 augustus 1981. Een lichte misselijkheid overvalt de inbleke Bub als hij de aula binnenkomt en ingesloten raakt door de onontkoombare, weemakende geur van witte lelies. Hij vraagt aan Eva en Jacoba of ze er bezwaar tegen hebben dat de deuren tijdens de repetitie openblijven. Eva kan het niets schelen, maar Jacoba grijpt onmiddellijk naar haar keel en zegt dat die ochtendbries haar stem geen goed doet. Hij had het zelf kunnen bedenken. Het is de angst van de zangers, die hij altijd wat overdreven vindt, maar toch probeert te begrijpen. Hun lichaam is hun instrument en het geringste zuchtje wind kan het aantasten of verwoesten. In de loop van de jaren overtuigde de nervositeit van zangers hem van de noodzaak van hun overdreven omzichtigheid. En vandaag komt daar nog iets bovenop. Ze lijden alle drie aan een tergende ambivalentie. Ze hebben toegezegd te zullen spelen op de begrafenis van Clara Wevers uit liefde en vriendschap voor haar en voor Lucas en Quint. Tijdens de repetities verkeerden ze in de veronderstelling dat het weliswaar een happening voor Clara moest worden, maar dat het toch een intieme rouwdienst zou zijn voor haar familie en vrienden. Door de tweede dodenadvertentie die Lucas in de krant liet plaatsen moesten ze de hoop op beslotenheid laten varen. Hoewel het de langverwachte bekendmaking was van dag, uur en plaats van de begrafenis, was het tegelijkertijd een wervende aankondiging van de uitvoering van *De brug* voor mezzosopraan, viool en piano, door Jacoba Malink, Eva Kats en Bubi de Vos. Dodenadvertentie en reclame ineen, het had hun alle drie geërgerd en met schaamte vervuld.

'Wat ik uit liefde voor Clara doe, wordt opeens iets vulgairs, alsof ik aandacht voor mijzelf wil,' klaagde Jacoba.

De repetities waren moeizaam verlopen, omdat Jacoba regelmatig door emoties overmand de moeilijke zangpartij moest afbreken. Ze schoot vol, haar keel zat dicht en er kwam geen noot meer uit.

'Het is die tekst,' zei ze, 'en dan nog eens al die trillers en tremoli, ik word er naar van. Wat een bizarre keuze, alsof we Clara muzikaal begeleiden bij haar val. Ik hoor Lucas steeds zeggen wat hij jaren geleden bij de eerste repetities tegen me zei: "Je bent voortdurend bang dat de brug instort en dat je in het tientallen meters diepe ravijn valt. Die angst voor de afgrond moet doorklinken in de zang."'

'Het is griezelig allemaal,' had Eva eraan toegevoegd. 'Alleen al om elke dag de omslag van de partituur onder ogen te hebben.'

'Lucas heeft het zelf ontworpen,' kon Bubi vertellen. Lucas had hem jaren geleden zijn fascinatie voor bruggen duidelijk gemaakt en bij het werken aan *De brug* een foto getoond van het historische bouwwerk waarop zijn compositie geïnspireerd was: de Salginatobelbrug in Zwitserland, van de architect Robert Maillart.

'Het is de eerste brug van voorgespannen beton,' had hij enthousiast verteld, 'en een perfect samenspel tussen horizontale en verticale krachten. Het is het evenwicht en de harmonie waarnaar ik op zoek ben, de enige manier waarop we een brug kunnen slaan tussen het verguisde verleden en een klinkende toekomst.'

Met een niet-aflatende ijver en liefde voor de muziek bleef Lucas zoeken naar een compositieleer die de muziek uit de crisis van de tonaliteit kon redden. Der Bub kon niet anders dan hem mateloos bewonderen voor zijn inzet, zijn werklust en voor de af en toe geniale oplossingen die hij aandroeg om zijn ideaal te verwezenlijken. Hij wist dat Lucas op het punt stond zijn theorie te voltooien en wereldkundig te maken. De naam had hij al: de klankklok. Nog geen jaar geleden toonde Lucas hem het grafische prototype van zijn uitvinding. Hij was een verwoed knutselaar, verbouwde eigenhandig het hele huis, timmerde volières voor de vogels, kooien voor de hamsters en toonde hem nu met een innemende schutterigheid een ronde ring waarop hij een doek had gespannen. Op het doek waren twaalf stervormige figuren genaaid, waardoor het werk deed denken aan een afbeelding van de hemel, zoals je die wel eens in astrologieboeken aantreft.

'Dit is hem dan, de klankklok. Hiermee is de crisis van de muzikale harmonie opgelost.'

'Het is net een zodiak,' zei Bubi, die zich had aangewend doof te zijn voor de pralerige opmerkingen van Lucas.

'Dat is het ook: een zodiak van de twaalf tonaliteiten van de chromatische toonladder. Kijk, vier drieklanken per octaaf, dat zijn de vier kwartieren van het uur. Vier keer drie is twaalf. Elk kloppend ordeningsprincipe heeft eeuwige waarde en strekt zich uit over een groter gebied dan waarvoor het is bedoeld. Met de klankklok kun je het chromatische universum horen, als je je oor maar te luisteren legt. Ik moet het nog vervolmaken, maar uiteindelijk zal ik laten zien hoe elk kwartier wordt beheerst door een van de windrichtingen en aangestuurd door een van de vier elementen: water, vuur, aarde en lucht.'

Ondanks een licht scepticisme was Bubi onder de indruk en stak het niet onder stoelen of banken. De klankklok had iets geniaals. Nooit eerder had iemand de chromatische toonladder teruggebracht tot twaalf drieklanken en hij bewonderde Lucas om zijn vondst, al zag hij ook de gevaren en beperkingen van het systeem. Bubi wist dat Lucas nog worstelde met het eerste uur, het enige uur waarin de drieklanken geen onderlinge verbinding aangaan. Tijdens hun avonden op de Oudezijds probeerde hij hardop mee te denken en oplossingen aan te dragen voor het weerbarstige uur dat zich stug leek te verzetten tegen een gedienstige rol binnen het ingenieuze geheel.

Ook al voelt hij waar de schoen gaat wringen, toch zal Bubi eind jaren zeventig, de jaren waarin Lucas hem laat delen in de ontwikkeling van de klankklok, het grootste gevaar onderschatten. Met de hem kenmerkende naïviteit meent hij dat de theorie Lucas voor problemen gaat stellen, maar daarin zal het gevaar niet liggen. Het gevaar zal liggen in de manier waarop Lucas met de klankklok omgaat. Niet de maat van de muziek, maar de menselijke maat zal uiteindelijk leiden tot de breuk die zich al jaren met zacht geruis aankondigt. Nu nog deelt hij in de euforie van Lucas en begrijpt die volkomen. Het is de euforie van de ontdekking dat iets klopt, dat alles op zijn plaats valt en daar betekenis krijgt voor het geheel. Ze is het grootst als je zelf iets maakt wat er niet eerder was, ook al is dat bedrieglijk, want de afzonderlijke elementen bestonden wel en zweefden in de geschiedenis, maar ze werden nooit eerder op deze wijze samengebracht. Samenbrengen, bijeenvoegen, het nieuwe zal altijd daaruit bestaan. Elke onverwachte samenvoeging levert een nieuwe interpretatie van de onderdelen op. Wat er bijeengebracht wordt en welke uitkomst dat heeft, verraadt de geest van degene die de originele ordening schept. In het universum van Lucas waren de aloude drieklanken de afzonderlijke elementen van zijn inzicht en wat er bijeengebracht werd, leverde op waarnaar hij zijn leven lang had gezocht: harmonie.

Avond aan avond had Bubi met zijn al jaren zwenkende gemoed gefascineerd geluisterd naar Lucas' uiteenzettingen en gedaan waar hij zo goed in was, hem ongeremd bejubeld om zijn vondsten. Toch hadden de gesprekken nooit de vriendschap teruggebracht die hij ooit voor Lucas voelde en hij wist precies waarom. Zelfs nu Lucas op het punt stond om, zoals hij beweerde, de crisis van de tonaliteit in de twintigste eeuw definitief op te lossen en de muziek aan de muziek terug te geven, kon hij dit niet doen zonder in het wilde weg om zich heen te trappen, geliefde collega's te beschimpen en componisten die hij in het verleden had bewonderd en nagevolgd, naar beneden te trappen. In het afvallen van anderen spaarde Lucas de man die tegenover hem zat en geduldig en bewonderend naar hem luisterde, niet. Bubi kon de vernederende opmerkingen aan het adres van zijn goede vriend Jacob Adamse en aan dat van Arnold Schönberg, van wie Bubi regelmatig werken uitvoerde, niet anders interpreteren dan als bewust kwetsende opmerkingen. Lucas deed het expres. Jacob noemde hij een 'kerkse sentimentalist en katholieke sadist' en Schönberg 'de Lenin van de eentoonsstaat'. Lucas wist verdomde goed dat Jacob zijn beste vriend en hij een trouwe adept van Schönberg was. Liet hij de geforceerd virtuoze beschimpingen aan zich voorbijgaan, dan bezorgde Lucas hem het gevoel een verrader te zijn. Ging hij ertegen in, raakten ze binnen de kortste keren verwikkeld in een van de verwoede discussies die hij zo onaangenaam was gaan vinden. Daarom kwam hij na een avond met Lucas doorgebracht te hebben, elke keer uitgeput en verward thuis. Het duizelde hem van de muzikale inzichten die Lucas met hem deelde en tegelijkertijd was hij ziedend om de beledigingen die hij voor de lieve vrede had zitten slikken of met een groeiende tegenzin pareerde.

Bubi kijkt naar het pikzwarte omslag van de partituur. Op de voorkant prijkt een zwart-witfoto van het woeste Zwitserse gebergte waarin de Salginatobelbrug, hangend boven een duizelingwekkende afgrond, een overspanning tussen twee bergketens vormt. Lucas heeft het oorspronkelijke grauwwit van het beton felrood ingekleurd. Het is de enige kleur die het omslag kent. Onder de foto van de afgrond prijkt een kleine foto van Quint als jongetje. Lucas heeft *De brug* samen met het twee jaar oudere *Tollen* doen uitgeven. Een gewaagd stuk, een ode aan de popmuziek, theatraal door zes gigantische, door Thomas Burggraaf ontworpen bromtollen. Nu, na een kleine tien jaar, had het in bepaalde kringen een cultstatus verworven. Lucas trok destijds met een traag rijdende vrachtauto door de stad, stond op een aanhangwagen achter een van de manshoge tollen en riep als een volleerd stalmeester zijn publiek bijeen. Met Thomas had hij het Muzisch Circus opgericht om met zijn composities het volk te bereiken en in bolvormige tenten op te treden waar hij wilde. Heel Nederland en liefst de hele wereld moest ervan doordrongen raken dat ze leefden in een waanzinnige eeuw.

'Als je niet krankzinnig wordt van onze tijd, word je het wel van het luisteren naar het stuk van Lucas,' had Clara toen droogjes opgemerkt.

Het Muzisch Circus was een voortzetting van het verzet van Lucas tegen de onwrikbare tempels van de muziek, waar alleen de klassieken werden uitgevoerd en de avant-garde geen enkele kans kreeg. Zoals Lucas in het verleden de aandrijvende kracht achter elke ludieke actie was, nam hij in 1969 het initiatief openlijk verzet te plegen tegen het bolwerk van de klassieke muziek: het Concertgebouworkest. Bubi was onmiddellijk enthousiast geweest. Met zijn wervende brille wist Lucas collega's en musici op te trommelen, overtuigde een aantal vrienden van De Tafel en sleepte een stel professionele oproerkraaiers mee in zijn plan openlijk een uitvoering van het Concertgebouworkest te verstoren. Op een avond in november togen ze opgewonden en zenuwachtig met een bende van veertig man naar het Concertgebouw. De kaarten voor de grote zaal waren duur, dus kochten ze kaarten voor de kleine zaal, waar een pianorecital werd uitgevoerd dat blijkbaar geen hond wilde horen. Met de goedkope kaarten verschaften ze zich slinks toegang tot de imposante concertzaal, waar Bernard Haitink een oubollig achttiende-eeuws fluitconcert van Quantz dirigeerde. Verborgen in de zakken van hun jassen en in de milieuvriendelijke stoffen tassen sluisden ze hun wapens naar binnen, onder hun truien verstopten ze stapels pamfletten met een vlammend protest tegen het conservatieve beleid van de muziektempel. Op een teken van Lucas zouden ze bij de inzet van het concert de metalen klikkikkers, ratels en toeters tevoorschijn halen en met een infernale kakofonie het concert vanaf de eerste noot verstoren. Bubi herinnert zich de opwinding en nervositeit waarmee hij rechtop in het rode pluche het signaal van Lucas afwacht. Het revolutionaire elan van de tijd jaagt het bloed door zijn aderen en hij verdraagt nauwelijks de spanning die hun snode plan bij hem teweegbrengt. Alles komt nu aan op het vertrouwen dat iedereen na het beginteken meedoet met de provocatieve notenkrakerssuite. Haitink komt op, neemt zijn welkomstapplaus in ontvangst, wacht tot het blauwgrijze permanentjespubliek volledig stil is en heft zijn armen in de lucht. Hij staat in het donker naast Lucas en Aaron en houdt zijn adem in. Op het moment dat Haitink zich naar de fluitist richt en de inzet geeft, blaast Lucas keihard op een toeter. Vanaf dat moment breekt de hel los, klikken tientallen kikkers, verscheuren toeters de plechtige sfeer en roepen ratels om opstand. De dirigent is als door de bliksem getroffen, de zaalsuppoosten hebben geen idee wie ze waar moeten oppakken en ze maken intussen een lawaai als een oordeel. Voor zijn gevoel duurt het wel een kwartier voordat de suppoosten met geroep en geschreeuw de opstandelingen hardhandig uit de zaal jagen. Lucas heeft nog geprobeerd met een meegesmokkelde megafoon het pamflet voor te lezen, maar hij kwam niet boven het lawaai uit.

Met een verdriet dat in het afgelopen halfuur alleen maar toe nam, bladert Bubi door de partituur van *Tollen*. Het stuk heeft kwaliteit, zonder meer, maar nu hij in het iele handschrift van Lucas weer de regieaanwijzingen herkent, voelt hij ook een oude ergernis opkomen. Het ligt er allemaal zo dik bovenop en is zo afbeeldend, een dolgedraaide tijd weergegeven met dolgedraaide muziek, *dwangbuisrijp*, *kolkend*, *als een zenuwpatiënt*, dat zijn de opdrachten waarmee hij het als uitvoerder moet doen. Met de bril tegen zijn voorhoofd geschoven, turend naar de notenbalken schiet hem opeens iets te binnen. Snel slaat hij de titelpagina op, maar hij vindt niet wat hij zoekt. Met een lichte opwinding die hij verwelkomt omdat ze hem zijn groeiende misselijkheid doet vergeten, loopt hij naar Jacoba toe.

'Jij zong toch de sopraanpartij op de première van *Tollen*?'

'Ja, in 1974 was dat.'

'Herinner jij je ook dat in de oorspronkelijke versie het stuk was opgedragen aan Joe Cocker?'

'Jazeker. Lucas had het met de hand onder aan de eerste pagina geschreven, ik zie het zo nog staan: "Voor Joe Cocker", en dan iets over wat Cocker gezegd zou hebben, maar ik weet niet meer wat. Staat het niet in de partituur?'

'Dat is het hem juist, ik herinner me die opdracht ook, maar hij is hier niet opgenomen. Volgens mij citeerde hij Joe Cocker, omdat die gezegd zou hebben dat als hij niet kon zingen, hij iemand zou vermoorden.'

'Je hebt gelijk, dat was ik helemaal vergeten. Lucas zei dat het een uitspraak naar zijn hart was. Als hij niet had kunnen componeren, was hij ongetwijfeld een moordenaar geworden.'

'Nou, dan hebben we op de ochtend van de begrafenis twee partituren voor de neus die zinderen van moordlust.'

'Leuke jongen ben je toch, Bub. We moeten nog beginnen!'

'Och god, Jacoba, ja, sorry, daar had ik wel eens aan mogen denken. Het houdt me ook zo bezig, sorry.'

'Ben je zelf wel in staat om te spelen? Je ziet zo wit als een doek.'

'Migraine, ik ga even een aspirientje slikken.'

Op de wc in een van de gangen van de aula haalt der Bub een buisje aspirines tevoorschijn en schudt er drie in zijn hand. Hij weet dat de tabletten zijn migraine niet zullen wegnemen, maar de pijn voldoende afdempen om de partituur te kunnen lezen. Echt nodig is het niet. Hij heeft een ijzeren geheugen en na twee repetities kende hij alle partijen weer van buiten. Hij leunt met zijn voorhoofd tegen de glanzende tegels en geniet van de weldadige koelte. Wat een krankzinnige anderhalve week. De avonden op de Oudezijds, de zoete inval van vrienden en een geëxalteerde Lucas die tussen hen heen laveert. De bijna dagelijkse ontmoetingen met de Prins en Raffi en de geheimzinnige sfeer die er tussen hen hing. Bepakt en bezakt kwamen ze in elkaars huizen, met partituren, stukken van Lucas uit de kranten en vooral met een uitvoerige correspondentie. Zweterige, jongensclubachtige middagen waren het, met spannende onderzoekingen en een broederlijke verbondenheid van speurders die een complot ontdekken, maar hun opwinding nooit konden ondergaan zonder een gevoel van schuld en gêne. Nog een fikse ruzie met Puck ook, omdat ze hem op een avond verweet verslaafd te zijn aan opwinding. Hij ging fel tegen haar opmerking in.

'Je zou eens moeten weten wat we allemaal ontdekken, daar zou je zelf ook behoorlijk overstuur van raken. Het wemelt van de aanduidingen waardoor de dood van Clara in een macaber licht komt te staan.'

'Jullie vinden wat jullie zoeken. Lucas houdt van opera. Ooit een opera gezien waarin geen vaders, moeders, minnaars en geliefden de keel wordt doorgesneden?'

'Het zijn niet alleen de opera's, Puck. De Prins heeft brieven uit Griekenland waarin Lucas nota bene schrijft dat hij bezig is met een requiem. Vind je dat niet sinister, dan?'

'Dat zegt niets. Hij heeft het al jaren over een requiem. De ultieme uitdaging voor een toondichter, vond hij dat.'

'Maar in een brief aan de Prins, die dateert van een paar dagen voor Clara's dood, schrijft hij dat hij een requiem zou willen componeren, maar dat ene verdriet niet kent. Dan schrijft hij letterlijk: "Iedereen van wie ik houd leeft er lustig op los en echt een moord doen voor de muziek zou zelfs mij te ver voeren."'

'Nou, daar staat de waarheid, de rest is spelen met taal, flauwe jongenshumor. Lucas is een kind, dat vergeten jullie. Het is een kind dat met tollen speelt, met klikkikkers, een circusjongen, een peuter die knipt en plakt en boomhutten bouwt.'

'En omdat jij van kinderen houdt, sla je alles waarop wij stuiten in de wind?'

'Wat zit je toch te drammen. Houden van iets wat klein en weerloos is, is zo gemakkelijk dat je het geen houden van mag noemen. Houden chirurgen van levers, magen, darmen enzovoort? Nee. Ze houden van openmaken, snijden, van pielen met zenuwen en aders, ze houden van genezen. Iets wat ze binnenin doen maakt dat iemand weer op eigen benen naar buiten kan. Zo ongeveer houd ik van kinderen. De kinderen waarmee ik te maken heb zijn het beste af als ze zo snel mogelijk genezen van de ziekte die jeugd heet en daar help ik ze een handje bij.'

'Dus omdat je Lucas als een kind ziet, vind je hem ziek?'

'Hè, hè, eindelijk begrepen. En luister goed naar wat ik je nu zeg: de ziekte van Lucas is zijn onuitstaanbare, onverdraaglijke, ongeneeslijke, verschrikkelijke en ja, bij tijd en wijle hemeltergende on-schuld.' Puck had het laatste woord ferm benadrukt en de twee lettergrepen afzonderlijk op hem afgevuurd.

Terug in de aula ziet hij Jacoba op de rand van de houten verhoging zitten. Ze houdt een beschreven vel papier in haar hand, maar staart er eerder verdwaasd naar dan dat ze de tekst leest. Als der Bub op haar toe loopt herkent hij het handschrift van Lucas. Jacoba bekijkt de vertaling die Lucas uitdeelde voordat ze in 1974 de Spaanstalige klaagzang gingen repeteren voor de première in het Vondelpark. Voor een zanger is het belangrijk te weten wat hij zingt. Lucas was zich daarvan bewust en had er destijds voor gezorgd dat de drie musici een vertaling van het gedicht van Pablo Neruda bijtijds ontvingen. Samen met Aaron hadden Lucas en Bubi eind jaren zestig een privéleraar ingehuurd om de Spaanse taal onder de knie te kunnen krijgen. Elke woensdagnamiddag kwamen ze in een achterkamer van De Kring bijeen en bogen zich over de boeken. Het verwerven van de vreemde taal was onderdeel van de voorbereiding voor hun bezoek aan Cuba. Met die lessen achter zijn kiezen had Lucas, met behulp van een van zijn exotische vriendjes, een gedicht uit Pablo Neruda's *Canto General* vertaald. Lucas bezat onmiskenbaar dichterlijke aanleg en ze vonden de teksten prachtig.

'Zou je dat nou wel doen?' vraagt hij bezorgd aan Jacoba. 'Je maakt het jezelf nog moeilijker dan het is.'

'Weet je wel wat ik daar dadelijk sta te zingen?'

Hij gaat naast haar zitten, meer om haar tot steun te zijn, dan om Lucas' vertaling van het gedicht te lezen, want die heeft hij de afgelopen dagen uitentreuren bekeken en met Raffi besproken.

*Reik me je hand vanuit de diepste diepte*
*van je alomtegenwoordige verdriet.*
*Je zult nooit terugkeren van de bodem van de rotsen.*
*Je zult nooit terugkeren uit de onderwereldse tijd.*
*Jouw eeuwig geworden stem zal nooit terugkeren.*
*Jouw doordrongen ogen zullen nooit terugkeren.*

'Zet je eigen associaties even van je af, Jacoba,' spreekt hij haar bemoedigend toe, 'en denk maar aan het lijdende volk van Chili, want daar dacht Lucas waarschijnlijk ook aan.'

Eva was bij hen komen staan en knikte.

'En jij mag blij zijn dat Lucas zijn oorspronkelijke plan niet uitvoerde,' richt hij zich tot Eva, 'want dan had je nu een duivelstrillersonate moeten spelen en het is de vraag of je daar vandaag toe in staat was geweest.'

Hij is opgelucht als Eva het verborgen compliment met een glimlach in ontvangst neemt. Zelfs Yehudi Menuhin had zich nooit aan de *Duivelstrillersonate* van Tartini gewaagd.

Niet de *Duivelstrillersonate* was herhaaldelijk onderwerp van de gesprekken tussen de Prins, Raffi en hem de afgelopen dagen, maar wel de duivel in een andere vorm. Wat Bubi en Rafaël wisten uit gesprekken met Lucas, was voor de Prins nieuw en een van de ontdekkingen die hem zelfs zijn bril deden afzetten.

'Het lijkt wel alsof we midden in de geschiedenis van Faust zijn beland,' riep hij op een avond uit.

'Of in die van Judas,' had Raffi geantwoord.

Ze hadden het over de *diabolo in musica*, hoe belangrijk die was geweest in de ontwikkeling van Lucas' ideeën voor de klankklok. Bubi had hun verteld hoe Lucas hem uitlegde dankzij deze duivel in de muziek zijn ontdekkingen gedaan te hebben. Het begrip van de diabolische interval vormde voor hem de schakel tussen het diatonische verleden en zijn ontdekking van de twaalf drieklanken binnen de chromatische toonladder. Raffi wist precies waarover Bub het had. De duivel in de muziek was de kern gaan vormen van het portret van Lucas en de reden waarom hij zijn boek *Lucifer* doopte. De volgende dag stapte Raffi met een map vol correspondentie Bubi's huis binnen. De brief waarvan hij zei dat het de belangrijkste brief voor zijn boek was, zat in een aparte hoes. Toen Raffi hem met zijn diepe, warme stem aan Bubi en de Prins voorlas, hadden ze ernaar geluisterd alsof Lucas tegenover hen zat.

'Gisteren, alleen op mijn paradijselijke zolder, beluisterde ik weer eens de *Johannes Passion*, dit keer niet om mijzelf naar het extatische en intens treurig stemmende moment toe te luisteren waarop Jezus zijn vader het hartbrekende "Es ist vollbracht" toeroept, maar om een, voor een man als ik misschien nog aangrijpender oerscène te herbeleven: het verraad van Judas. Zoals je weet heb ik in mijn leven te veel en te vaak te maken met vrienden die mij, om voor mij onbegrijpelijke redenen, liever zien hangen dan zegevieren. Aan De Tafel bespeur ik hoe de riemen van de dwangbuis strakker aangetrokken worden en enkele getrouwen mij langzaam richting isoleercel drijven. Maar ik schrijf je niet om steun te zoeken in de groeiende verwijdering tussen, met name, Aaron en mij. De *Passie* zette ik niet op om bevestiging te zoeken van wat ik allang weet, ik zocht een andere herkenning, de herkenning van een interval dat mijn akoestische geheugen al maandenlang plaagt. Dat het aan de panden van mijn jas trekt, heeft te maken met mijn zoektocht naar de verlossing uit de crisis van de harmonie, iets wat ik nu eenmaal als mijn hoogste taak beschouw. Je kent me goed genoeg – soms beter dan ik mijzelf ken – om te weten dat ik de eerste ben die lacht om het hoogmoedige idee dat juist ik voor dit lot geboren ben. En toch heb ik het. Daarbij moet ik denken aan de gevleugelde woorden van Schönberg: iemand moest Schönberg zijn en toen werd ik het maar. De verlossingsgedachte was ook hem niet vreemd. Als het niet zo megalomaan zou klinken zou ik zeggen: iemand moest Lucas Loos zijn en toen werd ik het maar.

Het knappe aan de *Johannes Passion* is dat Bach met louter muzikale middelen het toekomstige verraad van Judas aankondigt. Hij heeft geen woorden nodig, hij schrijft met klanken. Verstandig van hem, want ik weet dat woorden oorlog maken en dat het niet de noten maar mijn woorden zijn die me steeds weer in de moeilijkheden brengen.

Luister naar de *Passie*. Ze zet in met drie houtblazers. Hoor, daar klinkt het ijle begin, de drie tonen ES-D-G, het machtige *Soli Deo Gloria*. Zo, dacht Bach, dat is gezegd, aan U de glorie, Jezus kan het toneel van de geschiedenis betreden, God is weer mens geworden. Bach geeft Jezus de mineurdrieklank, een akkoord waaraan de luisteraar de Man van Smarten gemakkelijk herkent. En dan breekt het bijna onverdraaglijke moment aan waarop Judas verschijnt en oog in oog staat met de man die hij zal moeten verraden, want zo staat het geschreven. Hij kan er niks aan doen. Jezus weet dat en kijkt weemoedig naar zijn geliefde vriend en verrader, naar zijn persoonlijke lot. Judas nadert zijn vriend Jezus in de vorm van een verminderde drieklank (des-bes-G). Wat er dan gebeurt in de muziek is zo overstelpend dat ik het niet met droge ogen kan beluisteren. De eerste Jezustoon (G) omarmt de eerste Judastoon (des) en tijdens die fatale omhelzing van de twee mannen scheurt de muzikale hemel wreed in tweeën. De omarming van "goed" en "kwaad" levert het interval op van de verminderde kwint, de *diabolo in musica*, en met deze diabolo voorspelt Bach de gruwelijk schitterende afloop van dit hartverscheurende liefdesverhaal.

Gisterenavond zette ik de naald steeds terug in dezelfde groef om deze onheilspellende aankondiging van het mooiste drama uit de bijbelse geschiedenis in te drinken. Keer op keer luisterde ik naar de elkaar omhelzende tonen, naar dat demonisch dramatische moment en opeens gebeurde het, Raffi, met een reusachtige zwaai openden de poorten van het paradijs zich voor mij en wist ik dat ik thuis was: ik had de harmonie teruggevonden.

De diabolische interval vormt de schakel tussen de diachronische en chromatische tonaliteit! Verleden en heden kunnen overbrugd worden! Harmonie is ook in deze verscheurde bloedeeuw mogelijk, halleluja!

Duizenden gedachten bestormden mijn hoofd. In een blinkend visioen zag ik de oneindige mogelijkheden van een nieuwe harmonie. De hemel brak open en verschafte eindelijk toegang aan de arme componist in deze afschrikwekkende tijd, waarin alles wat melodieus, gevoelvol, zinnelijk en betoverend is in de ban werd gedaan. Ik hoorde bazuinen schallen, welluidende liederen klinken en zag de kleurige taferelen van tientallen opera's die ik zou kunnen schrijven in de taal van de triade. Niet alleen de verminderde kwint rukte de schellen van mijn ogen, Bachs geniale duiding van de *Passie* gaf mij het laatste zetje tot het ultieme inzicht. Het oude (de Vader, de diatoniek) en het nieuwe (de Zoon, de chromatiek) konden alleen verbonden worden door *der Dritte im Bunde* en dat was de diabolo, het kwaad. Zo bezien is het kwaad zo kwaad nog niet, want een onontbeerlijk onderdeel van de liefde en de verlossing. De Heilige Geest, die angelieke, mysterieuze derde van het christendom, is over alle twaalf apostelen (de twaalf tonen) neergedaald, dus ook over Judas. Het verraad is met Gods zegen tot stand gekomen en maakt net zo vitaal deel uit van zijn heilsplan als de loochening van de andere gezegende, Petrus, die de haan driemaal zal doen kraaien.

Liefde kan niet zonder wreedheid, ik heb het altijd gezegd, maar nu kan ik het in de muziek bewijzen. Ook bedacht ik dat het nieuwtestamentaire lot van Judas al ruimschoots daarvoor werd aangekondigd in de alleroudste wereld, de wereld waarin God zetelde voordat Hij de mens schiep: de hemel. In de hemel werd het lot van Lucifer bezegeld. De duivel in de muziek is Lucifer. Zoals God in de vorm van de Heilige Geest neerdaalde over Judas, zo heeft Hij zichzelf een tegenstander geschapen in Lucifer, de engel die meer van Hem hield dan God kon verdragen. Zonder ruzie geen vrijheid, zei Bakoenin. God had Lucifer nodig om vrij te zijn. En Lucifer moest vallen om een overbrugging te kunnen vormen tussen hemel en aarde, net zoals Jezus dat later moest doen. Lucifer maakte de gang van hemel naar aarde, Jezus die van aarde naar hemel. Ik prefereer het eerste pad, want de hemel is hier op aarde. Het tweede pad leidt naar de dood.

Het is ochtend, de dag vloeit aan en het duizelt me nog steeds. Kraaien doe ik van euforisch geluk en om de morgenstond aan te kondigen van een nieuwe harmonie en daarmee van een nieuwe vrijheid. De kring is rond, alles valt op zijn plaats en ik kan de consequenties van de oplossing nauwelijks overzien.'

Na het voorlezen keek Rafaël op en zag aan de gezichten van de Prins en der Bub hoezeer ze onder de indruk waren.

'Geschreven te Amsterdam in december 1977,' zei Raffi, terwijl hij de brievenkop bekeek.

'Schitterende brief,' zei de Prins, 'theatraal, hysterisch, bombastisch, maar dat hoort bij het pathos van Lucas. En door deze brief ben je het portret *Lucifer* gaan noemen?'

'Het was het eerste wat ik tegen Lucas opmerkte toen ik hem op de brief aansprak. Het was wel geestig hoe hij reageerde. Hij was laaiend enthousiast. Een hemelbestormer en trotse rebel, een engel, weliswaar een gevallene, maar nog altijd een engel, wie zou daar niet mee instemmen, al was het voor een streng gereformeerde jongen even slikken om met Lucifer geassocieerd te worden, zei hij.'

Bubi staarde zwijgend voor zich uit. Met een steek in het hart had hij zich zijn oude bewondering voor Lucas herinnerd en haar begrepen. Hier was de Lucas Loos van vroeger aan het woord, bezeten van de muziek, op een bijna religieuze manier op zoek naar verlossing en met een acrobatische intelligentie zijn muzikale vondsten vervlechtend met grote verhalen. De bijbel, de evolutietheorie van Darwin, de memen van Hawkins, de dieptestructuren van Chomsky, Lucas haalde overal weg wat hij kon gebruiken, stelde alle kennis in dienst van de muziek en strooide vervolgens vrolijk zijn alomvattende theorieën in het rond.

'Hij blijft zoeken naar het beloofde land van de muziek,' zei Rafaël, 'zo omschrijft hij dat in een van de gesprekken die ik met hem had. Schönberg heeft volgens hem voorspeld dat er ooit iemand in de hedendaagse muziek zou herrijzen die haar naar het beloofde land zou voeren.'

'En die iemand is dan onze Lucas?' zei Bubi nu met een licht sarcasme. Raffi's opmerking over Schönberg haalde hem terug in de tijd. 'Iedere componist ontwerpt zijn eigen systeem, dat is niets nieuws. Bij Lucas wordt het direct dwingend en groot en allesomvattend. Alles wordt bij hem een ideologie. Een kloppend systeem biedt nog geen garantie voor het componeren van goede muziek.'

'Je kunt niet ontkennen dat het een prachtige vondst is, al ben ik benieuwd hoe hij de duivel in de muziek gaat gebruiken om een brug te slaan tussen het oude en het nieuwe,' zei de Prins.

'Met die diabolo in musica moet hij al een poos in de weer zijn geweest,' zei Bubi. 'Ik herinner me dat het op een avond bij Lucas thuis opeens over de diabolo ging. Hoe we erop kwamen weet ik niet meer. Iemand aan tafel, een vriendin van Clara, vroeg wat dat nou was, de duivel in de muziek, ze vond het een intrigerend begrip. Lucas, met zijn didactische talent om helder en duidelijk over muziek te praten, begon aan een uitgebreide verhandeling. Dat het in de Middeleeuwen een verboden interval was, een gevaarlijke tussentoon, die het octaaf exact in tweeën splitst en daardoor bij geen van beide helften hoort. Ik zie hem nog de snaar aanduiden door naar de uiteinden van de tafel te wijzen. "Harmonie komt voort uit de natuur: De Wet van Pythagoras," zegt hij. Hij plaatst zijn vinger in het midden van de denkbeeldige lijn om het octaaf aan te geven, verdeelt daarna een van de ontstane helften in de helft en zegt: "Hier zit hij, hier huist de duivel, bij de kwint. Precies tussen de beide helften van het octaaf in en bij geen van hen thuis." Clara, die nooit een kans liet liggen om Lucas te wijzen op zijn ambivalenties, zegt: "Zoals jij dus." Hij grinnikt erom, dat weet ik nog. Eigenlijk verdroeg hij van niemand opmerkingen met ook maar een zweem van spot of ironie, behalve van Clara. Hij negeert haar opmerking, richt zich weer tot die vriendin en gaat door met zijn les over de toonladder. Dat je in geen enkel kinderliedje dit interval zult aantreffen, omdat het dwars tegen het natuurlijke interval ingaat en dat het tegennatuurlijke de reden is waarom hij zo lang in de muziek werd verboden en vermeden. "Het is een verhouding, maar het is een niet-harmonische verhouding," gaat hij verder. "De diabolo is de querulant onder de tonen, de onbestemde, de eeuwige dwarsligger met wie niemand zich raad weet." Clara heeft een slok op en begint hem te pesten. Ze zegt: "Elke keer sta ik er versteld van hoe je het altijd zo weet te draaien dat je het eigenlijk weer over jezelf hebt. Zelfs als jij iemand de werking van een kurkentrekker uitlegt, speel je het klaar er een verhaal over Lucas Loos van te maken." De eerste opmerking heeft hij over zijn kant laten gaan, maar nu moet hij zijn gezicht redden en maakt zich op voor de strijd. Op het moment dat hij zijn longen volzuigt, vraagt die vriendin van Clara of hij haar de duivel in de muziek kan laten horen. "Natuurlijk," blaast Lucas opgelucht uit. Hij staat van tafel op, loopt naar die oude piano in de tussenkamer en slaat een diabolo in musica aan. De vrouw luistert ingespannen en vraagt of hij het haar nog een keer kan laten horen. Lucas slaat opnieuw de duivel aan. En dan gebeurt er iets vreemds: de vrouw barst in tranen uit. Clara bezorgd, slaat een arm om haar heen, wrijft wat over haar rug en vraagt wat er is. De vrouw herneemt zich en vertelt dan zoiets opmerkelijks en treurigs, ik zal het nooit vergeten. Ze heeft een zoon van twaalf, zegt ze, en op zijn vierde is er bij hem epilepsie gediagnosticeerd. Ze ging met hem naar de dokter omdat hij zulke rare geluiden maakte, geluiden die ze nauwelijks verdroeg. Ze vond het verschrikkelijk, want dit was haar eigen kind en hoe zou je van je kind niet alles kunnen verdragen, dat was liefdeloos, iets van een ontaarde moeder. Maar ze kon er niets aan doen, de geluiden van haar zoon dreven haar tot waanzin. Zonet, toen Lucas haar de diabolo liet horen, herkende ze opeens het geluid dat haar zoon als kind maakte en nu begreep ze waarom epilepsie ook wel de ziekte van de duivel wordt genoemd, iets wat ze altijd afschuwelijk vond. Krankzinnig verhaal, hè?' besloot Bubi.

'Prachtig verhaal,' zei de Prins, 'mag ik het gebruiken?'

'Wat je wilt.'

'Wat vertelt die diabolo in musica ons eigenlijk? Wat zoeken we?' vroeg de Prins verder.

'Ik weet het nog niet precies,' zei Raffi bedachtzaam. 'Dat hij iemand is die alleen harmonie vindt door het zaaien van verdeeldheid. Lucas verlaat het ene systeem, om zich in het andere te kunnen opsluiten. Zodra hij zichzelf uit de oude gevangenis ontslaat, smijt hij scheldend de hekken ervan dicht, grendelt de poorten af, sluit zich op in een andere cel en schimpt vanachter de spijlen van zijn gloednieuwe behuizing op de bewakers van de vorige. En waarom? Omdat hij de dubbelzinnigheid waarvan heel zijn persoonlijkheid doordrongen is, verafschuwt en minacht. Hij wil zijn eigen verdeeldheid overstijgen om harmonieus, enkelvoudig, doorzichtig, transparant en monomaan te kunnen zijn. Wat we zoeken is een antwoord op de vraag of deze queeste naar het absolute iets met de dood van Clara heeft te maken.'

'Dat is het,' zei Bubi toen, 'dat is het precies.'

'En waarom willen we dat weten?' vroeg de Prins.

'Omdat we van hem willen blijven houden,' antwoordde Rafaël.

## 5

Op woensdag 5 augustus 1981 om 9.25 uur draait de glanzend zwarte lijkauto de Oudezijds Voorburgwal op en stopt voor het pand van Clara Wevers. Robin zit met Quint achter het raam te wachten en hij is de eerste die naar buiten loopt. Op het bordes slaat hij onwillekeurig zijn hakken tegen elkaar en zet een elegant gestrekte rechterhand tegen zijn slaap. Hij salueert de kist zoals hij zijn vader zo vaak een eerbetoon zag brengen en staat er zelf versteld van. Het is alsof zijn lichaam iets doet waartoe hij het geen opdracht gaf. Als hij vanuit zijn ooghoek de gestalte van de kleine Quint ontwaart en opzij kijkt, ziet hij dat Quint zijn gebaar nabootst en op dezelfde manier een saluut brengt aan zijn gestorven moeder.

'Ga ze maar vertellen dat Clara er is,' zegt hij zacht tegen de jongen.

In huis is het druk. Vanaf kwart voor negen staat de deur open en kunnen de vrienden van Clara en Lucas binnentreden zonder eerst te hoeven aanbellen. Omdat er geen geld was voor volgauto's, zijn de autobezitters met eigen vervoer naar de Wallen gereden. Om 9.35 uur zet zich een fleurige stoet blik in beweging, voorgegaan door de auto met de loden kist waarin Clara ligt. Door de aanleg van de ondergrondse ligt de Nieuwmarkt nog deels open en het fijne stuifzand heeft zijn sporen achtergelaten op een aantal carrosserieën. Mica is in alle vroegte naar het landelijke veld gelopen om er, in het centrum van de stad, een veldboeket voor Clara te plukken. Een grote zonnebril moet haar rode, gezwollen oogleden verbergen. Haar woede is in de loop van de dagen gedempt, maar daarmee is ook elk spoor van levenslust uit haar weggestroomd. Ze heeft de strijd om Clara's lichaam en haar zoon verloren. Zwaaiend met het blocnotevel heeft ze geprobeerd aan de laatste wil van haar vriendin te voldoen. Lucas en de vrienden waren doof voor haar smeekbede en blind voor het geschreven testament. Er werd nog net niet om gegrinnikt. Lucas zag onmiddellijk aan Clara's handschrift dat ze veel had gedronken en schoof het papier achteloos ter zijde. 'Clara schreef elke dag een testament,' zei hij. 'Het is mijn vrouw en het is mijn zoon.' Uit machteloosheid was ze gemeen geworden. Ze beet hem toe dat Clara niet zijn vrouw was, omdat hij nooit met haar was getrouwd, en dat de bloedproef die destijds moest bewijzen dat Quint daadwerkelijk zijn zoon was, betwijfeld kon worden. Hij had daarna geen woord meer met haar gesproken.

De Prins bestuurt het beschilderde Volkswagen-busje en kijkt af en toe opzij om te zien of ze weer in huilen uitbarst, maar dat doet ze niet. Ze houdt het veldboeket op haar schoot en kijkt recht voor zich uit. Ze zijn de derde auto in rij en omdat hij niet gewend is aan de trage gang waarmee ze naar Zorgvlied rijden, let de Prins zorgvuldig op de bumper van zijn voorganger. Lucas, Robin, Bella, Quint en Levi zitten in de auto die achter de lijkwagen rijdt. Vanachter de ruit waarnaar Mica staart, zwaaien de kinderen haar toe, maar zij heeft het niet in de gaten en laat hun groet onbeantwoord.

Voor het eerst sinds de dood van Clara lijkt ook over Lucas een zekere rust neergedaald. De uitbundig verdrietige stemming van de afgelopen tien dagen, de krankzinnigheid van het lot dat hem trof, de voortdurende verbijstering over de leegte in het huis, hebben op de ochtend van Clara's begrafenis plaatsgemaakt voor een naar binnen gekeerd gemoed. In uitdijende varianten verhaalde hij dag na dag van de val, waardoor het vertellen obsessieve trekken kreeg, een vergeefse poging om een onverdraaglijke werkelijkheid te bezweren met de macht van het woord. Vandaag wekt hij de indruk zich te hebben verzoend met het lot dat hij de enige is die de stomme film van haar noodlottige val voor ogen heeft en dagelijks dwangmatig afdraait. De lange, zongebruinde, knokige Clara die het ene moment op de witgeschilderde balustrade rondom het terras zit en het andere moment verdwenen is in de diepte. En steeds weer probeert hij er geluiden bij te horen, maar hij hoort niets. Het is deze stilte, het ontbreken van de hese klanken van Clara's stem, die hem zwaarder aangrijpt dan hij in woorden kan uitdrukken.

Het laatste deel van de tocht naar Zorgvlied voert de zwarte lijkauto met de bonte staart stapvoets langs de Amstel. Een stroom mensen nam de warme woensdagochtend te baat om wandelend en fietsend naar de begraafplaats te gaan. Pas als een kluit aaneengehaakte vrienden uiteenwijkt om de lijkauto te laten passeren, valt er een gewijde stilte.

Aan de oever van de Amstel hebben zich al meer dan honderd belangstellenden verzameld. Zoals afgesproken houdt de lijkauto halt bij de ingang van de begraafplaats. Bella helpt de jongens met uitstappen en begeleidt ze naar de twee zuilen bij de ingang.

'Ga hier maar staan,' zegt ze, 'Levi bij deze zuil en Quint bij die andere.'

De Prins en Mica parkeren hun Volkswagen-bus, halen de pakken met drukwerk uit de achterbak en leggen de stapels voor de voeten van de kinderen.

'Zo, deel maar uit,' zegt de Prins.

'Dan hebben jullie wat te doen,' zegt Mica.

'Het kleine pak zijn de foto's, het langwerpige pak de gedichten,' legt de Prins uit. 'Vind je het leuk om te doen?'

'Heel leuk,' zegt Quint.

'Sta je daar goed?' roept Lucas, maar Quint hoort zijn vraag niet. Hij is ingesloten door begrafenisgasten die zijn wang strelen, hem over zijn hoofd aaien en ter plekke de foto van

Clara bekijken en het gedicht van Gilles lezen. Voor de meesten onder hen hangt rondom de dood van Clara een sfeer van geheim en rumoer en ze hopen door de foto of het gedicht een antwoord te krijgen op hun vragen. Lucas heeft zich pal achter de lijkauto opgesteld en geeft een teken aan de begrafenisondernemer. Gekleed in een wit, zomers pak wil hij de dertig meter lange kiezelweg tussen poort en aula te voet afleggen. Hij houdt zijn blik strak gericht op de achterruit van de lijkauto en kijkt niet naar het publiek dat zich aan weerszijden van de laan heeft opgesteld. Bella en Robin sluiten achter hem aan, daarna volgen de Prins, Mica en Puck. Zonder in de gaten te hebben dat haar gezicht nat is van de tranen en zwart van de doorgelopen mascara, zwaait Bella uitbundig naar de schrijvers, muzikanten, acteurs en regisseurs die ze in de massa ontwaart en loopt af en toe uit de rij om iemand te omhelzen. Heel kunstzinnig en prominent Amsterdam is naar Zorgvlied getogen om de begrafenis van Clara bij te wonen. Sommige gasten tooiden zich met hoeden, veren en kleurige sjaals, de opeengeklitte sannyasins vormen oranje perken en een enkel levend kunstwerk weerkaatst het ochtendzonlicht met een aluminium dracht of een goudkleurige puntmuts. De opvallend geklede gasten kozen van de tegengestelde karakterisering van Clara voor de laatstgenoemde. *Zij hield van eenvoud en overvloed.* Omdat op de zin volgt dat Clara ook van kinderen en kleine bloemen hield, dolt het zomers geklede kroost rondom de benen van de ouders en dragen verschillende vrouwen eigenhandig gevlochten bloemenkransen op hun hoofd of rond hun hals.

Als der Bub even na tienen de toetsen van de piano aanslaat en de eerste tonen van *De brug* klinken, hebben zich honderden mensen in en rond de aula verzameld om Clara Wevers uitgeleide te doen. Zij die bekend zijn met haar roekeloze, onstuimige karakter vragen zich af of ze daar staan om gehoor te geven aan wat volgens de rouwbrief haar laatste woorden waren: *Will you share this dream with me.*

Aaron Keller en Otto Griffioen stelden zich tevreden met een plek in de buitenlucht. Hun vrouwen wurmden zich op het laatste moment de overvolle aula binnen, maar dergelijk gedrag achtten de twee vrienden hun eer te na. Via via hebben ze gehoord van de verontwaardiging die hun telegram bij Lucas teweegbracht. Het zou hem ziedend hebben gemaakt en hij had de insinuerende inhoud het zoveelste verraad van Aaron aan de vriendschap genoemd.

'Dat valt me van hem tegen,' had Aaron droogjes op het gerucht gereageerd. 'Ik dacht dat hij meer verstand had van de Griekse tragedie.'

'Welnee, we hadden het kunnen weten,' was de reactie van Otto, 'Lucas heeft gevoel voor drama, voor pathos, voor de hilarisch uitvergrote emoties van de opera, maar hij heeft geen greintje gevoel voor tragiek. En tragiek is de essentie van de literatuur. Sterker nog, ik zou hem zelfs de meest aliteraire en derhalve de meest aan de tragiek vijandige man willen noemen die ik ken. Een van de literatuur doordesemde ziel is een ziel met een passie voor de gevaren en de schoonheid van de taal, voor de gespletenheid van het bestaan. De tragiek van Lucas Loos is dat hij niet tragisch wil zijn. De tragische man, de man van het woord, omarmt de dubbelzinnigheid, omdat hij beseft dat geen waarheid haar kan beslechten, hoe heftig hij ook naar de waarheid mag verlangen. Lucas daarentegen dwingt aan het grillige bestaan een waarheid af, waarmee hij het vluchtige en ongrijpbare woord kan vastnagelen aan het kruis van de heilige overtuiging, opdat het nog slechts een onwrikbare betekenis kan hebben en geen andere.'

'"Woorden maken oorlog", dat is wat Lucas altijd roept,' reageerde Aaron.

'Juist, en daarom bedient hij zich er zo rijkelijk van.'

Toch hadden de verhalen over Lucas' reactie op het telegram ervoor gezorgd dat Otto noch Aaron de afgelopen tien dagen iets van zich had laten horen. Geen van beiden bracht een condoleancebezoek aan de Oudezijds of sprak met Lucas aan de telefoon sinds zijn terugkeer in het land. Lucas zelf had geen contact gezocht en was de afgelopen dagen in de avonduren niet aan De Tafel in De Kring verschenen. Der Bub, Puck, Raffi en de Prins schoven regelmatig aan en via hen hoorden Aaron en Otto hoe het Lucas verging. Hoe hij steeds weer het verhaal van de val van Clara vertelde, hoe hij in alle vroegte bij Raffi aanklopte om de laatste brief van Clara te bemachtigen en hoe hij Robin aanviel toen deze de dagboeken van Clara aan het verbranden was. Ze hadden ook gehoord dat Gilles Boon van streek was toen hij vernam van de vernietigde dagboeken. Voordat de verbranding plaatsvond had hij Bella aangeboden ze in zijn kluis op te bergen, zodat ze veilig bewaard bleven voor Quint en ze hem op zijn achttiende verjaardag de dagboeken konden overhandigen. Hij had ook laten doorschemeren dat de dagboeken misschien prachtig materiaal vormden voor een roman en hij ze graag had gelezen.

'Nu we toch besloten hebben ons deels aan dit theater te onttrekken, kunnen we er net zo goed bij gaan zitten,' zegt Otto tegen Aaron als de eerste tonen van *De brug* buiten opklinken. 'Toespraken zijn van hogerhand verboden, dus voor ons, mannen van het woord, valt er niks te halen. Met de welgemeende excuses aan onze goede vriend Bub, maar hoe minder het kunstige geluid van deze tenhemelschreiende atonale muziek tot me doordringt, hoe beter.'

Ze lopen om de aula heen en ontdekken de gereedstaande, lange tafels die aan de rechterflank van het gebouw staan opgesteld. Otto neemt puffend en zuchtend plaats op een van de houten banken en Aaron gaat tegenover hem zitten.

'Het duurt maar een halfuur,' zegt Aaron, 'dat heeft Bub me verteld.'

Otto reageert niet. Hij haalt het gedicht tevoorschijn dat Quint hem aanreikte bij de ingang, steekt een van de honderd sigaretten van die dag op en begint het te lezen. Aaron volgt zijn voorbeeld en zo zitten de twee aartsvrienden op die warme ochtend in augustus te midden van de doden en ze lezen.

*Maar als haar sterven nu eens was*
*Als een woord, iets dat overeengekomen werd*
*Raar, onbeschaamd, geen daad eigenlijk maar een*
*Intense wonde, verpakt in rouw*
*Naar de wijs van alle mensen, vol verdriet en kussen,*
*Als een wonder ook, ja, toch, voor wie zij achterliet.*

'Mooi, mooi,' mompelt Otto, 'maar Gilles staat niet echt aan onze kant.'

'Het ligt er maar aan hoe je het woord "woord" interpreteert,' reageert Aaron. 'Intuïtief voelt hij dat er een orde aan haar dood ten grondslag ligt, vergelijkbaar met de logica van de taal. Zoals woorden iets betekenen omdat wij dat onderling hebben afgesproken, zo kwam zij een afspraak na door te vallen. Zo lees ik het.'

'Maar Gilles suggereert dat het een verborgen afspraak met haarzelf was,' zegt Otto, die sinds de dood van Clara meer deernis voor haar is gaan voelen dan hem lief is.

'Afspraken met jezelf zijn afspiegelingen van de verwachtingen die de omgeving van jou heeft, dus dat zegt niets. Het pleit Lucas niet vrij. Ze had dat wel in zich, dat is waar. Ze was onbesuisd en zelfverwoestend, maar waarom, dat is de vraag.'

'Het is die gruwelijke misvatting van de vrijheid, die onze tijd teistert,' zegt Otto met een plotselinge woede. Hij strekt zijn rug als een opgerichte grizzlybeer die zich in de volle lengte toont om de vijand af te schrikken met zijn imposante postuur. 'Ooit een begrafenis bezocht waar de zogeheten vrijheid om jezelf te zijn zulke potsierlijke vormen aannam? We leven in een tijd waarin een in aluminium verpakte idioot rondloopt met het idee Picasso zelf te zijn, waarin mannen klef omstrengeld en tongzoenend achter de kist van een te jong gestorven vrouw lopen en deze vrouw wellicht ten onder ging aan het waanidee dat vrijheid geen grenzen kent. Het zijn de onmenselijke uitwassen van de verschrikking die seksuele revolutie heet, het despotische regime van het gevoel en van de zogeheten vrije liefde. Ik gruw van dit pandemonium dat niets anders doet dan elkaar na-apen in hun afwijkend gedrag. Vrijheid bestaat bij gratie van grenzen, waarom begrijpt niemand dat nog? De ontkenning van dit simpele gegeven is het verwoestende virus van de twintigste eeuw, verspreid door die provo's van wie Lucas beschermheer en huismeester was. "Bevrijd u van uw ketenen," roept hij vanaf de kansel. Daar draaide dat wagneriaanse gesamtkunstwerk van hem toch om, *De boeienkoning*? Maar onze ingebeelde verlosser van de mensheid vergeet een ding: dat mensen nergens zoveel van houden als van hun ketenen.'

'Zo is dat,' zegt Aaron, die te veel geniet van de uitbarsting van Otto om hem langdurig te onderbreken. 'Hij is er zelf het levende bewijs van.'

'Men wil een straffende god, de boeien van een ras, de ketenen van een natie, de duistere schuilkelder van een naam en een familie. Mensen houden niet van vrijheid, mensen houden van wat hun beperkingen oplegt, ze houden van de wet,' eindigt Otto zijn tirade net zo plotseling als hij haar begon. Hij maakt opeens een uitgeputte indruk, zijn gezicht is ongezond wit weggetrokken, op zijn voorhoofd parelen zweetdruppels en hij laat zijn lichaam terugglijden in de vertrouwde hangerige staat. Aaron schrikt van het opeens zo wasbleke gelaat van zijn vriend. Hij bedenkt dat ze nog maar enkele maanden geleden Otto's vader begroeven en wijt de onverwachte inzinking van zijn vriend daaraan. Het is het lot van de mensen dat hij niet weet dat de toekomst hier haar schaduw vooruitwerpt en dat Otto over exact een halfjaar zijn eerste hersenbloeding krijgt en een jaar daarna een tweede. De laatste zal de reus vellen en in een rolstoel doen belanden. Pas dan zal Aaron zich herinneren hoe hij daar op de dodenakker met Otto aan een tafel zat en Otto bleek en bezweet een sigaret opstak. Met het retrospectieve inzicht dat de voortschrijdende tijd in het verleden biedt, komt de keuze voor de anekdote van destijds hem omineus voor. In de veronderstelling Otto te willen amuseren en hem af te leiden van de herinnering aan zijn vader, vertelt hij over Franz Schubert en diens aanwezigheid bij de begrafenis van Ludwig von Beethoven.

'Wist je dat Schubert een van de dragers was bij de teraardebestelling van Beethoven? Met vijf andere mannen tilde hij de kist op zijn schouders en bracht zijn held en vriend naar het gat in de aarde. Na de begrafenis van Beethoven belandt hij met de andere dragers en wat vrienden in een kroeg. Schubert heft het glas en brengt een dronk uit: "Op hem die wij zojuist begraven hebben." Zodra de glazen zijn bijgevuld, brengt hij een tweede dronk uit: "Op hem die de volgende zal zijn." De volgende was Schubert zelf. Syfilis. Hij had op zijn eigen dood geklonken. Enkele uren voordat hij stierf componeerde hij zijn zwanenzang, een lied op *Der Doppelgänger* van Heinrich Heine en zoals je weet is de dubbelganger je eigen schaduw, de dood.'

'Componisten zijn knettergek, maar schrijvers kunnen er ook wat van. Mijn geniale, doch mij in krankzinnigheid ver overtreffende naamgenoot Otto Weininger pleegde op 23-jarige leeftijd zelfmoord in het sterfhuis van Beethoven.'

'Hij schoot zich een kogel door het hoofd nadat hij zijn zwanenzang *Geslacht en karakter* geschreven had. Hij noemde het boek zijn eigen doodvonnis,' reageert Aaron opgelucht. Hij is blij dat zijn vriend weer wat kleur in zijn gezicht krijgt en hem op de vertrouwde manier volgt in de merkwaardige sporen van de geschiedenis.

'En nu zou ik wel een kop koffie lusten.'

'Koffie wordt niet geserveerd, kijk maar,' zegt Aaron, die de dodenbrief uit de binnenzak van zijn colbert haalt.

*Geen toespraken. Wel zal er na afloop voor iedereen te drinken zijn, want zo zou Clara het gewild hebben.*

'Inderdaad, een dergelijke formulering duidt niet op een ouderwets bakje troost, hier worden spiritualiën bedoeld. Geen woorden, wel wijn.'

'En gezang,' voegt Aaron toe, die vaag de klanken opvangt van Jacoba's prosodie.

'Wat te denken van die verbrande dagboeken?' werpt Otto op.

'Geen schrijver die niet aan Kafka denkt als hij zoiets hoort,' reageert Aaron. 'Ik denk dat er niet veel aan verloren is gegaan. Negenennegentig procent van de dagboeken is waardeloos. Het is maar weinigen gegeven een persoonlijke mythologie te scheppen en alleen degene die daartoe in staat blijkt, schrijft een dagboek dat eventueel de moeite van het lezen waard is. De rest maakt vormloze rommel, gedicteerd door de banale werkelijkheid van alledag. En vorm is alles. De vorm is het beeld van het raadsel, onthulling en geheim ineen. Alleen een schrijver schept zelf een orde, die laat zich niet de wet voorschrijven door datum en dag.'

'Me dunkt dat er ook nog een immens verschil is tussen de dagboeken van vrouwen en die van mannen. In zoverre het raadselachtige andere geslacht zich aan mij openbaarde, schrijven vrouwen in een dagboek alles op wat ze eigenlijk tegen hun man hadden willen zeggen en heimelijk van hem verwachtten. Aan hun hooggespannen verwachtingen kan een man nooit ofte nimmer voldoen, zodat hun dagboek een aaneengebreide klaagzang is op hun erbarmelijke, huwelijkse staat. Mannen daarentegen gebruiken het dagboek om de toestand van wereld en de gang van de geschiedenis te beschrijven en daarin met name hun onontbeerlijke en belangwekkende aandeel te benadrukken. Ik weet niet wat ik vervelender vind.'

'Weet je wat het met dagboeken is,' zegt Aaron, die in de loop van de vriendschap met Otto een aantal van diens idiosyncrasieën onbewust heeft overgenomen.

'Je gaat het me nu zeggen.'

'Ze missen dubbelzinnigheid en dat maakt ze saai.'

Op dat moment horen de mannen hoe de deuren aan de achterkant van de aula geopend worden. Het zijn de poorten die toegang bieden tot het bos met de zerken. Aaron en Otto staan zonder iets te zeggen op en lopen naar de plek waar ze het knerpen van wielen op kiezels horen. De baar met de kist waarin Clara ligt wordt naar buiten gereden. Door het loden gewicht kan ze niet op de schouders worden gedragen. Ze wachten tot ze Lucas en Quint achter de baar naar buiten zien komen en voegen zich onopvallend in de stoet die op hen volgt. Achter de asymmetrische gestalten van Puck en Bubi zetten ze wandelend hun gesprek voort. Het is Aaron die na honderd meter in de gaten krijgt dat er iets beweegt in het struikgewas langs de paden tussen de graven. Met een por geeft hij Otto te kennen dat hij rechts van zich moet kijken.

'Wel heb je ooit,' dondert Otto.

Tussen de rododendrons en coniferen ontwaren ze drie mannen die met gebogen ruggen met de stoet meesluipen. Een van hen draagt een camera op zijn schouder en filmt vanuit de struiken de voorbijtrekkende gasten.

'Wie laat nou de begrafenis van zijn vrouw filmen,' zegt Aaron verontwaardigd.

Hij tikt de schouder van Bubi aan en wijst hem op de sluipende cameraman.

'Weet jij hier iets van?' vraagt Aaron. 'Heeft Lucas een filmploeg georganiseerd?'

Vanachter zijn brillenglazen ziet Bubi de beweging van de mannen en stoot op zijn beurt Puck aan.

'Aaron vraagt of Lucas de televisie erbij heeft gehaald,' zegt hij tegen Puck.

'Geen idee,' bromt deze en hij kijkt weer voor zich uit.

'Geen idee,' zegt Bubi, terwijl hij zich half omdraait naar Aaron.

Voor Aaron past het inschakelen van een filmploeg naadloos in het beeld dat hij zich inmiddels van Lucas heeft gevormd en hij vraagt niet verder. Het gerucht verspreidt zich door de stoet en bereikt de voorste gelederen, waar Robin achter Lucas en Quint loopt en bezorgd de smalle kinderrug in de gaten houdt. Vanaf dat moment wendt hij af en toe zijn blik van Quint af om op de begroeiing langs het pad te letten. Vlak voordat ze de plek bereiken die Lucas uitzocht voor het graf van Clara, ontdekt hij de ware toedracht van het rumoer. Vanachter een conifeer duikt een gezicht op en Robin kijkt pal in een stel ogen dat hij met huiver herkent. De man die ongevraagd en stiekem een opname maakt van de begrafenis heeft zijn domicilie op de Oudezijds. Hij is de rechterhand van de leider van de Satanskerk. Als fervent televisiekijker begrijpt Robin onmiddellijk wat er aan de hand is. Sinds april hebben de piratenzenders in Amsterdam de beschikking over een ondergronds kabelnetwerk en zenden vanaf middernacht zelfgemaakte reportages de ether in. De Satanskerk heeft van meet af aan de nieuwe mogelijkheid tot verbreiding van hun geloof in de wraak, de bejubeling van een nietsontziend egoïsme en het uitzenden van sluikreclame voor het bordeel dat achter de pui van de Satanskerk schuilgaat, aangegrepen om een positie op de lokale televisie te verwerven. Op dezelfde dag dat zij Clara naar haar graf begeleiden, wordt in een hotel in Amsterdam de leider van de Satanskerk uitgeroepen tot voorzitter van de piratenzenders, wat tot heftige protesten en een escalerend handgemeen leidt. Robin is te bang voor de mannen in de struiken om ze eigenhandig te verwijderen en licht fluisterend de Prins in over de ontdekking.

'Laat ze maar,' zegt die, 'ik zal wel zorgen dat we die banden in beslag nemen voordat ze uitgezonden kunnen worden.'

De loden kist is met de baar op een stellage boven het gapende gat in de aarde gereden. Rondom het graf heerst een stilte die zich langzaam uitbreidt over de ellenlange stoet en ten slotte de laatste gasten in de rij bereikt. Lucas kijkt omhoog en leest aan het wolkendek af dat de lucht binnen onafzienbare tijd zal openbreken en het bos en de stad onder water zal zetten. Op hetzelfde moment kijkt ook Quint omhoog omdat hij een koekoek hoort roepen.

'Daar is ze,' zegt Quint en hij wijst met een vinger in de lucht.

'Onze mooie, wilde vogel,' zegt Lucas.

Daarna neemt hij zijn zoon bij de hand en onderneemt via

een ander pad de terugtocht naar de aula. Alsof een dirigent de honderden vrienden, kennissen en nieuwsgierigen een teken geeft, komen de gesprekken weer op gang en zo trekt een murmelende stoet langs de kist van Clara. De opgehoopte aarde langs de rechthoekige krater raakt bedolven onder bossen bloemen. Iemand drukt een fles campari in de zanderige grond en een ander legt er een pakje Gitanes naast. Rafaël neemt met een hoofdknik afscheid van de vrouw voor wie hij levenslang een zwak zal houden en loopt daarna met der Bub en Puck naar de tra in het bos waar zich de aula bevindt.

'Ik heb het gevoel dat we met Clara meer ten grave dragen dan alleen Clara,' zegt hij bedrukt.

'Waar denk je dan aan?' vraagt Puck.

'Ik weet het niet precies,' aarzelt Rafaël, 'iets van onze tijd en onze generatie, een elan, een geloof misschien.'

'En dan hopelijk ook de daarbij horende vergissingen,' voegt Puck bits toe.

'Verklaar je nader,' zegt der Bub, die zich altijd persoonlijk aangevallen voelt als Puck de tijd een sneer verkoopt.

'Ach, het is toch doodzonde, van Clara,' reageert Puck fel. 'Ze heeft zichzelf zo veel geweld aangedaan en waarom? Om bij de tijd te zijn. *Make love not war*, daar heeft iedereen zijn mond van vol, maar dat is precies wat er wel is gebeurd. De liefde is oorlog geworden. Dat is het kenmerk van dit tijdperk en als je dat niet ziet, ben je blind. Straks loopt de hele meute weer mee in een demonstratie tegen kernwapens, dezelfde volgzame meute die tegen Vietnam, tegen het huwelijk van Beatrix en Claus, tegen het woonbeleid, tegen de metro op de Nieuwmarkt, tegen enzovoort protesteerde. En die meeloperij bezorgt ze allemaal de illusie dat ze deugen, dat is het ergste. Daardoor hoeven ze niet onder ogen te zien dat in de tussentijd hun eigen huizen zijn veranderd in slagvelden waar de wreedste oorlogen worden uitgevochten.'

Puck blijft midden op het pad stilstaan omdat ze te weinig lucht krijgt. Der Bub en Raffi hebben hun stappen aangepast aan haar dribbelgang en houden halt.

'Even uitpuffen,' verontschuldigt Puck zich.

'Neem je tijd,' zegt Raffi.

'We gaan erbij zitten,' zegt der Bub. Hij heeft een bank ontdekt onder de bomen en loopt ernaartoe. Puck en Rafaël volgen hem. Zonder iets te zeggen tillen de mannen Puck routineus op de bank en nemen naast haar plaats. Der Bub haalt zijn pakje shag tevoorschijn, Rafaël zijn pakje North State en Puck jaagt het vuur in een sigaar.

'Ga door,' zegt Raffi.

'Wat zal ik er nog over zeggen, het speelde zich onder mijn ogen af en ik kon er niks tegen doen. Dat zit me vandaag behoorlijk dwars enzovoort. Je kunt iets doorzien en toch machteloos aan de kant staan. Ik kom in veel huizen, maar zoals Lucas en Clara elkaar afslachtten, heb ik zelden meegemaakt.'

'Waar gingen die ruzies in vredesnaam over?' vraagt Raffi.

'Ja, waar gaan echtelijke ruzies over? Over niets. Vuilniszakken buitenzetten, kattenbakken leegkieperen, honden uitlaten enzovoort. Je bent er toch vaak genoeg bij geweest? Clara was de aanklager van Lucas en daarom hield hij van haar. Ze was zijn slechte geweten. Het voordeel van samenwonen met je slechte geweten is dat je het zelf niet meer hoeft te hebben. Zo zit dat in elkaar en dat was er aan de hand. Wat in het groot gebeurt, gebeurt ook in het klein. Micro weerspiegelt macro enzovoort. Iedereen die zich inzet voor een publieke zaak, of het nou om het preken van christendom, hippiedom, communisme, kapitalisme of vrije seks gaat, leeft in de waan het goede voor te hebben met de mensheid en die waan maakt ze blind voor de verwoestingen die ze thuis aanrichten. Sterker nog, strijden voor de wereld is een vrijbrief voor een ongebreideld egoïsme in het privéleven. Het is een koehandel van alibi's. De waan te deugen als je een rookbom naar de koets van Beatrix en Claus gooide, is de vergissing van dit tijdperk. Die bom heeft elk huwelijk laten ontploffen, behalve dat van die twee. Clara wees Lucas voortdurend op deze vergissing. Maar goed, tussen Clara en Lucas was er wel meer aan de hand.'

Rafaël zwijgt, omdat Puck met haar opmerkingen een knagend schuldgevoel heeft wakker geschud. Ze bevatten precies de reden waarom zijn huwelijk stukliep. 'Je reist duizenden kilometers om je te verdiepen in de geest van een verknipte musicus, maar je weet niet wat er in mij omgaat,' had zijn vrouw gezegd toen ze haar koffers pakte en zijn huis voorgoed verliet.

'Ik heb genoeg kritiek op Lucas,' zegt Bubi, 'maar toch vond ik het vaak behoorlijk onaangenaam zoals Clara iedereen bijviel die ook maar iets op Lucas had aan te merken. Dan zei ik bijvoorbeeld dat hij Jacob tot in het diepst van zijn ziel gekwetst had door zijn opera in de krant af te kraken en hem een kwezelachtige paap te noemen. Voordat Lucas kon reageren, gooide Clara olie op het vuur door te zeggen dat Lucas nu eenmaal zo met mensen omging. Dat hij ze eerst adoreerde en de hemel in prees om ze vervolgens als een baksteen te laten vallen en op hun lijken te dansen. Zo ging dat de hele avond door. Alles wat ik zei greep ze aan om hem te kleineren en hatelijk te beledigen, totdat ik niks meer durfde te zeggen. Ik wist op een gegeven moment niet wat ik erger vond, haar gebrek aan loyaliteit of de provocaties van Lucas.'

'Ja, dat heb ik ook meegemaakt,' zegt Rafaël. 'In dat groeiende conflict tussen Aaron en Lucas probeerde ik een beetje te bemiddelen door Lucas tot kalmte te manen. In elk geval wilde ik hem verduidelijken dat hij de kloof in de vriendschap almaar vergrootte door Aaron in zijn krantenartikelen voortdurend insinuerende sneren te verkopen. Ik deed het om hem te helpen. Op deze manier gaat het fout, zei ik, dan ontstaat er een breuk aan De Tafel en ik weet dat dat het laatste is wat je wilt. In plaats van mij te ondersteunen en Lucas van zijn koers af te brengen, koos Clara gretig partij voor Aaron. Ze zei dat ze Aaron bewonderde om zijn geduld en lankmoedigheid, dat ze niet begreep waarom hij het onuitstaanbare gedrag van Lucas zo lang pikte. Als zij Aaron was geweest, zei ze, had ze Lucas allang van tafel gestuurd. "Lucas houdt alleen van anderen om ze te kunnen afvallen," zei ze een keer en dat is een opmerking die je niet licht vergeet.'

'Ik herinner me nog die keer dat Lucas vertelde over zijn diensttijd,' haalde Bubi de volgende herinnering op. 'Lucas vertelde altijd vol trots dat ze hem in het gekkenhuis in Austerlitz hadden gestopt. "Ik heb me eruit bevrijd met de muziek, mijn eeuwige redding," zei hij. Hij had een stuk geschreven in staatsopdracht, kon de staat niet op twee terreinen tegelijk bedienen en mocht toen gaan, dat was zijn versie. Clara sprong er bovenop. "Waarom lieg je toch altijd overal alles?" zei ze. "Je hebt drie maanden in Austerlitz gezeten, was veel te normaal om te mogen blijven en te laf om officieel gewetensbezwaar aan te tekenen en toen ze je uit het gekkenhuis ontsloegen, moest je weer terug in het leger. Zo is het gegaan." Lucas schaamde zich en wilde zijn gezicht redden. "Mijn verhaal is mooier," zei hij, "en zoals wel vaker toon je je weer eens de vijand van het creatieve."'

'Och, och, och, wat een ellende,' bromt Puck hoofdschuddend. 'Twee zulke aardige mensen die alleen bij elkaar zijn gekomen om alles wat aardig aan ze is kapot te maken.'

'En waarom is dat dan?' vraagt Bubi met een lichte wanhoop in zijn stem.

'Wat niet uit de lengte komt, moet uit de breedte komen,'

antwoordt Puck peinzend. 'De omvang van het verlangen naar een verbintenis is vaak omgekeerd evenredig aan het vermogen er een te hebben. Dat is het, denk ik. Lucas en Clara waren aaneengeklonken door de angst voor hun onvermogen tot liefhebben en liefgehad worden, maar dat maakt het verlangen naar liefde er niet minder op. De mislukking was van meet af aan ingebakken en, hoe gek het ook klinkt, dan ga je wonen in een veilige kerker. Clara hield van hem omdát hij altijd meer van mannen zou houden. Met de keuze voor Lucas heeft ze gekozen voor haar eenzaamheid. En vice versa enzovoort.'

'Daar zit wel iets in,' zegt hij om Puck op adem te laten komen. 'Ik vond Clara een dramatisch eenzame vrouw, al kon ze het met iedereen vinden, werd ze alom bewonderd en op handen gedragen.'

'Maar Lucas is toch ook zo'n eenzame hond,' voegt Rafaël toe. 'Ik heb vaak naar hem gekeken en gedacht: ik kijk naar een volstrekt contactgestoorde man die nergens zo naar hunkert als naar contact met iedereen die zijn pad kruist.'

'Waarom heeft Lucas dan voor Clara gekozen, Puck?' vraagt Bubi.

'Om dezelfde reden als waarom Clara voor hem koos, dat heb ik je uitgelegd. Met die beestachtige intuïtie van hem, wist hij dat Clara net zo hing aan haar onvermogen als hij aan het zijne. Ze dronk niet voor niets zoveel. En dan al die brieven op de trap. Het eigenaardige van een brief is dat je daarmee een afstand probeert te overbruggen die je tegelijkertijd creëert en in stand houdt. Dat bedoel ik nou.'

'Lucas vertelde me een keer over zijn tijd in Zwitserland,' begint Rafaël. 'Hij ging daar in de leer bij Pierre Boulez. Hij kende niemand, had geen cent te makken en voelde zich dodelijk eenzaam. De enige manier, zei hij toen tegen mij, om niet aan de eenzaamheid ten onder te gaan, was door grondig en voortdurend de pest te hebben aan de Zwitsers. Ik heb die opmerking altijd onthouden, al weet ik niet precies waarom.'

'Zelfinzicht is niet zijn sterkste kant,' reageert Puck, 'al doet hij zijn best. Lucas heeft niet de pest aan anderen om zijn eenzaamheid te kunnen verdragen. Hij zorgt ervoor dat hij de pest aan anderen krijgt om zijn eenzaamheid in stand te kunnen houden.'

'Verdomd,' mompelt Rafaël.

'Maar waarom wil iemand in godsnaam zijn eenzaamheid in stand houden? Je zou toch zeggen dat iedereen er alles aan doet om juist niet eenzaam te zijn,' zegt Bubi tegen Puck en hij wiebelt met zijn benen van de opwinding.

'In "godsnaam", je zegt het zelf al. Wil je weten hoe ik dat zie?'

'Natuurlijk.'

'Nou dan, ik zie het zo. Wie is de eenzaamste der eenzamen? Dat is God zelf. Alles wat Lucas in zijn leven onderneemt, leidt tot tegenstrijdigheid, ambivalentie, ambiguïteit, hoe je het ook wilt noemen. Zijn verbintenis met Clara terwijl hij van mannen houdt, schrijven terwijl hij woorden gevaarlijk vindt, voor alles op de barricade springen terwijl hij een zolderkamerleven wil leiden enzovoort. Hij veracht die tegenstrijdigheden van hem. God is niet ambivalent en God is zijn voorbeeld. Lucas wil maar een ding: eenzijdig, eenkennig, eenmalig en dus eenzaam zijn, dan kan hij met zichzelf leven, want dan komt hij in de buurt van zijn ideaal.'

'Jezus, Puck!' roept Bubi uit. 'Zo heb ik het je nog nooit horen zeggen.'

'Zijn eigen Jezus heeft hij ook al, dat is Quint,' gooit Puck er nog achteraan en ze grijnst haar vileine lachje als ze de verbazing op het gezicht van haar vriend ziet.

'Het duizelt me, Puck,' zegt Rafaël. 'Lucas roept toch altijd:

“Zonder ruzie gaat de vrijheid verloren”, maar dit gaat over de ultieme vrijheid. Dan zou Lucas met iedereen ruzie zoeken om zo goed als God te zijn.’

‘Hè, hè, eindelijk,’ zegt Puck. Ze houdt haar sigaar tussen haar lippen en wipt zichzelf van de bank af.

Bubi, die normaal gesproken opstaat zodra Puck opstaat, blijft zitten. Hij drukt zijn lange, slanke handen tegen zijn borst en kijkt verbijsterd naar Puck.

‘Weet je wel wat je hebt gezegd?’ fluistert hij tegen haar. ‘Als Lucas alle tegenstrijdigheden uit zijn leven wil weren en als Clara een van zijn tegenstrijdigheden was, dan brengt de dood van Clara hem dichter bij zijn ideaal.’

Achter de dikke brillenglazen van Puck staan haar ogen opeens intens verdrietig.

‘Ik weet wat ik heb gezegd, maar ik weet ook wat ik niet heb gezegd.’

‘Dus je denkt niet dat...’ begint Rafaël, maar hij kan zijn zin niet afmaken.

‘Nee, ik denk niet dat,’ onderbreekt Puck hem.

‘Hij heeft de schijn tegen,’ zegt Bubi.

‘Juist,’ zegt Puck, ‘de schijn.’

De honderden gasten maken van de warme dag en de gastvrijheid gebruik om met elkaar te praten en te drinken. Tegen vieren is het gezelschap uitgedund tot vijftig gasten, die moe en aangeschoten op de randen van de zerken en aan de tafels zitten en in hun geheugen zoeken naar anekdotes over Clara die nog niet zijn verteld. Bella heeft zich al die tijd in de ontvangstruimte van de aula achter de tafel met de flessen wijn verschanst en schenkt wanhopig uitbundig de glazen vol. Gilles is in haar buurt gebleven en loopt af en toe naar haar toe om te zien of ze zich niet onder de mensen wil mengen, maar dat wil ze niet.

'Laat me maar,' zegt ze tegen Gilles. 'Ik moet iets te doen hebben, anders word ik gek.'

Hij begrijpt het en nu de zon achter de bomen is verdwenen, waagt hij zich voor het eerst buiten. De hele middag is hij aangeklampt door gasten die hem complimenteren met zijn gedicht.

'Schitterend gedicht, het is Clara op het lijf geschreven,' zegt een recensent van wie hij een welhaast fysieke afkeer heeft.

'Zoals gewoonlijk hebt u er weer niks van begrepen,' reageert hij beleefd narrig, 'het is haar op het lijk geschreven.'

Hij loopt door en laat een onthutste en beledigde journalist achter. Vergenoegd ziet hij hoe Aaron, Otto, Bubi, Raffi, Puck en de Prins al urenlang door hetzelfde aureool afgeschermd zijn als op De Kring. Zodra ze Clara achterlieten bij het gat in de aarde, namen ze een hoek van de lange tafel in beslag en geen van de gasten heeft het gewaagd de onzichtbare cirkel te betreden die om hen heen hangt. Hij stapt op de tafel af en ondergaat de weldadige sensatie van de afzondering zodra hij de smalle schouder van Aaron aantikt.

'Schuif eens op voor de dichter,' zegt deze tegen de anderen. Het bevel wordt onmiddellijk opgevolgd en Gilles neemt plaats op de houten bank.

'Een prachtig gedicht, Gilles,' zegt Bubi als eerste en geeft daarmee de opmaat tot een instemmende koorzang van bewondering.

'De rouw gaat vooraf aan de dood, de dood gaat vooraf aan het leven, goed gezien,' zegt Aaron. 'Ik had het zelf niet mooier kunnen formuleren,' voegt hij er ironisch aan toe. Dat zijn ironie de mensen ontgaat die hem niet goed kennen, komt omdat hij nooit de, bij de ironie horende, ondermijnende mimiek levert, maar dergelijke opmerkingen met een onverstoorbaar gezicht de wereld in slingert.

'We moeten even dat verhaal afhoren dat Raffi ons net uit de doeken deed,' zegt Otto. 'Hij heeft de meest ijzingwekkende ontdekkingen gedaan in het kunstzinnige oeuvre van onze ongelukkige Tafelgenoot, die wij overigens nog onze persoonlijke deelneming moeten overbrengen, Aaron.'

'Tijd zat, hij is voortdurend omringd door mensen. Eerst maar eens horen wat Raffi nog te zeggen heeft, want dat komt akelig dicht in de buurt van de paradox die ik net oprakelde.'

'Waar was ik?' vraagt Rafaël aan der Bub.

'Dat het werk van Lucas voor de ontmoeting met Clara over de dood van de geliefde gaat. Je had het over Achterberg en Orpheus en je wilde net vertellen over het werk dat hij componeerde vanaf het moment dat hij met Clara ging samenwonen.'

'Ja, ik weet het weer. Nog even iets over Orpheus, een mooi verhaal. Een fiks aantal jaren geleden neem ik een groot interview af met Hans Keilson, een Duitse psychiater die als jood in de jaren dertig naar Nederland vluchtte. Ik werkte aan een artikelenreeks over exilliteratuur. Hans Keilson is behalve kinderarts en psychiater ook romanschrijver, dus hij stond op mijn lijst. Ik herinner me dat ik vooral geïntrigeerd was door zijn theorie over het symbiotische verbond tussen dader en slachtoffer. Hij is nooit teruggekeerd naar Duitsland en ontvangt me in zijn huis in het Gooi. Iemand had me verteld dat hij met Achterberg bevriend was geweest en ze met elkaar correspondeerden. Tijdens het interview komen we over de dichter en de moord te spreken. Om de psychopathie van Achterberg te verhelderen haalt hij het verhaal van Orpheus aan. Hij zegt dat hij als psychoanalyticus gewend is vraagtekens te zetten bij alles wat zogenaamd *per ongeluk* gebeurt.'

'Precies,' mompelt Aaron goedkeurend.

'Zijn analyse is dan ook dat Orpheus in de onderwereld niet per ongeluk naar Eurydice omkijkt, maar dat iets hem drijft het verbod naar haar om te zien te schenden. Niet iets wat hij per se wil en zeker niet iets wat hij bewust kan onderkennen, maar wel iets wat sterker is dan zijn verlangen Eurydice terug te halen uit de dood. Wat dat iets dan is, vraag ik. "Zijn kunstenaarschap," zegt hij zonder aarzeling. Belezen als hij is, komt hij vervolgens met meerdere voorbeelden om uit te leggen dat voor een kunstenaar een dode geliefde inspirerender is dan een levende. De schitterende gezangen van Orpheus na de dood van Eurydice kwamen voort uit het verlangen naar de gestorven vrouw. Hij zou nooit meer zo mooi kunnen zingen als hij zijn verlangen doodde en haar weer levend naast zich had.'

'En toen Orpheus Eurydice eenmaal had verspeeld, kon hij zich met een gerust hart in de armen van de mannen storten,' zegt Otto triomfantelijk. 'Nu begrijp ik het, het gaat over onze Loos.'

'Nou, wacht even, ik moet er nog iets aan toevoegen,' remt Rafaël Otto in zijn enthousiasme. 'Keilson benadrukte in dat gesprek het een van de verworvenheden van de psychoanalyse te vinden dat sinds Freud *per ongeluk* niet langer zijn directe tegenhanger heeft in *opzettelijk*. Er is een tussengebied.'

'Vertel mij wat,' reageert Otto, 'als man van de wet beschouw ik het schemerige tussengebied als mijn domicilie.'

'Ik herinner me dat interview van jou met Keilson goed,' mengt de Prins zich in het gesprek. 'Weet je nog dat je daar behoorlijk overstuur van terugkwam, omdat hij je een verhaal vertelde over zijn eerste vrouw?'

'Nu moet je me helpen,' zegt Raffi met een vragende blik.

'Weet je dat niet meer? Je bent dankzij die vrouw in de grafologie gedoken.'

‘Verdomd, ja zeg, hoe heb ik dat kunnen vergeten? Het heeft blijkbaar zo veel indruk op me gemaakt dat ik het heb weggedrukt. Maar het is dan ook een doodgriezelig verhaal.’

‘Voor de draad ermee,’ gebiedt Aaron.

‘God, Prins, dat je dat nog weet. Hoe lang is het geleden, vijftien, twintig jaar? Het interview gaat eerst over zijn achtergrond, over Duitsland in de jaren dertig, dat hij in 1934 de laatste jood is die een staatsexamen als arts aflegt, dat zijn eerste roman in datzelfde jaar verboden wordt en hij nog steeds in de waan leeft dat het allemaal niet zo’n vaart zal lopen. “Ik ben gered door mijn eerste vrouw,” zegt hij dan. En begint hij me toch een verhaal, onbegrijpelijk dat ik er nooit aan terugdacht. Hij vertelt dat zijn vrouw de dreigingen van het nationaalsocialisme veel ernstiger nam dan hij en hem ervan probeerde te overtuigen dat ze Duitsland moesten ontvluchten. Nu wil de geschiedenis dat zij een professionele grafologe was. Op een dag wist Keilson, via via, beslag te leggen op een korte krabbel van Adolf Hitler. Het was een niet-ondertekende notitie en er stond niets op het papier te lezen waaruit je kon opmaken dat het van Hitler stamde. Hij deed vaak een beroep op de grafologische kennis van zijn vrouw en legde haar nog dezelfde avond een stuk of wat handgeschreven brieven voor, waartussen hij ook de notitie van Hitler had verstopt. Zij bekeek het eerste handschrift nauwkeurig en vertelde Keilson haar bevindingen, idem met het tweede. Bij het derde handschrift zag Keilson hoe het vel papier in haar handen begon te trillen. Ze keek verschrikt naar hem op en zei: “Die steekt de wereld in brand.” Het was het handschrift van Adolf Hitler. Het was 1936 en ze zijn nog dezelfde week naar Nederland gevlucht.’

Geboeid door het verhaal van Rafaël, heeft niemand in de gaten gehad dat Lucas bij de tafel is komen staan.

'Broeders,' zegt hij zacht.

Hoewel Bubi Lucas al heeft gesproken en diens complimenten en dank voor de uitvoering in ontvangst nam, is hij toch de eerste die opstaat en Lucas in zijn armen sluit. Rafaël volgt. Met de onverstoorbaarheid en waardigheid hem eigen, staat ook Aaron op en loopt op Lucas toe. Hij reikt hem de hand en wil hem uitleggen hoe hij het telegram bedoelde, maar krijgt daartoe geen kans. Lucas doet een stap naar voren, omhelst hem en tot zijn ontzetting hoort Aaron een snik uit zijn borst opwellen. Onhandig klopt hij hem op zijn rug. Hij maakt zich los uit de omhelzing en roept Otto.

'Hier is Lucas,' zegt hij.

Voordat Otto zijn immense lichaam van de bank verheft, fluistert hij nog snel tegen Raffi dat hij wel de rest van het verhaal wil horen.

Ook de zware dagen in een leven worden eindeloos gerekt opdat er geen einde aan komt. Zoals het moeilijk is de euforie van een huwelijksdag af te breken en aan een toekomst van dagelijksheid te beginnen, wil niemand een einde maken aan de roes van het verdriet en aan de dag beginnen waarop het gemis tot de banale orde behoort. Om halfnegen in de ochtend van 6 augustus 1981 verlaten de laatste vrienden schommelend van vermoeidheid en dronkenschap het huis aan de Oudezijds Voorburgwal. Vanaf die dag begint voor Lucas, Quint en Robin een leven zonder de aanwezigheid van Clara. Lucas zal met een ziedende energie nog feller de strijd aanbinden met het ontwerp van het muziekgebouw aan de Amstel en de verdenking op zich laden medeaanstichter te zijn van een miljoenenschade die wordt aangericht als actievoerders de hijskranen op het bouwterrein in brand steken. Als dertien jaar later, in 1994, *Het tribunaal* van Lucas Loos glorievol in première gaat in het door hem vervloekte theater, is de breuk met de broeders van De Tafel al enkele jaren een feit. Voor de vrienden is het opportunisme van Lucas Loos om zijn opera uit te laten voeren in het bestreden muziekgebouw een ondersteuning van hun gelijk. Ook al wordt er 's avonds aan De Tafel hartelijk gelachen om de Prins, die hun weet te vertellen dat Lucas over de première van *Het tribunaal* zei: 'Het beste wat me kan overkomen is dat ze na de laatste klanken van enthousiasme de tent tot op de grond toe afbreken', het bezorgt de vrienden hoogstens een steek van gemis, het brengt Lucas Loos niet terug aan De Tafel.

# VIJFDE BEDRIJF

De Prins had het adres op de achterkant van een bierviltje geschreven. Voordat ik mijn huis verliet bekeek ik het nog een keer en omdat het warm en zonnig was, besloot ik te gaan wandelen. Het was vrijdag 5 augustus 2005, ik werd om twee uur verwacht en kon de bestemming te voet bijtijds bereiken. De negen dagen tussen de onverwachte ontmoeting op het terras aan de Elandsgracht en vandaag had ik gebruikt om verschillende vrienden van Lucas Loos en Clara Wevers te spreken, het merendeel van zijn artikelen en libretti te lezen en zijn muziek te beluisteren. Vol van verhalen liep ik over de gracht, benieuwd naar de door geheimzin omgeven afspraak met de drie heren. De Prins had me uitgelegd dat ik moest aanbellen bij een souterrain op de Herengracht, in de buurt van de Amstel. Onzichtbaar begeleid door een man en een vrouw die langzaam als personages gestalte kregen, daalde ik om klokslag twee uur de stenen trap af die naar het huis van Bubi de Vos leidde. Van de twee ramen die half onder de grond schuilgingen, was het bovendeel gebarricadeerd met een raster van groen geverfde, ijzeren spijlen. De betonnen omlijsting van de deur was opgesierd met een oud emaillen bord waarop INGANG PERSONEEL stond. Een van de ramen was opengeklapt en zachte pianoklanken drongen door tot op de stoep. Ik was opeens zenuwachtig en had het onaangename gevoel dat ik mezelf geweld aandeed. Voordat ik er verder over kon nadenken, werd de deur geopend door de man die ik van afbeeldingen en optredens kende, maar nooit eerder persoonlijk had ontmoet. Hoewel hij tegen de zeventig moest lopen, zag hij eruit als een opgeschoten jongen.

'Kom binnen,' zei hij, 'wat spannend dat je dit gaat doen, ik ben er helemaal opgewonden van. Raffi is er al en de Prins zal zo wel komen.'

In de gang gaf hij me een hand, noemde zijn naam, lachte me vriendelijk toe en ging me met kwieke tred voor. De onderaardse hal was lang en donker, maar toen Bubi de Vos op het einde ervan een deur opende, bleek die toegang te verschaffen tot een fraai verlichte, immense ruimte. In de hoek stond een zwartgelakte vleugel waarvan het ivoren gebit me toegrijnsde. Openstaande deuren boden een blik op een overkapt, met tropisch hardhout aangelegd terras en een diepe tuin. Op de vlonder stond een lange tafel, omringd door rieten stoelen met comfortabele kussens. In een van de stoelen zat een grote, uitzonderlijk knappe man, die opstond zodra ik op de tafel toeliep. Met een sonore stem en dezelfde vriendelijkheid waarmee Bubi de Vos me begroette, lachte hij me toe, stelde zich voor en verwelkomde me.

'We zijn een beetje nerveus,' begon Rafaël Delaporte, 'maar trekt u zich daar vooral niets van aan. Door onze leeftijd en opvoeding zijn we gedisponeerd tot een andere band met het verbodene dan uw generatie, tenminste, daar ga ik van uit. En meneer De Vos en ik hebben allebei het gevoel iets onoorbaars te doen, vandaar.'

'Ik heb haar gewoon getutoyeerd,' riep Bubi onthutst tegen zijn vriend. 'Dat mag toch wel?' vroeg hij aan mij.

'Graag,' zei ik.

'Met plezier,' zei Rafaël, 'maar dan wil ik ook getutoyeerd worden. Neem alsjeblieft plaats.'

Hij ging achter een van de stoelen staan, trok hem een eindje bij de tafel vandaan en wachtte tot ik plaatsnam.

'O sorry, dat had ik natuurlijk allemaal moeten doen,' zei Bubi de Vos en hij zwaaide onhandig met zijn armen. 'Drinken. Wat wil je drinken?'

Voordat ik antwoord kon geven ging de bel en voegde de Prins zich bij ons. Bubi vroeg of ik er bezwaar tegen had als zijn vriendin straks naar beneden kwam. Hij zei dat ze Puck Baal heette, in hetzelfde huis de bovenste twee etages bewoonde en ook het een en ander over Lucas en Clara kon vertellen. Ik zei er geen enkel bezwaar tegen te hebben.

'Ik vertelde net aan Raffi dat ik destijds, in de jaren zestig, speciaal voor de uitvoering van *Cherem* een nieuwe piano aanschafte,' zei Bubi. 'Lucas had in het stuk aan het derde pedaal een cruciale rol toebedeeld en ik bezat alleen een piano met twee pedalen.'

'Het zegt wel iets over de vriendschap die je destijds voor hem voelde,' merkte de Prins op.

'Toen speelde het getal drie blijkbaar al een belangrijke rol voor Lucas,' zei Rafaël.

Het was een opmerking die ik pas in de loop van de middag zou gaan begrijpen.

Zo zat ik daar op die augustusmiddag aan tafel met drie zeer onderscheiden mannen op leeftijd en was na vijf minuten omgeven door hun verhalen. Wat me bij binnenkomst trof en enigszins uit het veld sloeg, werd met het uur sterker. Hier zaten drie vertegenwoordigers van een generatie die ik met wantrouwen had bejegend en ze bezorgden me een gevoel van deemoed, waarvan ik op dat moment niet wist wat ik ermee aan moest. Wel was er dat woord, deemoed, een woord dat ik zelden gebruik en waarvan ik niet wist waarom het in me opkwam. In de maanden daarna, toen ik dagelijks ondergedompeld raakte in het leven van Lucas Loos en Clara Wevers en de drie mannen regelmatig opzocht, werd me pas duidelijk waar de deemoed vandaan kwam.

'Waar zullen we beginnen?' vroeg Bubi.

'Als we nu eens bij het einde beginnen,' zei Rafaël, 'dan komt het voorafgaande in een helder licht.'

'Bedoel je met *Lucifer* of met het einde van Lucas?' vroeg de Prins.

'Volgens mij kunnen we beter bij het begin beginnen,' zei Bubi, 'want we hebben die beslissing al jaren geleden genomen.'

'Welke beslissing?' vroeg ik.

Voordat de mannen antwoord gaven, hielden ze hun adem in en keken elkaar even aan.

'Om te zwijgen,' zeiden ze toen bijna gelijktijdig.

'Is zwijgen verzwijgen?' vroeg ik.

'Ja en nee,' antwoordde Rafaël en hij keek rond of dit antwoord instemming vond van de anderen.

'Begin nou maar gewoon,' zei Bubi ongeduldig.

'Goed,' zei Rafaël en hij begon.

'Toen Clara in 1981 viel en daarbij de dood vond, werkte ik al een poos aan een portret van Lucas. In samenspraak met hem was het schrijven ervan opgezet als een langlopend project en ik interviewde hem wanneer het zo uitkwam. Lucas stond erop dat ik een bandrecorder gebruikte, want hij hechtte aan zijn formuleringen. De werktitel van het project was *Lucifer*, een titel waarmee Lucas enthousiast had ingestemd, omdat hij gebaseerd was op een voor hem belangrijke ontdekking in de muziek. Na de dood van Clara zochten de Prins, Bubi en ik elkaar op, omdat we het werk van Lucas goed kennen en wij alle drie, hoe zal ik het zeggen, door een akelige beklemming overvallen werden.'

'Daar stonden we niet alleen in,' voegde Bubi verdedigend toe. 'Het gonsde in de stad van de verhalen en de verdachtmakingen. De dood van Clara stond bij veel mensen in een kwaad daglicht. Otto leefde nog en heeft aardig zijn steentje bijgedragen aan de geruchtenstroom. Heb je Otto Griffioen gekend?'

'Nee,' zei ik, 'alleen uit de verhalen.'

'Ga door,' zei de Prins.

'We zijn alle drie enigszins misvormd door ons vak,' ging Rafaël verder, 'en kunnen het werk van een kunstenaar niet met rust laten, we moeten erin wroeten, er betekenissen aan ontlokken die misschien niet voor de hand liggen. Bubi doet dat om een werk te kunnen dirigeren, de Prins om een bestaand verhaal te bewerken tot een toneelstuk of libretto en ik doe het om mijn portretten te schrijven.'

'Volgens Puck zijn we alle drie tweedehands kunstenaars,' grinnikte Bubi, 'maar dat legt ze je zelf wel uit.'

'Ik vergelijk het altijd maar met het werk van een geoloog,' ging Rafaël verder. 'De aarde laat een archief van het verleden achter in haar segmenten. Geologen boren door de korst van de aarde om haar nagelaten bekentenis te kunnen lezen. Dat hebben wij gedaan met het werk van Lucas.'

'Nou, de eer komt vooral jou toe,' zei de Prins.

'Met jullie hulp dan,' gaf Rafaël schoorvoetend toe. 'Maar als ik die briefwisseling tussen jou en Lucas niet had gelezen, was ik er nooit achter gekomen dat Lucas aan het requiem voor Clara schreef voor haar dood.'

'Hè,' zei ik verbaasd. 'Het gaat toch om de *Tweede Symfonie*?'

'Zeker,' antwoordde Rafaël. 'De *Tweede Symfonie* is een voorstudie van *Het tribunaal* en ze is voor het eerst uitgevoerd in 1983. Lucas heeft de symfonie opgedragen aan de stad Rotterdam, omdat het de geboorteplaats van Clara is. Bij de première doet hij het in zijn toelichting op het stuk voorkomen dat hij in november 1981, dus ruim vier maanden na haar dood, aan het requiem begon en het speciaal voor Clara schreef, een requiem voor een gevallen engel. Maar uit de brieven aan de Prins die hij in de zomer van 1981 vanuit Skyros stuurde, blijkt dat hij aan haar requiem werkte toen Clara nog leefde.'

'Eng hè?' zei Bubi met een gezichtsuitdrukking die zowel huiver als genot uitdrukte.

'Hadden we alleen dit in handen gehad, was er niks aan de hand geweest,' zei de Prins, 'dan waren we misschien eerder met ons onderzoek gestopt. We hadden de verdraaiing van een historisch feit begrepen als een kenmerk van zijn persoonlijkheid: de enorme behoefte alles te mythologiseren en zichzelf in het centrum van de mythe te plaatsen.'

'Dat maakte hem pompeus en theatraal,' zei Bubi, 'en daar ergerde ik me al jaren aan. Na de dood van Clara werd het alleen maar erger en toen hij de klankklok het licht liet zien was het hek van de dam. Lucas had zijn eigen religie gemaakt die hij als een zendeling kon prediken en verspreiden. En dat had ik niet eens erg gevonden, als hij maar niet iedereen die geen aanhanger van zijn leer werd, tot verrader bestempelde.'

'De verrader verraden,' mompelde de Prins voor zich uit.

'Misschien moeten we op dit punt onze gast een beetje helpen,' zei Rafaël, 'tenslotte speelt het verraad in ons verhaal een cruciale rol. Je moet weten dat Lucas ooit aangezetene was van De Tafel en dat hij op beschuldiging van verraad uit onze vriendenkring is verbannen. Die beschuldiging kwam niet van de ene op de andere dag tot stand, maar door een opeenstapeling van gebeurtenissen. Het was Aaron Keller die het goddelijk oordeel velde. Ken je Aaron Keller?'

'Veel van gelezen,' zei ik, 'wel eens de hand geschud, meer niet.'

'Als je Aaron zou kennen, zou je weten hoe getergd hij zich moet hebben gevoeld. Aaron is trouw en gehecht aan zijn vrienden. Hij vergeeft ze veel en er is wat voor nodig voordat bij hem de maat vol is,' zei Bubi.

'Aaron heeft het zo tegen mij gezegd: "Je mag mij verraden, maar jezelf niet",' zei de Prins.

'Dat vind ik juist zo sterk van hem, dat het hem niet ging om de aanvallen van Lucas op zijn persoon, maar om de zelfverloochening van Lucas,' speelde Bubi vol bewondering op de Prins in. 'Wat ik je net vertelde, over de klankklok, dat hij van ons musici eiste dat we erin zouden geloven en ons anders verstootte, heeft hij met alles gedaan waarvoor wij ooit streden. Het is steeds hetzelfde stramien. We geloofden allemaal voor kortere of langere tijd in de revolutie, in de Nieuwe Mens, in kunst voor de massa, in een betere wereld. We waren in Castro, Mao, Marx en noem maar op, en we keerden allemaal vanzelf op onze schreden terug. De tijd leerde ons dat het goede willen het kwade kan veroorzaken. Elke linkse revolutie bleek de bakermat voor een totalitaire dictatuur. Doodzonde, maar hoe dan ook, wij keken op onszelf terug als revolutionairen, jonge anarchisten die hemelbestormende overtuigingen koesterden, daarin teleurgesteld werden en verdergingen met hun leven. Ouder, bedroefder en wijzer, je weet wel. Er was geen reden onszelf te verachten. We waren adolescenten, de jaren zestig en zeventig waren spannend en meeslepend en hadden onderdeel uitgemaakt van onze ontwikkeling. Maar Lucas reageerde anders. Lucas fulmineerde in zijn artikelen tegen alles waarin hij had geloofd. Vervloekte het serialisme als de dictatuur van de eentoonsstaat, al had hij zelf menig serialistisch stuk gecomponeerd, noemde *De boeienkoning* zijn biecht, al kon niemand dat eruit aflezen, en toen de klankklok niet het verwachte succes oogstte en Lucas zelfs her en der van conservatisme werd beschuldigd, vloog hij nijdig uit de bocht. Sarren, beledigen, kleineren en treiteren. De adviescommissie voor het verlenen van subsidie aan componisten velde unaniem een negatief oordeel over zijn laatste werken. Ze vond het saai, de vernieuwing was weg en ze adviseerde een vermindering van zijn jaarinkomen. Als bestuurslid moest ik de slechte boodschap overbrengen en al had ik me van elk oordeel onthouden, ik kreeg de woede van Lucas over me heen. Hij beschouwde het als een verraad van mij, als de jaloerse houding van een mislukte componist, wat al niet. De verhouding tussen hem en mij werd ijziger. Intussen verweet Aaron hem dat hij spuugde in de beker waaruit hij had gedronken. Het enige resultaat was dat Lucas in zijn artikelen nog feller tegen ons tekeerging. We moesten met hem mee, naar beneden. Hij had het over de noodzaak tot zelfverlaging. Na zo veel zelfverheffing werd het tijd voor zelfverlaging, zei hij. Hij eiste van ons dat wij, net als hij, openlijk boete deden voor onze ideologische vergissingen, voor onze hybris, dat we op het kwaad dat we hadden aangericht, afgerekend zouden worden. Er moesten koppen rollen, reputaties aan scherven, er moest bloed vloeien, in die termen uitte hij zich. En ik zeg wel "boete doen net als hij", maar uit zijn artikelen bleek nooit dat hij aan het schelden was op alles wat hij ooit zelf te vuur en te zwaard verdedigde. Hij vond dat hij met *De boeienkoning* afdoende berouw had getoond. Hij had zijn ideologische ketenen afgeworpen met een opera, zichzelf vergiffenis geschonken en was van alle smetten vrij. Omdat hij boete had gedaan kon hij ongestraft in de pers bestrijden wat hij zelf ooit was, ons publiekelijk op het matje roepen en eisen dat wij ons ten overstaan van de hele wereld zouden bekeren.'

'Anderhalve week geleden vertelde ik je het verhaal over de vriendschap tussen sir Arthur Conan Doyle en Harry Houdini, misschien zie je de overeenkomsten,' zei de Prins. 'Omdat we geen berouw toonden, kon Lucas ons als verraders bestempelen en ging zelf als martelaar van het geloof met de eer strijken.'

'En dat was allemaal onderdeel van een langzaam groeiende persoonlijkheidsmythe, die steeds vreemdere vormen aannam,' voegde Rafaël toe. 'Lucas de martelaar was een manier om Lucas de opportunist te vermommen. Opportunisme was niet alleen het laatste waarvan hij beschuldigd wilde worden, opportunist was het laatste wat hij wilde zijn.'

'En toch was hij een opportunist,' ging Bubi verontwaardigd verder. 'We hadden met een collectief aan *De toedracht* gewerkt en niemand van ons voelde ooit de behoefte daar met spijt of schaamte op terug te kijken, behalve Lucas. Waar en wanneer hij er de kans toe zag, riep hij dat het meewerken aan *De toedracht* een smet op zijn blazoen was, dat hij zich schaamde voor die productie en anderen er goed aan deden ook in het stof te bijten, tot inkeer te komen en openlijk afstand te doen van dat werk. Aaron was ziedend. Hij zei dat Lucas vandaag de koningen diende die hij gisteren nog ten val wilde brengen.'

'En dat niet alleen,' zei de Prins, 'wat Aaron hem ook zo kwalijk nam was dat Lucas hem eind jaren zestig meesleepte in de Notenkrakersactie, die tegen de leiding van het Concertgebouw en het Concertgebouworkest gericht was. Toen Lucas een paar jaar later pontificaal zijn *Eerste Symfonie* aan hetzelfde Concertgebouworkest opdroeg en op het podium van het vervloekte bastion van traditionalisme zijn symfonie liet opvoeren, voelde Aaron zich verraden.'

'En dan die strijd tegen de bouw van de Stopera,' vervolgde Bubi. 'In een interview had Aaron ten langen leste gezegd: "Bouw dat ding nu maar", zoals Aaron dat kan zeggen. Furieus, was Lucas. Hij heeft toen in een krantenartikel over Aaron geschreven: "Laßt ihn kreuzigen!" Aaron lachte erom, maar wij waren gechoqueerd.'

'Het is vooral dat hameren op de openbare boetedoening die Lucas de das omdeed,' vervolgde Rafaël. 'Op een avond op De Kring wordt het Aaron te veel. Het is bijna twintig jaar geleden, in de winter van 1986. De gemoederen aan De Tafel zijn verhit. Aaron en Lucas bekvechten weer over de Notenkrakersactie, het continue afvallen van *De toedracht* en van de revolutie in Cuba. Zoals altijd lauwert Lucas zichzelf als de man die openlijk schuld bekende en noemt iedereen die dat naliet een hypocriet. Aaron luistert voor de zoveelste keer naar dezelfde aanklacht, haalt dan opeens met een ruk de pijp uit zijn mond en zegt met een beheerste, maar verschrikkelijke woede: "Weet je wat jij bent? Je bent in het diepst van je hart een eerloze verrader, dat is jouw natuur." Het wordt doodstil aan De Tafel. Iedereen is onthutst en beduusd, Lucas ook. Aaron stopt de pijp weer in zijn mond en we kunnen alleen aan zijn dichtgeknepen ogen zien dat hij vanbinnen kolkt. Na zijn opmerking zijn de gesprekken verstild en willen niet meer op gang komen. We breken op en gaan onze eigen weg. Een paar dagen later krijg ik een brief van Lucas. Hij schrijft dat hij is gebeld door Pol Posthumus. Die heeft tegen hem gezegd dat ieder ander na een dergelijke aanklacht zou zijn opgestapt. Lucas worstelt heftig met zijn verlangen lid te blijven van De Tafel, maar Pol maakt hem duidelijk dat het gezien is en wat gezien is, roept schaamte op. Om zijn eer te redden eist Lucas in een brief een openlijk excuus van Aaron voor zijn opmerking en veroorzaakt daarmee zijn eigen excommunicatie. Aaron weigert, precies wat Lucas verwachtte. Zo heeft zich zijn verbanning van De Tafel voltrokken. Lucas heeft na die avond nooit meer aangezeten.'

'De man die hij adoreerde en liefhad als geen ander, had

hem uit de kring van broeders verjaagd,' zei Bubi opeens vol mededogen.

De mannen keken elkaar niet aan en leken vervuld van hun eigen gedachten en herinneringen. Rafaël kuchte verlegen, leek iets te willen zeggen, maar besloot dat niet te doen. Het was de Prins die de draad oppakte.

'En daarmee is de hellevaart van Lucas Loos begonnen,' zei hij met gevoel voor drama. 'Lucas was zijn vrouw en zijn vrienden kwijt. Maar het was niks voor Lucas om ten onder te gaan aan wat dan ook en wat ik hier zijn hellevaart noem, schilderde hij af als zijn hemelvaart. Hij jubelde dat hij vrij was. Otto zei ooit dat Lucas een aliteraire man was, omdat hij geen tragiek verdroeg. Lucas minachtte het tragische, want het tragische is dubbelzinnig.'

'Ik voelde me vreselijk schuldig en was vertwijfeld,' zei Rafaël haast fluisterend. 'Ik wilde niet bij een club horen die geen genade kent. In het huis van Aaron hebben we een vergadering belegd om te praten over het incident, maar door excuses te eisen had Lucas zijn lot bezegeld. Er was iets onherstelbaars gebeurd, het dramatische verloop was onomkeerbaar en mijn bemiddeling leidde niet tot zijn terugkeer. In een brief aan mij beschuldigde Lucas ons er min of meer van dat we bij elkaar bleven. Tussen de regels door weliswaar, daar was Lucas goed in. Hij schreef dat we natuurlijk allemaal aan De Tafel moesten blijven aanzitten, omdat er in Amsterdam geen broederlijker en inniger gezelschap bestond. Maar, schreef hij, aan de andere kant zou het niet verwonderlijk zijn wanneer het broedergenootschap uiteen zou vallen, nu binnen zijn gelederen een karaktermoord had plaatsgevonden.'

'Zo noemde hij dat, karaktermoord,' brieste Bubi. 'De enige die voortdurend karaktermoord pleegde was Lucas zelf.'

'Hij heeft Aaron zelfs van plagiaat beschuldigd en zei dat hij de hemel van hem had gestolen. Daarom heeft hij zijn verzamelbundel opzettelijk *De compositie van de hemel* genoemd, om Aaron een hak te zetten,' vulde de Prins aan.

'Nu we het toch over karaktermoord hebben, is misschien het moment aangebroken onze gast te vertellen waarom we gedrieën besloten er het zwijgen toe te doen,' opperde Rafaël. Hij keek zijn vrienden aan om te zien of ze toestemden in de wending van het verhaal.

'Dan trek ik eerst een fles wijn open,' zei Bubi.

'Ik denk dat we beter eerst de ontstaansgeschiedenis van *Het tribunaal* uit de doeken kunnen doen,' zei de Prins, 'dan kun je dat huiveringwekkende verhaal over Claude Vivier vertellen.'

'O god, als je over Claude Vivier begint moet je even wachten tot ik terug ben,' zei Bubi, terwijl hij haastig naar de keuken liep om glazen en wijn te halen.

Het liep tegen vijven en het was nog steeds warm. Bubi had wijn, brood en een plank met Franse kaas op tafel gezet. Terwijl hij in de keuken bezig was, vroeg de Prins aan mij of ik Claude Vivier kende en ik vertelde dat ik vorig jaar de door Bubi gedirigeerde uitvoering van *Kopernikus. Opéra rituel de mort* en *Rêves d'un Marco Polo* had bijgewoond.

'Wacht op mij,' riep Bubi paniekerig vanuit de keuken.

Ik herhaalde mijn opmerking toen Bubi weer aanschoof en vertelde hoezeer ik onder de indruk was van *Kopernikus* en *Marco Polo*, maar dat het moeilijk was die ontroering en huiver los te maken van een sinistere opmerking in het programmaboekje. Volgens de tekst zou Claude Vivier een gewelddadige dood hebben gevonden.

'Dat is ook onmogelijk,' gaf Bubi toe, 'als bij één componist leven en werk zijn verknoopt, is het bij Vivier.'

'Als je eenmaal iets weet, kun je het niet níet meer weten,' zei Rafaël.

'Vertel,' zei de Prins.

'Het is een merkwaardige samenloop van omstandigheden,' begon Rafaël zijn verhaal, 'en, als je het zo wilt zien, een uiterst bizarre verknoping van twee persoonlijkheden. Eind jaren zeventig, op een congres in Parijs, wijst een musicoloog me op het bestaan van een begaafde, jonge Canadese componist, Claude Vivier. In lyrische bewoordingen beschrijft die kennis het indrukwekkende oeuvre van een door de dood geobsedeerde man die zijn eigen teksten schrijft in een vaak verzonnen taal, een man die voortdurend het schemergebied tussen fantasie en werkelijkheid opzoekt en beklemmende en meeslepende werken componeert. Wat de contemporaine muziek betreft is het vissen in een kleine vijver en thuisgekomen schaf ik alles aan wat er te krijgen is van deze, vooralsnog mysterieuze componist. Daarmee begint een fascinatie die me jarenlang in haar greep houdt. De stukken die ik van hem beluister slaan me volledig uit het veld, zo lyrisch, persoonlijk en aangrijpend zijn ze. Hij keert de opera binnenstebuiten. Dit conservatieve genre, waarin normaal gesproken elke psychologie angstvallig wordt gemeden, is bij Vivier een afdaling in de duistere krochten van de ziel. Dichterlijke gezangen, kinderliedjes en hymnen in een mengelmoes van Frans, Duits, Engels en een joyceaanse geheimtaal. Al snel licht ik Bubi in over deze vondst en laat hem de muziek van Vivier horen.'

'En met mij gebeurt hetzelfde,' zei Bubi, 'totale verbijstering, een ontdekking zoals je maar een paar keer in je leven doet.'

'Zo begint mijn speurtocht naar Claude Vivier,' zei Rafaël. 'Ik wil alles van hem weten en horen en bereid me voor op een ontmoeting waarvan ik nog niet weet of ze ooit zal plaatsvinden. In mei 1980 vlieg ik naar Montreal om de première van *Kopernikus* bij te wonen. Via zijn agente is het me gelukt een afspraak met hem te maken. De gegevens over Vivier zijn schaars, maar veelzeggend. Het is een onecht kind, geboren in 1948, op zijn derde levensjaar geadopteerd door een arme, Frans-Canadese familie. Van zijn dertiende tot zijn achttiende zit hij op een seminarie om tot priester te worden opgeleid, doorloopt het conservatorium in Montreal en vertrekt in 1971 naar Europa. Behalve naar Karlheinz Stockhausen in Keulen, voert die reis hem naar Utrecht, waar hij sonologie studeert. Hoewel ik bij Utrecht altijd even aan Lucas en aan Achterberg denk, besteed ik er verder geen aandacht aan. Lucas kan hem niet uit Utrecht hebben gekend, want die woonde in 1971 al lang en breed in Amsterdam.

Nou, je hebt *Kopernikus* vorig jaar gehoord, dus je weet waarover ik het heb. Daar, in Montreal, kom ik die avond na de première van deze rituele opera van de dood wankelend naar buiten. Het is niet alleen de muziek en de verpletterende zang, het is ook het verhaal. Een kinderlijke vrouw die ronddwaalt in het dodenrijk, daar Mozart, Lewis Carroll, Copernicus en andere mannen en vrouwen ontmoet en door hun verhalen begeleid en gelouterd wordt. Ook zonder weet te hebben van alle verschrikkingen die ons in de toekomst staan te wachten, vind ik het onbestaanbaar aangrijpend. De volgende dag ontmoet ik een vermoeide, maar stralende Claude Vivier. De première is met gejuich ontvangen. Ik ben vanaf de eerste seconde in de ban van zijn wonderlijke charme. Hij is pas tweeëndertig, tegelijkertijd ouwelijk en kinderlijk, verlegen en openhartig, lelijk en mooi, aards en sereen, duivels en angeliek. Opnieuw komt Lucas me voor de geest, maar dit keer laat de indruk me niet zo gemakkelijk los. Ik begrijp het niet goed van mezelf en probeer het van me af te zetten. Het zal wel aan de homoseksualiteit van beide mannen liggen, denk ik nog. Tussen Vivier en mij klikt het, we maken ook voor de volgende dag een afspraak en bij ons afscheid wisselen we adressen en telefoonnummers uit. Een vriendin van hem komt tijdens het interview af en toe binnenwaaien om ons te foerageren. Hij spreekt haar aan met Cara. In het voorbijgaan merkt ze gekscherend op dat Claude slecht voor zichzelf kan zorgen en noemt hem daarbij liefdevol mijn zwarte engel. Daarmee reikt ze me de titel aan van mijn eerste artikel over Claude Vivier, "Een zwarte engel". Zoals wel vaker voorkomt, werk ik simultaan aan een aantal portretten en ben vanaf de zomer van 1980 zowel met Vivier als met Loos bezig. Omdat ik het werk van beiden bestudeer, valt me eens te meer het verschil op. Het voert te ver daar nu diep op in te gaan, maar voor mezelf verklaar ik dat verschil door hun onderscheiden religieuze achtergrond: de katholiek versus de protestant. Vivier zoekt de God van de Liefde en Loos zoekt de God der Wrake, laat ik het zo maar even samenvatten.'

'Dat is nu eenmaal een stokpaardje van jou, Raffi,' merkte der Bub op.

'Muziekrecensenten beweren vaak dat het werk van Lucas over de liefde gaat, maar daar ben ik het niet mee eens,' ging Rafaël verder.

'Waar gaat het wel over?' vraag ik.

'Eerlijk gezegd over alles behalve over de liefde. Over de Nieuwe Mens, de vrijheid, over de strijd om rechtvaardigheid. Loos en Vivier waren twee volledig door zichzelf geabsorbeerde mannen, maar in het werk van Vivier krijgt dat de vorm van een pijnlijk zelfonderzoek, een worsteling met de eigen demonen, en bij Lucas krijgt het de vorm van een maatschappelijke strijd. Dat is het grote verschil. Voor Lucas moest de muziek in dienst staan van de actualiteit en met die eis maskeerde hij dat zijn composities over hemzelf gaan. Lucas bracht elk innerlijk conflict buiten zichzelf en legde het bij de wereld. Vivier hield het binnen, in de ziel.'

'En zo heb je ook de verhouding tussen Clara en Lucas begrepen, of niet?' gooide Bubi er begeesterd tussendoor. 'Daar stond ik verteld van toen je me het uitlegde. Je kreeg onmiddellijk bijval van Puck, toch het hoogst haalbare in onze kring,' schaterde hij erachteraan.

'Het is zelfs dankzij Puck, dat ik het beter begreep,' zei Rafaël bescheiden. 'Hoe ik me ook af en toe erger aan haar apodictische redeneringen en aan de besliste manier waarop ze de wereld verdeelt in twee of drie soorten mensen, dit keer was het verhelderend.'

'Je zult haar straks misschien ontmoeten,' zei Bubi tegen mij, 'maar Puck heeft er een handje van razendsnel te oordelen over mensen en dat dan te doen aan de hand van ijzeren onderscheidingen. Ze doet dat op elk gebied. "Je hebt twee soorten mensen," zegt ze dan, "mensen die aan zichzelf lijden en mensen die aan anderen lijden." Of zoiets. Ik moet er altijd vreselijk om lachen en zijzelf eigenlijk ook, maar niet iedereen is verzot op haar aanpak.'

'Over Clara en Lucas zei ze: "Je hebt twee soorten mensen: mensen die zichzelf kapotmaken en mensen die anderen kapotmaken",' zei de Prins.

'En dan hoorden Vivier en Clara bij de eerste soort en Lucas bij de tweede,' vervolmaakte Rafaël het beeld. 'En dan zitten we midden in het verschil tussen katholicisme en protestantisme, tussen het veranderen van de wereld door jezelf op te offeren of door anderen te slachtofferen. Niet alleen Clara, maar ook Vivier, Aaron en Gilles bezaten een autonomie en jaloersmakende vrijheid, die Lucas niet bezat. Lucas zocht meesters en goden, ideologieën en leerstellingen waardoor hij zich in de boeien liet slaan en waarvoor hij als gelovige kon strijden.'

‘Een protestant bestrijdt de wereld per definitie, daarom heet hij ook protestant,’ zei de Prins.

‘Maar Lucas bestreed in de wereld wat eigenlijk een tweestrijd in hemzelf was,’ zei Bubi.

‘Heren, we springen als gemzen van conclusie naar conclusie, dus even terug naar Claude Vivier,’ ging Rafaël verder, ‘want we zijn er nog niet, het ergste moet nog komen. Na onze ontmoeting in Montreal houden we contact, per brief en telefonisch. Vivier reist de wereld rond en soms hoor ik maandenlang niets van hem. In de tussentijd heb ik Lucas de muziek van Vivier laten horen en over hem verteld. Waarschijnlijk doe ik dat in iets te enthousiaste bewoordingen, want ik merk aan Lucas dat hij een gevoel van jaloezie nauwelijks kan onderdrukken. We krijgen er ruzie over. Hij neemt me kwalijk dat ik aan meerdere portretten tegelijk werk, beschuldigt me ervan op twee paarden te wedden en verwijt mij dat ik me nooit op één onderzoek toeleg. Daarmee bedoelt hij: me helemaal aan hem wijd. Hij wil de medewerking aan het portret opzeggen, met als argument dat de geest van die Canadese, paapse narcist zich niet laat verzoenen met de maatschappelijke betekenis van zijn project. Vivier zoekt zichzelf en hij zoekt een waarheid voor iedereen, zegt hij. Hij noemt Vivier een navelstaarder en de bom barst als hem de titel van het artikel over Vivier onder ogen komt. “Je laat het wemelen van de engelen,” zegt hij. Ik verdedig de titel, Vivier en mijn werkwijze, maar onze verhouding is nog danig vertroebeld als hij in de zomer van 1981 naar Skyros vertrekt. Op de fatale zondag, 26 juli 1981, heb ik net een brief gelezen van Lucas, die hij me vanuit Skyros stuurde, als de telefoon gaat en Lucas me vanuit het eiland vertelt dat Clara in een afgrond is gevallen.’

‘Jij had in die tijd toch iets met Clara?’ kwam de Prins tussendoor.

'Ja,' gaf Rafaël nukkig toe, 'maar moeten we het daar nu over hebben?' Hij nam een ferme slok wijn. 'Het gaat me om die brief van Lucas. Hij rept met geen woord over onze ruzie. Wel beschrijft hij een soort dagdroom die hij in Griekenland had. De droomscène speelt in het dodenrijk en draait erom dat Claude Vivier mij wil vermoorden. Lucas voorkomt die moord en redt mij uit de handen van Vivier. Het wonderlijke evenwel, schrijft hij, is dat Vivier tijdens de poging mij te wurgen niet uitriep: "Ik maak je van kant!", maar: "Dood mij!"'

'O wat is dit griezelig,' verzuchtte Bubi en hij sloeg van opwinding zijn knieën tegen elkaar.

'De inhoud van de brief beklemt me. Nog geen uur voordat ik hem lees, ben ik gebeld door mijn hoofdredacteur, die tegen me zegt dat Claude in Amsterdam gesignaleerd is. En weer een uur later krijg ik het bericht van Clara's val. Alles schijnt me zwanger van onheilspellende betekenissen, maar ik weet niet hoe ik de gegevens moet duiden. Door de dood van Clara en nog een andere begrafenis kom ik er die week niet aan toe Claude te zoeken. Dan laat Lucas die bizarre rouwadvertentie plaatsen, met die ene zin waarvan ik begrijp dat jij op zoek bent naar zijn betekenis. Natuurlijk denk ik aan ons project, aan *Lucifer*, maar ik weet ook dat Lucas Clara vaak met "engel" aansprak en probeer het te laten rusten. Er spookt me te veel door het hoofd in die tijd. Door het drama is Lucas zijn verwijten vergeten en we nemen ons voor verder te werken aan *Lucifer*. Niet wetend dat het tien jaar gaat duren voordat de opera op de planken staat, volg ik het ontstaan van *Het tribunaal* op de voet. De Prins, Lucas en ik lezen alles wat er over de mysterieuze dood van Tsjaikovski te vinden is. Een halfjaar na de dood van Clara, in het begin van 1982, belt Claude Vivier me op. Hij woont dan net in Parijs en we spreken af dat ik hem daar zal bezoeken. Het klinkt laf, maar omdat ik geen zin heb in weer een conflict met Lucas, verzwijg ik tegenover hem mijn bezoek aan Parijs. Daar aangekomen word ik door een bijna extatische Vivier in zijn appartement ontvangen. Hij heeft nu een onderwerp te pakken voor een opera, zegt hij, waarin hij alles kan leggen wat hem bezighoudt. Welk onderwerp dat dan is, vraag ik. "De mysterieuze dood van Peter Iljitsj Tsjaikovski," zegt hij.'

'Hoe vind je dat?' zei Bubi. Hij sprong op uit zijn rieten stoel, drukte zijn handen tegen zijn hart en liep zenuwachtig heen en weer over het terras. 'Het is toch ongelooflijk! Ik kan het verhaal nauwelijks aanhoren, want ik hoop elke keer weer op een andere afloop.'

'Het einde is verschrikkelijk, bereid je daar maar op voor,' zei Rafaël kalm. 'Daar zit ik dan, met deze bijzondere man, drieëndertig jaar oud, aan wiens portret ik werk en hij vertelt me dat hij met precies hetzelfde bezig is als de andere componist aan wiens portret ik werk. Ik aarzel of ik hem daarover moet inlichten, maar besluit voorlopig mijn mond te houden. Tegen middernacht verlaten we gezamenlijk zijn appartement. Gehuld in een gore bontjas van aangevreten hond voert hij me naar de ranzigste krochten van Parijs, een duistere onderwereld van in leer gehulde mannen, rammelend met hun ketenen. In een van die obscure kelders wijst hij bij binnenkomst een getatoeëerde woesteling aan en zegt dat hij stapelverliefd is op die jongen. "Wat is hij lief hè," zegt hij, "hij heeft net vijftien jaar gezeten voor moord."'

'O hemel, o help, dit kan niet goed aflopen,' kreunde Bubi.

'Vermoeid van de reis en het gesprek laat ik hem rond drie uur 's nachts achter in een van de kelders en keer terug naar mijn hotel. Ik ben vervuld van angst en droefheid, maar weet niet goed waarom. De helse eenzaamheid van deze sympathieke jonge man? Zijn zoektocht naar zuiverheid en hoe die tocht hem naar een infernale wereld van prostitués en criminelen voert? Om dat scheppen van een eigen taal en een eigen wereld van iemand die zijn oorsprong en zelfs zijn echte naam niet kent? Ik denk aan Clara, die pas een halfjaar dood is. Ik denk aan de brief van Lucas die ik tegelijk met het bericht van haar val ontving en aan de merkwaardige coïncidentie dat beide mannen op hetzelfde moment bezig zijn met een opera over de dood van Tsjaikovski. Die nacht slaap ik slecht. Voordat de volgende dag mijn trein naar Amsterdam vertrekt, lunch ik met Claude in restaurant Terminus, tegenover Gare du Nord. Hij draagt een wijd openvallend hemd en rondom zijn hals zijn rode striemen zichtbaar, alsof er een touw omheen zat. Uit preutsheid en waarschijnlijk angst voor een wreedheid en seksualiteit die me vreemd zijn, vraag ik er niet naar. Wel beken ik die middag aan Vivier dat ook Lucas Loos bezig is met een opera over de dood van Tsjaikovski. Ik vraag hem of hij de publicaties van Alexandra Orlova kent, waarin zij oppert dat Tsjaikovski onder dwang van een ereraad zelfmoord pleegde door een gifbeker leeg te drinken. Hij zegt dat hij alles wat hij kon vinden van Orlova, heeft gelezen. Menig kunstenaar zou zich bedreigd voelen in zijn originaliteit wanneer hij hoort dat een ander met precies hetzelfde bezig is als hij, maar daar heeft Vivier geen last van. Hoe dat komt, vraag ik. "Ik gebruik Tsjaikovski om mijzelf te begrijpen," zegt hij dan, "en gelukkig heeft niemand hetzelfde zelf als ik." Daarna vraag ik hem of hij in de theorie van Orlova gelooft. Hij antwoordt cryptisch: "Wat je kiest te geloven, bepaalt wie je bent."

Bij ons afscheid verheug ik me op een volgende ontmoeting met die zwarte engel. Ik weet niet dat ik hem nooit meer zal zien.'

'Het is verschrikkelijk,' kreunde Bubi.

'Ja, verschrikkelijk,' ging Rafaël verder. 'Terug in Amsterdam kan ik niet langer tegenover Lucas verzwijgen dat ik in Parijs was en welk toevallig feit me daar ter ore kwam. In tegenstelling tot Claude is hij ziedend als hij hoort dat Vivier ook bezig is met een opera over de dood van Tsjaikovski. Lucas insinueert dat ik in mijn gesprekken Vivier op het idee voor de opera bracht door hem te vertellen over *Het tribunaal*. Hij gelooft me niet als ik zeg nooit met Vivier over de opera gesproken te hebben. Het zoveelste conflict is geboren en opnieuw breekt er een periode van bekoelde vriendschap aan. Intussen houd ik contact met Claude Vivier in Parijs, we corresponderen en bellen zo nu en dan met elkaar. En dan gebeurt het. Het is ongeveer een jaar na mijn bezoek aan Parijs. Ik word gebeld door Cara. Ze praat zoals mensen praten die niet kunnen geloven in de werkelijkheid waarin ze zijn terechtgekomen. Vlak, emotieloos, doods, in shock. Ze vertelt dat Claude in zijn appartement is vermoord. Hij is neergestoken met een mes, door een jongen die hij in de nacht oppikte. De politie weet niet precies wanneer hij is vermoord. Hij moet dagenlang dood op de vloer hebben gelegen voordat ze hem vinden. Op zijn piano stond een lied voor de opera over de dood van Tsjaikovski, waaraan hij werkte toen hij werd doodgestoken.'

'*Glaubst du an die Unsterblichkeit der Seele*,' vulde Bubi met zachte stem aan. Zingzeggend vervolgde hij: '*J'avais froid, c'était hiver. J'étais peut-être mort. Ce n'étais pas tant d'être mort dont j'avais peur, j'avais peur de mourir. Ou j'étais froid. Il faisait nuit, et j'avais peur*. Huiveringwekkend.'

'Vertel jij maar verder,' zei Rafaël aangedaan.

'Dat lied staat op zijn piano. De tekst ervan is een nagenoeg exacte voorspelling van zijn eigen dood. Het lied beschrijft hoe hij, Claude, op een grijze, winterse dag de metro neemt. Om de een of andere reden heeft hij het gevoel dat hem op deze dag iets van levensbelang zal overkomen. Hij staat op het perron, ziet de blauwe trein aankomen en stapt in een nagenoeg lege wagon. Er zitten alleen een oudere, lezende vrouw en een jongeman. De man oefent een onthutsende aantrekkingskracht op hem uit. Hij moet naar hem staren, hij kan niet anders. Het is, schrijft hij, alsof de jongen al een eeuwigheid tegenover me zat. Op een gegeven moment staat de jongen op en gaat naast hem zitten. "My name is Harry," zegt hij. "Ik heet Claude," zegt Claude. En dan haalt de jongen een dolk uit zijn zwarte jasje en steekt hem midden in zijn hart. Gruwelijk. Vivier heeft acht minuten van het lied uitgeschreven. Zoals het daar op zijn piano staat, is het af, maar we weten natuurlijk niet of het onvoltooid bleef door de moord. Het verhaal over de ontmoeting in de metro is een dwingende parlando en de sopraan zingt tijdens het verhaal het herhaalde refrein: "j'avais froid" en "j'avais peur", ik had het koud en ik was bang. Op de achtergrond zingt het koor alleen "peur". Het moet drie keer herhaald worden. Zijn compositie eindigt abrupt, midden in de derde herhaling van de zin. Er staat alleen "j'avais". Het woord "peur" ontbreekt. Zo hebben we het ook uitgevoerd. We zingen het derde "peur" niet. We snijden het publiek net zo plotseling van dit lied af als Vivier van het leven werd afgesneden.'

'"*Je weet dat ik altijd heb willen sterven aan de liefde*",' citeerde de Prins op melodramatische toon een regel uit de zwanenzang van Vivier.

Net toen ik vroeg of dit ook voor Clara gold, kwam Puck Baal binnen. Ze stapte met kordate passen op me af, stak me een hand toe, baste haar naam en zei dat ze soep had gemaakt en dat een van de mannen de pan kon gaan halen, als daar behoefte aan was.

'Boven is alles op mijn maat gesneden,' zei ze. Ze boog zich voorover, haalde van onder de tafel een opstapbankje vandaan en gebruikte het om in de stoel plaats te nemen die Rafaël voor haar naar achteren schoof.

‘Denk jij dat Clara wilde sterven aan de liefde?’ vroeg de Prins terwijl we Bubi met twee treden tegelijk de trap op hoorden hollen.

‘Welnee, romantische flauwekul,’ antwoordde Puck bars.

‘Maar van Lucas kunnen we toch gerust zeggen dat hij aan de liefde gestorven is?’ probeerde de Prins nog een keer.

‘Gaan we ook in de eenentwintigste eeuw door met het verwarren van liefde en seks?’ vroeg Puck retorisch. ‘Lucas is niet doodgegaan aan de liefde, maar aan de seks. Of hij daarin bewust de dood zocht, weet ik niet. Lucas was verliefd op de verliefdheid en het verlangen. God hebbe zijn ziel, maar van de liefde had hij weinig kaas gegeten, vrees ik.’

‘Net als Vivier,’ liet de Prins erop volgen. ‘Die schrijft in *Glaubst du* dat het hem nooit gegeven was lief te hebben.’

‘Wat is er allemaal gezegd?’ vroeg Bubi met de komische paniek die veel van zijn uitingen begeleidde. Hij had een dampende, oranje Creuzet in zijn handen en zette hem omzichtig op tafel.

‘Linzensoep,’ zei Puck, ‘maar ik zie af van jullie eerstgeboorterecht.’

‘Dat Lucas aids had en of hij die dood heeft gezocht,’ lichtte de Prins Bubi in.

‘Hè?’ zei ik.

‘Lucas was al jarenlang seropositief en is aan de complicaties van aids doodgegaan,’ zei de Prins tegen mij.

‘Hij heeft het toch voor iedereen verzwegen?’ merkte Bubi op.

‘Als hij het ook voor de talloze jongens die hij versierde verzweeg, kun je je eerder afvragen of hij de dood bracht, in plaats van zocht,’ opperde Rafaël voorzichtig.

‘Ik vrees dat Lucas het vooral voor zichzelf verzweeg,’ zei Puck. ‘Lucas was iemand die dacht dat een veranderde blik op de wereld, de wereld veranderde. Dat hebben kinderen ook, uit zelfbescherming enzovoort. Voor sommige mensen is het gevaarlijke van de fantasie dat ze aan de fantasie genoeg hebben.'

'In "Kind en Meester", dat stuk dat over Lucas lijkt te gaan terwijl het over Wagner gaat, schrijft hij het zelf al,' zei de Prins. 'Hij noemt het meesterkind een gevaarlijk kind, omdat het in de werkelijkheid handelt zoals in de mythe die het op toneel tevoorschijn tovert.'

'Lucas is langer dan wie ook doorgegaan met het idee dat als je sociaal als soosjaal schrijft, je het ook daadwerkelijk bent,' voegde Rafaël toe.

Het liep al tegen tienen toen Bubi de pan en de soepkommen van tafel haalde, een volgende fles rode wijn opentrok en weer naast Puck plaatsnam.

'Waarom Lucas?' had Puck me tijdens het eten plompverloren gevraagd.

Ik wist niet onmiddellijk wat te antwoorden en zei dat het vooral door die zin in de rouwadvertentie kwam.

'Kom op, er is vast meer,' was haar reactie geweest.

'Dat is zo,' had ik toegegeven, maar terwijl ik het zei verslikte ik me in de soep, proestte een hap linzen in mijn schoot, kreeg een onstuitbare hoestbui en kon de daaropvolgende minuten geen woord uitbrengen. De blik van Puck was streng, maar lankmoedig. Ik had de indruk dat niets haar ontging. Ze moest de blos die ik kreeg hebben begrepen en vroeg niet verder.

'Ga door met je verhaal, Raffi,' spoorde Bubi zijn vriend aan toen iedereen rokend de diepe tuin in staarde.

'Even resumeren,' zei Rafaël om zichzelf terug in de tijd te brengen. 'We schrijven het begin van de jaren tachtig. Clara is in Griekenland in een afgrond gevallen. Twee homoseksuele componisten, schijnbaar elkaars tegenpool, werken tegelijkertijd aan een opera over de dood van een andere homoseksuele componist, Tsjaikovski, een dood waarvan opeens een onderzoeker beweert dat het een gedwongen zelfmoord is. Claude Vivier wordt in Parijs vermoord. Over de een heb ik een portret geschreven dat "Een zwarte engel" heet, over de ander schrijf ik onder de werktitel *Lucifer*.'

'Zover waren we,' beaamde Bubi.

'Als Lucas van de dood van Vivier hoort, belt hij me verslagen op. Hij is meelevend en hartelijk, vindt het afschuwelijk wat er met Vivier gebeurde en betuigt zijn deelneming, omdat hij weet dat ik gesteld was geraakt op de componist. Hij klinkt oprecht, is zijn innemende zelf en we leggen opgelucht onze ruzie bij. Bewonderend herinner ik hem aan zijn brief vanuit Griekenland, de smeekbede "Dood mij, dood mij!" van Vivier, die hij in een, wat nu blijkt, voorspellende verschijning zag. Lucas praat over mijn opmerking heen, wuift het compliment weg. Normaal gesproken is hij trots op zijn visionaire machten. Ik vind het vreemd, maar besteed er verder geen aandacht aan. Zoals voor meerdere vrienden geldt, is er in mijn vriendschap met Lucas iets heimelijks geslopen. Wat de dood van Clara betreft heeft Lucas zich in een bastion verschanst, hij laat duidelijk blijken niet langer over haar val te kunnen of willen praten. Intussen denkt iedereen er het zijne van. Gesecondeerd door Bubi en de Prins, en gesteund door de aardse interventies van Puck, werk ik aan een onderzoek. In de tien dagen tussen Clara's val en haar begrafenis op Zorgvlied storten we ons op het werk van Lucas en raken onder de indruk van onze ontdekkingen.'

'En dan druk je het zacht uit,' zei Bubi.

'Met excuses voor de woordspeling, maar jullie deden het

ook om niet in een gat te vallen,' zei Puck. 'Men is liever opgewonden dan rouwig.'

'Dat is ongetwijfeld waar,' gaf Bubi toe. 'We gingen inzetten op de toekomst. Als er iets klopte van wat we dachten, dan zou het toekomstige werk van Lucas meer licht in de duisternis brengen.'

'Wat we lazen was het volgende:' probeerde Rafaël te verduidelijken, 'het oeuvre van Lucas legde niet alleen zijn ontwikkeling als componist bloot, maar ook die van de persoon met wie we al die jaren te maken hadden. Clara's dood vond plaats aan de vooravond van de geboorte van de klankklok. Voor Lucas was de klankklok de oplossing van alle problemen waarvoor hij zich in zijn leven gesteld zag. Het muzikale probleem van de verbanning van de melodie uit de eigentijdse muziek; het persoonlijke probleem van de tegenstrijdigheden in zijn leven. En het toverwoord was harmonie.'

'Hoe vaak hij me niet treiterde door de laatste woorden van Schönberg op diens sterfbed te citeren: "Harmonie! Harmonie! Harmonie!"' verzuchtte Bubi.

'Wat Lucas karakteriseert,' zei Rafaël, 'is dat hij een nieuw geloof onmogelijk kon omarmen, zonder het voorafgaande te verguizen, te verloochenen en zelfs stuk te maken. Als hij een nieuw huis zocht, moest het andere tot op de grond toe worden afgebroken. Jij hebt me dat uitgelegd als zijn hang naar zuiverheid, Puck, als een kinderlijke hang naar radicaliteit.'

'Kinderen, pubers en adolescenten vinden zichzelf alleen geloofwaardig en de moeite waard als ze radicaal zijn,' beaamde Puck. 'En vice versa enzovoort. Bestudeer de extremisten van de vorige eeuw en van nu, allemaal mislukte volwassenen. Kinderen hebben zelfveroorzaakte scheidingen nodig om zich te vormen en volwassen te kunnen worden. Ze moeten verstoten, ontkennen, symbolische moorden plegen om zich los te kunnen maken. En al dat hartverscheurende gezwoeg is nodig om daarna te kunnen leven met zoiets loodzwaars als de persoonlijke vrijheid. Alles wat je uit vrije wil doet, maakt je verantwoordelijk en voert je weg van het pad van de radicaliteit. Zo hoort het. Dat is de gang van de mensen enzovoort.'

'En in die gang is Lucas volgens jou gestoord?' vroeg Bubi voorzichtig.

'Ja,' zei Puck op een toonhoogte die duidelijk maakte dat ze er niet veel meer over kwijt wilde.

'Dit gezegd en gehoord hebbende,' nam Rafaël de draad weer op, 'durf ik je mee te nemen op het pad van de speculatieve analyse.'

'Met de nadruk op speculatief,' kon Puck nog met moeite uitbrengen.

'Het is een pad dat leidt naar het immense belang van het heilige getal drie. De harmonie, waarnaar Lucas Loos zijn leven lang op zoek was, bleek verborgen in dit getal. In de drieklank vond hij de harmonie en in het strakke harnas van een nieuwe leer vond hij de vrijheid. Zijn muzikale gang begon bij de een: de eenzame, twaalf individuele tonen, de basis van alle muziek. De volgende stap was de twee: het interval tussen twee tonen, de relatie. Maar de ultieme stap die Lucas zette was die in het rijk van de drieklank, de kring. De vraag waarmee wij rondliepen was op welke manier de muzikale gang van Lucas parallel liep met zijn persoonlijke leven.'

'Nou, we vroegen ons vooral af of de dood van Clara te maken had met de geboorte van de klankklok,' zei Bubi. 'Clara's val viel samen met Lucas' afscheid van het relatie-interval. Het rijk van de twee was ingestort en op de puinhopen van het verguisde kon het regime van de drie beginnen.'

'De toekomst heeft onze vermoedens bewaarheid,' voegde de Prins opgewonden toe. 'Nog geen jaar na de dood van Clara maakte Lucas zijn klankklok wereldkundig en vanaf dat moment werd hij opeens ook principieel homoseksueel.'

'De klankklok was duidelijk het sluitstuk van zijn compositorisch denken,' zei Rafaël, 'en het oeuvre van Lucas liet zich nu gemakkelijk opdelen in drie perioden. De eerste werken die dateerden van voor de dood van Clara en die muzikaal gestuurd werden door de eenzame toon. De werken die hij schreef vanaf de ontmoeting en het tweemanschap met Clara, allemaal gebaseerd op het interval tussen twee tonen. En ten slotte het leven van Lucas na de dood van Clara, gestuurd door de uitvinding van de klankklok en de creatieve vrijheid die de drieklank hem schonk. De werken moesten me een verhaal vertellen dat ik nog niet kende, dat ik wilde leren kennen en waartegen tegelijkertijd alles in me in opstand kwam.'

'Terecht,' bromde Puck.

'De eerste periode had ik al in kaart gebracht. De werken waarin de eenling de boventoon voert, zijn verbonden door het orpheusiaanse thema van de gestorven geliefde, sterk geïnspireerd door de dichter-moordenaar Gerrit Achterberg. De tweede periode analyseerde ik met behulp van Bubi en de Prins in de dagen tussen de val van Clara en haar begrafenis. We hoefden niet zo lang te zoeken om het overkoepelende thema te vinden van de werken die Lucas schreef tijdens zijn leven met Clara.'

'Al schrokken we er toch nog van,' ondersteunde de Prins het verhaal van Rafaël. 'Toen Clara nog leefde dacht ik er nooit aan dat die libretti misschien iets met dat vreemde huwelijk van die twee te maken konden hebben. Lucas en ik hadden het alleen maar over de maatschappelijke strijd, waarvan de destijds virulente strijd tussen de seksen slechts een van de vele was. Lucas had zelfs tegen me gezegd dat hij het liefst met mij werkte, omdat in mijn stukken de vrouw altijd als stoorzender fungeert. Door de vreemde dood van Clara kwam alles in een ander daglicht te staan, ook de keuze voor mij als zijn librettist.'

'Je vergeet erbij te vermelden dat Lucas jarenlang verliefd op jou was,' wierp Puck op. 'Totdat hij het platonische deel van zijn ziel verpandde aan Aaron, vuurde hij zijn pijlen op jou af. Jij vond het allang best, Prins, die blinde adoratie van Lucas.'

'Ach, iedereen was in die tijd verliefd op iedereen,' sputterde de Prins tegen. 'Verliefd gedrag was mode, het betekende niks.'

'Mode is bepaald geen onschuldig fenomeen, dat heb ik wel van Robin geleerd,' ging Puck onverdroten door.

'Mag ik even verder met mijn verhaal?' zei de Prins met een zweem van ergernis in zijn stem. 'Je haalt me er helemaal uit.'

'Je hoeft alleen maar de titels van de werken van Lucas uit de tijd met Clara te lezen om de alarmbellen te laten rinkelen,' probeerde Bubi zijn vriend weer op gang te helpen. 'Het is strijd wat de klok slaat. Doolhof, escalatie, elektrocutie, banvloek, verstikking, ontsnapping, het gevecht tussen verstand en schone schijn, ik noem maar even wat in mijn herinnering opkomt. Allemaal termen die centraal staan in de composities uit de tweede periode. Strijd was de algemene noemer waarop wij stuitten.'

'Wat ik las,' zei Rafaël, 'was het verslag van een worsteling, een compositorisch gevecht met het tweetoonsinterval en een metaforische strijd met de vrouw in zijn leven, Clara. Lucas kon een concept intellectueel ruiterlijk omarmen en het in werkelijkheid diep verafschuwen. Ambivalentie, toegejuicht met de pen, was in werkelijkheid in strijd met zijn radicale karakter. Voor ons rees de vraag of de strijd beslist moest worden door de dood van Clara. Kon Lucas alleen de derde periode van zijn leven als componist binnengaan door een einde te maken aan het vorige leven, het leven met Clara? Niemand, behalve Lucas, wist wat zich tijdens die fatale nacht in Griekenland had afgespeeld. Dankzij Bella wisten we dat de enige twee getuigen, de Amerikanen, door de politie waren verhoord en ongelukkigerwijze niet hadden gezien hoe Clara viel. Het had geen zin op zoek te gaan naar Bob, al speelde ik wel met de gedachte. Op een gegeven moment had Lucas het over een brief die Bob hem schreef over de fatale avond. Na zijn dood ben ik in de archieven op zoek gegaan naar die brief, maar hij was onvindbaar. Lucas had iedereen van de brief verteld, maar niemand had hem gelezen. Robin suggereerde dat hij was vernietigd toen de Casa Rossa in brand stond en de brandweer hun huis natspoot om het te beschermen tegen het vuur. Ik gaf de zoektocht op. Het wachten was op Lucas. Zoals ik hem kende zou zijn waarheidsdrang hem nopen tot een onthulling, cryptisch verpakt in een code misschien, maar een bekentenis zou hoe dan ook volgen. En die kwam er ook.'

'Maar een andere dan we verwachtten,' zei de Prins zacht.

Misschien verbeeldde ik het me, maar het leek alsof op dat moment de stad stilviel. Vanuit de gracht klonk geen enkel rumoer van auto, tram of beierende kerkklok door. De vogels in de tuin leken hun krachten te sparen voor de volgende dageraad. Een bries die de afgelopen uren nog de bladeren had doen ruisen, was gaan liggen en dompelde het terras onder in geluidloosheid. Ook Puck en de drie mannen haalden nauwelijks hoorbaar adem en maakten zich op voor wat komen ging. Pas toen Bubi een vers gedraaid sjekkie in zijn vingers ronddraaide, schrikte het knisperend geluid iedereen op uit een stilte die een eeuwigheid leek te duren.

'Na *De boeienkoning*, de biecht van Lucas over zijn ideologische misstappen in de eerste periode van zijn leven, volgde een tweede biecht. Hij werd opnieuw gegoten in de vorm van een opera en dit keer heette de biecht *Het tribunaal*,' sprak Rafaël met gepaste gedragenheid.

'Opus 33,' zei Bubi onheilspellend.

'Jullie hadden het libretto toch al een paar jaar af?' vroeg Rafaël aan de Prins.

'In 1989,' antwoordde die. 'Ik leefde sinds een aantal jaren in Frankrijk, met een nieuwe vrouw, die daar een tweede huis bezat. Amsterdam was me te druk geworden, ik wist niet meer wat ik met mijn werk wilde en trok me terug. Het libretto is vooral daar geschreven. Lucas kwam alleen, met Quint of met een van zijn vele vriendjes. Hij vond het een veilig idee dat ik in Frankrijk niet langer onder invloed van De Tafel stond. Het werken met hem was een feest. Elke ochtend zat hij met een stralend humeur aan de tafel onder de linde en was vaak al uren bezig. Muzikaal moest hij bewijzen met de klankklok een opera te kunnen schrijven en hij gaf ieder personage een bepaald uur. Daar moest ik bij het schrijven van het libretto rekening mee houden. In zijn interpretatie van het verhaal van de dood van Tsjaikovski waren er twee boosdoeners: de tsarina en de vrienden van het tribunaal. De beul, de man die hem het gif toediende, moest Tsjaikovski's uitgever zijn. Dat was de man die hij het eerste uur van de klankklok toebedeelde. Met onze interpretatie lapten we de historische werkelijkheid natuurlijk aan onze laars. "We maken een opera, geen documentaire," zei Lucas. "We zijn kunstenaars, geen journalisten of historici." Was ik helemaal met hem eens. Zo konden we Tsjaikovski in onze opera zelf aan een opera laten werken, aan *Het gastmaal*, waarin Plato's verhaal over de drie seksen is verwerkt. Misschien komt het doordat ik was afgesneden van Amsterdam en van de verhalen, ik Mica had verlaten en niet langer haar verdachtmakingen hoefde aan te horen of doordat ik zo was ondergedoken in het libretto, maar ik dacht nauwelijks aan Clara bij het schrijven. Daarom was ik nergens op bedacht. Voordat ik naar Frankrijk vertrok waren de eerste twee of drie scènes af. Daarin wordt Vladimir nog Bob genoemd. Daar, in de rust van de Bourgogne, vroeg Lucas me de naam van Bob in het vervolg niet meer te gebruiken en het personage vanaf nu consequent Vladimir te noemen. "Geen probleem," zei ik. Achteraf onbegrijpelijk, maar ik dacht geen seconde aan die Amerikaanse jongen die op het terras was toen Clara viel. Ook de kwalijke rol die hij de tsarina toedichtte riep bij mij geen enkel wantrouwen op. Zij herinnerde me eerder aan een andere opera die we samen maakten, *De doolhof*, waarin de vrouwelijke hoofdfiguur ook een destructieve invloed op zichzelf en haar omgeving heeft. Bovendien was zijn duiding van de vrouw dit keer milder. Voor Lucas was de tsarina hoofdschuldige en slachtoffer ineen. Met het enthousiasme hem eigen legde hij me uit hoe hij het zag. "Wat in de opera tot de uiteindelijke val van Tsjaikovski leidt," zei Lucas, "is het slechte huwelijk tussen de tsaar en de tsarina. Ze zitten gevangen in een onmogelijke relatie. Zij ontvangt geen enkele liefde van deze man en uit machteloosheid en woede richt ze haar teleurstellingen en vernietigingszucht op de meest geliefde componist van Rusland. Tsjaikovski moet dood. Zonder het te weten betaalt hij de tol van de liefdeloosheid in het huwelijk tussen de tsaar en de tsarina. Ze gebruikt de vrienden als middel voor haar wraak en de vrienden zijn gretig bereid om Tsjaikovski te verraden en daarmee hun eigen eer te redden."'

'Op dat moment moet je toch aan De Tafel hebben gedacht?' zei Bubi verbaasd.

'Het schoot wel door me heen,' antwoordde de Prins verdedigend, 'maar op de een of andere manier bleef het niet hangen, daarvoor was ik te veel in het schrijven van het libretto verzonken.'

'Ik begrijp het goed,' zei Rafaël ondersteunend, 'je beschrijft precies wat mij met *Lucifer* overkwam. Ga door.'

'Omdat ik jullie niet meer zag, we alleen brieven naar elkaar schreven en zo nu en dan telefoneerden, miste ik die hele heisa rond Claude Vivier,' ging de Prins verder. 'Toen Lucas voorstelde de achtste scène in het dodenrijk te laten spelen, kon ik niet bevroeden dat het misschien iets met Vivier te maken had. Het is bovendien een bekend thema in de literatuur, dus ik vond het een goede vondst van hem. Zo konden we Tsjaikovski tijdens zijn koortsige doodstrijd naar de hemel voeren en hem daar Diotima en Agathon laten ontmoeten, die hem lokken en over de grens van de dood willen trekken.'

'Had hij jou dan niet verteld wat zijn laatste woorden tegen Clara waren?' vroeg Rafaël.

'Vast wel,' antwoordde de Prins, 'maar nogmaals, voor mij hadden de personages in het libretto een zodanige autonomie, dat ik me niet meer met de historische werkelijkheid bezighield, niet met die van Tsjaikovski en niet met die van Lucas. Noem het schrijverswaanzin, een van de realiteit losgezongen staat, de roes van het scheppen, ik weet het niet. Ik werd pas wakker toen Lucas me vroeg die ene zin in te voegen. Het libretto was af, we waren allebei tevreden, maar op een ochtend klopt hij woest aan de deur van mijn slaapkamer en wekt me. Die nacht was hem iets te binnen geschoten en het moest per se in het libretto opgenomen. Hij drong er met een aan hysterie grenzende volharding op aan. "Hij moet erin," riep hij, "hij moet erin!" Hij verklaarde zijn paniek door te zeggen dat de muziek erom vroeg, dat hij op dat punt in de tekst een onmisbare maat had waar een zin bij hoorde. Het gaat om de tweede scène. De tsarina probeert de tsaar over te halen Tsjaikovski voor een tribunaal van vrienden te dagen en hem te veroordelen voor zijn homoseksuele ontucht. De tsaar, zelf in zijn machtige positie bang voor aanslagen van moordenaars, wordt toegeeflijker. Hij staat zich de gedachte toe dat zelfs in een muzikaal akkoord zijn moordenaar kan schuilgaan. Na die opmerking van de tsaar wil Lucas dat de tsarina hem de definitieve zet voor het verraad geeft door te zeggen dat zijn moordenaar zich ook kan verschuilen in een blik. Dat was de ene zin die erbij moest. *Een moordenaar kan verborgen zijn in een blik.* Toen wist ik opeens wat er gebeurd was.'

'Nee,' zei Puck fel, 'je wíst niet wat er gebeurd was, je vermoedde wat er gebeurd kón zijn. Dat is een groot verschil.'

'Ook goed,' zei de Prins inschikkelijk.

'Heb je daar toen met Lucas over gepraat?' vroeg ik.

'Nee,' zei de Prins, 'ik heb verzwegen wat ik dacht. Opeens was ik ziek van deernis en had vreselijk met Lucas te doen. Ik moest denken aan een gebeurtenis in de jaren zeventig, ten tijde van het Watergateschandaal. Lucas haat Nixon en roept voortdurend dat Nixon achter Watergate zit en dat die twee journalisten zijn val zullen veroorzaken. Hij legt een briefje voor Clara op de trap waarin hij schrijft dat hij, Lucas Loos, op 1 mei 1973, voorspelt dat president Nixon binnen een jaar zal moeten aftreden. In het briefje vraagt hij haar zijn voorspelling te bewaren. Het jaar daarop, op 9 augustus 1974, wordt in het Vondelpark *Tollen* uitgevoerd. Lucas bedient zelf een van de bromtollen. Het is een open tent en met de verlegenheid hem eigen kijkt Lucas over de hoofden van het publiek heen. Hij richt zijn blik onafgebroken op een boom in het park. Het is een zomerse avond, volkomen windstil en aan het slot van het stuk sterft het geluid van de zoemende tollen langzaam weg. De laatste klanken worden opeens overstemd door een onheilspellend gekraak. Zonder enige aanleiding, om onbegrijpelijke redenen, begint de boom waarnaar Lucas almaar staarde om te vallen. Er ontsnapt een vreemde, satanische lach aan zijn keel. De volgende dag horen we dat exact op het moment dat de boom omviel, Nixon ten val was gebracht en op de Amerikaanse televisie afstand deed van het presidentschap. Lucas was ervan overtuigd dat zijn blik op de boom, zijn onbegrijpelijke ontworteling en de val van Nixon met elkaar verband hielden. Hij vroeg Clara om het briefje, zodat hij zijn voorspellende kracht kon bewijzen, maar zij was het kwijtgeraakt.'

'Iets kwijtraken is niet onschuldig,' bromde Puck.

'Vind je het niet onvoorstelbaar allemaal?' vroeg Bubi opgewonden aan mij.

Ik knikte.

'Maar er is nog meer,' nam Rafaël het woord. 'De biecht zit niet alleen verscholen in het libretto, maar ook in het programmaboekje. De verhouding tussen Lucas en mij bleef stroef, er was altijd wel reden voor een nieuw conflict. Hij vraagt regelmatig naar het portret, met een verwijtende ondertoon. Lucas had een hekel aan lanterfanters en klaplopers en diep in zijn hart ook aan journalisten, al beoefende hij dat vak zelf met plezier. Het excuus dat ik aanvoer voor het uitblijven van *Lucifer* is, dat de totstandkoming van de opera nu eenmaal langer duurt dan verwacht en dat het portret meer en meer het karakter krijgt van een biografie. Dat stelt hem gerust. Een biografie vindt hij eervol. Op een dag belt hij me op. "Ik wil je niet het gras voor de voeten wegmaaien," zegt hij, "maar van *Het tribunaal* wil ik zelf een soort biografie uitbrengen, de biografie van een opera." Het werd in die tijd mode rondom een libretto bestaande teksten te verzamelen, waarin een nieuwe opera wordt ingebed. Aan de telefoon vraagt hij me, weer op licht verwijtende toon, of ik ten minste een deel van *Lucifer* wil afstaan voor het programmaboek, een essay waarin ik uitleg hoe belangrijk de diabolo in musica voor hem als componist was om tot de theorie van de klankklok te komen. En hij vraagt me of ik de teksten wil bekijken die hij rondom *Het tribunaal* heeft verzameld en die volgens hem alles zeggen. "Misschien moet je me tegen mezelf beschermen," zegt hij geheimzinnig, "want ik geef me wel erg bloot." Voor het eerst sinds lange tijd spreken we bij hem thuis af. Hij heeft eindeloos het huis verbouwd, het stond maandenlang in de steigers en hij zegt dat hij me nu eindelijk zijn hemel kan laten zien. Het is in de winter van 1993. Hij opent de deur van de Oudezijds. Ik heb hem dan minstens drie jaar niet gezien en schrik van zijn uiterlijk. Hij is pafferig, bleek en kortademig. Zijn schouders hangen. Aan de tafel in het voorhuis zit een jongeman, met een oosters uiterlijk. Hij leest een krant en Lucas stelt me niet voor. Hij wil zo snel mogelijk naar boven. Ik zie me nog de trappen beklimmen, achter een hijgende Lucas aan. Zo nu en dan houdt hij halt, omdat hij onvoldoende lucht krijgt of in een hoestbui uitbarst. Voordat hij de deur naar de zolder opent, kijkt hij me vanaf een tree glunderend aan, met glanzende ogen. "Betreed dan nu de hemel," zegt hij. Opeens sta ik in een oogverblindend witte ruimte en de tranen schieten me in de ogen. Ik geloof dat ik op dat moment besluit nooit iets met *Lucifer* te doen.'

Rafaël had duidelijk moeite met de herinnering en nam een slok wijn. Puck schoot hem te hulp.

'Dat kan ik me goed voorstellen,' zei ze meelevend.

'Ik ben er nooit geweest,' zei Bubi, 'maar zag zijn hemel later in een documentaire. Toen heb ik toch even gedacht dat Lucas krankzinnig was geworden.'

'Het was zo bizar en hels ontroerend, dat ik nauwelijks om me heen durfde te kijken,' herstelde Rafaël zich. 'Lucas had voor zichzelf een hemel gebouwd. De ruimte had zoiets, ik kan het niet anders zeggen, homoseksueels en tegelijkertijd kinderlijks, dat ik door een welhaast onverdraaglijke verlegenheid werd overvallen. Ik stond midden in een naar buiten gekeerde ziel.'

'Dat is aardig van je, Raffi,' bromde Puck, om hem behulpzaam te zijn bij het vertellen van wat hem moeilijk viel.

'Alles was wit geverfd. De dakgebinten waren vervangen door de gebogen, met elkaar verbonden, fallische uitsteeksels van de eenhoorn, rustend op kunstig bewerkte pilaren, die zich van de grond leken te tillen, omdat ze op hun tenen stonden. Lucas liet de ondereinden van de pilaren letterlijk op gipsen jongensvoeten staan. In de schuin aflopende dakpanelen had hij aan weerszijden twaalf ronde ramen gemaakt. Met blauwe en roze driehoeken waren de figuren van de klankklok ingelegd, voor elk uur een raam. Her en der stonden zijn lievelingsbloemen, orchideeën, in zelfgemaakte vazen. Aan de hoorns hingen lantaarns van glas in lood, waarin kaarsjes brandden. Op de grond lag een matras, tegen de wand stond zijn vleugel. Lucas komt naast me staan, trots en verlegen. "Helemaal zelf geschapen," zegt hij, "alles met eigen handen gemaakt." Het is van een adembenemende, hovaardige eenzaamheid. Ik weet me geen raad, krijg geen woord over mijn lippen en sla uit onmacht een arm om hem heen.'

'En toen moest je het ergste nog meemaken,' fluisterde Bubi, die door de beschrijving van Rafaël was geraakt en het nauwelijks verdroeg zijn vriend te zien lijden aan de herinnering.

'Nee Bubi, dat is niet zo,' zei Rafaël, terwijl hij diep ademhaalde. 'Wat er daarna volgde kon me niet meer zoveel schelen. In een fractie van een seconde had ik mijn besluit genomen en het was definitief: *Lucifer* zou nooit verschijnen. Die dag ben ik tegenover Lucas gaan zitten, aan de kleine tafel in zijn hemel, en ervoer een rust waaraan het me jarenlang in zijn nabijheid had ontbroken. Niet dat ik niet schrok van alles wat hij me die middag liet lezen, maar ik kon het lezen zonder schuld.'

‘Ook al kreeg *Lucifer* in die uren de voltooiing waarop je jaren had gewacht,’ zei de Prins. Hij keek onderzoekend naar Rafaël en besloot het woord langer te houden, om zijn vriend de kans te geven zich te herstellen. Hij richtte zich tot mij en zei: ‘De analyse van Raffi bezat de schoonheid van een wet, ze klopte als een bus. Raffi begreep dat Lucas in het getal drie zijn volledige autonomie en eenzaamheid vond. Lucas baseerde een hele kosmologie op het getal. De triade vormde niet alleen de dieptestructuur van de klankklok, maar van de hele natuur, ook de menselijke. Hij kwam aanzetten met de Trias politica, met de oedipale driehoek tussen vader, moeder en kind, met de tripletten in de biochemie en het quarktrio in de kernfysica en met het zogeheten drievuldige brein. Dat kwam uit het boek van een Amerikaan, die ontdekt had dat ons brein drie bestuurders heeft die voortdurend met elkaar in de clinch liggen.’

‘En het ging natuurlijk om de Heilige Drievuldigheid,’ nam een herstelde Rafaël over. ‘Op de begrafenis van Clara heeft Puck me de uiteindelijke duw in de goede richting gegeven. Je zei dat Lucas zo verlangde naar zuivere eenduidigheid, naar een onomstotelijke waarheid, dat hij het liefst God zelf wilde zijn, Puck.’

‘Straks is het nog mijn schuld ook,’ zei Puck quasiboos.

‘En je noemde Quint zijn eigen Jezus. Toen had ik het beeld van de derde periode in zijn leven rond. Clara kon voor Lucas alleen zijn inspirerende muze en heilige geest worden als gestorven geliefde, niet langer van deze aarde. Levend bezorgde ze hem als homoseksueel de dubbelzinnigheid waarvoor hij een diepgewortelde afkeer koesterde. Na de dood van Clara was hij een vader met een zoon en een geestelijke, eeuwige geliefde.’

‘Lucas kon niet leven zonder een ideologie,’ zei Bubi, ‘en na de dood van Clara heeft hij zijn zendelingschap op de klankklok gericht. Hij verkondigde, predikte, oordeelde en werd steeds eenzamer. Toen hij stierf was er alleen in Nieuw-Zeeland een componiste van wie niemand ooit had gehoord, die zijn boodschap verspreidde en de klankklok doceerde aan een universiteit. Moet je nagaan, een vrouw, aan de andere kant van de wereld. Het is eigenlijk te verschrikkelijk voor woorden.'

Het werd killer buiten, maar niemand van ons had de drang naar binnen te gaan. Puck zei met een lui geworden tong dat Bubi de vesten tevoorschijn moest halen.

'O god, ja, jullie hebben het natuurlijk koud,' zei Bubi terwijl hij van zijn stoel opwipte. Hij verdween in het huis en kwam terug met een bijeengegraaide hoop wollen truien en vesten. Alleen Puck en ik sloegen een trui om onze schouders. We keken allemaal naar Rafaël en wachtten tot hij zijn verhaal zou afmaken. De scherp gesneden groeven van zijn mooie gezicht leken zich in de afgelopen uren te hebben verdiept en toen hij opnieuw het woord nam, klonk in zijn stem een verdriet van eeuwen door.

'Tijdens de daaropvolgende uren die ik met Lucas in zijn hemel doorbreng en waarin ik, wat later blijkt, voor het laatst in mijn leven een lang gesprek met hem voer, zit ik tegenover hem met een aangedaan gemoed,' zei Rafaël. 'Ik voel me zoals je je op een begrafenis kan voelen, wanneer je ontroering van geen wijken weet. Het doet fysiek pijn. Lucas loopt naar een kast. In zijn lopen is iets huppeligs en wufts geslopen. Hij haalt een ordner tevoorschijn waarop met sierlijke letters *Het tribunaal* staat. De ordner is gevuld met kopieën van teksten, door Lucas zorgvuldig bewerkt met een gele stift die bepaalde alinea's oplicht.

De eerste tekst is van Plato. Aristofanes vertelt het verhaal van de drie seksen die wreed worden gespleten en elkaar daarna zoeken. De passage waarin Plato schrijft dat mannen-mannen door de buitenwereld tot een huwelijk worden gedwongen, maar dat hun hart altijd naar jongens zal uitgaan en ze alleen bij hen liefde vinden, is onderstreept. Daarna volgt een aantal brieven van Tsjaikovski. Hetzelfde onderwerp. Tsjaikovski schrijft dat hij besloten heeft in het huwelijk te treden met de eerste de beste vrouw die hij tegenkomt. Met een openbare verbintenis wil hij zijn neigingen het hoofd bieden, de geruchten doen verstillen en zijn reputatie veiligstellen. Hij trouwt, het huwelijk houdt nog geen twee maanden stand en nadat hij depressief van zijn echtgenote is weggevlucht, schrijft Tsjaikovski een brief waarin hij zijn afschuw uit voor de vrouw met wie hij trouwde en hoe door dat huwelijk zijn muzikale talent teloorging. Lucas kijkt naar me terwijl ik dit alles lees, maar ik durf mijn ogen niet op te slaan.

De volgende tekst die ik onder ogen krijg is uit *Alexis of de verhandeling over de vergeefse strijd* van Marguerite Yourcenar, een roman uit 1929, waarin een man in een afscheidsbrief aan zijn vrouw opbiecht zijn ware aard te hebben ontdekt. De passage waarvoor Lucas koos is er een waarin Alexis de opluchting beschrijft die de ontdekking teweegbrengt en hoe gelukkig hij is nu hij zichzelf niet langer hoeft te ontkennen. Van het boek schiet me de laatste zin te binnen. Voor het eerst kijk ik Lucas aan en ik citeer de zin. *Zo nederig mogelijk vraag ik je mij te vergeven, niet dat ik je verlaat, maar dat ik zo lang ben gebleven.* Op zijn gezicht komt een blos en hij zuigt zijn onderlip naar binnen. "Ik begrijp het," zegt hij, meer niet. Doorbladerend kom ik bij een tekst van Klaus Mann, uit zijn roman over de dood van Tsjaikovski, *Symphonie Pathétique*, een plagerig liefdesgesprek tussen de componist en zijn geliefde Bob. De volgende is er een van diens vader Thomas Mann uit *Dood in Venetië*, de strandscène. De op de rand van de dood verkerende componist Gustav von Aschenbach die hunkerend naar de schone jongeling op het strand gluurt en in hem de inspiratiebron van al zijn scheppingen herkent.

Dan sla ik de bladzijden om en kom uit bij de laatste tekst in de ordner. Voordat ik me over de tekst kan buigen krijgt Lucas een vervaarlijke hoestbui en hapt daarna langdurig naar adem. "Voel je je wel goed?" vraag ik. "Longemfyseem," zegt hij, "eigen schuld, niks van aantrekken." Van de hiv-besmetting hoor ik pas enkele weken voor zijn dood. "Lees maar verder," zegt hij dan met een opeens dreigende klank in zijn stem. De tekst die voor me ligt is "Het laatste hoofdstuk" van Alexandra Orlova. Het is een van de eerste biografische essays die we in 1981 van haar lazen. Onmiddellijk herken ik de door Lucas gemarkeerde passages en het schaamrood stijgt me naar de kaken. Hierin beschrijft Orlova hoe na de plotselinge dood van Tsjaikovski in Sint-Petersburg onmiddellijk een stroom van geruchten op gang komt. Bij de regels waarin staat dat sommigen direct na zijn mysterieuze dood aan een onderzoek beginnen om de waarheid ervan te achterhalen, heeft Lucas in de kantlijn drie vette uitroeptekens gezet. Aan de overkant van de tafel voel ik dat hij gespannen naar mij kijkt als ik de werkelijkheid van Bubi, de Prins en mijzelf onder ogen krijg. Voor het eerst dringt het tot me door dat hij het al die tijd heeft geweten.'

'Verschrikkelijk,' zei Bubi.

'Als ik me opricht speelt rond zijn mond de sardonische en geamuseerde glimlach die ik goed van hem ken. "Zo," zegt hij uitdagend, "wat vind je van de opgebiechte waarheid?"

Ik weet niet meer hoe ik me uit de onaangename situatie redde, ik was te zeer van streek. Ik zal wel iets gezegd hebben over de verbijsterende keuze, de oprechtheid ervan, ik weet het echt niet meer. Dan blijkt Lucas nog een verrassing voor me in petto te hebben. "Het motto voor mijn boek is welgekozen," zegt hij. "Als je het goed vindt, lees ik het even aan je voor." Hij leest voor uit Plato's *Symposium*. Van de laatste alinea van het citaat benadrukt hij elk woord, alsof hij me ermee wil geselen. Plato beweert dat we ons in het leven moeten laten leiden door schaamte en eerzucht. Schaamte, zegt hij, is pas echt een kwelling wanneer het je geliefde is die jou met een blik betrapt op het beschamende dat je doet. Het is alsof hij een scène tussen Clara en hem beschrijft, omdat zij hem hun gezamenlijke leven lang hardnekkig wees op zijn overdrijvingen en snoeverige verhalen. Maar ik denk ook aan de verstoting van Lucas, aan wat de uiteindelijke doorslag gaf dat hij niet meer aan De Tafel kon aanzitten.

Lucas zwijgt, hoest weer flink en slaakt een diepe zucht. Hij veegt een onzichtbaar vuiltje van het tafelblad. "Zo, dat was het dan," zegt hij met een trieste manmoedigheid. Op dat moment balt alle vriendschap en liefde die ik ooit voor hem koesterde zich in mij samen en ik leg een hand op zijn hand. Ik weet niet meer wat ik moet zeggen.

In de namiddag ben ik verslagen naar huis teruggekeerd, heb de opname van het gesprek in het archief *Lucifer* gestopt en hem nooit meer beluisterd. Lucas heeft mijn stuk over de diabolo in musica afgekeurd voor de bundel. Hij zei dat ik te veel op de persoon speelde en te weinig op de muziek. In het essay bal ik de essentie van het portret samen. Zoals Lucifer verdeeldheid in de hemel veroorzaakte en sedertdien veroordeeld was tot het tussengebied van de gevallen engelen, zo verdeelt de diabolo het octaaf in tweeën en hoort nergens bij. Voor Lucas Loos, schrijf ik dan, maken alleen de splijting, de strijd en de verscheurdheid de weg vrij voor de harmonie. "Het gaat niet om mij," beet Lucas me door de telefoon toe, "het gaat alleen om de muziek."

Na die dag ben ik nog een keer in zijn hemel teruggekeerd, in 2003, toen Lucas er op sterven lag.'

'Wat was het nou precies dat je deed besluiten *Lucifer* niet te publiceren?' vroeg ik.

'We zullen nooit weten wat er is gebeurd die nacht,' antwoordde Rafaël vermoeid, 'maar ik wist zeker dat Lucas leed onder een schuld. Het enige wat ik niet zag was dat het een schuld was die ik met hem deelde, een schuld die er is ook als je niets hebt misdaan. Het werken aan *Lucifer* maakte me niet schuldig aan een daad, maar een blik. Jarenlang had ik zijn werk bestudeerd op zoek naar een antwoord op de vraag wat er echt was voorgevallen, wat Lucas te maken had met de val van Clara. Elk detail van zijn werk schreeuwde mij toe dat hij van haar af moest om het eenzame rijk van de autonomie te kunnen betreden. Ik vergat dat het mijn kijk op zijn werk was, mijn lezing, en dat je zijn werk net zo goed anders kon lezen. Ik liet me leiden door het portret, door *Lucifer*, door een logica die ik zelf aan de werkelijkheid van het werk had opgelegd.'

'In die tijd zei je tegen mij dat je bezig was te doen wat je Lucas het meest kwalijk nam,' zei Puck.

'En dat was?' vroeg Rafaël.

'De waarheid ontfutselen aan iets wat geen waarheid kent,' antwoordde Puck.

'De kunst,' zei Rafaël berustend.

'"Gewoon van koffie thee maken, dan kom je een heel eind",' citeerde de Prins de definitie die Bella Basten ooit van fictie gaf. Hij probeerde Raffi met zijn grap op te vrolijken, maar slaagde daar niet in. Rafaël wreef zijn handen over zijn gezicht en keek dankbaar naar Bubi op toen deze zijn glas bijvulde. In een van de belendende tuinen zong een merel het lied van de gevallen duisternis. Er hing een droefheid over de vrienden waaraan ik me niet kon onttrekken, al begreep ik toen nog niet waar de mijne vandaan kwam. Het liep tegen tweeën en we zouden nu snel uit elkaar gaan.

'Ik kwam te laat,' zei Rafaël. 'Quint opende de deur van de Oudezijds en zei dat Lucas een aantal uren geleden was gestorven. Het was 3 februari 2003. Hij was om drie uur overleden. Hij stierf in het derde millennium, naar eigen zeggen in zijn derde Jezusleven. De goden waren niet zuinig hem met hun getallen te kronen. De begrafenisondernemer kon elk moment komen, had Quint gezegd, en hij vroeg of ik Lucas nog wilde zien. In zijn hemel ben ik afscheid van hem gaan nemen. Hij zag eruit als een kind. Vredig, wollig, zacht.'

'Onschuldig,' voegde Puck toe.

'Aan de overkant van de Oudezijds ben ik gaan staan wachten. Aan een touw werd zijn kist uit de hemel getakeld en ze lieten hem langzaam naar beneden zakken. Ik ben pas weggegaan toen Lucas weer op de grond stond.'

*Châteauneuf Grasse-Amsterdam, 2007*

# Nawoord

Sommige personages in *Lucifer* komen uit de hemel vallen, sommige leiden een leven in de literatuur. Sommige personages spelen een rol in de verhalen over het beschreven tijdperk en sommige personages bevinden zich ergens tussenin.

Voor elk personage in *Lucifer* geldt dat ze niets zeggen wat hun niet door de schrijver in de mond is gelegd. De sporadische zinnen die hierop een uitzondering vormen zijn terug te vinden in de opgenomen literatuurlijst.

In de afgelopen jaren sprak ik talloze mensen over Peter Schat en Marina Schapers en over de dramatische gebeurtenis op 26 juli 1981.

Ik ben hen dankbaar voor hun verhalen.

Connie Palmen

# Literatuur

Peter Schat, *To You* (libretto Adrian Mitchell); 1970-1972 en *Canto General* (Pablo Neruda); 1974, partituur DAVS 7475/1, Donemus, Amsterdam, z.j.

Peter Schat, libretto Adrian Mitchell, *Houdini. A Circus-Opera*, De Nederlandse Opera Stichting/Clowns, Amsterdam, 1977

Peter Schat, *De Toonklok. Essays en gesprekken over muziek*, Meulenhoff/Landshoff, Amsterdam, 1984

Peter Schat, *De wereld chromatisch. Een muzikaal reisverslag*, Meulenhoff/Landshoff, Amsterdam, 1988

Peter Schat en Rudolf Escher, *Brieven 1958-1961*. Redactie Erik Voermans, Bibliotheek Nederlandse Muziek, Walburg Pers, Zutphen, 1992

Peter Schat, libretto Gerrit Komrij, *Symposion. Opera in twee akten*, De Nederlandse Opera Stichting, Amsterdam, 1994

Peter Schat, *Het componeren van de hemel. Een lees- en leerboek*, Donemus, Amsterdam, 1999

Peter Schat, *Complete Works*, Radio Nederland Wereldomroep/Stichting Donemus. Tekst: Bas van Putten, Amsterdam 2006

Op p. 73 wordt geciteerd uit: Hugo Claus, *Dag, jij*. De Bezige Bij, Amsterdam, 1971

Op p. 74 wordt geciteerd uit: Hugo Claus, *Het jaar van de kreeft*. De Bezige Bij, Amsterdam, 1972

Op p. 218 wordt geciteerd uit *Masscheroen*, Contact, Antwerpen, 1968.

Het gedicht op p. 284 is van Hugo Claus. Met dank voor de toestemming het in de roman op te nemen.